ELISABETTA FORTUNATO

DIE LIST DER SCHILDKRÖTE

EIN FALL FÜR GIOVANNA GREIFENSTEIN

KRIMINALROMAN

spiritbooks

© 2020 Elisabetta Fortunato · www.elisabettafortunato.de

Verlag: spiritbooks · 70771 Leinfelden-Echterdingen · www.spiritbooks.de

Satz & Layout: Gabi Schmid · www.buechermacherei.de

Covergestaltung: OOOGRAFIK · www.ooografik.de

Fotos/Bilder/Grafiken: Privat (Autorin); #282403196, #332201907, #147859230, #126820406, #301779599 | AdobeStock; Pixabay

Druck und Vertrieb: tredition GmbH, Halenreie 40-44, 22359 Hamburg, www.tredition.de

1. Auflage

978-3-946435-84-6 (Paperback)

978-3-946435-85-3 (Hardcover)

978-3-946435-86-0 (e-Book)

Per Franco

MITTWOCH

Wenn es stimmte, dass der Verlauf eines Tages gleich nach dem Erwachen zu erkennen war, dann würde der heutige eine Katastrophe:
Im Ehebett lag ein Mann, der nicht der ihre war, und draußen
schneite es. Sie dachte nur noch an Flucht, und diese führte sie
geradewegs in die Küche.

Die Wanduhr zeigte kurz vor halb acht. Automatisch rechnete
Giovanna nach. In Hongkong war es halb zwei Uhr nachmittags
und Julius auf dem Weg zu wichtigen Verhandlungen. Ihr Ehemann
wusste von ihren Affären, das war nicht das Problem. Er selbst hatte
sie dazu gedrängt. Doch war sie immer ins Hotel gegangen, aus
Respekt und Diskretion. Warum also diesmal nicht? Noch dazu
mit einem solchen Mann? Im Schlafzimmer lag nicht irgendwer,
sondern Sonny, ein knackiger Diamantenhändler aus Nigeria, der
am Abend so viel Schmuck getragen hatte, dass dieser sich jetzt auf
ihrer Kommode türmte wie die Schwester des Vesuvs. Mit anderen
Worten: Wenn die Nachbarn ihn zu sehen bekamen, war ihr Ruf
ruiniert. Und der ihres Ehemannes gleich mit.

Ja, sie hatte einen Fehler gemacht, und ja, sie musste ihn gera-
debiegen. Das war sie ihrem Mann schuldig. Aber deswegen ihre
gute Erziehung vergessen? Nein! Giovanna holte die *Moka* aus der
Anrichte, die jeder Italiener besaß, der etwas auf sich hielt, und
begann sie zu füllen. Zum Abschied würde sie ihrem Lover einen
ordentlichen Espresso mit auf den Weg geben.

Die Kaffeekanne stand auf dem Herd und, eingelullt vom
Zischen der Gasflammen, wartete Giovanna darauf, dass das Wasser
im Tank zu brodeln begann. Da blieb ihr Blick am *corno* hängen,

das genau vor ihr an einem Nagel hing. Das knallrote Plastikhorn konnte jedes Unglück abwenden, zumindest in Neapel. Heute hatte sie keine Zeit für geografische Befindlichkeiten; sie brauchte Hilfe, und zwar sofort. Mit einer einzigen Bewegung zog sie das Horn von der Wand, schloss die Augen und rief nach Padre Pio. Der familiären Legende nach hatte der Schutzheilige es persönlich mit seinen blutenden Händen gesegnet. Doch spätestens seit dem Ableben ihrer Oma wusste sie, dass sie nicht alles glauben durfte, was ihr einst erzählt worden war.

»Beweise dich, oder ich schmeiß dich weg«, beschwor Giovanna das Horn.

Dann sprach sie die zwei Wünsche aus, die ihre Probleme beseitigen sollten: Es musste aufhören zu schneien und ihre Nacht mit Sonny ohne Zeugen bleiben.

Zum Glück sah niemand sie in diesem Zustand. Sie, die Texte von Rosa Luxemburg, Antonio Gramsci und Karl Marx verkaufte. Aber wo waren die gescheiten Ideen, wenn sie gebraucht wurden? Dann lieber das Horn und der kampanische Aberglaube. In der Not war alles erlaubt.

Ob sie mit ihrer Beschwörung zu früh aufgehört oder etwas falsch gemacht hatte, konnte sie im Nachhinein nicht sagen. Tatsache war, dass, als sie die Augen wieder aufschlug, der Schnee noch da war, sogar dichter als zuvor. Den zweiten Wunsch konnte sie sich also wohl auch gleich abschminken. Sie warf das Horn in den Mülleimer und trat fröstelnd ans Fenster.

Es war nicht nur die Kälte, die ihr auf die Nerven ging, sondern es waren vor allem die Schneeflocken. Deutsch wie sie waren, fielen sie sauber und geordnet herunter. Nicht wie in Kampanien, wo man sich immer fragen musste, ob es die schwächlichen Flocken überhaupt bis zum Boden schaffen würden, um sich dort mit dem Unrat der

Nacht zu einem gräulichen Matsch zu vermischen. So oder so, sie mochte den Winter nicht, nicht dessen Kälte und schon gar nicht dessen Trübheit. Und davon gab es in Frankfurt mehr als genug.

Die Maschine begann zu fauchen und der Kaffee floss in dunklen Strömen die Düse hinab. Dann brodelte er ein letztes Mal auf. Giovanna drehte den Gashahn zu und wandte sich zum Küchentisch, wo sie ein Tablett mit Tasse und Zuckerbehälter bereitgestellt hatte.

Es war nur eine Bewegung, die sie aus den Augenwinkeln wahrnahm. Sie schaute zur Tür, schrie auf und wich einen Schritt zurück. Etwas fiel scheppernd zu Boden. Vor ihr stand Maria D'Onofrio, die Putzfrau der Kronberger Straße 28c, eine hagere 62-jährige Neapolitanerin.

»*Madonna mia!*«, rief Maria erschrocken und legte demonstrativ die Hand auf die Brust. Eine automatische Geste, seit bei der Frau eine leichte Herzrhythmusstörung festgestellt worden war. Vor ihren Füßen lag eine grellfarbene Tüte ihres Stammdiscounters.

Trotz allem fasste sich die Ältere als Erste. Ächzend griff die Putzfrau nach der zerknitterten Plastiktüte, trat wie selbstverständlich in die Küche und legte sie auf den Tisch.

»Was machst du hier?« Giovannas Stimme überschlug sich vor Aufregung. »Um diese Zeit?«

»Sie brauchen nicht so zu schreien, Signora Greifenstaina. Auch wenn ich alt bin, höre ich noch sehr gut.«

»Du hast mich erschreckt!«

»Vor acht stehen Sie doch nie auf, und ich dachte, Sie freuen sich, wenn Sie frische *biscotti* zum Frühstück haben.«

Marias *biscotti* – die besten Mandelkekse der Welt – die ihre Putzfrau nur für sie buk. Einfach, weil sie beide aus Kampanien waren.

Giovannas Blick wurde weich und ein warmes Gefühl machte sich in ihrer Brust breit. Sie nahm ihrer Landsfrau die schwere Dose ab und wollte sie, aus einem Überschwang heraus, zu einem Kaffee einladen.

Da knarrte das Bett im Schlafzimmer. Gleich darauf ein zweites Mal. Es war deutlich zu hören. Auf Giovannas Haut legte sich ein klebriger Schweißfilm. Maria sah sie fragend an, dann hellte sich ihr Gesicht auf. »Ihr Mann ist aus Honcongo zurück. Jetzt verstehe ich.«

Der Seidenkimono, den sie trug, brannte sich regelrecht in Giovannas Rücken ein. Sie musste sich räuspern, um weiterreden zu können. »Jetzt sei so gut und geh. Heute muss ich früh raus.«

»Sie sind nicht die Einzige.« Neben dem Rascheln der Plastiktüte, die sie auf dem Tisch zusammenlegte, war die Putzfrau kaum zu hören. »Auch der *professore* ist schon weg. Ich habe lange an seine Tür geklopft und …«

Bei Giovanna machte es klick. Karl-Friedrich! Sie hatte vergessen, bei Karl-Friedrich vorbeizuschauen! Obwohl sie …

Weiter kam sie nicht, abgelenkt von Marias Reaktion. Diese starrte mit aufgerissenen Augen auf etwas hinter ihr. War Sonny etwa aufgestanden?

Doch die Neapolitanerin zeigte anklagend auf den Nagel an der Wand. »Wo ist das Horn?« Ihre Stimme zitterte noch mehr als der arthritische Finger.

»Das alte Plastikding?«, antwortete Giovanna, ohne zu überlegen. »Das habe ich weggeworfen.«

»*Oddio!*« Die Putzfrau bekreuzigte sich mehrmals hintereinander. »Das bringt doch Unglück!«

»Was glaubst du nur an diesen altmodischen Humbug«, versuchte sie, die Frau zu beruhigen.

Es wäre besser gewesen, sie hätte geschwiegen. Denn in dem Moment wurde die Schlafzimmertür geöffnet und Sonny tapste nackt Richtung Badezimmer. Giovanna wollte auf der Stelle sterben.

Maria, die zwar alt, aber mit allen neapolitanischen Wassern gewaschen war, musste es in ihrem Gesicht gesehen haben. Rasch wandte sie sich um, doch erhaschte sie nur noch den Schatten einer dunklen Hand, bevor die Badezimmertür sich schloss.

Als würde sie ihren altersschwachen Augen nicht trauen, drehte sie sich verwirrt zu Giovanna und bat stumm um eine Bestätigung dafür, dass sie nicht das gesehen hatte, was sie glaubte, gesehen zu haben.

Giovanna konnte ihr darauf keine Antwort geben. Sie tat das einzig Vernünftige und hielt den Mund.

Wie von einer schweren Last niedergedrückt, ließ sich Maria auf einen Küchenstuhl fallen. »Heute ist ein merkwürdiger Tag, Frau Greifenstaina. Hängen Sie das Horn auf, bevor er schlimmer wird.«

»Weißt du was? Du hast mich überzeugt.« Giovanna holte den Mülleimer hervor und suchte nach dem Plastikteil.

In der Zwischenzeit ging die Badezimmertür auf und Schritte entfernten sich Richtung Schlafzimmer. Die Ältere hielt den Blick starr ins Leere gerichtet und er belebte sich erst wieder, als das Horn an seinem alten Platz hing.

»Dann will ich die Herrschaften nicht mehr stören.«

»Maria«, sagte Giovanna versöhnlich. »Morgen komme ich früher nach Hause und wir trinken einen Kaffee zusammen. *Va bene?*«

Die Neapolitanerin nickte schwach, griff nach der gefalteten Tüte und stand auf. Giovanna begleitete sie zur Tür. Aber Maria wäre nicht die gewesen, die sie war, wenn sie nicht das letzte Wort gehabt hätte. Schon mit einem Fuß auf der Treppe, drehte sich die Putzfrau noch einmal herum und sagte: »Grüßen Sie Herrn Greifenstaina von mir.« Und leiser: »Oder wen auch immer.«

Giovanna hatte es genau gehört. Sie warf die Tür zu und fasste einen unwiderruflichen Entschluss: Sie würde das Horn verbrennen.

Nur langsam setzte sich das Gefühl der Erleichterung durch, dass das Aufeinandertreffen trotz allem glimpflich verlaufen war. Umso mehr musste sie jetzt dafür sorgen, dass Sonny ging. Der Professor befand sich offensichtlich schon auf dem Weg ins Museum. Es würde sicher nicht lange dauern, bis er sie wegen der Untersuchungsergebnisse anrief.

Giovanna kehrte in die Küche zurück. Auf einem Stuhl entdeckte sie ihre Clutch. Wenn schon eine Verabschiedung mit guter Erziehung, dachte sie, dann auch richtig. Aus dem Täschchen holte sie ein paar Geldscheine hervor, die Eintrittskarte zur Vernissage vom Vorabend und einen Fotostreifen, der sie schmunzeln ließ, als sie die vier Schnappschüsse von sich und Sonny überflog. Schließlich zog sie den Reißverschluss des Nebenfachs auf und fand seine Visitenkarte.

So heißt du also mit vollem Namen.

Plötzlich war sie hellwach, und ihr kamen gleichzeitig ein frivoler und ein mathematischer Gedanke. Der frivole ließ sie Sonnys Hände auf ihrer Haut spüren, der mathematische rechnen: Minus mal Minus ergibt immer Plus. Was ängstigte sie sich vor Sprichwörtern, Aberglaube und dem sonstigen kampanischen Blödsinn, wenn es die exakte Wissenschaft gab? Sie würde den Tag neutralisieren, auf ihre eigene Art.

Giovanna füllte Kaffee in die Tasse, holte einen besonders knusprig aussehenden Keks aus der Dose und lief, mit dem Tablett in der Hand, zum Schlafzimmer.

»*Buongiorno, signor Omowura*«, flüsterte sie.

Es hatte einen vielversprechenden Klang.

Kapitel 2

Dass sie einen Fehler machte, begriff Giovanna schon, als sie die Schlafzimmertür öffnete. Statt als Verführerin kam sie als italienische *mamma*, was ziemlich das Letzte war, was sie jetzt sein wollte. Doch zu spät, der Mann in ihrem Bett hatte sie schon entdeckt.

Sonny Omowura hatte sich aufgesetzt und lehnte entspannt an der Wand. Neugierig musterte er sie von Kopf bis Fuß, dann blieb sein Blick am Tablett hängen. »Es ist das erste Mal«, sagte er mit freudiger Überraschung in der Stimme, »dass ich Kaffee ans Bett gebracht bekomme.«

Und auch das letzte Mal, dachte Giovanna. Je mehr sie in ihrem Hirn nach einer witzigen, gar intelligenten Antwort suchte, desto mehr wurde es zu Brei. So blieb sie erst mal wortlos stehen und lächelte gequält zurück.

Dem Nigerianer schien das nicht aufzufallen. Er streckte sich ausgiebig, justierte das Kopfkissen und lehnte sich wieder zurück. Dunkle Haut auf hellem Stoff, sie konnte ihre Augen nicht davon abwenden.

»Du passt gut in mein Bett«, sagte Giovanna.

Sonnys Lächeln vertiefte sich. »Das habe ich mir auch gedacht.«

Auffordernd schlug er die Decke auf und, wie von einem bösen Zauber erlöst, stellte Giovanna das Tablett auf den Boden und zog sich aus.

Kaum hatte seine kompakte Hand ihre Brust umschlossen, klingelte ein Smartphone. Sie küssten und umarmten sich und versuchten, es zu ignorieren. Doch vergebens. Der Anrufer gab nicht auf.

Sonny schnaubte und strampelte die Decke mit den Füßen weg, dann stieg er aus dem Bett und holte das Gerät aus seiner Anzugjacke.

»Jetzt übertreibt sie's aber!«, entfuhr es ihm, mit Blick auf das Display.

Mit dem Rücken zu Giovanna stellte er sich ans Fenster und rief zurück. Obwohl er leise auf Englisch sprach, verstand sie jedes Wort.

»Gib endlich auf!«, fuhr ihr Lover die Person am anderen Ende der Leitung an. »Der Chef der größten nigerianischen Gewerkschaft wird niemals einknicken. Und ich will nicht, verstehst du? Ich will nicht!« Pause. »Und wie? Abiola ist nicht käuf… Was? Ein Autounfall? Wann … *Fuck, Fuck, Fuck!* … Du bist verrückt …« Wieder hörte er nur zu. Dann ein unwilliges »Okay, okay, ich werde mit meinen Leuten sprechen … Ja, habe ich gesagt! Und ja, am Dienstag komme ich. *Fuck!*«

Ohne sich zu verabschieden, drückte Sonny das Gespräch weg und drehte sich wieder um. Giovanna erschrak. Alles Lustvolle war aus dem Gesicht des Mannes verschwunden, als hätte ein Blutegel an ihm gesaugt.

Sonny kehrte zum Bett zurück. Doch er legte sich nicht mehr neben sie, sondern küsste sie nur auf die Stirn. »Sorry, ich muss los.«

Jetzt ging alles schnell. Er öffnete alle Rollläden und zog sich an. Danach holte er seinen Schmuck von der Kommode und reihte ihn sorgfältig auf dem Bett auf, bevor er damit begann, diesen anzulegen. Giovanna zählte fünfzehn Stück. Die Bettdecke bis zum Kinn hochgezogen, schaute sie ihm neugierig zu. Da öffnete Sonny das Fenster, griff nach dem Schnee auf dem Fenstersims und kam mit ausgestreckter Hand zu ihr ans Bett.

Sie beugte sich vor, dachte, er wolle ihr den Schnee zeigen. Aber er drückte den Klumpen zu einer Kugel zusammen und fuhr ihr damit über die Lippen. Frisch prickelten die Schneekristalle auf ihrer empfindlichen Haut. Dann schüttelte Sonny den geschmolzenen Rest auf sie. Erst als sie sich kreischend unter der Decke versteckte, hörte er auf, nahm die Tasse Espresso vom Boden und verließ lachend das Zimmer.

Giovanna stand schon in der Nähe der Eingangstür, als er das Bad verließ und seinen langen Lammfellmantel anzog. Sie erwartete eine eilige und nichtssagende Verabschiedung, so, wie es immer war, wenn sie nachts einen Mann im Hotel zurückließ. Stattdessen kam er auf sie zu, umarmte sie und vergrub das Gesicht lange in ihrem Haar.

»Du bist eine faszinierende Frau, Giovanna Greifenstein. Sehen wir uns wieder?«

Statt »Nein«, wie sonst, sagte sie »Vielleicht« und meinte »Ja.«

Er gab ihr einen kräftigen Klaps auf den Hintern und ging.

Verblüfft legte Giovanna eine Hand auf die brennende Stelle. Ihr Lover hatte sie markiert, wie ein Rancher sein Vieh.

Kapitel 3

Sonny.

Giovanna hatte ihn am Vorabend in der Lounge des Main Towers kennengelernt. Sie kam von der Ausstellungseröffnung im Liebieghaus, zu der ihr Nachbar, Professor von Schacht, geladen hatte. Für einen Dienstag war das Lokal überraschend voll gewesen. So fand sie Tommaso und Joschka, ihre Chefs und besten Freunde, nicht wie üblich in den Sesseln vor der Fensterfront, sondern an der Theke. Seit sie den beiden einmal im Scherz gesagt hatte, dass sie zusammen wie Schneewittchen und zwei ihrer sieben Zwerge aussahen, setzte sich Joschka immer gleich hin. Zu dritt fielen sie tatsächlich auf: eine hochgewachsene Frau mit schweren braunen Locken und zwei gedrungene, leicht dickbäuchige Männer über sechzig. Der eine sogar mit Bart.

So standen sie diesmal eingequetscht zwischen zwei stark parfümierten Blondinen und einer Gruppe von jungen Bankern, stießen auf Tommasos Geburtstag an und aßen Antipasti, während sie ausgiebig über die Leute lästerten, die Giovanna bei der Vernissage zu der großen Ausstellung über die vorrömischen Dauner getroffen hatte. Vor allem Tommaso konnte sich nicht zurückhalten, sein Speckbauch hüpfte bei seinen Lachattacken fröhlich mit. Erst beim zweiten Glas Wein hatten sie alle durch und kamen auf die Ausstellung zu sprechen.

»*Allora*«, fragte Tommaso. »Hatte dein Professor recht?«

»Und wie!«, antwortete Giovanna. »Ich schäme mich nicht zuzugeben, dass mir beim Anblick die Tränen gekommen sind.«

»Bei seinem Anblick«, sagte Joschka, während er nach dem Barkeeper Ausschau hielt, »würde ich auch weinen.«

Tommaso rollte mit den Augen. »Sie meint das Hauptausstellungsstück, du Trottel, nicht den Professor.«

»Ganz so falsch …«

Giovanna schnitt Joschka das Wort ab. »Die gesamte Ausstellung über die Dauner ist toll. Ich glaube, es gibt keinen Gegenstand, der nicht für sich stehen könnte. Doch der bronzene Kultwagen«, sie suchte nach dem richtigen Ausdruck, »der Kultwagen ist eine Klasse für sich.«

»Dann beschreib ihn uns!« Tommaso hing förmlich an ihren Lippen.

Joschka hatte sich über den Tresen gelehnt und bestellte für sie neuen Wein.

Sie überlegte kurz. »Ich muss anders beginnen. In den ersten Räumen stehen die typischen daunischen Gegenstände wie Trichterrandgefäße und Krüge mit tönernen Tierfiguren und viele steinerne Grabstelen. Dazu in großen Sammelkästen Schmuck, Waffen und andere Dinge des täglichen Gebrauchs. An den Wänden hängen riesige Infotafeln, die die offiziellen Ausgrabungsarbeiten des Professors in Apulien dokumentieren. Leider auch die Schäden von späteren Raubgrabungen.«

»Ah, die illegalen Raubgrabungen! Das Lieblingsthema deines Nachbarn«, warf Joschka dazwischen.

Giovanna wollte ihm sofort widersprechen, doch Tommaso hob beschwichtigend die Hände. »Ignoriere ihn einfach, heute ist er besonders unausstehlich.«

Sie nickte ergeben.

»Wie gesagt, du läufst durch die Ausstellung und stehst plötzlich in einem dunklen Raum, in dem das Grab der *Fürstin von Arpi* nachgebaut worden ist.«

»*Veramente?*«

»Tommà, es ist alles da! Vom Frauenskelett im vollen Ornat, über die prächtigen Grabbeigaben bis hin zu der Originalverkleidung der Grabkammer. Genau so, wie es Karl-Friedrich vor vierzig Jahren in Apulien entdeckt hat.«

»Wie schade, dass der apulische Boden, dieser miese Verräter, den Kultwagen so viel später herausgespuckt hat«, sagte Joschka.

Giovanna lachte laut. »Wohl wahr! Nun, der Kultwagen steht in der Rotunde und dich trifft fast der Schlag, wenn du ihn im Schaukasten siehst. Die Bronze schimmert besonders satt vor den blutroten Wänden. Der Wagen selbst ist nur wenig größer als zwei nebeneinanderliegende Hände, trotzdem stehen zahlreiche Statuetten darauf. Es sind Frauen, Männer, berittene Krieger und Tiere. Aber das besondere ist eine schlanke, weibliche Figur, die sie alle überragt. Auf ihrem Kopf liegt eine reich verzierte Opferschale mit süditalischen wie keltischen Ornamenten. Zusammengefasst: Der Kultwagen ist absolut geheimnisvoll und schlichtweg grandios!«

Tommasos Augen glänzten im Licht der Bar. »Dann gehen wir gleich morgen Nachmittag …«

»Was für ein Glück also, dass die italienischen Tankstellenwärter den Streik beendet haben und das Stück noch rechtzeitig aus Apulien gekommen ist«, unterbrach ihn Joschka und an Giovanna gewandt: »Denn mit diesen Eindrücken kannst du übermorgen zusätzlich punkten, bei dem Vorstellungsgespräch, das du, ich wiederhole es immer wieder gerne, mir zu verdanken hast. Nicht wahr?«

Voller Euphorie schob er ihnen die vollen Weingläser zu.

Um nicht darauf antworten zu müssen, steckte sich Giovanna eine Scheibe Parmaschinken in den Mund. Das mit dem Glück war so eine Sache. Der Transporter mit dem Sensationsfund war nur knapp zwei Stunden vor der Vernissage aus Apulien eingetroffen. Genug Zeit, um den Bronzewagen noch an seinen vorgesehenen Platz zu stellen, aber zu wenig, als dass der Professor die vertiefenden Untersuchungen mit dem Elektronenmikroskop hätte machen können. Diese musste sie unbedingt abwarten, bevor sie das Konzept für ihre erste Publikation als deutsch-italienische Programmleiterin eines renommierten Kunstbuchverlags schrieb. Denn wenn sich unter der kleinen, unauffälligen Delle der Stempelabdruck befand, der sich auf allen Grabbeigaben der *Fürstin von Arpi* wiederholte, würde sich in der Geschichtsschreibung der süditalischen Völker alles ändern. Wirklich alles! Allerdings wollte sie ihren Chefs lieber nichts davon erzählen. Ihnen fehlte schlichtweg die Fantasie, sich vorzustellen, dass die verbleibenden eineinhalb Tage ausreichen würden – mussten, korrigierte sie sich gleich selber –, um vorbereitet ins wichtigste Vorstellungsgespräch ihres Lebens zu gehen. Außerdem wollte sie die fröhliche Stimmung nicht kaputt machen. Die Buchmesse in Leipzig stand an und zum ersten Mal hatten die beiden einen politischen Kracher im Gepäck, mit dem sie Geld verdienen konnten.

»Auf die süditalische Kunst!«, rief Joschka und rempelte, leicht weinselig, einen der Banker an. »Die wahre Heldin der italienischen Archäologie, die …«

»Auf Giovanna und ihre zukünftige Stelle«, unterbrach ihn Tommaso.

Auf die Entdeckung, dachte sie, hob das Glas und stieß mit beiden an.

Als wollte das Licht in der Bar mitfeiern, flackerte es einige Male kurz auf, bevor es erlosch. Im Raum war es pechschwarz.

»Schaut mal raus!«, kam es aus der Nähe der Fenster, noch bevor sich Panik unter den Bargästen ausbreiten konnte. Alle reckten die Hälse und … nichts. Sprichwörtlich. Frankfurt lag im Dunkeln. Giovanna glaubte zu ersticken, doch genauso schnell, wie sie gekommen war, verschwand die Dunkelheit wieder. Einem Dominospiel gleich, gingen die Lichter in den vor ihnen liegenden Quartieren nacheinander wieder an. Im Raum wurde es schlagartig so hell, dass es in den Augen schmerzte. Die Leute standen verunsichert herum, einige Frauen prüften ihr Make-up, während ein paar Männer versuchten, ihre Angst durch Prahlerei zu vertuschen.

Giovanna löste die Finger von Tommasos Jackett, an das sie sich festgekrallt hatte, und strich ihm den zerknüllten Ärmel glatt. Sofort holte er sein Portemonnaie aus der Gesäßtasche.

»Kontrolliert lieber eure Wertsachen.«

Joschka schüttelte den Kopf.

»Er hat recht!«, sagte Giovanna.«In Neapel hättest du dich nach einem solchen Blackout in der Unterhose wiedergefunden«.

»Unsere Landsleute wissen halt noch, wo die moralische Grenze liegt. Andere hingegen«, voller Abscheu schaute Tommaso zu den Bankern hinüber, »lassen dir nicht einmal den Slip.«

»Ein Glück also, dass ich meinen heute Abend nicht angezogen habe«, antwortete Giovanna prompt.

Unter Gelächter stießen sie an. Die Männer neben ihnen packten ihre Sachen und flüchteten an die Fensterfront.

»Ahhh, endlich haben wir Platz«, sagte Joschka.

Ihre Freunde wechselten zu Grappa über und sprachen übers Geschäft. Giovanna unterdrückte ein Gähnen. Interessiert beäugte sie die Gesichter der zwei Blondinen. Botox ohne Ende, aber von kundiger Hand gespritzt. Ob sie nach dem Arzt fragen sollte?

Plötzlich machte sich eine unterschwellige Unruhe breit, während gleichzeitig der Geräuschpegel sank. Sämtliche Gäste drehten sich zu etwas um, was hinter ihrem Rücken passierte. Auch Tommaso verstummte und starrte mit großen Augen und leicht geöffnetem Mund über ihre Schulter. Giovanna stellte ihr Glas auf die Theke und tat es den anderen gleich.

Ein schlanker Schwarzafrikaner hatte soeben die Bar betreten. Die rechte Hand in der Hosentasche, schaute er sich zuerst um und kam dann mit ruhigen Schritten in ihre Richtung. Er schlängelte sich nicht zwischen den stehenden Gruppen hindurch, die Gäste machten ihm freiwillig Platz. Der Mann kam näher. Gerader Rücken, gestraffte Schultern, in den Bewegungen die trainierte Geschmeidigkeit der Muskeln erkennbar. Ein ehemaliger Athlet?

»Macht Platz für den Zuhälter«, flüsterte ihr Tommaso ins Ohr.

Der Unbekannte trat an die Theke und bestellte sich etwas zu trinken. Ein allgemeines Aufatmen ging durch die Bar, der Geräuschpegel normalisierte sich wieder.

Zwischen ihren Freunden entspann sich eine lebhafte Diskussion über die italienische Steuerpolitik, ihr Lieblingsthema. Versteckt hinter Tommasos massiger Gestalt beobachtete Giovanna den auffälligen Mann. Er hatte sich mit einem Perrier in der Hand zum Raum umgedreht, ein Unterarm lag lässig auf dem Tresen. Der Schwarze trug Diamantenohrstecker, drei Halsketten, die über dem V-Ausschnitt des Kaschmirpullovers hingen, an der linken Hand eine schwere Uhr und zahlreiche Ringe, an einzelnen Fingern sogar mehrere. Im Gegensatz dazu waren der anthrazitfarbene Maßanzug, die eleganten Schaftstiefel und der Gürtel mit kleiner Schnalle reines Understatement. Der Kontrast brachte den hochwertigen Schmuck noch mehr zur Geltung. Der Mann trug ihn mit Stolz wie ein Krieger seine Kriegsbemalung. Tommaso irrte sich. Dieser Mann sah nach vielem aus, nur nicht nach einem Zuhälter.

Sie gab dem Barkeeper ein Zeichen. Während sie auf ihren Wein wartete, aß sie die Reste in den Schälchen auf. Mit der Gabel pickte sie eine besonders dicke Olive auf und begann sie beherzt abzunagen. Tommaso und Joschka diskutierten nun über die Haushaltslage der südeuropäischen Staaten, ob sie noch wussten, dass sie da war? Der

Mann schien sich hingegen für die zwei Blondinen zu interessieren. Nach seinem furiosen Auftritt eine Enttäuschung. Am liebsten hätte sie ihm den Olivenkern in den Kragen gespuckt. Schlagartig fühlte sie sich fehl am Platz.

Der Barkeeper stellte den Wein hin. *Salute*, prostete sie sich zu. Sie dachte an ihre leere Wohnung. Ihr Mann war in Hongkong, niemand wartete auf sie. Moment, da war ja noch der Professor. Vielleicht hatte er doch auf ihren Rat gehört und mit dem Museumsdirektor gesprochen, obwohl er sich im Liebieghaus noch kategorisch geweigert hatte. Oder die Londoner Expertin, auf die er so viel hielt, hatte es trotz des schlechten Wetters noch rechtzeitig zu der Vernissage geschafft. Da er mehr über den Anrufer erstaunt, als über die Nachricht selbst beunruhigt gewirkt hatte, hatte sie ihn zu nichts gedrängt. Sturköpfig wie er war, tat er eh, was er für richtig hielt.

Sie aß das letzte Mozzarellabällchen, leerte das Schälchen mit den getrockneten Tomaten und tupfte mit einem Stück Brot das aromatisierte Öl auf. Sie würde gleich nach Hause gehen und dort auf von Schachts Rückkehr warten, entschied sie. Sie musste sich die apulische Warnung selber anhören, sonst würde sie nicht schlafen können. Giovanna leerte ihr Glas und kramte ihre Sachen zusammen.

Da trat der Barmann an sie heran, in der Hand ein neues Glas Wein. »Mit den besten Empfehlungen vom Herrn an der Bar.«

Ohne große Erwartungen an den sogenannten Herrn an der Bar und ein bisschen belästigt, beugte sich Giovanna über die Theke und schaute geradewegs in das Gesicht des gut aussehenden Afrikaners, der ihr mit seinem Perrier zuprostete. Ein gelber Klunker blitzte bei der Handbewegung einladend auf.

Erschrocken federte sie zurück. Sofort reichte ihr der Keeper eine Visitenkarte nach. Auf der Vorderseite edel gedruckte Buchstaben, auf der Rückseite handgeschrieben auf Englisch: »Sie haben eine sinnliche Art zu essen. Das gefällt mir. Sonny Omowura.«

Langsam stellte sie die Tasche auf die Theke zurück.

Der Professor konnte noch einen Moment warten.

Kapitel 4

Zufrieden stand Giovanna vor dem Schlafzimmerspiegel und band die noch feuchten Haare zusammen. Sie sah gut aus, trotz der schlaflosen Nacht. Ihre Augen leuchteten wie frisch gewaschene Wäsche und ihre Haut – die robuste der väterlichen Linie – hatte die verräterischen Spuren von männlichen Bartstoppeln schon verschwinden lassen. Auch an diesem Morgen hätte sie die Botox-Blondinen vom Vorabend um Längen geschlagen.

Sie dachte an ihre Trophäe, Sonny Omowura. Allein der Gedanke an seine entdeckungsfreudigen Hände ließ ein lustvolles Schaudern ihren Rücken hochrollen. Leider verwandelte es sich augenblicklich in ein Schaudern des Schreckens. Marias Misstrauen kam ihr wieder in den Sinn. Ihre Putzfrau, eine *ficcanaso* – eine Schnüfflerin in der besten neapolitanischen Tradition –, würde so lange in der Wohnung suchen, bis sie einen Beweis dafür fand, dass sie richtig gesehen hatte. Jetzt ging es darum, schlauer zu sein als die Neapolitanerin. Diese so weit zu verwirren, dass sie am Ende glaubte, die schwarze Hand nur geträumt zu haben. Also musste sie etwas tun, was sie, seit sie Giovanna Greifenstein hieß, noch nie getan hatte: Sie würde ihr Schlafzimmer selber in Ordnung bringen.

Die Bettwäsche war gewechselt und nun wartete sie bibbernd vor dem geöffneten Fenster, dass frische Luft hereinströmte. Merkwürdigerweise hing im Zimmer der Hauch eines fremden Parfums fest. Es war nicht von Sonny. Seine nackte Haut hatte nur nach ihm gerochen, was ihr gefallen hatte. Wahrscheinlich war der unbekannte Geruch im Verlauf des Abends an ihren Kleidern hängen geblieben und auf diese Weise in die Wohnung gekommen.

Wie ein blinder Passagier, fand Giovanna.

Neugierig schnupperte sie an den schwindenden Duftfetzen und korrigierte sich. Es war eindeutig eine Passagierin. Was nach so vielen Stunden vom Parfüm geblieben war, roch nach einer kleinen, zarten Blume. Schon einmal hatte dieser Duft am Vorabend ihre Nase gestreift, da war sie sich sicher. Nur, wer hatte ihn getragen?

Giovanna schloss das Fenster. Dabei passte sie nicht auf und stieß gegen das Nachttischchen. Einer ihrer Ohrstecker rollte weg, fiel klirrend zu Boden, direkt unter das Bett. Während sie auf die Knie ging und fluchend das Parkett abtastete, fiel ihr auf, dass sie mit einem nigerianischen Diamantenhändler mehr gemeinsam hatte, als nur die Lust auf Sex; sie hatten auch beide Lust auf Fluchen. Giovanna lachte auf. Hatte nicht ihre Oma immer gesagt, dass auch große Lieben mit wenig anfangen konnten?

Da bekam sie etwas zu fassen. Es war nicht der gesuchte Ohrstecker, dafür war der Gegenstand zu groß. Vorsichtig zog sie den Arm unter dem Bett hervor und öffnete die Finger. In ihrer Hand lag einer von Sonnys Ringen.

Auch bei Tageslicht war dieser wunderschön und lag angenehm schwer in der Hand. Der Ring war aus massiver Bronze und auf dem breiten Reif befand sich eine handgeschmiedete Schildkröte. Sie hatte eine spitze Nase, kugelrunde Augen und große Flossenfüße, ihr Panzer war flach und von unregelmäßigen Linien durchzogen. Das Tier glich einem Fabelwesen, das zugleich geheimnisvoll und gefährlich war. Wie sein Träger, der ihr nicht hatte verraten wollen, was die auffällige Schildkröte bedeutete und sie in der Nacht nur abgenommen hatte, als sich deren scharfe Nasenspitze schmerzhaft in ihren Unterarm gebohrt hatte.

Giovanna stellte sich ans Fenster und hielt das Schmuckstück gegen das Tageslicht. Sie hatte auf der Innenseite eine Gravur entdeckt. *Sonny*, las sie. Sie drehte es nach links und nach rechts, aber es blieb dabei: Sie fand nur seinen Namen. Auf unerklärliche Art erleichtert wollte sie den Ring auf die Kommode legen, dann überlegte sie es sich anders und zog sich den schweren Bronzereif über. Erst am Ringfinger saß er perfekt, gehalten von ihrem Ehering.

Ein Blick auf die Uhr rüttelte sie auf. Sie beschloss, vor der Arbeit zum Professor ins Museum zu fahren. Wenn sie mit ein paar *biscotti* für Barni, seinen geliebten Hund, auftauchte, ließ er sie sicher bei den Untersuchungen zuschauen. Sorgfältig blickte sie sich noch einmal im Zimmer um und, als sie nichts Verräterisches mehr entdecken konnte, verließ sie das Schlafzimmer und ging in die Küche.

»Kekse her, das ist ein Überfall«, erklang es in ihrem Rücken, gleichzeitig legte sich etwas Schweres auf ihre Schulter.

Giovanna schrie auf und drehte sich zum Treppenhaus um.

Vor ihr stand Tommaso. Ihr Chef sah aus, als wäre er zu Fuß aus Sibirien gekommen. Während er energisch den Schnee von seiner Kleidung klopfte, schimpfte er vor sich hin.

»Wann lasst ihr endlich die Haustür reparieren? Sie ist die reinste Einladung für alle Einbrecher dieser Welt, nur der rote Teppich fehlt. Und nimm das Knie herunter, du siehst eindeutig zu viele Action-Filme.«

»*Buongiorno*«, antwortete sie, ganz außer Atem. Warum war er zu ihr gekommen, sie wollten sich doch später im Verlag treffen? Tommaso war ein geübter Kartenspieler. »Marias *biscotti*. Ich habe sie schon an der Haustür gerochen.«

»Hier«, sagte Giovanna und hielt ihm die gefüllte Tüte hin. »Auch wenn sie für Karl-Friedrich sind.«

»Du willst einem Diabetiker Kekse bringen? Das nenne ich Rettung in letzter Sekunde.«

27

Als wäre er der Prüfer des *Gambero Rosso* persönlich, zog er das größte Exemplar aus der Tüte und schnupperte ausführlich daran. Giovanna ließ sich von dem Theater nicht täuschen, dafür kannte sie ihn zu gut. Ohne ihn weiter zu beachten, rüttelte sie an ihrer Wohnungstür, unsicher, ob sie eingeschnappt war, bevor er sie erschreckt hatte. Dann suchte sie nach dem Schlüssel und wollte abschließen. Da legte Tommaso seine Karten offen.

»Giovà«, fing er an, »eins musst du mir verraten. Wie lange hat der Afrikaner gestern Nacht gebraucht, um das ganze Bling-Bling auszuziehen?«

Giovanna prustete los.

»Komm schon, sag es mir.«

»Halt dich ein bisschen zurück, Tommaso Festa.«

Sie flüchtete die Treppe hinunter. Im Hauseingang blieb sie stehen und zog die Eingangstür auf. Blitzschnell griff ihr Tommaso ans Gelenk, hielt ihre Hand hoch und betrachtete interessiert den Schildkrötenring.

»Das ging aber schnell«, stellte er fest.

Giovanna versuchte, ihm die Hand zu entziehen, aber er war stärker.

»Es ist nicht so, wie du denkst.«

»So, was denke ich denn?«

»Tommà, wir haben nur geredet, ehrlich.«

»Worüber denn, über die Gästeliste?«

»Was meinst du mit Gästeliste?«

»In Deutschland ist Polygamie noch immer verboten.«

»Bist du verrückt geworden?«

Ihr Chef lachte vor sich hin.

»Ist etwas mit dem Ring?«, fragte Giovanna.

Tommasos Lachen nahm zu.

Draußen schneite es noch stärker als am Morgen, ein ärgerlicher Wind wirbelte die Flocken hoch und blies sie wie spitze Steinchen in ihre Gesichter. Vorsichtig stiefelten sie auf die Straße zu. Die Einfahrt war voller Schnee, Tommasos Fußspuren schon fast unsichtbar.

Sie erreichten das Einfahrtstor und drehten nach rechts, darauf bedacht, nicht die überhängenden, mit Schnee bedeckten Äste aus dem Garten zu streifen. Direkt an der Hausmauer stießen sie mit zwei Männern zusammen, die ihnen eilig entgegenkamen. Der eine war lang und krumm, der andere klein und bullig. Beide trugen altmodische Lederjacken mit Bündchen und Wollmützen auf dem Kopf. Die Männer wichen ihnen aus und wechselten wortlos die Straßenseite, einen mürrischen Gesichtsausdruck auf den südländischen Gesichtern.

Giovanna war ausgerutscht und nur dank Tommaso nicht hingefallen. Jetzt tat ihr das Knie weh.

»Hast du das gesehen? Nicht mal eine Entschuldigung. Was sind das nur für Leute?«

»Einbrecher, habe ich dir doch gesagt.«

»Hör auf, du machst mir Angst.« Sie schaute zurück. Die Männer waren im Schneetreiben nicht mehr zu sehen.

»Also gut, dann sag mir, wo ihr leben werdet.«

»Was?«

»Natürlich bestehe ich drauf, dein Trauzeuge zu sein.«

Giovanna blieb abrupt stehen und löste sich von seinem Arm. »Warum machst du dich über mich lustig? Du weißt doch, dass ich das nicht mag.«

Auch Tommaso war stehen geblieben. Ungläubig starrte er sie an. »Du weißt tatsächlich nicht, was er bedeutet.«

Dann begann er so laut zu lachen, dass sich einige Passanten nach ihm umdrehten. Das Lachen nahm geradezu hysterische Züge an

29

und es fehlte wenig, dass sie ihn vor den schmutzigen Kastenwagen geschubst hätte, der langsam an ihnen vorbeifuhr. Sie musste die Stimme erheben, um gegen sein Lachen anzukommen.

»Sag mir endlich, was der Ring bedeutet!«

Tommasos Anfall ebbte nur langsam ab. Er fuhr sich mit den Handschuhen über die tränennassen Augen, zog die Nase hoch und räusperte sich mehrmals. Dann sah er Giovanna fest in die Augen und gratulierte ihr mit feierlicher Stimme zur erfolgten Verlobung.

Kapitel 5

»Das ist nicht wahr, oder?« Giovanna hob den Kopf von dem Brief, der wie eine schleimige Kröte zwischen ihnen drei auf dem Besprechungstisch lag und schaute Tommaso und Joschka ungläubig an.

Konzentriert unterzog Joschka die Zimmerdecke des Verlags einer vertiefenden Inspektion, während Tommaso die Härchen auf seinen Händen zu zählen schien. Sie griff nach seinem Arm. »Wie konntest du den Brief nur verschlampen, Tommà?«

»Mäßige deine Worte, Giovanna! Ich habe ihn lediglich ungeöffnet zu den Bankauszügen gelegt.«

»Aber …«

»Nichts aber. Ich habe einfach nicht gedacht, dass er wichtig sein könnte.«

»Du bist doch vor ein paar Monaten mit unserem Bankberater essen gegangen. Wenn ihr nicht über seine Verrentung gesprochen habt, vorüber dann?«, fragte ihn Joschka.

»Selbstverständlich über die Arbeit des Verlags, die er sehr schätzte. Er hat uns immer unterstützt … und vertraut.«

»Wieso …?«

»Das ist ein guter Anfang, Giovanna! Wieso hat nicht *er* sich an die Ablauffrist erinnert, wo er doch unseren letzten Kreditvertrag unterschrieben hat? *Eh?*«

»Spinnst du? Das war vor fünf Jahren!«, protestierte Joschka.

»Als Teilhaber von InternazionARTE Verlag ist es auch deine Pflicht …«

»So kommen wir nicht weiter!«, rief Giovanna in die Runde. »Seid still, ich will den Brief noch einmal lesen.«

Sie atmete tief ein und zog das unselige Schreiben zu sich.

Es gäbe *qualche problemino* mit der Bank, hatte ihr Freund zwischen zwei pikanten Fragen über Sonny gesagt, sie bräuchten ihre Hilfe. Allein diese Formulierung ›ein paar kleine Problemchen‹ hätte sie hellhörig werden lassen müssen. Statt ins Liebieghaus zum Professor war sie mit Tommaso direkt in den Verlag gefahren, wo Joschka schon wartete. Dass sie nicht lachte! Eine Katastrophe war das und ihre Freunde waren offenen Auges hineingelaufen.

Leider änderte auch das zweite, und danach ein drittes Lesen, nichts am Inhalt des Schreibens. Die Kreditlinie des Verlags lief in einem Monat aus und ein Folgekredit konnte, wegen der neuen europäischen Vergaberichtlinien, nicht mehr unter den bisherigen Bedingungen genehmigt werden. Die Bank benötigte zahlreiche Unterlagen, damit die Bewertungs- und Vergabefristen gewahrt werden konnten. Ansonsten würden bei Vertragsablauf die auf der folgenden Seite zusammengerechneten Verbindlichkeiten fällig.

Giovanna schauderte, als stünde sie ohne Mantel mitten in einem Schneegestöber. Dass die finanzielle Situation des Verlags schlecht war, hatte sie die ganzen Jahre an den mageren Einkünften erkannt. Doch dass die Schulden im hohen, sechsstelligen Bereich lagen, hatte sie nicht einmal geahnt. Was sie genau wusste war, dass Tommaso und Joschka das Geld nicht hatten, falls sie den Kredit zurückzahlen mussten.

Ohne ihre wachsende Verärgerung zu verstecken, stand sie auf, lief ans Fenster, dann wieder zurück. Nicht ohne einige herumliegende leere Kartons mit ein paar Fußtritten aus dem Weg zu räumen. Dieser Schlamassel hätte verhindert werden können, wären ihre zwei Chefs nur ein wenig ordentlicher und organisierter. Einen Brief von der Bank nicht lesen! Was würde aus ihnen, wenn sie InternazionARTE verließ? Die beiden saßen noch am Tisch, hatten sich aber voneinander abgewendet. Jeder schaute in eine andere Ecke. Ihr schien, als seien sie in der letzten halben Stunde geschrumpft, so, als hätte die Hiobsbotschaft sie niedergedrückt. Tommaso und Joschka hatten ihr ganzes Geld und all ihre Kräfte in ihren kleinen Verlag gesteckt, aus der Überzeugung heraus, dass politische, gesellschaftliche und finanzielle Ungerechtigkeiten beim Namen genannt und öffentlich gemacht werden mussten. Der Verlag durfte unter keinen Umständen geschlossen werden!

Giovanna verglich noch einmal die Daten und rechnete nach. Ihren Freunden blieb genau eine Woche, um die geforderten Unterlagen – die es alle nicht gab! – zu erstellen und diese dem Steuerberater zum Prüfen und Ergänzen zu geben. Gleichzeitig musste ein Termin mit der neuen Beraterin vereinbart werden, um sie von der Kreditwürdigkeit von InternazionARTE zu überzeugen. Kurz kam ihr das eigene Konzept in den Sinn, das sie noch für das Vorstellungsgespräch vom nächsten Tag vorzubereiten hatte. Die Zeit wurde immer knapper. Aber konnte sie ihre Freunde in dieser Situation alleine lassen? Die Menschen, die ihr geholfen hatten, als sie nach der bitteren Absage aus dem Liebieghaus weder eine Arbeitsstelle noch ein Selbstwertgefühl gehabt hatte? Mit einem Blick auf die Uhr vergewisserte sie sich, dass das Museum längst geöffnet hatte, folglich das Ausstellungsstück an seinem vorgesehenen Platz stand und der Professor eingespannt war in seiner Arbeit als Kurator.

Die Entscheidung war gefallen. Karl-Friedrichs Ergebnisse mussten bis zum Abend warten. Im Notfall würde sie die Nacht durcharbeiten und sich durch die Präsentation schlängeln. Nicht umsonst stammte sie aus einem Land, das die Kunst des *arrangiarsi* – des sich Zurechtfindens – regelrecht zelebrierte. Ihre Freunde, die zwei Chaoten, würde sie nicht in Stich lassen.

»*Al lavoro*«, rief sie, »wir haben viel zu tun!«

33

Am frühen Abend brachte ein Taxi sie nach Hause und es grenzte an ein Wunder, dass sie lebend ankamen. Der Fahrer war durch die Stadt gerast, während er indische Schnulzen sang und sorglos von einer Fahrspur zur anderen wechselte. Ohne ein einziges Mal zu blinken. In der Kronberger Straße öffneten sich statt einer gleich drei Autotüren. Ihre Chefs hatten zwar vorgehabt, sich zum Steuerberater fahren zu lassen, jetzt aber meinten sie, dass ihnen das Risiko einer gebrochenen Hüfte lieber war, als der sichere Tod.

»Das ist deine Chance morgen, nutze sie gut«, sagte Joschka und drückte ihr als Dank für ihre Hilfe eine Flasche *Passito di Pantelleria* in die Hand. Mit Blick auf die zugeschneite Hofeinfahrt blieb er am Gartentor stehen. Tommaso griff nach ihrem Arm und zusammen staksten sie Richtung Haustür.

Aus der hohen Fensterfront des Kulturvereins im Erdgeschoss ihres Wohnhauses fiel warmes Licht in den verschneiten Vorgarten. Der Schnee, der auf den sonst struppigen Sträuchern lag, war unberührt und sauber und es sah aus, als ob über allem eine Schicht Goldstaub läge. Der bissige Wind vom Morgen war verschwunden, es schneite dicht und lautlos. Giovanna glaubte, Pingpongbälle vom Himmel fallen zu sehen, so groß waren die Flocken. Sie streckte die Zunge aus und versuchte, einzelne davon zu fangen. Das Kalte und Schmelzende beruhigte ihren von der Fahrt überreizten Magen. Mit den Stiefeln begann sie, den Schnee in der Einfahrt aufzuwerfen.

»*Piano*«, mahnte Tommaso.

Vor der Haustür drückte er sie lange an sich. »Meine liebe Giovanna, danke, dass du uns hilfst. Wieder einmal, muss ich sagen. Ohne dich wird der Verlag nicht mehr derselbe sein.« Er umarmte sie ein zweites Mal, dann drehte er sich um und verschwand mit langsamen Schritten hinter dem Schneevorhang.

Ein alter, trauriger Mann, dachte Giovanna. Ihr Herz verkrampfte sich, obwohl sie vor Freude hätte schreien müssen, denn endlich stand etwas an, worauf sie vier lange Jahre gewartet hatte. Programmleiterin für deutsch-italienische Publikationen. Wie gut sich das anhörte! Nicht in einem politischen Nischenverlag wie InternazionARTE, wo sie als Mädchen für alles gearbeitet hatte, sondern bei Durond, einem renommierten Kunstbuchverlag. Die erste richtige Stelle, seit sie in Deutschland war. Ihr Mann würde staunen, wenn er davon erfuhr. Mit der Schulter drückte sie die schwere Haustür auf, ohne sie aufschließen zu müssen. Wie immer gefror das Schloss bei Kälte und hakte nicht mehr ein.

Vor der eigenen Wohnung stellte sie ihre große Umhängetasche und die Flasche mit dem Dessertwein auf den Boden und suchte nach dem Schlüssel. Jetzt wollte sie sich nur umziehen und gleich zum Professor hochgehen.

Der Schlüsselbund war im Durcheinander der Tasche nicht zu finden. Dafür entdeckte sie eine leere Spritzenverpackung, die leicht im Luftzug des Treppenhauses flatterte. Sie hatte sich zwischen Fußmatte und Haustür verfangen. War Maria die Tüte kaputt gegangen, als sie tagsüber den Müll aus Karl-Friedrichs Wohnung heruntergebracht hatte? Giovanna zog das Papier heraus und wuchtete die volle Tasche auf die Türklinke, da ging ihre Wohnungstür auf.

Toll, wegen Tommaso hast du heute Morgen vergessen, abzuschließen.
Sie griff nach der Flasche und betrat ihre Wohnung.
Einbrecher, dass ich nicht lache.
Die wirkliche Gefahr ging von ihm aus, nur wusste es ihr bester Freund nicht.

Kapitel 6

Wenig später verließ Giovanna ihre Wohnung und stieg zum Professor hoch. Unter dem Arm hatte sie sich die Flasche *Passito* geklemmt, die sie mit ihm trinken wollte. Von oben hörte sie die Nachbarn vom dritten Stock die Treppe heruntersteigen. Das pensionierte Lehrerpaar spionierte eifrig für die Hausverwaltung, zum Leidwesen der gesamten Hausgemeinschaft. Um ihnen nicht zu begegnen, rannte Giovanna die letzten Stufen hoch, klingelte wie immer zweimal kurz hintereinander und drückte die Klinke zu von Schachts Wohnung. Die Tür war unverschlossen, also war er zu Hause.

»Karl-Friedrich, ich bin's«, rief sie in die dunkle Wohnung, dann ging das Licht im Treppenhaus aus.

Aus der Wohnung strömte warme Luft und trug einen schweren Geruch mit sich. Auf die bekannte Mischung von feuchtem Hundefell und verstaubten Büchern hatte sich eine süßliche Decke gelegt. Sofort wurde ihr schlecht, wie damals, wenn der Großvater sie in den Keller rief, um sie mit dem Kopf eines frisch geschlachteten Schweins zu erschrecken.

Bevor sie die Türklinke loslassen und einen Schritt zurücktreten konnte, ging das Licht im Treppenhaus wieder an und warf einen hellen Streifen in die Wohnung. Direkt auf einen Fuß, der hinter der Tür des Arbeitszimmers hervorlugte. Mephistos in Größe 45, sie musste nicht zweimal hinschauen.

»*Prof…*«

Eine schwere Hand legte sich auf ihre Schulter. Giovanna schrie erschrocken auf. Mit dem Ellenbogen schlug sie nach hinten, drehte sich um die eigene Achse und zog das Knie hoch. Vor ihr ging Herr

Burkhardt, der pensionierte Lehrer, zu Boden. Die Flasche flutschte unter ihrem Arm heraus und zerbarst auf dem Steinboden. Giovannas Hausschuhe und Hosenbeine sogen sich mit dem *Passito* voll.

»Martin!«, kreischte Frau Burckhardt.

»Karl-Friedrich!«, rief Giovanna.

Herr Burckhardt würgte und übergab sich. Von irgendwo in der Wohnung kam ein Winseln.

»*Professore?*«, rief sie noch einmal. Sein Fuß bewegte sich nicht. *Eine Unterzuckerung! Wieder einmal.*

Giovannas Verstand schaltete sofort auf Erste Hilfe um. Sie wusste, was sie zu tun hatte, und sie musste es schnell tun. Doch einer Furie gleich, krallte sich Frau Burkhardt in ihren Arm und hielt sie zurück. Ihr Mann, grau im Gesicht, zog sich ächzend an der Wand hoch, die Hände auf seine Brust gepresst.

»Einen Arzt«, röchelte er, »einen Arzt.«

»Hallo?«, rief eine Frau vom Kulturverein im Erdgeschoss. »Ist alles in Ordnung?«

»Wählen Sie den Notruf und sagen Sie, dass ein schwer Diabeteskranker im Zuckerkoma liegt!«

Sie musste zu Karl-Friedrich, doch die Frau ließ sich nicht abschütteln. Erst als sie ihr fest in den Arm kniff, lockerte sich der Griff. Giovanna drehte sich um, stieg über Pfütze und Glasscherben und betrat die Wohnung.

Auf zittrigen Beinen lief Giovanna direkt in die Küche. Die vollgesogenen Hausschuhe schmatzten bei jedem Schritt wie ein nasser Schwamm. Immer stärker stank es nach altem Hundefutter und Exkrementen. Giovanna hielt die Luft an. In der Küche zog sie die Schublade für Notfälle auf, entnahm ein paar Tütchen Traubenzucker und eine Cola. Es war nicht das erste Mal, dass von Schacht die sich anbahnende Unterzuckerung nicht rechtzeitig bemerkte und zu spät spritzte. Schon fast an der Tür, entdeckte sie auf der Küchenablage eine benutzte Insulinspritze.

Im Arbeitszimmer machte sie Licht. Dann kniete sie sich neben den regungslosen Körper, hob seinen Kopf und hielt ihm die Plastikflasche an den Mund.

»Trink, Karl-Friedrich.«

Die Flüssigkeit floss wie ein schmutziges Rinnsal von seinen Mundwinkeln über sein Kinn und nässte ihre Hose. Sie stellte die Flasche ab. Noch während sie hektisch ein Tütchen aufriss, hielt sie inne, und schaute sich ihren Nachbarn genauer an. Sie hatte genug Totenwachen gehalten, um zu erkennen, dass er nicht mehr lebte. Voller Verzweiflung schüttelte sie den liegenden Körper.

Cazzo, Professore, konntest du nicht besser aufpassen?!

Giovanna ließ sich auf den Boden sinken und lehnte sich gegen den Schreibtisch. Ihre Beine schienen aus Gummi, sie glaubte nicht, dass sie sie jetzt tragen würden. Sie betrachtete den Verstorbenen. Von Schacht trug noch den Anzug vom Vorabend, den für besondere Anlässe. Die weiße Mähne, die er immer hingebungsvoll gepflegt hatte, war zerzaust und dort, wo der Kopf auf dem Boden lag, dunkel und verklebt. Ein Arm lag angewinkelt unter dem Oberkörper, der andere ausgestreckt über dem untersten Regalboden der Bücherwand. Giovanna folgte dessen Linie und hob den Blick. Vor ihr standen seine geliebten Bücher und die roten Buchstützen, die sie ihm zur Eröffnung der Ausstellung geschenkt hatte. Alpha und Omega, Anfang und Ende, eine Parabel auf seine größte Entdeckung, wie er gleich selbst bemerkt hatte.

Alpha und Omega, Alpha und Omega, wiederholte sie wie eine Beschwörung, als wolle sie die Schlange der Trauer in Trance versetzen.

Doch ein Misston torpedierte ihre Bemühungen. Sie schaute genauer hin und sah, dass die Stützen verkehrt herum standen.

Omega und Alpha. Ende und Anfang. Auf allen vieren krabbelte sie zum Regal und stellte sie um. Wenn Karl-Friedrich etwas nicht ausstehen konnte, dann Unordnung in seiner Bücherwand.

Zuerst tauchten die Sanitäter auf, gleich darauf der Notarzt, später die Polizei. Giovanna hatte Platz gemacht. Von der Türschwelle aus beobachtete sie das Tun. Sie stand im Luftzug und fröstelte ohne Jacke. Die Wohnungstür stand offen. Herr Burkhardt saß noch immer vornübergebeugt auf dem Boden, während seine Frau und die Angestellte aus dem Kulturverein am Treppengeländer lehnten und miteinander flüsterten.

Als endgültig feststand, dass der Professor nicht mehr wiederzubeleben war, erhob sich einer der Sanitäter und ging hinaus, um sich um den pensionierten Lehrer zu kümmern. Ab und zu wandte sich der pausbäckige Mann zu ihr um. Giovanna wurde klar, dass er gerade eine ungeschönte Version ihrer Attacke auf Herrn Burkhardt zu hören bekam.

Der Notarzt gesellte sich zu ihr und erkundigte sich nach von Schachts Vorerkrankungen. Dann nach seinem Hausarzt. Während des Gesprächs musste sie sich zwingen, nicht auf etwas Grünes zu starren, das zwischen seinen Zähnen steckte. Ein klägliches Jaulen ließ alle Umstehenden auffahren. So ein Mist, sie hatte Barni, von Schachts dreißig Kilo schweren Golden Retriever, vergessen! Sie entschuldigte sich beim Arzt und mit einem Beamten machte sie sich auf die Suche nach dem Tier.

Der Hund lag schlapp in seinem Korb. Als er sie sah, wedelte er kurz mit dem Schwanz, sprang aber nicht auf wie sonst, um sie freudig zu begrüßen. Breitbeinig stellte sich der junge Polizist vor den Hundekorb.

»Was ist mit ihm?«

»Keine Ahnung«, antwortete sie. »Aber mir scheint, dass es ihm nicht gut geht.«

Der Mann beugte sich forsch über das Tier und wollte es am Halsband packen, doch Barni japste auf und schnappte nach seiner Hand. Erschrocken wich der Beamte zurück und verließ die Küche.

»Und der Hund?«, rief sie ihm hinterher.

Sie erhielt keine Antwort.

Giovanna bückte sich und begann einfach den Hundekorb – mitsamt Barni –, in die Diele zu schieben.

Die Bestatter kamen als Letzte: zwei Männer in dunklen Jacken und mit einem grauen Sarg. Die Frau vom Kulturverein begann zu weinen. Während die Neuankömmlinge den Leichnam für den Abtransport vorbereiteten, suchte Giovanna Barnis Sachen. Sie hatte Tommaso angerufen und gebeten, sie abzuholen. Der Hund musste in die Tierklinik.

Vor dem Fenster im Treppenhaus umarmte sie die Frau vom Kulturverein, bevor diese ins Erdgeschoss zurückkehrte. Die Nachbarhäuser leuchteten in regelmäßigen Abständen blau auf, als der Krankenwagen mit Herrn Burkhardt wegfuhr. Weder er noch seine Frau hatten sich von ihr verabschiedet. Verdacht auf Rippenbruch, glaubte sie, gehört zu haben. Wie spät es wohl war?

Endlich verließen die Bestatter die Wohnung und begannen vorsichtig, die Treppe hinunterzusteigen. Giovanna drückte sich gegen die Wand. Sie wollte eine Hand auf den Sargdeckel legen, tat es dann doch nicht.

Tommaso und Joschka warteten in der Hofeinfahrt neben ihrem alten Renault auf sie. Beide umarmten sie fest und setzten sie mit dem Hund auf die stoffbezogene Rückbank. Alles lief sachlich und gefasst ab, worüber sie in diesem Moment froh war. Im Auto blieb es still. Nach wenigen Metern merkte Giovanna, dass Barni schrecklich stank. An ihm klebte mehr, als sie wissen wollte. Ihre zwei Freunde verloren kein Wort darüber. Auch wenn sie auf der Fahrt in die Tierklinik fast erfroren, weil in dieser Winternacht alle Fenster offenblieben.

Kapitel 7

»Wisst ihr was, ich koche uns was«, verkündete Joschka.

Tommaso und Giovanna schreckten auf. »Nein!«, riefen sie gleichzeitig.

»Und wieso nicht?« Sofort rötete sich Joschkas Gesicht.

Ein heikler Moment, den Tommaso gekonnt umschiffte. »Weil du zuerst das Gästebett beziehst und dich dann zu Giovanna aufs Sofa setzt. Da wirst du mehr gebraucht als in der Küche.«

Zufrieden über die Antwort trottete Joschka davon. Giovanna und Tommaso seufzten erleichtert.

Giovanna lag frisch geduscht auf dem Sofa. Von der Tierklinik, wo sie Barni auf Rat des Arztes über Nacht gelassen hatte, waren sie direkt in die Leipziger Straße gefahren. Dass sie bei ihren Freunden übernachten würde, stand außer Frage. Nun schaute sie zu, wie Tommaso, eine Zigarette im Mundwinkel, in der Küche die Vorräte studierte. Sie beide kamen aus Süditalien und es war nur natürlich, dass auch er in dieser schrecklichen Situation gut essen wollte.

Es gab tatsächlich Menschen, die nur aßen, wenn es ihnen gut ging. Warum eigentlich, fragte sie sich dann, Essen ist doch zum Trösten da. Sie zum Beispiel hatte von ihrer *nonna* immer etwas bekommen, wenn sie sich wieder einmal mit ihrer Mutter gestritten hatte. Manchmal, wenn sie im Stall ein warmes Ei fand, war es eine frisch aufgeschlagene Zabaione, manchmal ein in warme Tomatensoße getunktes Stück Brot, oft nur eine getrocknete Feige. Das alles begleitet von einem einzigen, liebevollen Streicheln über den Kopf. Nicht mehr und nicht weniger, aber Giovanna hatte es nach dem Tod ihrer Oma mehr als einmal vermisst.

»Ich mache uns *spaghetti aglio e olio*«, rief Tommaso aus der Küche.

»Und ich öffne uns einen Jahrgangswein«, kam es aus dem Gästezimmer. »Die Niederschlagung der Burkhardts muss gefeiert werden.«

Giovanna wollte sofort protestieren, doch Tommasos Mundwinkel zuckten und er fing an zu glucksen, angesteckt von Joschka, der kichernd ins Wohnzimmer zurückkam. Ihr Blick ging von einem zum andern, dann ließ sie sich mitreißen. Sie lachte und weinte gleichzeitig, es wollte nicht mehr aufhören. So entlud sich der Schock, der sie hatte erstarren lassen, und nach den Spaghetti, selbstverständlich von edlen Flüssigkeiten gebührend begleitet, erzählte sie den beiden, was genau passiert war.

Sie lag schon im Bett, als noch einmal an die Zimmertür geklopft wurde. Tommaso trat ein und stellte ihr eine Tasse Tee hin. Dann setzte er sich aufs Bett. Er trug einen quer gestreiften Pyjama, der gefährlich über seinem Bauch spannte.

»Giovà, was ist los?«

Sie nahm die Tasse und trank einen Schluck.

»Ich habe der Polizei erzählt, ich sei gestern Nacht alleine zu Hause gewesen. Alle haben es gehört.«

»So ein Mist. Und wieso?«

»Warum wohl …«

»Versuch jetzt zu schlafen, heute ist zu viel passiert. Morgen erzählst du mir dann, was dich wirklich quält. *Buona notte.*« Er stand auf und ging.

Giovanna konnte nicht einschlafen. Ein Schneegestöber an Bildern und Satzfetzen wirbelte in ihrem Kopf herum. An allem war sie schuld, das war die Wahrheit. Weil sie am Morgen das Horn von Padre Pio weggeworfen hatte, hatte sie das Unglück geradezu heraufbeschworen.

Sie schrieb ihrem Mann eine SMS. »Professor von Schacht ist gestorben.«

Nach zehn Minuten die Antwort aus Hongkong. »Das tut mir leid, kümmerst du dich um den Blumenkranz? Die Verhandlungen laufen nicht wie geplant. Bin in Eile, melde mich später. Kuss, Julius.«

Jetzt nahm sie den Schildkrötenring in die Hand, den sie ins Bücherregal über sich gelegt hatte, und spielte mit ihm.

Wieder verschickte sie eine Nachricht: »*I miss you, G.*«

»*Me too*«, kam es prompt von Sonny zurück.

Aber auch danach konnte Giovanna nicht einschlafen.

Ziellos wanderte ihr Blick über die wackeligen Regale, die über dem Bett hingen. Sie waren mit den Zeugnissen der bewegten politischen Vergangenheit ihrer Freunde vollgestopft. Was hatte sie sich immer gefürchtet, dass sie herunterfielen und sie im Schlaf von Karl Marx' *Kapital* erschlagen würde. Beim Professor waren die Bücher sogar alphabetisch geordnet und wehe, Maria pustete den fingerdicken Staub auch nur …

Ein großer Klumpen Traurigkeit suchte sich einen Weg von irgendwo zwischen Herz und Magen nach oben und zerplatzte in einem lauten, sehr verzweifelten Weinen. Ihr Gesicht, das Kissen, sogar die Haare waren feucht, als sich eine fleischige Hand auf ihren Kopf legte und zärtlich die Locken zu streicheln begann. Sie erkannte Tommaso an seinem Tabakgeruch.

Das regelmäßige Streicheln ihrer Haare hatte etwas Tröstliches, sie fühlte sich geborgen. Langsam ging das Weinen in ein trockenes Schluchzen über und mit dem dankbaren Gedanken, in ihm und Joschka ihre Herzensfamilie gefunden zu haben, schlief Giovanna endlich ein.

DONNERSTAG

Kapitel 8

»Giovanna, Giovanna, wach auf!«

Sie wollte nicht aufwachen, sie musste zum Professor, ihn warnen. Sie …

Jemand packte sie an der Schulter und schüttelte sie heftig.

»Wach endlich auf, im Museum ist etwas passiert!«

Verwirrt rieb sie sich den Schlaf aus den Augen und sah direkt auf einen behaarten Speckbauch. Tommaso stand über sie gebeugt, er trug noch seinen elastischen Pyjama, der unbemerkt ein Stück nach oben gerutscht war.

»Wir sind in der Küche«, sagte ihr Freund und verließ das Zimmer.

Vorsichtig setzte sie sich auf. Ihr Kopf war so schwer, dass sie glaubte, er würde sich jeden Moment von ihrem Hals lösen und auf den Boden plumpsen. Sie griff nach der Tasse, die auf dem Nachttisch stand. Ein *caffè corretto*, roch sie sofort, ein mit Grappa korrigierter Espresso. Es musste etwas wirklich Schlimmes passiert sein.

Mit einem schwachen »*Buongiorno*« trat sie in die Küche.

Zwei besorgte Augenpaare schauten sie an.

»Er ist aus dem Museum verschwunden!«, legte Joschka gleich los. »Wir haben es vorhin im Radio …«

»Endlich«, antwortete Giovanna aus dem Bauch heraus.

Ihr Freund schaute sie verstört an.

»Nicht der Direktor, du Dummkopf, der Kultwagen«, sagte Tommaso.

»O Gott, dann hat der Anruf aus Apulien gestimmt!«

»Setz dich sofort hin«, befahl Tommaso. »Wir wollen alles wissen.«

Am späten Vormittag gaben sie auf. Zusammen hatten sie versucht, aus den im Internet gefundenen Informationen, die Situation zu erfassen: Das wertvolle Ausstellungsstück war noch in der Nacht der Vernissage aus dem Museum verschwunden. Keine Einbruchspuren, kein Alarm, keine Auffälligkeiten. Alle Online-Ausgaben der großen Tageszeitungen berichteten über das geheimnisvolle Verschwinden des Sensationsstücks, je nach Couleur begleitet von Statistiken über die gestiegene Kriminalität aus Osteuropa, Aufzählungen anderer aufsehenerregender Kunstdiebstähle oder Interviews mit Experten, allen voran dem Museumsdirektor.

»Etwas verstehe ich überhaupt nicht«, sagte Tommaso, während er akribisch ein Papierblättchen mit Tabak füllte. Er wandte sich an Giovanna, die mit krummem Rücken auf dem Stuhl saß, den Kopf auf die linke Hand gestützt. »Der Notarzt hat dir doch gesagt, dass der Professor schon Dienstagnacht gestorben sein muss.«

»Ja, er war sich relativ sicher.«

»Gut. Denn da frage ich mich, wieso nicht schon gestern Morgen jemand nach von Schacht …«

»… gesucht hat!«, rief Joschka dazwischen.

Die lauten Worte fuhren wie ein Blitz in ihren Kopf. »*Non gridare* – Schrei nicht so!«

»Entschuldige, aber er sagt gerade, dass die Polizei gepfuscht hat, da kann ich nicht ruhig bleiben.«

»Das stimmt doch gar nicht«, korrigierte ihn Tommaso. »Mir fällt nur auf, dass …«

»Vielleicht steckt sogar Absicht dahinter.«

Mit großen Augen schaute Tommaso Joschka an. »Inwiefern?«

»Ich sage euch nur: *Copland* mit Silvester Stallone.«

»Der Film geht doch ganz anders«, mischte sich Giovanna ein. »Ein Polizist legt eine falsche Spur, weil er im angetrunkenen …«

»Das ist doch eine erfundene Geschichte!« Konsterniert blickte Tommaso von einem zum anderen.

»Stimmt, aber die Fantasie ist der Realität oft voraus.«

Nach Joschkas Worten trat eine Pause ein, die jeder auf seine Weise nutzte. Tommaso drehte sich eine neue Zigarette, Joschka schenkte sich Grappa nach und Giovanna stellte sich ans Fenster.

Was für ein Chaos, dachte sie. Warum war sie nicht von der Bar direkt zu Karl-Friedrich gegangen, statt sich auf Sonny einzulassen? Mehr noch, warum hatte sie nicht schon im Museum versucht, den Professor umzustimmen? Der Direktor, das Kuratorium, sogar die Polizei hätten auch über die telefonische Warnung informiert werden müssen, noch am selben Abend. Dann wäre jetzt das Hauptausstellungsstück an seinem Platz … und der Professor vielleicht am Leben.

Sie schaute hinaus. Auf der anderen Seite des Hofes stand ein mehrstöckiges Mietshaus mit Balkonen voller Satellitenschüsseln. Als sie bei InternazionARTE angefangen hatte, waren sie hauptsächlich gegen Südwesten gerichtet gewesen, jetzt zeigten sie fast ausschließlich nach Südosten. Sehnsuchtsschüsseln nannte sie Tommaso, wenn er zu viel getrunken hatte.

Giovanna drehte sich vom Fenster weg. »Karl-Friedrich wäre gestern unter allen Umständen ins Museum gefahren. Kein Kurator der Welt fehlt am ersten Ausstellungstag! Schon gar nicht bei einer so großen und bedeutenden Ausstellung über die Dauner. Es war *seine* Ausstellung, versteht ihr? Zum ersten Mal wurde das Grab der *Fürstin von Arpi* in seinem Grabungskontext gezeigt. Außerdem wollte er den bronzenen Kultwagen genauer untersuchen. Er hatte eine Vermutung und suchte nach Beweisen. Hätte er sie gefunden, wäre die komplette Geschichtsschreibung der vorrömischen Völker auf den Kopf gestellt worden!«

»Dann erzähl uns noch einmal von dem Anruf. Was genau hat dir der Professor gesagt?«

Tommaso zündete sich direkt an der aufgerauchten Zigarette eine neue an.

»Dass er am Dienstagnachmittag einen merkwürdigen Anruf von seinem ehemaligen apulischen Ausgrabungshelfer Antonio bekommen hätte.«

»Und weiter?«

»Nichts weiter. Erstens muss der Mann so stark gehustet haben, dass von Schacht nicht alles verstanden hat. Zweitens wollte er unter keinen Umständen mit dem Direktor sprechen, obwohl ich ihn dazu gedrängt habe. Und drittens hatte er sich schon mit einer Expertin für süditalische Kunst verabredet, die einfliegen sollte. Mein Eindruck war, dass Karl-Friedrich die Warnung über einen bevorstehenden Diebstahl des Kultwagens nicht richtig ernst genommen hat. Er meinte sogar, dass man einem Lügner nicht mehr trauen könne.«

»Auch in Michael Douglas' *Jagd nach dem grünen Diamanten* fängt alles mit einem Anruf an!«, rief Joschka dazwischen.

»Da geht es doch …« Weiter kam sie nicht.

»So ein Anruf kann alles und nichts bedeuten«, fuhr Tommaso fort, als hätte er sie beide gar nicht gehört. »Denunzianten gibt es auf der ganzen Welt, warum nicht auch in Apulien? Es kommt ja nicht von ungefähr, dass dort, wo die Griechen ihre Spuren …« Schwerfällig stand er auf und sammelte die schmutzigen Kaffeetassen ein. Dann begann er, sie im Spülbecken zu waschen. »Ach, was rede ich um den heißen Brei herum. Giovà, gab es diesen Anruf wirklich?«

Giovanna schlug mit der Hand auf den Tisch. »Fängst du schon wieder damit an? Wenn die Gerüchte über Direktor Neuhaus' käufliche Zertifizierungen nie bewiesen worden sind, heißt das noch lange nicht, dass Karl-Friedrich sie erfunden hat.«

»Wenn es nur diese Geschichte wäre!« Mit dem Schwamm in der Hand kehrte er zu ihnen an den Tisch zurück, ohne zu bemerken, dass schaumige Tropfen auf den Boden fielen, »Findet ihr es nicht merkwürdig, dass die zwei Sachen gleichzeitig passiert sind?«

»Du kannst doch nicht Knoblauch mit Zwiebeln vergleichen!«

»Er hat recht«, sagte Joschka. »Zufälle gibt es nur in Märchen oder in der Bibel.«

»Zu unser aller Erinnerung: Der Professor ist tot und der Kultwagen weg. Also, noch einmal, gab es diesen Anruf wirklich?« Die Aschespitze, die immer länger geworden war, brach beim Reden ab und landete auf Tommasos Pyjamaoberteil. Während dieser mit dem Geschirrschwamm den verschmutzten Stoff zu säubern versuchte, überlegte Giovanna fieberhaft. Wie konnte sie beweisen, dass von Schacht die Wahrheit gesagt hatte?

»Sicher ist die Nummer auf der Anruferliste gespeichert!«

»Dann informiere sofort die Polizei, was es damit auf sich hat.«

Das Klingeln ihres Handys unterbrach ihre Diskussion. Die Tierklinik. Froh über die Unterbrechung nahm Giovanna ab und ging ins Wohnzimmer. Als sie kurz darauf in die Küche zurückkam, stand Joschka schon vor dem Herd und verkündete: »Wisst ihr was? Ich mache uns Porridge zum Frühstück.«

Tommaso sah aus, als hätte er einen Zigarettenstummel verschluckt.

»Ich muss in die Klinik«, antwortete Giovanna, insgeheim froh, auch diesmal Joschkas zweifelhaften Kochkünsten entfliehen zu können. »Der Tierarzt will mit mir über Barnis Verletzungen sprechen.«

Bevor sie die Wohnung verließ, hielt Tommaso sie noch einmal zurück.

»Es tut mir leid, dass du gestern meinetwegen die Vernissage so früh verlassen hast. Sonst hättest du im Museum auf den Professor gewartet, und dann wäre er vielleicht noch am Leben.«

Eine glitschige Krake legte sich auf Giovannas Stimmbänder. Wortlos trat sie auf ihren Freund zu und umarmte ihn, so fest sie konnte.

Als sie zwei Stunden später die Tür aufschloss, kam ihr die eigene Wohnung fremd vor. Erleichtert sah sie, dass sie Nachrichten auf dem Anrufbeantworter hatte und hörte ihn ab. Ein Kommissar, der seinen Besuch ankündigte, und ihr Mann.

Mehrmals spielte sie seine Nachricht ab. Hinter Julius Worten war der Lärm der Hongkonger Straßen zu hören, einige hastige, auf Chinesisch gesprochene Worte. Die Sehnsucht nach ihm überwältigte sie. Wieso war er nicht hier? Er hätte sicher gewusst, was jetzt zu tun war. Im Gegensatz zu ihr, die wie ein Kreisel von den unbegreiflichen Ereignissen aufgezogen und schutzlos den Zentrifugalkräften ausgesetzt wurde. Sie wählte seine Nummer, aber sofort sprang die Mailbox an. Ohne eine Nachricht zu hinterlassen, beendete Giovanna den Anruf.

Wenig später klingelte es zweimal an der Tür und jemand schloss umständlich auf. Maria. Sie kam direkt in die Küche gestiefelt und stand da, von Kopf bis Fuß in Schwarz, in der einen Hand mehrere Plastiktüten, in der anderen die Post. Seit ihre Mutter vor fast dreißig Jahren gestorben war, trug Maria Schwarz. Sommer wie Winter. Ab und zu fragte Giovanna spaßeshalber, was sie bei der Beerdigung ihres Mannes Pietro anziehen würde, trug sie doch schon jetzt *lutto*, Trauerfarbe. Jedes Mal antwortete sie ihr mit einem undefinierbaren Glitzern in den Augen: »Dann ziehe ich mir farbige Kleider an und heirate wieder.« Dabei lachte sie, ihr Mann lachte, auch Giovanna lachte mit, obwohl sie nicht sicher war, ob es die Frau nicht sogar ernst meinte.

Diesmal passte die Farbe ihrer Kleidung zum Anlass.

»*Il professore*«, weiter kam Maria nicht. Sie begann so herzzerreißend zu weinen, dass Giovanna erschrocken aufsprang und zu ihr lief.

Sie musste sie lange trösten.

Erst bei einer Tasse Espresso beruhigte sich die Neapolitanerin, und mit vom Weinen geröteten Augen erzählte sie Giovanna, dass die Polizei sie am Vormittag aufgesucht und zum Professor befragt hatte.

»Hätte ich mir gestern nur auf die Zunge gebissen, Signora Greifenstaina!«, rief sie verzweifelt und hielt sich die Hände vors Gesicht.

Nachdem sie bei Giovanna gewesen war, erzählte sie, habe sie im Hauseingang auf ihren Mann Pietro gewartet. Da sei ein Mann gekommen, der beim Professor klingeln wollte. Sie habe ihm gesagt, er sei nicht zu Hause, sie wisse es, schließlich sei sie die Putzfrau. Der Mann bedankte sich und ging wieder weg.

»Ja, und? Der …«

Maria fuhr ihr über den Mund. »Die Polizei hat mir gesagt, dass der Mann ein Museumsdirektor ist. Wenn der hochgegangen wäre, hätte er sicher gemerkt, dass etwas nicht stimmt. Einer wie er ist lange zur Schule gegangen, nicht so wie ich.«

Giovanna horchte auf. Was hatte Peter Neuhaus bei von Schacht zu suchen gehabt? So früh am Morgen? Und überhaupt?

»Warum habe ich nicht geschwiegen? Ich habe solche Schuldgefühle.«

Und ich erst, dachte Giovanna.

Jede hing den eigenen Gedanken nach.

»Der Professor, tot.« Maria schüttelte noch einmal den Kopf. Dann putzte sie sich energisch die Nase, stand auf und mit dem tiefgefrorenen Gemüse, das sie mitgebracht hatte, kochte sie für beide eine Gemüsesuppe.

Es war die traurigste Minestrone, die Giovanna je gegessen hatte.

Erst am späten Nachmittag war Giovanna wieder alleine. Sie machte sich einen Kaffee, im Hintergrund lief das Radio. Das, was Maria gesagt hatte, ging ihr nicht aus dem Kopf. Was hatte Peter Neuhaus am Morgen nach der Vernissage beim Professor gewollt? Die zwei waren sich so spinnefeind, dass sie sich nicht einmal grüßten, wenn sie sich im Museum über den Weg liefen.

»… zutiefst bestürzt bin, dass die Gerüchte, die seit Längerem über unseren Kurator, Professor Karl-Friedrich von Schacht, im Umlauf waren, sich auf traurige Weise zu bestätigen scheinen … Kunstraub, Hehlerei und falsche Zertifizierungen für illegal gegrabene Antiken sind ein lukratives Geschäft und haben schon in der Vergangenheit nicht vor renommierten Wissenschaftlern Halt gemacht. Auch die Polizei …«

Giovanna erstarrte. Die Stimme des Direktors. Was sagte er da?

Als der Radiobericht zu Ende war, hätte sie am liebsten laut geschrien. Die Demontage ihres Freundes hatte angefangen, noch bevor der Mann unter der Erde lag! Doch je mehr sie sich über die Worte von Peter Neuhaus ärgerte, desto mehr beunruhigten sie die Vorwürfe. Wussten er und die Polizei Dinge, die sie nicht wusste? Sie musste dringend mit jemandem darüber reden. Giovanna überlegte kurz, dann machte sie sich zurecht und verließ die Wohnung. Hoffentlich war Tommaso noch im Verlag.

Zu spät merkte sie, dass sie in die falsche U-Bahn eingestiegen war. Doch statt zurückzufahren, beschloss sie, einen Abstecher ins Liebieghaus zu machen. Sie wollte persönlich mit dem Direktor über das Radiointerview sprechen. Als sie an der Hauptwache schnaufend die kaputte Rolltreppe hochstieg, fielen die ersten Regentropfen.

Sieh es positiv, versuchte sie sich zu motivieren. Frische Luft hat noch keinem geschadet.

Auf dem Römer kam der Hagel.

Kapitel 9

Am liebsten hätte sich Giovanna geohrfeigt. Statt die große Verschwörung gegen den Professor aufzudecken, stand sie ohne Regenschirm unter einer kahlen Platane und holte sich gerade eine Lungenentzündung. Der Hagelschauer hatte sie brutal erwischt. Die Locken klebten nass am Kopf und unentwegt lösten sich dicke Tropfen aus den vollgesogenen Haarspitzen und flossen ihr kalt über die Stirn und in die Augen. Zum wiederholten Mal zog sie ein feuchtes Taschentuch aus der Jackentasche und trocknete sich notdürftig das Gesicht ab. Unschlüssig schaute sie über die Straße zum Liebieghaus hinüber, von dem sie nur die Giebeldächer des alten Hauptgebäudes sah, so hoch und kompakt war die Parkmauer gebaut. Eine uneinnehmbare Festung, wieder einmal. Sogar die Schneeflocken, die nun nach dem Hagelschauer übermütig im leichten Wind herumwirbelten, schienen sich über sie zu mokieren.

Vielleicht war es besser, dass sie nicht sofort ins Museum gestürmt war. Wie hätte sie Karl-Friedrich auch verteidigen sollen? Indem sie dem Direktor sagte, dass von ihnen beiden der Professor der fähigere Wissenschaftler war? Dass dieser nach der Untersuchung am Kultwagen als Gewinner aus ihrem langjährigen Disput über die Rolle der Frau bei den vorrömischen Völkern hervorgegangen wäre? Dass nicht nur er, sondern auch sie, Giovanna, über die Gerüchte um falsche Zertifizierungen Bescheid wusste, die über ihn, Peter Neuhaus, im Umlauf waren und nicht über ihren integren Freund, der sich nicht mehr gegen die haltlosen Anschuldigungen wehren konnte, weil er tot in einem Kühlfach lag?

Sie hätte nicht sagen können, ob Wassertropfen oder Tränen

54

schuld waren, dass sie nur noch verschwommen sah. Aber als plötzlich Leben ins Museum kam und eine Handvoll Mitarbeiter aus dem Tor heraustrat, kam ihr keiner bekannt vor. Hektisch suchte sie nach ihrem Taschentuch, doch bevor sie es gefunden und sich damit die Augen abgewischt hatte, waren die Leute schon weg.

Es war Zeit, nach Hause zu gehen.

Da trat ein blasser Mann in einem zu großen Mantel auf die Straße. Er stellte sich an den Bordsteinrand und schaute sich suchend um. Giovannas Herz schlug augenblicklich schneller. »Herr Neu…«

Ihr Ruf ging im Geräusch einer bremsenden Limousine unter. Der Wagen blieb mitten auf der Straße stehen, obwohl die Fahrer hinter ihm wütend hupten. Schnell überquerte sie, von weiterem Hupen begleitet, den stark befahrenen Untermainkai.

Auf der anderen Seite drückte sie sich hinter einen Parkschein-automaten. Direktor Neuhaus diskutierte mit jemandem im Fond des Wagens. Als er sich wieder aufrichten wollte, schoss plötzlich eine behandschuhte Hand heraus und packte ihn fest am Kragen. Giovanna wollte sehen, wer den langen, schmalen Lederhandschuh trug und den schwarzen Pelz, der modisch kurze Ärmel hatte. Aber die Hand hatte den Direktor schon wieder losgelassen, und das Fenster schloss sich. Die Limousine fuhr los.

Obwohl jetzt die Gelegenheit gewesen wäre, Peter Neuhaus zur Rede zu stellen, näherte Giovanna sich ihm nicht. Unerwarteterweise hatte sie die Scheu gepackt, sich nach dieser Szene bemerkbar zu machen. Als würde sie damit den Mann doppelt entwürdigen. Sie schlüpfte in den Park des Liebieghauses und stieß fast mit einer schmächtigen Gestalt zusammen. Beide hielten in der Bewegung inne, dann eilte der Kobold wortlos weiter. Vor ihrem inneren Auge erschien das Bild einer Kordel, die vom Haken gelöst wurde, damit sie und der Professor vor der Vernissage zum bronzenen Kultwagen treten konnten. Giovanna erkannte die Person: Unter dem dicken Regenschutz versteckte sich die Frau von der Aufsicht, die sie durchgelassen hatte. Wie hieß sie noch mal?

»Halt!«

Die Gestalt drehte sich kurz um, dann eilte sie mit gesenktem Kopf weiter.

»Warten Sie, Frau …« Die Museumsmitarbeiterin beschleunigte ihre Schnitte. Giovanna sprintete los und holte sie keuchend ein. »… Henkel!«

Sie sah den verärgerten Gesichtsausdruck, Frau Henkel hatte sie sehr wohl erkannt und wollte an ihr vorbeihuschen, aber Giovanna hielt sie am Ärmel fest. Der wortlose Kampf dauerte ein paar Sekunden, dann ließ die Spannung in den Muskeln der Frau nach. Giovanna hatte gewonnen, vorerst.

»Laufen wir ein Stück.«

Sie legte der Museumsangestellten einen Arm um die Schulter und zog sie mit.

Kapitel 10

Tommaso war der Erste, der anrief. »Ich warte seit zwei Stunden auf dich.«

Giovanna hatte soeben Frau Henkel an der Hauptwache verabschiedet und lief raschen Schrittes durch die Freßgass. Sie wollte nach Hause, in die Wärme. »Tommà, hör auf, meine Mutter zu spielen. Im Museum passieren merkwürdige Dinge.«

»Und in den Medien erst! Es scheint, als hätte dein Liebling mit seinem Interview die Büchse der Pandora geöffnet.«

»*Che stronzo* – Was für ein Mistkerl! Weißt du, dass er sogar seinen Mitarbeitern verboten hat, mit mir zu reden?«

»Jetzt übertreibst du.«

»Doch! Heute Nachmittag hat er alle Mitarbeiter zusammengerufen und gesagt, dass sie ihre Stelle verlieren, wenn sie mit der Presse *oder* der Bekannten von Karl-Friedrich reden. Schließlich sei davon auszugehen, dass er für die Tat über Komplizen außerhalb des Museums verfügt haben muss. Und da ich die einzige Person bin, mit der der Professor befreundet war …«

»Auch die Medien sind davon überzeugt, dass von Schacht den Kultwagen gestohlen hat.«

»Die Medien, die Medien. Ich sag dir jetzt ein paar Sachen aus dem Museum, die die Medien zurückhalten. Unzensierte Infos, sozusagen.«

»Joschka hat es schon immer geahnt: Berlusconi hat Deutschland erobert und keiner hat es gemerkt.«

Oh mamma …

Giovanna erzählte Tommaso, wie sie Frau Henkel, die Museumsmitarbeiterin, geknackt hatte. Diese war härter als eine Mandelschale gewesen. Nur als sie sie daran erinnerte, wie von Schacht geschwiegen hatte, als ihr einmal während des Aufsichtsdienstes Beruhigungspillen aus der Arbeitsuniform gefallen waren, hatte die Frau ihren Widerstand aufgegeben und über die Ereignisse im Museum zu sprechen begonnen.

»Ich bin immer noch nicht überzeugt«, meinte Tommaso. »Das wäre doch bewusste Täuschung.«

»Nein, Rufmord. Unser lieber Direktor hat gute Arbeit geleistet.«

»Und du bist sicher, dass die Überwachungskameras nichts hergeben?«

»Der Blackout von Dienstagabend hat offiziell alle Aufnahmen gelöscht.«

»Ist das technisch überhaupt möglich?«

»Keine Ahnung! Tatsache ist, dass seit den drastischen Kürzungen des Museumsbudgets in den letzten Jahren das Überwachungssystem nicht mehr regelmäßig gewartet wurde.«

»Was ist also das Problem?«

»Es gibt mehrere Probleme: Frau Henkel hat gesehen, wie der Direktor persönlich nach dem Blackout das Überwachungssystem auf seine Funktionsfähigkeit kontrolliert und Entwarnung gegeben hat und alle Museumsmitarbeiter, wie der Professor nach der Veranstaltung den Bronzewagen von seinem Sockel entfernt und …«

»… in den Tresorraum gebracht hat?«

»Das ist ja das Rätsel!«, antwortete Giovanna. »Logischerweise haben die gestern Morgen als Erstes da gesucht. Aber der Bronzewagen war weg und nirgendwo gab es Zeichen von Einbruchsspuren. Hier kommt Karl-Friedrich wieder ins Spiel. Natürlich wusste niemand außer mir, dass er den Kultwagen genauer untersuchen wollte. Doch auch er hätte das Exponat nie verrückt, wenn er es nicht gleich untersuchen wollte. So etwas tut man nicht. Es ist nicht professionell. Jetzt hoffen sie, dass ihn jemand beim Verlassen des Museums gesehen hat.«

»Wieso das denn?«

»Damit sie verstehen, wie er den Kultwagen hinausgeschmuggelt hat.«

»Die Sache wird ja immer undurchsichtiger. Warten wir ab, was die Polizei dir morgen sagen wird.« Ihr Freund machte eine Pause, dann räusperte er sich. »Giovà, bevor ich die Sache vergesse …«

So wie er anfing, wusste sie, dass er die Sache nie vergessen hätte.

»Der Steuerberater hat angerufen. Er braucht unsere Unterlagen früher als verabredet. Wenn er sie nicht bis Montag hat, schafft er es nicht, sie vor seinem Urlaub fertig zu machen. Du tust uns noch diesen Gefallen, nicht wahr?«

»Habe ich euch Holzköpfe je in Stich gelassen? Aber ich muss zuerst nachdenken, mir platzt sonst der Kopf vor lauter Unklarheiten. Weißt du, dass Barni zwei große Prellungen hatte?«

»Ich mache dir einen Vorschlag: Komm zu uns in die Leipziger Straße. Joschka trifft sich mit ein paar Verlegerfreunden und ich gehe gleich runter zum *circolo*. Außerdem«, er legte eine verheißungsvolle Pause ein, »wartet im Ofen ein Teller mit *baccalà e patate* auf dich.«

Stockfisch mit Kartoffeln und Tomaten geschmort, so wie die Neapolitaner ihn aßen. Er hatte recht, was sollte sie alleine zu Hause?

Das Schrillen der Klingel unterbrach ihr Gespräch, die kommunistischen Veteranen vom *Circolo Di Vittorio* waren da. Tommaso sagte noch, dass sie später weiterreden würden, dann hängte er auf.

Giovanna quälte sich über den zugigen Opernplatz. Sie spürte ihre Füße nicht mehr und hatte Angst, zusammenzubrechen und auf der Stelle zu erfrieren. Als sie in die Kronberger Straße einbog, sah sie, dass wieder einmal ein unbeschrifteter Kastenwagen mitten auf dem Gehweg stand. Diese Wagen waren eine echte Plage, seit die wohlhabenden Bewohner des Westends die teuren Sanierungsarbeiten von Billigfirmen aus Polen ausführen ließen. Voller Frust gab sie einer dicken Eisscholle einen Fußtritt, die krachend in die Seitentür des Fahrzeugs flog. Bevor sie sich über ihre Treffsicherheit freuen konnte, bemerkte sie eine Bewegung in der Fahrerkabine. Sie erschrak. Schnell vergrub sie ihr Gesicht im Jackenkragen und wechselte die Straßenseite.

Schon am Ende der Kronberger angelangt, erkannte sie unter einer Schneeschicht ihren Fiat 500. Erleichtert stieg sie ein. Auf dem Beifahrersitz lag ihr Lieblingsschal mit dem Leopardenfellmuster, den sie überall in der Wohnung gesucht hatte. Sie griff danach und schlang ihn sich wie einen Turban um den kalten Kopf. Karl-Friedrich hatte ihren Wagen am Dienstag benutzt, wie jedes Mal, wenn er Material ins Museum bringen wollte. Seit er aber einmal im schlecht ausgeleuchteten Innenhof den Nissan der Burkhardts gestreift und sich lange mit deren Anwalt hatte herumschlagen müssen, parkte er ihn lieber auf der Straße. Sie ließ den Motor an und stellte die Heizung auf die höchste Stufe. Hoffentlich waren ihre Finger noch zu retten.

Mit der Wärme schmolz auch ihre innere Erstarrung und ein ungutes Gefühl breitete sich aus. Das, was Frau Henkel sonst noch über den Eröffnungsabend erzählt hatte, war wirklich merkwürdig. Außer vielleicht der Streit zwischen den ewigen Konkurrenten, über den sich niemand im Museum gewundert hatte. Nach diesem Vorfall war der Professor aufgebracht, ja hysterisch, in die Ausstellungsräume gestürmt und hatte die Haustechniker regelrecht angetrieben, ihm beim Abheben der Schutzvitrine zu helfen. Danach war er mit dem Kultwagen in die Katakomben verschwunden, wo der Tresorraum für besonders wertvolle Objekte stand. Was war nur passiert, dass er so heftig, ja regelrecht unprofessionell, reagiert hatte?

Wieder klingelte das Handy und unterbrach ihre Gedanken. Diesmal war es Joschka.

»Hör zu«, sagte ihr Freund. »Dein zukünftiger Chef bei Durond hat mir unter der Hand gesagt, dass die Dauner-Geschichte keine Chance mehr hat. Das zieht nicht ohne den Professor, verstehst du?«

Nein.

»Du hast doch auch andere Ideen, nicht wahr?«

Nein!

»Gut, denn er will dich am Montag sehen.«

So ein Mist.

Was sie schon seit Mittwochnacht geahnt hatte, war jetzt Gewissheit. Mit dem unerwarteten Tod des Professors fiel auch ihr erstes Buchprojekt für das deutsch-italienische Programm in sich zusammen. Sie hatte keine andere Idee, sie hatte gar nicht daran gedacht. Zu erfolgversprechend war ihr das gemeinsame Konzept erschienen, das im selben Moment geboren worden war, in dem der Professor auf den Bildern des Bronzewagens diese eine verdächtige Delle entdeckt hatte.

Wäre seine Vermutung richtig gewesen, hätte ihre erste gemeinsame Publikation ein wissenschaftliches Erdbeben ausgelöst und wäre gleichzeitig ein Verkaufsschlager geworden. Damit hätte sie ihre neue Stelle bei Durond mit Zement gefestigt, von Schacht seinen berechtigten Platz zwischen Heinrich Schliemann und Howard Carter eingenommen und der Museumsdirektor seine Rückreise angetreten. Nach London, das er nie hätte verlassen dürfen.

Aber jetzt? Ohne Konzept keine Präsentation, ohne Präsentation keine Stelle, ohne Stelle …

So ein Mist!

Auf der Windschutzscheibe hatte sich endlich ein Halbkreis gebildet, durch den sie nach draußen sehen konnte. Es schneite wieder. Der Wind wirbelte Flocken durch die Luft, die aufplatzten, sobald sie die Fensterscheibe berührten. Giovanna betätigte den Scheibenwischer, aber er klebte fest, gehalten von den Resten eines Strafzettels. Sie suchte nach dem Eiskratzer und stieg aus.

Der dritte Anruf war von ihrem Mann. Er hatte ihr auf die Mailbox gesprochen, während sie draußen das krümelige Papier abkratzte. Diesmal hörte sie keine Hintergrundgeräusche, in Hongkong war es mitten in der Nacht. Julius lispelte leicht, wie immer, wenn er sehr müde war. Aber in der Sache war er bestimmt, fast monolithisch. Dass er am Freitag nicht zurückkäme und sie, als seine Ehefrau, die Rede bei der traditionellen Benefizveranstaltung der Wirtschaftskanzlei Greifenstein halten müsse. So wie in den letzten Jahren auch schon. Zum Wohle der Firma.

Diesmal würde sie es nicht schaffen. Nicht nach dem, was passiert war. Giovanna wollte ihn zurückrufen, dann dachte sie, dass er vielleicht schon schlief. Sie warf das Handy auf den Beifahrersitz, gurtete sich an und fuhr vorsichtig aus der Parklücke.

So viele Anrufe. Doch derjenige, nach dem sie sich am meisten sehnte, hatte sich nicht gemeldet.

Auf der Bockenheimer Landstraße staute sich der Feierabendverkehr und nur mit nervenzerreißender Langsamkeit näherte sie sich der großen Kreuzung an der Bockenheimer Warte. Giovanna hatte das Radio eingeschaltet, aber es wäre besser gewesen, sie hätte es nicht getan. Tommaso hatte nicht gelogen. Die Jagd auf den Professor war eröffnet. Sie konzentrierte sich wieder auf die Straße. Wenn sie die falsche Fahrspur erwischte, kam sie auf die Zeppelinallee und konnte lange nicht mehr wenden.

Die Ampel sprang auf Grün und alle fuhren los. Auch der Bus, der ihr zuerst die Sicht auf das Straßenschild versperrt hatte und jetzt die Vorfahrt nahm. Giovanna hupte, um nicht gerammt zu werden. Die Ampel schaltete auf Rot. Ihr Fiat hatte sich keinen Zentimeter bewegt. Da fiel ihr auf, dass die Bockenheimer auf beiden Seiten mit neuen Plakaten gesäumt war, in einer Menge, wie sie sie noch nie gesehen hatte. *THE WAITING IS DONE*, stand in grellen Buchstaben auf schwarzem Hintergrund. Und darunter *Lady G.*

Auch wenn Giovanna nicht wusste, wofür so viel Werbung gemacht wurde, die Warterei im Auto war sicher nicht damit gemeint. Aus Langeweile begann sie aufzuräumen. Die Parkscheibe steckte sie in die Türablage, ein Bonbonpapier und eine Parkquittung fanden ihren Platz im Aschenbecher. Hinter der Sonnenblende lugte die Ecke des Fahrzeugscheins heraus. Jetzt, wo der Professor ihren Wagen nie mehr benutzen würde, konnte sie das Dokument direkt in ihrem Portemonnaie verstauen. Bei dem Gedanken schluckte sie schwer. Was war sie froh, die Einladung von Tommaso angenommen zu haben.

Die Ampel sprang erneut auf Grün, doch der Verkehrsstrom, der vom Palmengarten kam, verhinderte ihre Weiterfahrt. Jemand hupte entnervt. Sie wollte den Fahrzeugschein weglegen, da stutzte sie. Das Plastikmäppchen war unerwartet dick und hart und ließ sich nicht biegen. Giovanna drehte es um und schüttelte es über ihrer offenen Handfläche aus. Ein klobiger, nummerierter Schlüssel rutschte langsam heraus. Sie hatte ihn noch nie gesehen.

Endlich tat sich vor ihr eine Lücke auf. Sofort drückte sie auf das Gaspedal und schaffte zwei Meter, bevor sie wieder zum Stehen kam. Doch jetzt hatte sie wenigstens das Straßenschild vor Augen, das ihr anzeigte, dass es Zeit war, den Blinker zu setzen. Wie gebannt starrte sie darauf. Bockenheim, stand da, der Pfeil zeigte geradeaus. Daneben stand Bahnhof, der Pfeil zeigte nach links. Bahnhof?

Sie zog die zerknitterte Parkquittung aus dem Aschenbecher und studierte sie im schummrigen Licht der Innenbeleuchtung. Was, verdammt noch mal, hatte der Professor Dienstagnacht zweiundvierzig Minuten am Hauptbahnhof gemacht, fast zeitgleich mit ihr um kurz nach Mitternacht? Als sie aus Spaß mit Sonny gemeinsame Passfotos gemacht hatte?

Zwei und zwei ergaben immer vier, hatte schon ihre Oma gesagt.

Giovanna wurde abwechselnd heiß und kalt, und je mehr sie sich der Kreuzung näherte, desto stärker wuchs die innere Beklemmung. Am liebsten hätte sie das Fenster heruntergekurbelt, um Schlüssel und Quittung in die Büsche zu werfen, aus Angst, Dinge über einen Mann zu erfahren, den sie zu kennen geglaubt hatte. Und dem sie vertraut hatte, was noch viel schlimmer war. Den Gedanken, zum Bahnhof zu fahren, verwarf sie augenblicklich. Ihr Instinkt sagte ihr, dass sie diesen Schritt bitter bereuen würde. Somit blieb ihr nur die vernünftige Lösung, nämlich Tommaso abzuholen und mit ihm zur Polizei zu fahren. Schon suchte sie nach ihrem Handy, um ihren Freund vorzuwarnen.

Die Ampel wechselte wieder die Farbe. Giovanna blieb in ihrer Spur und folgte dem Autokorso. Sie hatte fast das andere Ende der Kreuzung erreicht, da riss sie abrupt das Lenkrad herum. Mit einem waghalsigen Manöver und leicht durchdrehenden Rädern bog sie nach links, zum Bahnhof. Das Protestgehupe war ohrenbetäubend. Im Rückspiegel sah sie, dass sowohl ein Kastenwagen als auch ein Alfa Romeo ihrem Beispiel folgten. Der Verkehr an der Kreuzung brach endgültig zusammen.

Mit dem Hupkonzert im Ohr und den zwei Gesinnungsgenossen im Schlepptau bretterte sie Richtung Bahnhof. Es ging nicht anders. Sie musste wissen, was im Schließfach war, auch wenn sie vor Angst fast starb.

Kapitel 11

Ratten waren gefährliche Tiere, hatte Giovanna schon als Kind gelernt. Sie brachten Krankheit und Verderben. Die neapolitanischen, von ihrer Oma auch *zoccole* genannt, waren die schlimmsten ihrer Sorte; Ungeheuer von der Größe einer Katze, die nachts aus der Kanalisation herauskrochen und in den heruntergekommenen Krankenhäusern der Stadt ihr Unwesen trieben. Wem am Morgen nur eine Zehe fehlte, der hatte Glück.

Die deutschen Ratten waren anders. Wählerischer. Bei ihnen musste es gleich der Stromverteiler des Frankfurter Hauptbahnhofs sein. Eine gewisse Dramatik in der Wirkung war den Vierbeinern nicht abzusprechen, aber am Ende erwiesen sie sich als dumm.

»Zwei haben sich selber gegrillt«, erklärte eine käsig aussehende Frau allen, die wegen der defekten Schließfächer am Schalter für Gepäcksicherheit anstanden. »Um den Rest kümmern sich die Kammerjäger.«

Endlich verstand Giovanna, was sie soeben erlebt hatte.

Sie war keine fünf Schritte aus der Tiefgarage des Hauptbahnhofs gekommen, als sie in den Sog einer Menschengruppe gezogen wurde, die sich, mit Fahnen und Plakaten gewappnet, gerade in Bewegung setzte und Richtung Rolltreppe marschierte. Eine Frau gab den Lauftakt vor.

»Recht auf Leben, Recht auf Leben!«, schrie sie kraftvoll ins Megafon und alle aus der Gruppe schrien mit.

Giovanna konnte nicht sagen, wie viele Menschen protestierten, aber mehr als genug, denn sie war in der Menge eingekeilt und musste mitlaufen.

Das ungemütliche Untergeschoss war noch schummriger als sonst, und erst als sie die Treppe in die Haupthalle hochstiegen, sah sie die Fahnen genauer: vom Tierschutzverein, vom Tierschutzbund, vom WWF und eine einzelne vom DGB Frankfurt.

Free Rats hatten die Demonstranten auf Pappkartons geschrieben. Giovanna verstand nichts mehr. Was hatte die Gewerkschaft mit den ekligen Viechern zu tun? Sie wagte nicht, danach zu fragen, aber wenigstens war sie nicht unter Nazis geraten.

Irgendetwas stimmt hier nicht, hatte sie noch Zeit zu denken, da erreichten sie schon die Bahnhofshalle. Außer dem Lärm der Gruppe war nichts zu hören. Keine Zugbremsen, keine Ansagen, keine Gespräche von den Reisenden, die dicht gedrängt herumstanden. Die hohe Halle vervielfältigte den Schlachtruf der Protestler und es schien, als würde eine Armee einmarschieren. Giovanna hielt sich die Ohren zu. Die Stimme aus dem Megafon brach ab, die Gruppe blieb stehen. Sie wurden angestarrt, als kämen sie direkt aus dem Zoo.

Eine unangenehme Unruhe breitete sich aus.

Plötzlich stürmten von den Seitenarmen Polizisten in voller Montur in die Halle und kämpften sich zu den verstummten Demonstranten vor. Diese wollten ausweichen, aber wohin? Genau in dem Moment knackste es in den Lautsprechern und eine modulierte Stimme kündigte die Einfahrt des ICE 101 aus Berlin an. Der Zug hatte zwei Stunden Verspätung.

Die gereizte Stimmung, die schon die ganze Zeit über allem gewabert hatte, entlud sich in Chaos und Tumult: Fahrgäste griffen nach ihrem Gepäck und rannten auf den einzigen Zug los, der es in den Bahnhof geschafft hatte. Sie drängelten und schubsten, stießen Koffer um und benutzten das Handgepäck als Rammbock, ungeachtet dessen, ob sie andere Reisende oder die Polizisten erwischten, die ihrerseits versuchten, die unübersichtliche Gruppe von Demonstranten einzukesseln. Instinktiv wollten die Staatsdiener die unkontrollierte Masse bändigen, während die Tierschützer die Gunst des Moments nutzten, um in den Untergrund abzutauchen. Nur Giovanna schlüpfte durch eine Menschenlücke und begab sich endlich auf die Suche nach dem Schließfach, das zum gefundenen Schlüssel passte.

Der Schalter der Gepäcksicherung glich einer belagerten Burg. Von den Wartenden erfuhr sie, dass es im gesamten Bahnhof ein Blackout gegeben hatte. Die Ticketautomaten, die Rolltreppen, die Tafeln mit den Fahrgastinformationen und die Schließfächer waren noch immer tot.

»Mausetot«, sagte ein Junge mit Bommelmütze, der sich aus der langen Warteschlange verabschiedet und auf einen Rucksack gesetzt hatte. Der Junge und ein kleiner, aufgepumpter Mann in einer altmodischen Lederjacke, der entspannt am Schaufenster des nebenan liegenden Blumenladens lehnte, schienen die Einzigen zu sein, die sich nicht vom Chaos mitreißen ließen. Giovanna beneidete sie darum. Sie selber fror und schwitzte im Wechsel, ein unangenehmer Druck hatte sich auf ihre Schädeldecke gelegt.

Als sie endlich an der Reihe war, gab sie zuerst den Schlüssel ab und folgte dann einem gestresst wirkenden Mitarbeiter, der das Schließfach mit einem Spezialgerät öffnen musste. Je mehr sie sich ihm näherten, desto schlechter fühlte sie sich. Die Prozedur dauerte keine fünf Sekunden, dann war das Fach offen. Der Mann trat diskret zur Seite.

Giovanna traute ihren Augen nicht. Es war noch schlimmer als befürchtet. Nicht nur wegen der Kiste, die groß genug war, um darin vieles, auch einen daunischen Kultwagen zu lagern, sondern vor allem wegen dem, was auf dem Deckel geschrieben stand: »Im Notfall Giovanna Greifenstein benachrichtigen.« Sie atmete tief ein und zog die Kiste heraus.

Sie war leichter als erwartet. Aber nicht so leicht, als dass sie hätte hoffen können, sie sei leer. Im Gegenteil. Das, was darin war, schien ihr eine hohe energetische Dichte zu haben, ja, radioaktiv zu sein, denn sie hatte das Gefühl, als würde sich das Holz in ihre Hände einbrennen, so heiß fühlte es sich an. Matt verabschiedete sie sich von dem Mann und lief in die Haupthalle zurück. Plötzlich kamen fünf Polizisten um die Ecke geschossen und rannten direkt auf sie zu. Sie erschrak und wollte schon die Hände hochreißen und sich ergeben, doch die Beamten liefen an ihr vorbei. Erst jetzt bemerkte sie den Lärm der Tierschützer, die vor dem Hauptbahnhof zu neuer Stärke gefunden hatten.

Auch wenn man dachte, auf das Schlimmste vorbereitet zu sein, war die Situation, wenn sie eintraf, trotzdem unerträglich. Die Machtlosigkeit vor dem Unerklärbaren, wie sie sie als junge Frau beim Tod ihrer Großmutter verspürt hatte, war wieder da. Giovanna hatte die verräterische Kiste in den Kofferraum des Fiats gelegt und den Deckel geöffnet. Der Kultwagen war zwar dick verpackt, doch erkannte sie ihn an seinen Konturen. Kurz wurde ihr schwarz vor Augen, so brutal waren die Fakten: In ihrem Auto lag das Diebesgut, nach dem halb Europa suchte, und ein Mensch, dem sie vertraut hatte, hatte sie ohne ihr Wissen in eine schlimme Geschichte hineingezogen. Tommaso hatte recht, sie hatte von Schacht zu wenig gekannt.

An der Parkschranke steckte sie das Ticket in den Schlitz. Die Karte wurde eingezogen und gleich wieder ausgespuckt. Sie versuchte es noch einmal. Und noch einmal. In Giovanna zerbarst etwas und sie begann, mit der Faust auf das Lenkrad zu schlagen. Bis sie die Hupe traf. Der kahle Kassenwart, der gerade seine Zigarettenpause machte, zuckte zusammen und kam mit grimmigem Gesicht zu ihr ans Auto.

»Was werden Sie gleich hysterisch?«

Ohne zu antworten, hielt sie ihm mit zittrigen Fingern das Ticket hin. Der Mann steckte es in den Schlitz und die Schranke öffnete sich.

Giovanna legte den ersten Gang ein, löste die Kupplung und drückte das Gaspedal. Der Wagen röhrte nur ins Leere. Sie zog den Schaltknüppel zurück und drückte ihn wieder in den ersten Gang, dann betätigte sie die Fußpedale. Der Cinquecento stotterte kränklich.

In ihrem Rücken hatte sich eine Autokolonne gebildet und der Parkwächter wartete mit verschränkten Armen. Giovanna war so heiß, dass sie glaubte zu ersticken. Sie wollte die Heizung herunterfahren, aber sie wusste nicht mehr, wie das ging. Die eigene Verwirrung versetzte sie in Panik, sie atmete immer schneller. Da berührte ihre Hand die angezogene Handbremse, und gerade als der Wächter sich wieder näherte, löste sie sie. Wie eine Rakete schoss das Auto auf die Ausfahrtsrampe zu. Bevor sie im Tunnel verschwand, erhaschte sie im Rückspiegel noch einen letzten Blick auf den Mann, der, von ihren Abgasen eingenebelt, so stark hustete, dass er sich krümmen musste.

Direkt zur Polizei? Oder lieber zuerst Tommaso abholen und dann zur Polizei? Beide Möglichkeiten ließen sie zögern. Statt sofort in den Abendverkehr einzufädeln, hielt sie am Ende der Rampe an, fischte ihr Handy aus der Tasche und nahm eine Nachricht auf. »Tommaso, ich komme nicht. Professor von Schacht hat … Er ist … Ich melde mich später von zu Hause aus.«

Giovanna hatte sich entschieden. Sie würde nach Hause fahren und in Ruhe nachdenken. Nicht erst seit sie den Kultwagen gefunden hatte, ging die Geschichte nicht auf.

In der Kronberger Straße war der Kastenwagen endlich weg. Giovanna parkte direkt vor der Einfahrt und holte die Kiste aus dem Kofferraum. Ächzend stemmte sie die Haustür auf, die noch immer nicht einschnappte, drückte den Lichtschalter und drehte sich um. Fast traf sie der Schlag. Auf der Treppe saß ein afrikanischer Gott, der bei ihrem Anblick strahlte, als würden tausend Sonnen aufgehen.

»*Hi*«, sagte Sonny.

Hinter Giovanna knallte die Tür zu.

»Was machst du hier?«

Sonny antwortete nicht gleich, sondern musterte sie interessiert. »*Nice look.*«

Was meinte er damit? Sie war doch bis auf die Knochen durchgeweicht und …

Ihre Hand fuhr zum Kopf hoch. Sie war die ganze Zeit mit einem tierischen Turban herumgelaufen! Schnell löste sie den Leopardenschal und legte ihn sich über die Schultern.

»Dein Ring …«, begann sie.

»*I know*«, antwortete er und schaute sie weiter an.

Giovanna fuhr sich mit der Hand durch die feuchten Haare.

Sonny stand auf und kam auf sie zu.

»*You are so crazy*«, sagte er, während er ihren Schal an beiden Enden packte und über seine Hände aufzurollen begann. Dann, mit rauerer Stimme, »*and so fuckin' hot.*«

Mit dem Schal zog er sie zu sich und küsste sie.

FREITAG

Kapitel 12

Abrupt fuhr Giovanna hoch. Ihr Herz raste und sie bekam kaum Luft. Es war dunkel, zu dunkel. Sofort langte sie mit der Hand nach der Nachttischlampe, doch sie stand nicht an ihrem üblichen Platz. Panisch strampelte sie sich von der Decke frei und setzte sich auf. Wo war die Lampe? Wieso schwankte alles? Und dieser Lärm, dieser schreckliche Lärm von Tieren, die vor Angst schrien.

Nonna, wollte sie rufen. Aus ihrem trockenen Hals kam nur ein Krächzen. *Nonna*.

Eine Tür fiel ins Schloss, dann Stimmen. Fröhliche Stimmen. Das konnte nicht sein. Sie hatten doch alle geschrien, gerufen, geweint, geklagt in dieser verfluchten Nacht, als das Erdbeben ihr Leben zerstört hatte.

Wieder hörte Giovanna Geräusche, die nicht passen wollten. Ein Wagen, der gerollt wurde, eine Tür, die aufgeschlossen wurde, neue Stimmen, diesmal gedämpft und ruhig. Sie strich sich die verschwitzten Haare aus dem Gesicht und versuchte, den Atem zu kontrollieren. Sie war nicht bei ihrer Oma. Sie war auch nicht in ihrem Schlafzimmer. Wo war sie dann? Erst jetzt sah sie, dass es im Zimmer nicht stockdunkel war. Die Vorhänge am Fenster standen eine Handbreit offen. Draußen wurde es gerade hell. Konzentriert schaute sie sich um und erkannte die Konturen einzelner Möbelstücke: Schreibtisch, Konsole mit Flachbildschirm und in der Ecke einen Sessel. Ein Hotelzimmer. Neben ihr raschelte das Laken. Sie machte sich steif. Wer lag da? Mit der Hand tastete sie vorsichtig auf die andere Seite des Betts und fand eine glatte, durchtrainierte Schulter. Mit einem Schlag waren die Nachtgespenster weg.

Giovanna setzte sich auf und lehnte sich an die lederne Bettpolsterung. Das kühle Material tat ihr gut. Ihr Kopf fühlte sich an, als würde er von spitzen Zähnen zerbissen. Die stechenden Schmerzen strahlten bis in die Haarspitzen. Sie hob die Hände, um sich an den Schläfen zu massieren, aber noch in der Bewegung zuckte sie zurück. Sie hätte schwören können, dass sich ihre Locken bewegt hatten, dass sie lebten. Sie sprang aus dem Bett und lief ins Bad.

Im Spiegel blickte ihr keine Medusa entgegen. Jedoch war das Bild, das sie abgab, nicht weniger beunruhigend. Ihre Gesichtshaut schimmerte fahl, zwischen der Nasenwurzel und den Mundwinkeln hatten sich zwei tiefe Kerben eingegraben und die Augen, die grünen sonst so leuchtenden Augen, verschwanden fast in den Tiefen einer dunklen Bucht. Sie war über Nacht hässlich geworden! Automatisch fasste sich Giovanna in die Haare, um sie zu einem dicken Knoten zu drehen, und entdeckte einen knallroten Knutschfleck am Hals. Auch das noch. Sie ließ die Haare los, füllte das Waschbecken mit kaltem Wasser und spritzte es sich mit beiden Händen ins Gesicht.

Danach sah sie nicht besser aus, dafür konnte sie klarer denken. Aber das war auch nicht schön. Denn erst jetzt, in diesem anonymen Badezimmer, alleine mit sich und dem grausamen Spiegelbild, erfasste sie die volle Tragweite ihres Handelns vom Vorabend. Sie hatte eine große Dummheit begangen, *una grande cazzata*. Und wieso? Weil sie an die Unschuld ihres Freundes geglaubt hatte, der wohl so unschuldig nicht war.

Sie musste sofort zur Polizei und die Kiste, die sie unter Sonnys erstauntem Blick mit ins Hotelzimmer genommen hatte, abgeben, ansonsten würde es schwierig, wenn gar unmöglich, zu erklären, dass sie mit der Sache nichts zu tun hatte. Nichts, obwohl sie die einzige Vertraute des Professors gewesen war. Nichts, obwohl er den Schließfachschlüssel in ihrem Wagen versteckt hatte. Und schon gar nichts, obwohl auf der Holzkiste eine an sie gerichtete Botschaft geschrieben war. Wenn sie nicht gleich handelte und der Polizei zuvorkam, würde aus der Dummheit eine Straftat werden. Andere kamen für weniger ins Gefängnis.

Allein der Gedanke daran machte sie schwindlig und sie musste sich am Waschbecken festhalten.

Als sie in Neapel Geisteswissenschaften studiert hatte, war sie morgens und abends an den hohen Mauern des *Carcere di Poggioreale* entlanggelaufen, einem der größten und berüchtigtsten Gefängnisse Italiens. Sie hatten sie verfolgt, die Stimmen, die über die Mauern flüchteten und von Gewalt und Willkür erzählten. Die körperlosen Hände, die jenseits der Gitterfenster verzweifelt nach Gerechtigkeit suchten, aber nur leere Versprechungen zu fassen bekamen.

Diese und viele andere Tropfen des kaputten neapolitanischen Alltags hatten sie innerlich ausgehöhlt und genau eine Woche nach ihrem Studienabschluss war sie nach Bologna geflüchtet.

»Beruhige dich, Giovanna«, sprach sie sich Mut zu. »Du bist nicht in Süditalien. Hier in Deutschland ist die Polizei anders. Ihr kannst du vertrauen, sie ist gewissenhaft. Weder lässt sie sich belügen, noch begnügt sie sich mit einfachen Lösungen. Sie wird so lange den Fall verfolgen, bis sie ohne Zweifel sagen kann, was Karl-Friedrich getan hat. So lange, bis klar ist, wieso. Ja, Giovanna, hab keine Angst. Die Polizei wird das tun. Die Polizei muss das tun. Ohne Vorurteile. Bis die Wahrheit ans Licht kommt. Sie ist unbestechlich.«

Mochte ihr noch so vieles an Deutschland nicht gefallen, auf die Staatsgewalt konnte sie sich verlassen.

Giovanna stieß sich vom Waschbecken ab. Jetzt, wo die Entscheidung gefallen war, ging es ihr nicht schnell genug mit der Morgentoilette. Bevor sie das Bad verließ, rieb sie den Knutschfleck dick mit der Bodylotion des Hotels ein und zog die noch feuchten

Haare darüber lang. Dann machte sie das Licht aus und kehrte ins Schlafzimmer zurück.

Wie kann ein Mensch nur so ruhig schlafen, fragte sie sich irritiert, während sie im halbdunklen Zimmer ihre Kleider zusammensuchte. Sonny lag noch so, wie sie ihn verlassen hatte, auf der Seite, den Arm über der Decke ausgestreckt, das Bein angewinkelt. Nur sein Atem war tiefer geworden.

Als sie angezogen war, stellte sie sich ans Bett und betrachtete ihn. Am liebsten hätte sie sich neben ihn gelegt und sich von seiner Ruhe wie von einer Krankheit anstecken lassen. Aber sie musste weg. Um sich zu retten. Sie war ihm am Vorabend ohne zu zögern ins Hotel gefolgt, gegen jede Vernunft. Lag es an den verwirrenden Ereignissen der vergangenen Tage, die sie zugänglich für seine Nähe machten? Oder lag es an ihm? Es machte keinen Unterschied. Im Kokon des Hotelzimmers hatte es nur einen Mann und eine Frau gegeben, und ihre Lust aufeinander.

Viel hatten sie in der Nacht nicht geredet. Schon gar nicht über das, was zwischen ihnen war. Was Sonny wollte, was sie ihm bedeutete, wusste sie nicht. Sie wollte es auch nicht wissen, so wenig, wie sie wissen wollte, wie das Gefühl hieß, das sich wie ein Ölteppich auf ihrem inneren Meer ausbreitete und sie mit seinem geheimnisvollen Glitzern zu locken versuchte, während sie selber nur bis zu den Knöcheln im Wasser stand, zaudernd, ob sie hineinspringen sollte oder nicht. Einfach, weil sie nicht sehen konnte, was sich darunter verbarg.

Mir fehlt der Mut für dich, Sonny Omowura.

Giovanna beschloss zu gehen, ohne sich von ihm zu verabschieden. Sie griff nach der Kiste mit dem Kultwagen und war schon an der Zimmertür, als sie es sich anders überlegte und noch einmal zurückkehrte. Vor der Konsole zog sie sich den Leopardenschal vom Hals und legte ihn neben seinen aufgereihten Schmuck. Dann verließ sie das Zimmer, angestrengt darauf bedacht, sich nicht dem aufgewühlten Meer zu nähern.

Kapitel 13

Der Kultwagen hatte sich in der Nacht nicht in Luft aufgelöst. Leider. Dick verpackt lag er in der Kiste, die sie hoffnungsvoll geöffnet hatte, kaum dass sie die Hotelgarage betreten und ihren Wagen aufgesperrt hatte. Giovanna verschloss den Holzdeckel und schlug den Kofferraum so fest zu, dass der Fiat erzitterte. Sie setzte sich ins Auto, parkte aus, fuhr aus der Garage und schlängelte sich im morgendlichen Verkehr Richtung Polizeipräsidium. Schon nach wenigen Metern war Schluss. In der Stephanstraße hatte es einen Auffahrunfall gegeben. Seufzend nahm sie den Gang raus und zog sich die Ärmel des Pullovers über die Hände. Die italienische Heizung kam gegen die deutsche Kälte nicht an.

Selten war sie so früh in der Innenstadt unterwegs. Durch die beschlagene Scheibe beobachtete sie die Passanten. Ein kräftiger Wind zerrte wie ein quengelndes Kind an deren Kleidern und es war eher ein wackeliges Gleiten, denn ein Laufen, das sie auf die andere Straßenseite brachte. Seit fünf Jahren hatten sie keinen solchen Winter mehr in Frankfurt erlebt und Giovanna konnte sich noch lebhaft an das Gelächter ihres Mannes erinnern, als sie ihm gesagt hatte, dass, wenn wirklich etwas ihre Ehe gerettet hatte, es die Erderwärmung gewesen war.

Das Gefühl kam unerwartet und überraschte sie. Sie hatte Lust, seine Stimme zu hören, ihm von der Kiste zu erzählen. Wenn es jemanden gab, der auch in der vertracktesten Situation Ruhe bewahren und nach einer eingehenden Analyse die richtigen Vorschläge machen konnte, dann Julius. Es war seine Art gewesen, in die sie sich verliebt hatte. In Bologna, während sie in der brütenden

Nachmittagshitze zusammen Italienisch lernten, sie als Lehrerin, er als Schüler. Die Klarheit seiner Gedanken, die Ordnung in seinen Gesprächen, seine wohltuend sachliche Weltanschauung gepaart mit einem reichen Schatz an Lebenserfahrung; mit anderen Worten, Julius hatte das, was ihr fehlte und sie war von ihm angezogen worden wie die Motte vom Licht.

Sie würde ihrem Mann alles erzählen und er würde ihr den richtigen Rat geben, so wie damals, als sie ihm nach einem Jahr Ehe wild gestikulierend und überhitzt erklärt hatte, dass sie sich in Frankfurt lebendig begraben fühle und noch am selben Tag ihre Koffer packen und nach Italien fliegen wolle.

Per sempre, für immer.

Julius hatte sie reden lassen, um ihr dann ruhig zu antworten, dass er das hatte kommen sehen. Sein Vorschlag, sie solle sich in seiner Abwesenheit mit anderen Männern treffen und sich die Hörner abstoßen – schließlich sei sie mit sechsunddreißig Jahren wahrhaftig zu jung fürs Grab – brachte ihm zuerst eine neapolitanische Ohrfeige ein, erwies sich aber im Nachhinein als die wahre Rettung ihrer Ehe.

Würde sie ihren Mann um diese Zeit in Hongkong erreichen? Einen Versuch war es wert. Mit der Rechten suchte sie in ihrer Tasche nach dem Handy, dann sah sie, dass der Akku leer war. Was würde ich jetzt für einen Espresso geben, dachte sie noch, als ihr Blick auf die Zeitungsaushänge eines Kiosks fiel.

Die Fahrt nach Hause war schlimmer als die *Via Dolorosa*, jeder Kiosk eine Kreuzwegstation mit Zeitungsaushängen, die dazu aufforderten, niederzuknien und die Andacht für die Sünden des Professors zu beten. »Spektakuläre Wende in Museumskrimi«, »Ein Toter und der verschwundene Kultwagen«, »Spur führt nach Osteuropa« und ihr emotionaler Tiefpunkt: »Hauptverdächtiger im Streit von Komplizen getötet.« Giovanna hätte schwören können, dass nicht einmal Jesus Christus auf seinem Kreuzweg so viel gelitten hatte, wie sie jetzt.

Zunächst fuhr sie tapfer weiter. Als sie aber auf der Bockenheimer Anlage eine Fahrradfahrerin mit Kind übersah und die beiden nur nicht überfuhr, weil sie in letzter Sekunde in die Blumenbeete am Straßenrand auswich, musste sie sich eingestehen, dass es ihr schlechter ging, als sie zugeben wollte. Was war sie naiv gewesen, im Hotelzimmer zu denken, sie würde es alleine schaffen, sich vor der Polizei freizusprechen. Was sie brauchte, war ein Anwalt, nicht irgendeinen, sondern den Besten der Stadt, und dazu musste sie ihren Mann unter allen Umständen sprechen. Also musste sie zuerst nach Hause und ihn anrufen, alles andere ergab keinen Sinn.

Nur zu gerne hatte sie sich in der Nacht von Sonnys Küssen betäuben lassen. Umso heftiger brachen jetzt die Fragen hervor, die sie sich seit dem Erwachen unablässig stellte: Warum der Professor den Kultwagen aus dem Museum gebracht und sie in diese Geschichte mit hineingezogen hatte. Und, was am schlimmsten war, ob sie jetzt dafür bezahlte, nicht früher auf andere gehört zu haben.

Viele hatten sie davor gewarnt, sie würde sich ihre Chancen auf eine Arbeit im Museum verbauen, wenn sie mit von Schacht verkehrte. Der Professor war mit seiner radikalen Haltung in Bezug auf illegal ausgegrabene Stücke in der Szene umstritten und hatte schon für einige Skandale gesorgt. Wie in dem Fall eines unschätzbar wertvollen Goldgefäßes aus einem geplünderten Königsgrab im Südirak, das er im Museumstresor versteckt und sogar vor dem Zoll zurückgehalten hatte, damit es nicht in den Kunsthandel zurückgelangen konnte.

Damals hatte sie seine Haltung bewundert, diese Kompromisslosigkeit, die ans Fanatische grenzte, das Brennen für eine Sache. Und heute? Heute wusste sie nicht, was sie denken sollte. Sie ver-

79

wünschte ihre eigene Naivität bis sie vor der Kronberger Straße 28c den Blinker setzte, in den Innenhof fuhr und den Wagen abstellte. Endlich war sie zu Hause.

Was Maria, ihre Putzfrau, auszeichnete, fehlte deren Mann gänzlich. Pietro war als Hausmeister so wortkarg wie faul. Der Schnee in der seit Tagen ungeräumten Einfahrt war am Vorabend unter dem Regen aufgetaut und in der Nacht wieder zugefroren. Jetzt hatte er sich in eine bizarre Eislandschaft verwandelt, auf der man ausrutschen und sich den Hals brechen konnte. Giovanna tastete sich vorsichtig an der Hausmauer entlang.

Im Treppenhaus war es fast so kalt wie draußen und fröstelnd öffnete sie ihren Briefkasten. Dieser quoll über vor Werbung und Sendungen für ihren Mann. Sie leerte den Kasten und zupfte auch die Post ihres Nachbarn aus dem Briefkastenschlitz. Wer würde ab nun für alles zuständig sein? Für die Todesanzeige, die Beerdigung, die Auflösung der Wohnung? Mühevoll erklomm sie die Stufen. Sie fror immer mehr, obwohl sie innerlich brannte. Hoffentlich werde ich nicht krank, dachte sie, und glaubte zu spüren, wie die Schwäche in ihre Beine kroch. Sie sehnte sich nach einer heißen Dusche, ihrem Pyjama und jemandem, der ihr Kaffee und Kekse ans Bett brachte.

»*Nonna*«, sprach sie leise aus, während sie den Schlüssel in das Schloss der Wohnungstür steckte.

Die Tür ging von alleine auf, sie war nicht abgeschlossen.

Eh no, diesmal war es kein Versehen wie am Mittwochabend. Sie wusste genau, dass sie abgeschlossen hatte.

Mit vor Angst klappernden Zähnen stieß sie die Holztür auf und steckte vorsichtig den Kopf in die Wohnung. Die Diele schien in Ordnung. Von der Konsole blinkte ihr der Anrufbeantworter entgegen, so wie immer. Unschlüssig blieb sie auf der Schwelle stehen und hielt den Atem an. Außer ihrem eigenen Herzklopfen hörte sie keine anderen Geräusche. Sie streckte den Arm zum Schalter und machte Licht. Alles schien an seinem Platz zu sein. Doch etwas störte.

Die Kälte, dachte sie.

»Sei still«, antwortete ihr Verstand. »Wegen dir kommen wir heute ins Gefängnis.«

Giovanna reckte sich Richtung Küche. »Maria?«

Niemand antwortete, aber ihre eigene Stimme zu hören, beruhigte sie. Sie überlegte und kam zu dem Schluss, dass sie sich doch nicht genau daran erinnern konnte, ob sie abgeschlossen hatte oder nicht. Nach dem Radiointerview hatte sie nur noch den Museumsdirektor im Kopf gehabt und die Wohnung überstürzt verlassen. Warum nahm sie Tommasos Geschwätz über osteuropäische Einbrecherbanden ernst und bekam wegen nichts Angst?

Ohne die Tür hinter sich zu schließen, betrat Giovanna die Diele. Sie legte die Schlüssel auf die Konsole und lief zum Schlafzimmer, woher die Kälte zu kommen schien. Sie trat ins Zimmer und unterdrückte einen Schrei. Ein offenes Fenster schwang im Rhythmus der Windstöße hin und her. Und auf dem Bett lag ein toter Vogel.

Die Post, die sie sich unter dem Arm geklemmt hatte, fiel auf den Boden, als sie in die Diele zurückstolperte, hastig nach dem kabellosen Telefon griff und hinausrannte.

In der Einfahrt rief sie die Polizei an. Dann ihren Mann. Diesmal nahm er sofort ab.

»Komm zurück, hier geschehen so viele Dinge, bitte, bitte, bitte, komm zurück, ich habe Angst!« Ihre Stimme überschlug sich, während ihre zitternden Hände kaum den Hörer halten konnten.

»Was ist passiert? Warte …« Er sprach mit jemandem auf Chinesisch. »Giovanna? Bist du noch dran?«

»Die Mafia ist hinter mir her!«

»Jetzt beruhige dich, du bist kaum zu verstehen. Ist es wegen des Professors? Eine schlimme Geschichte, hatte ich dich nicht vor ihm gewarnt?«

»Ich brauche dich, ich stecke in großen …«

»Giovanna«, unterbrach sie ihr Mann, »du bist durcheinander und in diesem Zustand neigst du zur Übertreibung.«

Diesmal nicht, dachte sie. »Julius, bitte!«

Wieder wurden sie unterbrochen, im Hintergrund hektische Stimmen.

Während sie auf die Antwort ihres Mannes wartete, verstand sie erst, was er ihr gesagt hatte. Die Erkenntnis legte sich wie eine Eisschicht auf ihr überhitztes Gemüt: Sie war mit ihrem Problem allein.

Ein Rascheln aus dem fernen Hongkong: »Hör zu, sei vernünftig, ich kann nicht einfach weg. Hier ist es kompliziert, sie vertrauen nur mir … Der Deal ist zu groß.«

»Ich hatte vergessen, dass die Welt ohne Julius Greifenstein stehenbleibt«, sagte sie leise.

»Was ist in dich gefahren? Ich fliege zurück, wenn du darauf bestehst. Aber denk daran, dass von diesen Verhandlungen Tausende Arbeitsplätze abhängen.«

Giovanna kaute auf der Innenseite ihrer Wangen, was konnte sie darauf schon antworten?

»Soll ich kommen, ja oder nein?«

Über ihr flog lärmend ein Krähenschwarm vorbei und nahm auf dem Dach des Nachbarhauses Platz.

Ein Seufzer, dann leise und zärtlich: »*Ricciola*, wenn du willst, fliege ich zurück. Heute noch.«

Ricciola – Krauskopf, den Kosenamen hatte sie lange nicht mehr zu hören bekommen. Ihre Augen füllten sich mit Tränen.

»Julius …«

»Nun, soll ich kommen? Entscheide dich bitte.«

»Ja. Ich meine nein, ich kriege das hin.«

»Davon war ich überzeugt.« Die Erleichterung in seiner Stimme war unüberhörbar. »Du kannst sicher ein paar Tage bei deinen Freunden … Warte, Frau Wittler sagt, dass dir das Büro die Rede für die Benefizveranstaltung geschickt hat. Du wirst sehen, das lenkt dich ab«.

»Nein, Julius, das schaffe ich …«

»Wir müssen hinein.«

»… nicht.«

Aber er hatte schon aufgelegt.

Sie passte nicht auf und rutschte aus. Es tat höllisch weh. Am frühen Morgen und mitten in der Einfahrt sitzend, weinte sie. Sie heulte wie eine Wölfin, laut und verzweifelt.

Ich schaffe das nicht alleine.

Eine Hand legte sich auf Giovannas Schulter.

»Sind Sie Frau Greifenstein?«

Durch den Tränenschleier blickte sie in zwei besorgt schauende Augen. Dunkelblaue Augen. Sie ignorierte die hingehaltene Hand und stand auf.

Misstrauisch musterte sie den jungen Mann. »Und wenn?«

»Kriminalhauptkommissar Ben Köhler. Ich suche Sie seit gestern.«

Giovanna nickte nur. Gestern war weit weg.

Kapitel 14

Obwohl Giovanna den Aufwand unverhältnismäßig fand, der wegen ihrer offenstehenden Eingangstür betrieben wurde, war sie doch erleichtert. Ben Köhler nahm sie ernst. Nach ihrer Erzählung hatte der Kriminalhauptkommissar gleich persönlich die Wohnung durchsucht. Dann, als er weder Diebe noch sonstige Zeichen eines Einbruchs entdecken konnte und zu dem Schluss gekommen war, dass der Vogel durch das offene Fenster herein, aber nicht mehr heraus gefunden hatte, hatte er die von ihr gerufenen Streifenpolizisten weggeschickt und dafür zwei Techniker von der Spurensicherung kommen lassen.

Sie saß am Küchentisch, während er in der Diele telefonierte. Ab und zu drangen Wortfetzen zu ihr herüber, begleitet vom Knarren des Parketts. Er schien ununterbrochen hin und her zu laufen. Auch sie hielt es kaum auf ihrem Stuhl aus. Am liebsten wäre sie vor dem, was der Kommissar ihr danach gesagt hatte, davongelaufen.

Die Ermittler waren davon überzeugt, dass Karl-Friedrich den daunischen Kultwagen im Auftrag eines international agierenden Hehlerrings aus dem Liebieghaus gestohlen hatte und später von seinen Auftraggebern getötet worden war. Die Beweise seien eindeutig, hatte Ben Köhler gesagt, ohne auf Details einzugehen. Eine Sonderkommission arbeite jetzt daran, das Diebesgut und die Komplizen, die er sicher gehabt hatte, ausfindig zu machen.

Also schien es, als hätte der Museumsdirektor im Radiointerview die Wahrheit gesagt. Hatte sie sich etwa in Peter Neuhaus getäuscht? Je mehr sie darüber nachdachte, desto mehr fiel ihr auf, dass das, was sie über ihn wusste, aus zweiter Hand stammte. Sie hatte von

Schacht blind vertraut und keinen Grund gesehen, an seiner Einschätzung über die mangelnde Kompetenz und fehlende Integrität des wissenschaftlichen Konkurrenten zu zweifeln. Und hatte der Direktor fünf Jahre zuvor nicht selber gezeigt, dass er durch die unsaubere Stellenvergabe – *ihre* Stelle – kein korrekter Mensch war? Trotzdem, von eindeutigen Beweisen, wie der Kommissar gesagt hatte, konnte keine Rede sein. Wie er reagieren würde, wenn sie ihm verriete, dass sie von den gelöschten Aufnahmen im Museum wusste? Und solange die Polizei den Kultwagen nicht fand …

Sofort verbat sie sich, weiterzudenken, und spürte lieber dem Magenziehen nach, das nicht weggehen wollte. Noch in der Hofeinfahrt hatte Ben Köhler gefragt, wo sie die Nacht verbracht hatte. Bei ihren Freunden, hatte sie geantwortet. Das täte sie oft, um nicht alleine zu sein. Ihr Mann befände sich seit zwei Wochen in Hongkong. Etwas Besseres war ihr auf die Schnelle nicht eingefallen. Doch ihr Eheleben und die zwischen ihr und ihrem Mann getroffene Vereinbarung gingen nur sie beide etwas an. Sie würde Julius nicht öffentlich bloßstellen, besonders jetzt, wo sie die Entscheidung getroffen hatte, Sonny nicht mehr zu sehen.

»Ich war neugierig auf Sie«, sagte Ben Köhler unvermittelt und setzte sich ihr gegenüber an den Tisch.

Giovanna zuckte zusammen, sie hatte ihn nicht hereinkommen gehört. Rasch setzte sie sich gerade hin. »Auf mich?«

»Ja.«

Der Kommissar schwieg einen Moment und betrachtete sie mit zusammengekniffenen Augen. »Sie scheinen am Mittwoch einen nachhaltigen Eindruck hinterlassen zu haben. Auf den Fluren des Präsidiums wird über fast nichts anderes gesprochen.«

»Über mich? Wieso?«

»Wie lange machen Sie schon Kampfsport?«

»Was?«

Sie merkte, wie ihr das Blut in die Wangen schoss. Der K. o.-Schlag von Herrn Burkhardt!

»Gar nicht. Es ist …«, verschämt hielt sie sich die Hände vors Gesicht. »Ich schaue nachts oft asiatische Actionfilme. Sie helfen mir beim Einschlafen.«

Ben Köhler lachte laut auf.

»Na, was für ein Glück, dass Sie nicht auf Horrorfilme stehen.«

Ohne dass sie sich wehren konnte, startete ein Film, der auf ihre Handinnenflächen projiziert wurde. In rascher Folge liefen Bilder aus einschlägigen Filmen ab, mit ihr und Herrn Burkhardt in den Hauptrollen. Gerade als sie sich als brandnarbigen Freddy Krueger über den entsetzten Lehrer beugen sah, gaben ihre Nerven nach und sie brach in hysterisches Lachen aus. Es wollte nicht mehr aufhören.

Der denkt, ich bin verrückt.

Giovanna behielt die Hände vor dem Gesicht, bis sie sich ausgelacht und einigermaßen wieder in Griff hatte. Dann atmete sie tief ein und nahm sie wieder runter.

Vor ihr saß ein Kommissar, dessen blaue Augen funkelten, als hätten sie den gleichen Film gesehen.

Sie setzten gleichzeitig zum Sprechen an. Unterbrachen sich. Lächelten sich verlegen an. Ben Köhler räusperte sich und zog eine kleine Kladde aus seinem Jackeninneren. Sorgfältig schlug er eine Seite auf, schrieb das Datum in die obere Ecke. Dann legte er den Stift ab, schien zu überlegen.

Giovanna betrachtete ihn verstohlen. Ein bartloser Mittdreißiger, der mit manikürten Fingern auf den Tisch trommelte.

»Wie gut kannten Sie Professor von Schacht?«

»Sehr gut.«

Zumindest bis gestern Abend.

Der Mann begann sie auszufragen: nach ihrer Beziehung zu von Schacht im Allgemeinen und zur Vernissage im Museum im Speziellen. Mehrmals musste sie wiederholen, wie sie den Verstorbenen aufgefunden und was sie alles getan hatte, bis die Sanitäter gekommen waren.

Er machte seine Arbeit gut, sie kam richtig ins Schwitzen. Wenn sie ungenau antwortete, bohrte er nach oder stellte Fangfragen. Ben Köhler interessierte sich für von Schachts Erkrankung und wollte von ihr wissen, wie der Professor mit seinem schweren Diabetes zurechtgekommen war. Giovanna erzählte ihm, dass sie den Professor schon einige Male aus einer brenzligen Lage hatte retten müssen, als der eine sich anbahnende Unterzuckerung nicht rechtzeitig bemerkt hatte. Sogar die Insulinspritze zu setzen, hätte sie dafür gelernt. Nur ihr hätte er vertraut und …

Da unterbrach sie Ben Köhler. »Was ist mit seiner Familie?«

»Ich bin seine Familie. Außer mit hat … hatte er niemanden.« Giovanna hielt die aufsteigenden Tränen zurück.

Später erzählte sie ihm von Barnis Verletzungen und er notierte sich den Namen der Tierklinik.

»Muss ich noch etwas wissen?« Ben Köhler schaute sie fragend an.

»Von Schacht und Peter Neuhaus waren verfeindet!«, platzte es aus ihr heraus.

Mit einem knappen Kopfnicken ermunterte sie der Kommissar, zu erzählen.

Die Worte sprudelten wie eine unkontrollierte Ölquelle. Giovanna merkte, dass sie zu schnell, zu hastig, zu chaotisch sprach. Aber sie fand keinen Hahn, um den Fluss zu regulieren. Sogar ihre Hände hatten sich verselbstständigt und kommentierten das Gesagte mit hektischen Bewegungen. Ben Köhler schaute sie zunächst an, dann heftete er seinen Blick auf das Notizbuch und begann, seinen Stift in der Hand zu drehen. Mitten im Satz brach Giovanna ab. Hörte er ihr überhaupt zu?

»Interessant«, sagte der Kommissar leise und tippte nervös mit der Spitze des Kugelschreibers auf das Notizbuch. Dabei machte er ein Gesicht, als würde er eine wichtige Entscheidung treffen. Er hörte auf, mit dem Stift zu spielen, nahm eine neue Seite und schrieb. Dann schaute er hoch und lächelte sie an.

Giovanna lächelte vorsichtig zurück. Ihr gefiel der junge Mann. Er schien aufgeweckt und offen zu sein. Vielleicht war das die Gelegenheit, noch heil aus der Geschichte herauszukommen. Instinktiv spürte sie, dass er ihr glauben würde.

Grazie, Padre Pio, dass du ihn mir geschickt hast.

»Darf ich Ihnen einen Espresso anbieten, Herr Kommissar?«

»Sehr gerne, Frau Greifenstein.«

Giovanna stand auf, ebenso Ben Köhler. Er entschuldigte sich und ging in die Diele, um seinen Kollegen neue Arbeitsanweisungen zu geben. Während sie die *Moka* füllte, legte sie sich ein paar Sätze zurecht.

»*Commissario* Köhler«, würde sie ihm sagen. »Im Kofferraum meines Cinquecento liegt eine Kiste, die ich gestern Abend in einem Schließfach im Bahnhof gefunden habe. Ich habe nur kurz hineingeschaut, es hätte ja sonst was darin sein können. Ich wollte zur Polizei, aber ich habe große Angst, als Komplizin verhaftet zu werden. Jetzt sind Sie da und ich fühle, dass ich Ihnen vertrauen kann. Das ist wichtig für mich. Seit gestern sind meine Gedanken vergiftet und meine Welt ist kaputt. Ich weiß nicht mehr, was ich von dem Mann, der mir ein guter Freund war, denken soll. Hat er mir etwas vorgespielt? Hat er mein Vertrauen missbraucht? Ich kann einfach nicht glauben, dass er kriminelle Absichten hatte, auch wenn fast alles gegen ihn spricht. Jawohl, Herr Kommissar, fast, denn auch ich habe mich umgehört und einiges über die skandalösen Zustände im Museum erfahren. *Per favore*, gehen Sie allen Spuren nach, die da sind. Ich muss wissen, warum mich Karl-Friedrich in die Geschichte hineingezogen hat.«

In der Maschine begann es zu brodeln und Giovanna nahm sie vom Gasherd. Sie füllte zwei Tassen mit Kaffee und stellte sie auf den Tisch. Ihr war warm, sie fühlte sich verschwitzt, die Befragung hatte sie angestrengt. Automatisch fasste sie nach ihren Locken und nahm sie hoch. Die Kühle im Nacken entspannte sie.

»Geht zur Sicherheit auch die anderen Fenster durch«, sagte Ben Köhler hinter ihrem Rücken zu einem der Techniker. »Angefangen bei Frau Greifensteins Büro.«

Giovanna drehte sich zu ihm um. Ben Köhler hielt im Sprechen inne und starrte auf ihren Hals. Siedend heiß fielen ihr gleichzeitig zwei Sachen ein: Auf ihrem Hals leuchtete der frische Knutschfleck und an der Spiegelkommode in ihrem Büro steckte noch der Fotostreifen, den sie Dienstagnacht mit Sonny an einem Automaten am Hauptbahnhof gemacht hatte.

Sie konnte nur noch an eins denken.

»Bin gleich wieder da«, flüsterte sie und verließ hastig die Küche. Sie lief direkt ins Büro und suchte mit den Augen die Kommode ab. Tatsächlich, der Fotostreifen samt Visitenkarte steckten im Spiegelrahmen. Sie rannte auf das Möbelstück zu, zog beides heraus und riss die oberste Schublade auf. Erleichtert wollte sie alles hineinwerfen, da hielt sie inne. Langsam drehte sie sich um. Hinter ihr stand Ben Köhler und schaute sie eiskalt an. In seiner Hand lag eine zerknautschte Spritzenpackung.

Wie ein Polizeihund, der Drogen gerochen hatte, bellte der Kommissar so lange, bis er alle Informationen hatte, die ihn interessierten.

Mehrmals musste sie wiederholen, wo sie am Mittwochabend die leere Verpackung gefunden hatte. Seine Fragen waren so ineinander verschachtelt, dass Giovanna in der Aufregung immer mehr durcheinander kam.

Wenn sie jetzt gedacht hatte, der Albtraum sei zu Ende, dann hatte sie falschgelegen. Der Kommissar wollte den Fotostreifen sehen, dann verlangte er nach Sonnys Kontaktdaten. Sie protestierte nicht einmal mehr und gab ihm die Visitenkarte. Als er sie entgegennahm und las, glaubte sie, einen erstaunten Ausdruck über sein Gesicht huschen zu sehen. Aber sicher war sie sich nicht. Der Kommissar fragte nach dem Hotel, in dem Sonny logierte. Dann reichte er ihr das Kärtchen, zog es aber noch einmal zurück, und las die handbeschriebene Rückseite laut vor. Einer der Techniker, der die ganze Zeit vor der Bürotür herumlungerte, pfiff durch die Zähne. Giovanna kam es vor, als hätte Ben Köhler sie ungefragt entkleidet.

»Wie soll ich Ihnen glauben, wenn Sie mir Wichtiges verschweigen?«, sagte er, mehr Enttäuschung denn Zorn in der Stimme.

Dieser Ton machte alles nur schlimmer.

Sie blieb regungslos an der Kommode stehen. Für eine kleine Lüge zahlte sie jetzt einen großen Preis. Würde er ihr die Geschichte mit dem gefundenen Schließfachschlüssel noch abnehmen? Um nicht laut zu schreien, krallte sie sich mit beiden Händen an dem Möbelstück fest.

Die Verabschiedung fiel kühl aus.

Giovanna blieb alleine in der Wohnung zurück, ein schlechtes Gefühl im Bauch. Wenn sie ihn jetzt gehen ließ …

Stolz hin, Ehre her, das war ihre letzte Chance. Hastig folgte sie dem Kommissar ins Treppenhaus. Unten lachten die Beamten. Sie erwischte ihn an der Haustür.

»Ich muss Ihnen etwas …«, sagte sie außer Atem.

Der Kommissar wollte ihr antworten. Doch seine Kollegen, die schon in der Einfahrt waren und sie nicht sahen, lachten wieder und einer sagte: »Ob der Herr Anwalt weiß, dass seine Frau Gemahlin auf große Negerschwänze steht?«

Der Satz knallte wie ein Peitschenhieb in Giovannas Gesicht. Sie stand da und schaute Ben Köhler an. Er wich ihrem Blick aus und studierte konzentriert die Namensschilder an der Türklingel. Giovanna wollte etwas sagen, brachte aber keinen Ton heraus. Sie suchte noch einmal seinen Blick. Diesmal betrachtete der Beamte aufmerksam die bröckelnde Hausfassade. Da begriff sie: Er würde die Männer nicht zurechtweisen. Er wollte es gar nicht.

Giovanna trat einen Schritt zurück und schloss die Tür. Ben Köhler, ihre große Hoffnung, hatte sie nicht nur entkleidet, er hatte sie auch nackt durch die Straßen gejagt.

Kapitel 15

Noch nie war Giovanna der Weg in die eigene Wohnung so lang vorgekommen. Als sie endlich die Tür hinter sich schloss, war der Pullover unter den Achseln durchnässt, ihre Beine zitterten vor Schwäche. Sie widerstand dem Drang, ins Bett zu gehen und sich für einige Tage tot zu stellen. Stattdessen schleppte sie sich in die Küche und ließ sich auf einen Stuhl fallen.

Il diavolo fa le pentole, ma non ci mette il coperchio – Der Teufel macht die Töpfe, setzt aber keinen Deckel drauf, hatte schon ihre Oma gesagt, wenn sie Giovanna beim Lügen erwischte. Wie hätte sie ahnen sollen, dass ihr Liebesleben von Bedeutung sein würde in dieser immer verworreneren Geschichte? Und was hatten all die Fragen des Kommissars über Karl-Friedrichs Erkrankung zu bedeuten? Er glaubte doch nicht … Und wenn doch? Wie lange konnte es dann dauern, bis er auf die Geschichte mit dem Schließfach stieß? Würde er ihr dann noch glauben? Würde sie, an seiner Stelle, einer solchen Geschichte glauben?

Mechanisch griff sie nach einer der Kaffeetassen, die sie noch voller Zuversicht auf den Tisch gestellt hatte.

Du steckst schön in der Tinte, Giovanna Greifenstein. Dir kann nur noch ein guter Anwalt helfen.

Mit dem kalten Espresso prostete sich zu und trank ihn in einem Zug aus. Er schmeckte schlimmer als Gift.

Die Tierklinik rief an, als sie auf dem Weg zu ihren Freunden war. »Sie können den Hund abholen«, befahl ihr eine militärisch klingende Frauenstimme am Telefon.

Und wenn ich nicht will?

Dann fuhr sie doch hin.

Im Foyer setzte sich Giovanna in einen unbequemen, grellen Plastikstuhl und wartete auf Barni. Sie dachte an den Kommissar und bedauerte, dass sie nicht mit ihm wegen des Kultwagens hatte sprechen können. Ihre Position, eh schon in Schieflage, war noch weiter gekippt. Und jetzt, wo sich der Beamte als Rassist und Sexist geoutet hatte, wollte sie es nicht mehr. So eine Enttäuschung.

Wir haben beide unser wahres Gesicht versteckt, Commissario.

Große Hoffnungslosigkeit packte sie, doch bevor sie in die pechschwarze Tiefe gerissen wurde, hielt ihr eine lang zurückliegende Erinnerung die rettende Hand hin. Giovanna zögerte keine Sekunde, danach zu greifen.

Das Foyer. Endlich erkannte sie dieses Konzentrat des schlechten Geschmacks. Sie hatte schon einmal in diesem Raum gesessen, wenige Monate nach ihrer Hochzeit. An jenem Tag hatte sie ihren neuen Fiat 500 beim Händler abgeholt. Gerade als sie in die Kronberger Straße einbog, war Karl-Friedrich auf die Straße gerannt und hatte sie zu einer Vollbremsung gezwungen. Erst dann sah sie, dass am Straßenrand sein Welpe lag. Ein Bein war unnatürlich verdreht und aus einer Wunde sickerte Blut. Ihr Nachbar fragte nicht, ob sie ihm helfen könnte. Sie sagte ihm nicht, dass sie Hunde nicht ausstehen konnte. Aber keine zehn Minuten später waren alle drei auf dem Weg in die Tierklinik gewesen.

Das Warten auf den Ausgang der Operation hatte sich hingezogen. Es war ein heißer Augusttag, das Foyer unglaublich stickig. Jeder war in seine eigenen Gedanken versunken. Da hatte sich der Mann zu ihr umgedreht und gefragt: »Warum sind Sie unglücklich?«

»Warum ich unglücklich bin?«, fragte sie verdattert zurück.

Dieser Mann, der sie bis zu dem Moment im Treppenhaus kaum,

und auf der Straße schon gar nicht gegrüßt hatte, genau dieser Mann war der erste Mensch in Frankfurt gewesen, der ihre Not erkannte.

Zuerst kamen die Tränen, dann flossen die Worte und am Ende wurde ihnen die Nachricht überbracht, dass Barni überleben würde.

Damals hatte sie Karl-Friedrich vertraut, obwohl sie ihn nicht kannte. War es dann richtig, dass sie es heute, nach über vier Jahren Freundschaft, nicht tat?

»Nein!«, sagte sie voller Überzeugung.

»Wie, nein?«

»Was?« Giovanna kam wieder zu sich.

Vor ihr stand der Tierarzt mit Barni. »Nehmen Sie ihn jetzt mit oder nicht?«

Barni bellte.

»Wenn es sein muss«, sagte sie, während sie versuchte, die voraussehbare Schleckattacke zu unterbinden.

»Ja, es muss«, antwortete der Arzt und drückte ihr einen Turm mit Medikamenten in die Hand. »Behandeln Sie ihn gut, er hat sehr gelitten«

Zuerst vergewisserte sie sich, dass Tommaso und Joschka nicht in der Leipziger Straße waren. Im Parkverbot stehend, rief sie unten im Verlag und oben in der Wohnung an. Beide Male nahm niemand ab. Erst danach fuhr Giovanna mit dem Wagen in den Hinterhof und holte die Kiste aus dem Kofferraum.

Noch in der Tierklinik hatte sie sich überlegt, was sie mit ihr tun sollte, solange sie keinen Anwalt hatte. Sie brauchte ein sicheres Versteck für den Kultwagen, aber das war im Jahre des Herrn MMXIX schwieriger als gedacht. Fast wünschte sie sich ins Mittelalter zurück, als die Menschen in den Wald gingen und ihre Schätze unter einem Baum vergraben konnten, ohne von Joggern, Spannern, Esoterikern,

Kindern und anderen nervigen Menschengruppen zuerst bei der Arbeit gestört, und dann, bei Beendigung, von der gerufenen Polizei abgefangen zu werden. Der Stadtwald fiel also weg, der Hauptbahnhof war bis auf Weiteres verbotene Zone, der Hauskeller zu feucht, in die Kanzlei traute sie sich nicht und ihre Wohnung war nach der offen gefundenen Tür zu unsicher. Welche Wahl hatte sie noch? Am Ende war nur eine Möglichkeit übrig geblieben, die Beste unter allen Schlechten. Schon der Gedanke daran hatte sie schaudern lassen.

Mit Barni zwischen den Füßen schloss sie das Büro von InternazionARTE auf. Das Zimmer war gräulich vor Zigarettenrauch und stank wie immer, wenn sich der *circolo* traf, um über die alten Kampfzeiten zu reden, Wein zu trinken und Karten zu spielen. Giovanna hielt die Luft an und schaute sich rasch um. Dasselbe tat sie im angrenzenden Lager. Doch keiner der beiden Räume im Erdgeschoss überzeugte sie. Es blieb nur die Wohnung ihrer Freunde im ersten Stock, die seit einem Einbruch ein doppeltes Sicherheitsschloss hatte.

Im Gästezimmer stellte sie die Kiste auf den Schreibtisch. Dann ging sie auf die Knie und schaute unters Bett. Der Platz war perfekt, aber die Kiste zu groß. Ihre Finger zitterten so sehr, dass sie Mühe hatte, den filigranen Verschluss zu öffnen. Der Kultwagen war großzügig mit luftgepolsterter Folie und breitem Klebestreifen umwickelt und steckte zwischen schützenden Styroporkugeln. Aber schon so fiel ihr auf, dass nicht alle Kanten und Ecken der Folie sauber abgeklebt und die einzelnen Streifen mehr abgerissen, denn abgeschnitten worden waren. So, als wäre alles überstürzt geschehen. Was wäre, wenn sie sich selbst den Wagen anschauen würde, nur kurz und sehr, sehr vorsichtig, hatte doch Karl-Friedrich keine Möglichkeit mehr für seine Untersuchung gehabt?

Mit beiden Händen griff sie in die Kiste und zog das Paket vorsichtig hoch. Knisternd kullerte das Styropor auf den Boden, was Barni als Einladung zum Spielen verstand. Giovanna achtete genau darauf, wo sie ihre Füße hinsetzte. Es fehlte noch, dass sie wegen des Hundes stolperte und auf das wertvolle Objekt fiel. Sie legte das Paket auf das Bett. Sechs, sieben Kilo, mehr wog es nicht. Mit dem Fingernagel kratzte sie leicht an einer Ecke des Klebestreifens. Er ließ sich mühelos hochziehen. Millimeter um Millimeter löste sie den braunen Streifen von der Unterlage, bis die Folie von alleine aufklappte und ihren kostbaren Inhalt freigab.

Wie schon bei der Vernissage stockte ihr der Atem. Jetzt, wo sie den Kultwagen ohne Schutzkasten vor sich liegen hatte, wirkte das kleine Gefährt noch prächtiger als im Museum. Jede Figur kunstvoll verarbeitet, jedes Ornament präzise gesetzt. Vor ihr lag ein Meisterwerk.

Ehrfürchtig betrachtete sie den Kultwagen. Dieses Exponat, das weniger als ein Jahr zuvor in Apulien ausgegraben worden war, hatte die wissenschaftliche Welt in Aufregung versetzt. Am meisten den Professor, den größten Experten auf dem Gebiet der süditalischen Archäologie. Der bronzene Kultwagen unterschied sich auf den ersten Blick kaum von den Wagen, die im österreichischen Strettweg oder anderen keltischen Fürstengräbern Nordeuropas gefunden worden waren. Die Kelten benutzten solche Gefährte für kultische Riten. Doch schon auf den zweiten Blick war zu erkennen, dass der apulische prächtiger und imposanter war. Die eigentliche Sensation, hatte ihr der Professor mehr als einmal erklärt, lag in den Details: Die Frauenstatuette, die die anderen Figuren überragte, schmückte ein aufwendig verziertes daunisches Festkleid, während sich in der Innenseite der Opferschale rituelle Symbole und Ornamente zahlreicher süditalischer und nordeuropäischer Völker vermischten.

Was also bedeutete es, fragten sich seit dem Fund die Archäologen aus aller Welt, dass ein solch bedeutungsvoller Gegenstand der keltischen Kultur seinen Weg nach Apulien gefunden hatte, zu einem Volk, das zwar Tausch und Handel mit den Nordeuropäern betrieb, ansonsten keine anderen Berührungspunkte hatte? Noch dazu mit sprichwörtlich fremden Federn geschmückt? Und was würde es bedeuten, hatte sich seitdem ihr Nachbar gefragt, wenn unter der einen verräterischen Delle tatsächlich der Stempelabdruck war, der sich auf allen Grabbeigaben seiner *Fürstin von Arpi* wiederholte?

Giovanna beugte sich tief über den Wagen und versuchte, mit bloßem Auge die verräterische Delle zu finden, die der Professor mit dem Elektronenmikroskop hatte untersuchen wollen. Leider entdeckte sie nichts Auffälliges. Sehr wahrscheinlich befand sie sich auf der Unterseite des Wagens, und um sie zu sehen, hätte sie das Objekt ganz aus der Verpackung nehmen und umdrehen müssen. Sie zögerte, überlegte und ließ es dann bleiben. Ohne technische Geräte würde auch sie keine Verbindung zwischen dem Kultwagen und der *Fürstin von Arpi* finden. Wer also sonst? Die Wahrscheinlichkeit war groß, dass der Professor seine Vermutung mit ins Grab genommen hatte.

Sie faltete die Folie wieder zusammen und drückte die Klebestreifen an. Dann schob sie das Paket unters Bett, strich die Decke glatt und setzte sich auf die Bettkante.

»Und du hältst die Schnauze, verstanden?«, sagte sie zu Barni, der genüsslich an einer Kunststoffkugel lutschte. Der Hund schaute nicht einmal auf.

Merkwürdigerweise fühlte sie sich jetzt erleichtert. Auch ihre Großmutter, da war sich Giovanna sicher, hätte sich über das Versteck gefreut. Zeitlebens hatte die geschäftstüchtige Matriarchin der Familie Salerno das Ersparte und das Familiengold unter dem Bett gehortet, so wie deren Mutter und Großmutter zuvor. Außer einmal, während des Faschismus, als sie auf Druck ihres Ehemannes der

Aufforderung Mussolinis nachkam und zahlreiche Schmuckstücke abgeben musste, damit der *Duce* die leere Kriegskasse auffüllen konnte. Etwas, was sie nie verwunden hatte.

Aber würden Tommaso und Joschka genauso wie ihre Oma reagieren, wenn sie von dem Paket unter ihrem Bett wüssten? Eher nicht. Die beiden waren so ängstlich, was Behörden und Ämter anging, dass sie sich sogar weigerten, eine zweite – schwarze – Kasse zu führen, um wenigstens etwas von den mageren Gewinnen zu retten, die der Verlag abwarf. Es war besser, wenn sie nichts erfuhren, zu ihrem eigenen Schutz. Dafür würde sie noch einmal ihren Mann in Hongkong anschreiben und ihn nach dem besten Anwalt der Stadt fragen. Noch im Foyer der Tierklinik hatte sie eine wichtige Entscheidung getroffen: Sie würde die Kiste solange zurückhalten, bis auch der kleinste Zweifel an der Schuld ihres verstorbenen Freundes ausgeräumt war. Auch wenn sie dadurch vielleicht Schreckliches erfahren, und garantiert schlimmste Probleme bekommen würde.

Und jetzt?

Barni war mit den Kugeln beschäftigt, das Paket vorübergehend in Sicherheit, ihr Mann wegen des Anwalts angeschrieben. Giovanna stand auf. Da entdeckte sie Sonnys Ring. Er lag dort, wo sie ihn Mittwochnacht hingelegt hatte, zwischen den Biographien über Sandro Pertini und Pierpaolo Pasolini. Wieder fielen ihr die Glätte und das satte Schimmern des Metalls auf. Wie schön er war. Und wie gut er an ihrer Hand ausgesehen hatte. Aber er gehörte nicht da hin. Zu Hause würde sie ihn einpacken und mit einem Kurier in Sonnys Hotel bringen lassen.

Mit dem Daumen fuhr sie die gefährlich spitze Nase der Schildkröte nach. Zuerst die Schramme am Unterarm, dann der Knutschfleck am Hals. Ihr Körper war eine einzige topografische Karte, voll von Sonnys Spuren und Zeichen.

Und der manikürte Kommissar hatte sie sofort zu lesen gewusst.

Sie hatte es ja auch gekonnt und sofort das unstimmige Detail bemerkt, als sie neben dem toten Professor auf den Krankenwagen gewartet hatte, seine geliebte Bücherwand im Blick.

Wir sind beide gut, Commissario, nicht nur im Gesichter verstecken, sondern auch im Zeichen lesen.

Ein bizarrer Gedanke huschte vorbei. Was, wenn die Buchstützen …

Plötzlich hustete jemand in der Wohnung. Giovanna fuhr wie ein ertapptes Kind zusammen. Aus Angst, ihn im Zimmer zu vergessen, steckte sie sich den Ring an den Finger, schob das herumliegende Styropor mit einem Fuß unters Bett und stellte die leere Holzkiste hinter den Schreibtisch. Dann rief sie Barni zu sich und gemeinsam gingen sie nachschauen.

»Was machst du hier?«, fragte sie.

»Ich wohne in diesem Haus, schon vergessen?«

In der Küche stand Tommaso und putzte Broccoli.

Kapitel 16

Giovanna hatte sich an den Küchentisch gesetzt. Während sie Tommaso zusah, wie er den Knoblauch für den Eintopf anbriet, kaute sie gedankenverloren ihre Nagelhäutchen ab. Barni hatte sich mit einer knisternden Styroporkugel unter den Tisch verkrochen, nicht ohne sich vorher ausgiebig von Tommaso hinter den Ohren kraulen zu lassen.

Als auch der Broccoli und die *salsicce* ihren Weg in den hohen Topf gefunden hatten und auf kleiner Flamme vor sich hinköchelten, setzte sich ihr Freund zu ihr an den Tisch und steckte sich eine Zigarette an.

»Tommà, mir wächst die Geschichte über den Kopf.«

»So? Welche denn?« Vieldeutig schaute ihr Freund von Barni, der unter dem Küchentisch lag, zum Schildkrötenring an ihrer Hand und wieder zurück.

Er kannte sie besser, als ihr manchmal lieb war. Giovanna seufzte entmutigt.

»Ich weiß nicht, was ich mit dem Hund machen soll. Ich will ihn nicht, er passt nicht in mein Leben.«

»Dass du Hunde nicht ausstehen kannst, ist hinlänglich bekannt. Aber Barni war wie ein Kind für deinen Professor. Meiner Meinung nach hast du sogar die moralische Pflicht, dich um ihn zu kümmern.«

»Wie schön du das gesagt hast! Aber auch Karl-Friedrich hatte eine solche mir gegenüber. Und was ist herausgekommen? Du ahnst nicht einmal, in was für Schwierigkeiten er mich gebracht hat. Er ...«

»Ich kann dich nicht mehr hören! Immer beklagst du dich über eine Situation, ohne sie wirklich ändern zu wollen. Du musst dich endlich entscheiden.« Demonstrativ tippte er mit dem Finger auf die Schildkröte. »Entweder ziehst du auch deine nächsten vierzig Lebensjahre wie die da den Kopf unter den Schutzpanzer – und lässt mich ein für alle Mal in Ruhe – oder du handelst endlich, mit allen Konsequenzen.«

»Ich könnte auch den dritten …«

»Den dritten Weg gibt es nur in der Politik«, schnitt er ihr das Wort ab. »Denk also gar nicht daran, uns den Hund zu überlassen.«

Tommaso kannte sie teuflisch gut.

Sie hatte sich tatsächlich überlegt, ihre Freunde dazu zu bringen, den Hund zu übernehmen. Die Lösung wäre perfekt gewesen, für ihr Gewissen und deren Gesundheit. Schuldbewusst wich sie Tommasos Blick aus und schaute unter den Küchentisch, wo es inzwischen still war. Fehlte noch, dass sich der Hund am Styropor verschluckt hatte. Aber Barni schlief, die abgelutschte Kugel zwischen den Pfoten. Wie ein kleines Kind.

Giovanna erhob sich und trat ans Fenster. Vom Himmel kam etwas herunter, was sie nicht benennen konnte. Weder Schnee noch Regen, als hätte das Wetter nicht zwischen zwei Möglichkeiten entscheiden wollen … *oder können, so wie ich.*

Ich war nicht immer so, Tommà, wirklich. Ich habe früh gelernt, Entscheidungen zu treffen. Meine nonna war mir eine gute Lehrerin. Aber seit ich hier lebe, bin ich eine andere. Die Stadt hat etwas mit mir gemacht, manchmal denke ich, dass sie den Leuten die Lebenskraft aussaugt. Du spürst es auch, nicht wahr? Sonst müsstest du nicht so viel trinken.

Nur mit Mühe blieb sie am Fenster stehen, statt zu ihrem Freund zu rennen und ihn zu umarmen.

Lange war in der Küche außer dem Köcheln in der Pfanne und dem Knistern von Tommasos Zigarette nichts zu hören. Als sich der Geruch des Eintopfs auszubreiten begann, merkte Giovanna, wie hungrig sie war. Sie dachte nach. Das Letzte, was sie gegessen hatte, war Marias Minestrone am Vortag gewesen.

Dann darf ich mich auch nicht wundern, wenn ich nicht mehr weiß, was ich tue.

Und wenn dem Professor dasselbe passiert war?

»Eine Sache verstehe ich nicht.« Mit wenigen Schritten kehrte sie an den Tisch zurück, wo Tommaso in Ruhe rauchte. »Karl-Friedrich hat sich Dienstagnacht gespritzt. Ich selber habe die benutzte Spritze in seiner Küche gesehen. Also ging es ihm nach der Vernissage noch so gut, dass er etwas essen wollte. Warum hat er es dann nicht getan? In seiner Küche lagen weder Kochutensilien noch Lebensmittel herum.« Sie machte eine Pause. »Auch wenn ihm schon schwindlig war, weil er nicht aufgepasst hatte, hätte er auf seine Notvorräte wie Cola und Traubenzucker zurückgreifen können. Weißt du, was er mir immer gesagt hat, wenn ich besorgt war? So schnell stirbt man nicht an einer Unterzuckerung, Giovanna, schon gar nicht zu Hause.« Sie begann zu weinen. »Er fehlt mir, der Dickkopf.«

Tommaso drückte die Zigarette aus und wartete. Vermutlich so, wie er es in den unwirtlichen Bergen Kalabriens beim Schafehüten gelernt hatte, dachte Giovanna. Sie putzte sich die Nase, dann holte sie tief Luft.

»*Ascolta*, es gibt etwas, das ich dir sagen muss.« Sie dachte an den Kultwagen unter seinem Gästebett.

»Ich weiß es doch schon«, entgegnete er sanft.

»Was denn?«, fragte sie vorsichtig.

Tommaso griff nach ihrer Hand. »Vergiss deine Schuldgefühle! Du hättest von Schacht nicht retten können. Niemand konnte es voraussehen, verstehst du? Viele Diabetiker sterben, weil sie irgendwo den Kopf anschlagen, wenn sie wegen der Unterzuckerung ohnmächtig werden.« Er drückte immer fester zu. »Außerdem, wer weiß, wer noch in der Wohnung war in dieser Nacht. Ich sage es dir offen: Ich bin froh, dass du Sonny getroffen hast.«

Er ließ sie los und räusperte sich.

»Du hast getan, was du tun konntest, und jetzt essen wir.«

Er stand auf und zog sie mit sich hoch.

Inzwischen wurde die Küche vom intensiven Geruch des Eintopfs durchdrungen. Es war Zeit für die entscheidende Zutat. Vorsichtig hob Tommaso den Deckel und goss Marsala in die Pfanne. Es zischte laut und sofort nebelte ihn eine weißliche Dampfwolke ein. Barni fuhr bellend auf. Giovanna füllte eine Karaffe mit dem sardischen Hauswein, den sich ihre Freunde bei einem Händler in Fünf-Liter-Kanister abfüllen ließen, dann nahm sie einen gefüllten Teller entgegen und setzte sich.

Der Broccoli hatte sich mit Olivenöl, Knoblauch, Marsala und dem Fett der saftigen *salsicce* vollgesogen und roch köstlich. Vorsichtig schnitt sie die erste Fenchelbratwurst auf und vermengte sie mit dem Gemüse. Tommaso füllte die Gläser mit Wein. Keiner von beiden sprach, während sie aßen. Barni hatte sich auf Giovannas Füße gelegt und war wieder eingeschlafen.

Sie passte nicht auf und stach zu fest in die zweite Wurst. Wie eine Fontäne spritzte das Fett auf ihren Pullover. Ein kurzer Fluch, der Griff zur Serviette und noch während sie sich das Fett abtupfte, dachte sie, dass es genau das war, was nicht aufging. Sie selber hatte sich soeben mit einer kleinen Unachtsamkeit den Kaschmirpullover schmutzig gemacht. Warum hatte sie dann keine Unordnung bei von Schacht gesehen, wie sie es von jemandem erwartet hätte, dem es sukzessive schlechter ging? Der ein Wasserglas fallen ließ, weil seine Hand stark zitterte? Der sich anlehnen musste, weil ihm schwindlig war? Abgesehen von den verkehrt herumstehenden Buchstützen war alles perfekt gewesen, als hätte Maria persönlich aufgeräumt.

Der flüchtige Gedanke von vorhin war wieder da. Wenn sie sich konzentrierte, würde sie ihn diesmal einfangen, das spürte sie.

Lies die Zeichen, Giovanna, dài.

»Wie sah eigentlich dein Verlobter gestern Abend aus?«, fragte Tommaso mit vollem Mund.

»Wie ein geschmückter Tannenbaum«, antwortete Giovanna, ohne nachzudenken.

Erstaunt hob sie den Kopf, schaute Tommaso an, dann prusteten sie beide los.

Nach dem Essen fuhr Giovanna mit dem Hund nach Hause. Ausnahmsweise war die Einfahrt frei und sie konnte im Innenhof parken. Als sie Barni aus dem Auto half, schleckte er ihr zart die Hand ab. Spontan beschloss sie, eine Runde mit ihm zu drehen. Sie bereute es augenblicklich.

Aus dem Schneeregen war Regenschnee geworden und in wenigen Sekunden sogen sich ihre Lederstiefel mit Wasser voll. Auch der Wind ließ nicht nach. In Wellen blies er über die Straße und ließ sie immer wieder frösteln. Sofort wollte sie nach Hause zurück, doch Barni war taub geworden. Kein Rufen und Zureden halfen. Er zog sie einfach weiter und zwang sie, vor einem Baum, drei Sträuchern, sämtlichen Gartenmauern und jeder Straßenlampe stehenzubleiben, die es auf der Kronberger Straße gab. War es möglich, dass er seine wiedererlangte Freiheit begießen wollte?

Zuletzt hielt er vor einer frisch plakatierten Litfaßsäule und begann ausgiebig zu schnüffeln. Giovanna stampfte vor Kälte mit den Füßen und wollte sich den Leopardenschal enger um den Hals schlingen. Da fiel ihr ein, dass sie ihn Sonny als Abschiedsgeschenk zurückgelassen hatte.

Warum brauchte der Hund so lange? Ein Plakat schien es ihm

besonders angetan zu haben, er lief aufgeregt von einer Ecke zur anderen und beschnüffelte jeden Zentimeter. Sie drehte sich zur Säule um und schauderte. Direkt vor ihrer Nase wand sich eine fette, gelbe Schlange, an deren Schwanz ein obszön großer Cocktailring stecke. *Lady Guinnessy*, prangte neonfarbig auf dem dunklen Plakat. *OPENING SOON.*

Auch Barni schien es nicht zu gefallen. Er hob das Bein und pinkelte besonders lange. Giovanna musste aus vollem Hals lachen. Das Tier war gar nicht mal so übel.

»Wir gehen jetzt nach Hause und machen uns einen Kaffee, o. k.?« Barni wedelte mit dem Schwanz.

In den kleinen Läden der Eppsteiner Straße gingen schon die Lichter an und Giovanna war froh, nach dem langen Tag nach Hause zu kommen. Barni war wie ausgewechselt. Zeitweise vergaß sie ihn fast, so lautlos lief er neben ihr her.

An der Kreuzung zur Oberlindau blieben sie stehen und ließen einige Autos vorbeifahren. Der letzte Wagen war ein verdreckter Porsche Cayenne, der nicht wie die meisten schwarz, sondern beige war. Sie wusste, wem er gehörte, aber da war er schon um die Ecke gebogen. Ihr kam eine Idee. Energisch zog sie an Barnis Leine und folgte dem Wagen, dessen Rücklichter von weitem zu erkennen waren. Als zuerst die Bremslichter und danach der linke Blinker aufleuchteten, atmete Giovanna erleichtert auf und verlangsamte ihre Schritte.

Die Praxis von Dr. Roumer, von Schachts langjährigem Hausarzt, lag im Erdgeschoss einer sanierten Altbauvilla. Obwohl es den halben Tag geregnet und geschneit hatte, schien das Messingschild frisch poliert. Kein einziger Wassertropfen beschmutzte die glänzende Fläche. Natürlich kurierte der französische *Docteur* nur

Privatpatienten, aber er schien gut zu sein, nach dem, was ihr der Professor erzählt hatte.

In den Räumen brannte Licht. Giovanna klingelte einmal, dann zweimal hintereinander. Sie hoffte, dass jemand öffnen würde, auch wenn es schon auf Freitagabend zuging. Die Gegensprechanlage blieb still. Sie drückte die Klinke des Gartentors herunter. Es war verschlossen. Sie klingelte noch einmal.

Hinter dem einen Fenster erkannte sie den Arzt. »Dr. Roumer!«, rief sie, zuerst zaghaft, dann lauter.

Eine Frau in Pelz lief an ihr vorbei und betrachtete sie misstrauisch. Giovanna klingelte wieder. Jetzt, da sie wusste, mit wem sie über von Schachts Unterzuckerung sprechen konnte, wollte sie nicht aufgeben. Bis Montag warten? Das würde sie nicht schaffen. Unschlüssig schaute sie sich um. Was konnte sie tun, um den Arzt auf sich aufmerksam zu machen?

Unter ihren Stiefeln schmatzte es satt. Giovanna ging in die Knie und sammelte eine Handvoll Matsch vom Bürgersteig. Mit viel Schwung warf sie ihn über den Zaun ans Fenster. Der Schlag war dumpf und feucht. Sofort rutschte der Klumpen nach unten und hinterließ Schlieren an der Scheibe. Nicht elegant, aber effektiv. Hoffentlich rief er nicht die Polizei.

Im Zimmer bewegte sich etwas, dann wurde das Fenster aufgerissen.

»Sind Sie von Sinnen? Warum tun Sie das?«

»Dr. Roumer, bitte entschuldigen Sie, wenn ich Sie erschreckt habe. Ich muss unbedingt …«

»Die Praxis ist geschlossen, gehen Sie in die Uniklinik, wenn Sie krank sind.«

»Bitte, Herr Doktor, hören Sie mir kurz zu. Ich …«

Ein Fahrradfahrer tauchte wie aus dem Nichts von der Seite auf und wäre fast in sie hineingefahren. Sie sprang auf die Seite, während

Barni dem Fahrer hinterherlaufen wollte. Plötzlich standen sie beide im Lichtkegel einer Straßenlampe.

»Das ist doch … Barni?«, rief der Arzt.

Der Hund antwortete mit Bellen.

»*Attendez*, ich öffne Ihnen sofort.«

Dr. Roumer schloss das Fenster, kurz darauf ertönte ein Summen.

Kapitel 17

Eine Stunde, zwei Tassen Kaffee und fünf *biscotti* später war Giovanna bereit für die Arbeit. Nach dem Gespräch mit dem Arzt hatte sie auf dem Weg nach Hause beschlossen, das Kapitel über Karl-Friedrichs Tod endgültig abzuschließen. Der quirlige *Docteur* hatte ihr noch einmal bestätigt, was Tommaso schon gesagt hatte: Diabetiker starben bei einer Unterzuckerung meistens an den Folgen eines Sturzes. Oder wegen ihres schwachen Herzens, das Monsieur von Schacht bekanntermaßen gehabt hatte. Jetzt war es Zeit, liegengebliebene Dinge zu erledigen. Sich zum Beispiel zu überlegen, wie sie vorgehen sollte, sobald sie einen Anwalt hatte. Den Geschäftsbericht für InternazionARTE zu schreiben. Oder sich ein neues Konzept für das Vorstellungsgespräch bei Durond auszudenken. Unter keinen Umständen durfte sie ihr langersehntes berufliches Ziel aus den Augen verlieren. Programmleiterin für deutsch-italienische Publikationen, wie das klang. Sie wiederholte es noch einmal, und noch einmal. Je öfter sie es aussprach, desto besser gefiel es ihr.

»Und du«, diesmal wandte sich Giovanna direkt an Barni, der sich unter dem Tisch die letzten Kekskrümel von der Schnauze leckte. »Hör mir gut zu. Programmleiterin für deutsch-italienische Publikationen, das bedeutet Respekt. Ich sage dir, ab Montag weht hier ein anderer Wind.«

Der Hund blickte auf und gähnte herzhaft. Seufzend stand Giovanna auf, stellte die Tasse in die Spüle und verließ die Küche.

Auf dem Weg ins Arbeitszimmer erinnerte sie sich an die Post, die ihr am Morgen vor Schreck auf den Boden gefallen war. Wie freundlich war ihr danach Ben Köhler erschienen, bevor die Techniker … Wieder sah sie die verhängnisvollen Worte durch die Luft fliegen und fühlte, wie sie in ihrem Brustkorb steckenblieben. Während der feine Herr Kommissar tatenlos daneben gestanden hatte.

Zu Recht hatte sie Tommaso mit einer Schildkröte verglichen. Denn statt sofort auf die Respektlosigkeit der Beamten zu reagieren, hatte sie sich stumm ins Haus zurückgezogen. Erst jetzt fielen ihr die besten Reaktionen ein, angefangen bei einer gepfefferten Zurechtweisung bis hin zur traditionellen Ohrfeige – für Ben Köhler. Nun brachten sie ihr nichts mehr. Sie stand nicht nur als Lügnerin da, sondern auch als *puttana*, als Hure, die ihrem schwer arbeitenden Ehemann Hörner aufsetzte. Um Julius guten Ruf zu schützen, hatte sie ihren eigenen verspielt.

Und wer beschützt mich, fragte sie sich, und dachte an die Straftat, die sie mit dem Verstecken des Kultwagens begangen hatte, während sie sich verwundert in der Diele umsah, wo von der Post jede Spur fehlte. Etwas Warmes streifte ihr Bein. Giovanna schaute nach unten und entdeckte Barni neben sich.

War Maria etwa dagewesen? Ihre Putzfrau kam und ging, wie es ihr passte, und tat, was sie wollte. Giovanna betrat ihr Arbeitszimmer und bekam sofort einen Wutanfall. Einem Turm von Pisa gleich stapelte sich die Post auf dem Deckel ihres Laptops. *Madonna!* Wann würde diese Frau, die sturer war als alle Maulesel, die ihre Oma besessen hatte, endlich begreifen, dass sie es hasste, wie ein Kind behandelt zu werden? Jedes Mal, wenn Giovanna sie darauf ansprach, antwortete die Neapolitanerin in aufsässigem Ton: »*Avvocato* Greifenstaina mag keine Unordnung, das wissen Sie doch.«

Ihre Landsfrau wusste genau, wessen Hand sie fütterte.

Der Gedanke an Marias Bezahlung erinnerte Giovanna an das Telefonat mit ihrem Mann. Dass er am Morgen bereit gewesen wäre, die Verhandlungen an seine Mitarbeiter abzugeben, um zu ihr zurückzufliegen, hatte sie wieder die Nähe spüren lassen, die in sechs Jahren Beziehung gewachsen war. Auf Julius konnte sie zählen. Immer.

Sie streckte ihre linke Hand aus und betrachtete Sonnys Schildkrötenring. Er war noch immer schön und geheimnisvoll, aber er fühlte sich plötzlich schwer an. Wie ein Fremdkörper, der ihre schmale Hand zu erdrücken drohte. Sie zog ihn vom Ringfinger, umwickelte ihn mit einem Blatt Papier und steckte ihn in einen gepolsterten Umschlag. Auf der Rückseite eines ihrer privaten Visitenkärtchen schrieb sie »Er gehört nicht an meine Hand, G.« Nachher würde sie einen Kurier rufen, damit das Päckchen zu Sonny ins Hotel gebracht wurde.

Verblüfft hielt Giovanna inne und schaute auf ihren Finger. Sie hatte vergessen, wie lebhaft die Brillanten ihres Eherings unter dem Schein einer Lampe funkeln konnten.

Post oder Geschäftsbericht? Die Frage ließ sie auflachen. Genauso gut hätte sie zwischen Pech oder Schwefel wählen können, an beidem hätte sie keine Freude gehabt. Barni, der wie eine dicke Bratwurst unter dem Tisch mit dem Drucker lag, erwachte aus seinem Halbschlaf, schmatzte ein paar Mal und drehte sich auf die andere Seite. Aus dem krummen Stapel stach der Umschlag mit der Rede für die Benefizveranstaltung der Kanzlei ihres Mannes hervor. Es war nicht das erste Mal, dass sie Julius Rolle als Gastgeber übernahm, aber diesmal ging es nicht, es würde nicht gehen, sie spürte das. Sobald er zurückrief, würde sie ihm alles erklären, und ihn bitten, sich von jemand anderem vertreten zu lassen.

Ohne den Umschlag zu öffnen, legte sie ihn auf die Seite und ging den Stapel durch. Das meiste waren Einsendungen für Julius und kostenlose Werbung. Sie selbst hatte genau eine Zeitschrift bekommen. Wenn wenigstens eine Einladung zu einer der zahllosen

Hochzeitsfeiern ihrer Sippschaft dabei gewesen wäre. Aber nein, die Fakten sprachen für sich: Es war seine Post und auch das war eine Sache, die sich ab Montag ändern würde.

Mit der neuen Stelle hätte sie keine Zeit mehr, sich um Julius privates Sekretariat zu kümmern. Natürlich stand die Rettung Tausender Arbeitsplätze, wenn nicht sogar der gesamten Handelsbeziehungen zwischen Deutschland und Hongkong an erster Stelle. Aber auch ihre Arbeit war wichtig. Vielleicht nicht fürs familiäre Budget, aber für sie, ihre Würde. Endlich bekam sie eine Chance, und wenn sie nicht aufpasste, würde sie für immer an den liebevollen Tentakeln von InternazionARTE hängenbleiben.

Während Giovanna nach einem großen Umschlag suchte, kam ihr eine, wie sie fand, geniale Idee. Sollte doch Maria dafür sorgen, dass Herr Greifenstaina seine private Korrespondenz zügig zugeschickt oder – noch viel besser – von ihr persönlich nach Hongkong überbracht bekam. Dann wären zwei Menschen glücklich und sie hätte endlich Ruhe zu Hause. Ob man *biscotti* in großen Mengen einfrieren konnte?

Von der neuen Perspektive beflügelt, wurden Julius Briefe rasch eingetütet, die Werbung mit Elan in den Mülleimer versenkt und die Zeitschrift heftig auf den Boden geworfen. Beim Aufprall rutschte die untere Ecke eines Umschlags aus dem Heft heraus. *Germania* war gerade so zu erkennen, geschrieben in der typisch geschwungenen Schrift der Italiener. Giovanna beugte sich nach unten, zog den Brief aus der Zeitschrift und riss ihn an der Seite auf.

Aus dem Umschlag fiel nur ein Bild heraus. Nein, ein Polaroid, korrigierte sie sich sofort. Dass die Apparate wieder auf dem Markt waren, hatte sie nicht gewusst. Sie schaute genauer hin und merkte, dass sie sich getäuscht hatte. Das Bild sprach eine andere Zeitsprache.

Die Farben des Fotos waren verblasst und der ehemals weiße

Rahmen war vergilbt. Das Bild zeigte drei im Gegenlicht stehende Menschen, von denen sich der eine auf eine alte Steinplatte stützte. Hinter ihnen war die Ladefläche einer *Ape*, eines dreirädrigen Lieferwagens, zu erkennen. Die Leute standen in einem unasphaltierten Innenhof und das Foto erweckte den Eindruck eines Schnappschusses, der auf einer Baustelle gemacht worden war.

Auf die Schnelle erkannte sie niemanden auf dem Bild, aber das hatte nichts zu bedeuten. Ihre Verwandtschaft war zahlreich, allein ihre Eltern hatten es zusammen auf acht Geschwister gebracht. Vielleicht hatte ihr Vater das Bild geschossen, in jenem Sommer vor dem Erdbeben, als sich alle auf das Leben im neuen Haus freuten, das stattdessen zu seinem Grab wurde.

Die Sehnsucht nach ihrem Vater vermischte sich mit der Sehnsucht nach Karl-Friedrich. Auch er war ihr genommen worden, als sie ihn gebraucht hätte. Giovanna sah sich wie durch ein umgedrehtes Fernglas alleine in der halbdunklen und stillen Wohnung sitzen und war nicht in der Lage, die Einsamkeit einzudämmen, die sich in konzentrischen Kreisen von tief in ihrem Inneren ausweitete. Als sie Schritte im Treppenhaus vernahm, hoffte sie daher, es möge Maria sein, die vorbei kam, um Putzmittel zu bringen. Doch die Schritte entfernten sich wieder.

Neugierig griff sie nach dem italienischen Umschlag. Sie stutzte. Der Brief war nicht an sie adressiert. Aber wie war er dann in ihre Post gelangt? Giovanna biss sich auf die Unterlippe und dachte nach. Natürlich, als sie am Morgen nach Hause gekommen war, hatte sie aus Gewohnheit beide Briefkästen geleert, ihren und den von Karl-Friedrich. Also musste der Brief in die Zeitschrift gerutscht sein, als sie den heruntergefallenen Haufen auf dem Boden zusammengeklaubt hatte.

Sie schaute sich das Polaroid noch einmal an. Es war nicht nur im Gegenlicht aufgenommen, sondern auch leicht verwackelt und sagte ihr immer noch – nichts. Also drehte sie es um. Spätestens seit Sonnys Visitenkarte wusste sie, dass die wirklich interessanten Dinge auf den Rückseiten standen.

Auf dieser waren genau ein Wort und eine Jahreszahl geschrieben: »*Arpi 1984.*«

Giovanna brauchte einen Moment, um den Sinn in seiner Gänze zu begreifen, dann fing ihr Körper an zu vibrieren, und es hörte nicht mehr auf.

Kapitel 18

Tommaso zu überzeugen war nicht einfach gewesen. Er hatte sich bis zuletzt geweigert, ihr beim Einstieg in die versiegelte Wohnung des Professors zu helfen. Erst als sie ihm androhte, es ohne ihn zu tun, hatte er endlich zugestimmt. Das bedeutete aber nicht, dass er während der Vorbereitungen schwieg.

»Giovanna, was du vorhast, ist illegal und sehr gefährlich. Wer weiß, in was für kriminelle Geschäfte von Schacht tatsächlich verwickelt war.«

»Nein, nein und nochmals nein! Er kann mich nicht all die Jahre getäuscht haben.«

»Lass die Finger davon, es geht dich nichts an.«

»Du selber hast mir heute …«

»Doch nicht so!«

Zu zweit standen sie im Dunkeln hinter der Balkontür, die von Julius' Zimmer in den Hinterhof führte, und beobachteten seit einer Stunde, wie in den gegenüberliegenden Wohnungen die Lichter ausgingen. In der Hand hielt Giovanna einen Rucksack, den sie mit einem Gemüseschnitzer, einer Augenbrauenpinzette, einer Taschenlampe und ihren Hausschuhen gefüllt hatte. Barni saß zwischen Tommasos Beinen und drückte seine Nase an die kalte Fensterscheibe.

»Giovà, nur damit wir uns verstehen: Du siehst auf einem vergilbten, im Gegenlicht geschossenen Foto zwei Männer und einen Jugendlichen, die um etwas Großes herumstehen. Außer dem Ort Arpi und der Jahreszahl 1984 ist nichts geschrieben. Im Umschlag ist auch kein Brief. Da du offensichtlich zu viel Zeit und Fantasie hast, scannst du das Bild und vergrößerst es so lange, bis du zu erkennen glaubst, dass diese Menschen um einen verlotterten Stein …«

114

»… um eine antike daunische Grabstele …«

»… vermutlich um einen alten apulischen Grabstein stehen, in dem die Konturen des gestohlenen Kultwagens eingemeißelt sind. Aus dem, was du über Archäologie weißt, und aus dem, was dich der Professor, eine bisher herausragende Figur im Kampf gegen illegale Ausgrabungen, gelehrt hat, kommst du zu dem Schluss, dass auf dem Polaroid ein illegal gegrabenes Objekt abgebildet ist. Jetzt brennst du darauf, herauszufinden, was dieses Bild, der gestohlene Kultwagen und der Professor miteinander zu tun haben und willst …«

»Denk doch mal nach!«, unterbrach ihn Giovanna. »Im daunischen Arpi hat Karl-Friedrich 1984 ein Frauengrab entdeckt, wie sie es noch nie zuvor in Süditalien gefunden hatten. Dann wird vor wenigen Monaten im gleichen Areal ein bronzener Kultwagen geborgen, der zwar keltischen Ursprungs ist, gleichzeitig aber voller daunischer Elemente. Bisher waren das zwei sensationelle Funde, geheimnisvoll und ohne direkte Verbindung zueinander. Doch jetzt taucht ein Polaroid mit einer prächtigen Grabstele auf, die scheinbar nicht nur zur gleichen Zeit und am gleichen Ort wie das Fürstinnengrab gefunden wurde, sondern auch klar erkennbar die Konturen des apulischen Kultwagens eingemeißelt hat. Da stelle ich mir doch automatisch die Frage, ob die drei Fundstücke nicht zusammenhängen könnten und …«

»… und willst, sagte ich gerade, aus eben diesem Grund eine Straftat begehen, die uns beide in Schwierigkeiten, ich meine, in richtige Schwierigkeiten, bringen wird, weil du davon überzeugt bist, in der versiegelten Wohnung Spuren von Antonio, einem ehemaligen Ausgrabungshelfer, zu finden, die von der Polizei, im Unwissen um deren Bedeutung, übersehen worden sind?!«

Giovanna blies die Wangen auf und tat so, als kontrolliere sie ihren Rucksack. Tommasos Frage war mehr als berechtigt. Aber was sollte sie ihm darauf antworten? Sie war überzeugt, dass das alte Polaroid etwas damit zu tun hatte, dass der Kultwagen im Schließfach gelegen hatte. Ein Beweis dafür, dass … Ja, für was?

An genau diesem Punkt war sie am frühen Abend nicht weitergekommen. Der Professor hatte den Kultwagen aus dem Museum entwendet, und der Grund dafür musste so existentiell sein, dass er bereit gewesen war, seinen exzellenten Ruf aufs Spiel zu setzen. Jetzt war er tot und konnte sich nicht mehr erklären.

Ihr Freund rüttelte unsanft an ihrem Arm. »Hörst du mir zu? Ich habe dich etwas gefragt.«

»Jahaa!« Unwirsch befreite sie sich aus seinem Griff.

Doch der Kalabrese ließ nicht locker.

»Weißt du, ich mache mir schon die ganze Zeit Gedanken über den Professor. Direkt nach dem Diebstahl habe ich mir gedacht, dass er das große Geld machen wollte. Solche Leute wie ihn, die Wasser predigen und Wein trinken, gibt's in Kalabrien in jeder Kirche. Jetzt aber, nachdem ich das Polaroid gesehen habe, bin ich mir nicht mehr sicher. Ich glaube eher, dass er erpresst wurde und deshalb den Wagen stehlen musste. Und schau mich nicht so an, ich bin immer mehr davon überzeugt, dass er es getan hat.«

Zum Glück war es zu dunkel, als dass er ihren Gesichtsausdruck hätte sehen können. Rasch öffnete sie die Balkontür und überprüfte die Lage im Innenhof.

»Bald können wir loslegen.«

Tommaso zog sie an der Jacke zurück. »Giovà, ich meine es ernst! Abgesehen davon, dass du beim Aufstieg ausrutschen und dir den Hals brechen könntest, weißt du nicht, wer oder was dich in der Wohnung oben erwartet. Vergiss nicht, der Kultwagen ist noch nicht aufgetaucht, und ich möchte gar nicht wissen, wo er jetzt versteckt ist.«

Glaub mir, das ist auch besser so.

»Tommà, noch einmal, ich muss es tun. Ich stecke tiefer in der Geschichte, als du ahnen kannst.«

»Jetzt übertreib es nicht! Du könntest mit dem Polaroid zum Kommissar gehen und damit deinen guten Willen zur Mitarbeit zeigen.«

»*Ma sei matto* – Spinnst du? Lieber riskiere ich mein Leben, als mit dem zu sprechen. Und jetzt gehe ich raus.«

Giovanna zog ihre Kapuze über den Kopf und trat auf den Balkon. Die Kälte nahm ihr fast den Atem. Auch Tommaso jammerte, während er den Kragen seiner Jacke hochklappte. Barni blieb freiwillig in der Wohnung zurück.

»Ich verstehe dich nicht, Giovanna, aber noch weniger verstehe ich mich. Ich stehe in der Scheißkälte, mache dieses Theater mit und werde nicht ernst genommen. Sag mir, warum tue ich das?«

»Weil ich deine Freundin bin«, flüsterte sie, »und der Professor mein Freund war.«

»Was hat das eine mit dem anderen zu tun?«, antwortete Tommaso, eine frostige Dampfwolke ausstoßend.

Sie stellte sich vor ihn und fasste ihn an den Armen.

»Was würdest du denken, wenn du mich mit der Hand in der Verlagskasse finden würdest, *eh?*«

»Dass du dein Portemonnaie zu Hause vergessen hast.«

»Eben. Das Naheliegende wäre doch gewesen zu glauben, dass ich Geld stehlen will. Du tust das nicht. Und wieso? Weil ich deine Freundin bin und du darauf vertraust, dass ich dir nie etwas Schlechtes antun würde.«

Tommaso schwieg.

»Weißt du«, begann sie zögerlich. »Du kannst dir nicht vorstellen, wie schlecht es mir ging, als ich den Professor kennengelernt habe. Ich fühlte mich einsam in einer Stadt, die so anders ist als Kampanien. Ich habe mich wirklich bemüht, Anschluss zu finden. Aber du hast die konservativen Freunde meines Mannes gesehen, und von den Italienern aus dem Konsulat muss ich dir nichts erzählen. Dann kam die Geschichte mit meiner Arbeit dazu. Du wirst keine Probleme haben, eine Stelle zu finden, hatte mir Julius gesagt. Mit offenen Armen werden sie dich empfangen. Ich habe ihm geglaubt, aber so einfach war es nicht. Karl-Friedrich war der Einzige, der versucht hat, mir zu helfen. Wir wissen beide, wie nervig er sein konnte, und ich habe mich mehr als einmal über ihn beklagt. Aber ich mochte ihn, *gli volevo bene*, er war wie ein Vater für mich. Tommà, auch wenn alles gegen ihn spricht, so darf ich nicht vergessen, dass er mir gegenüber immer hilfsbereit und loyal war.«

Sie schauten sich an.

Wenn sie nicht mitten in einer eiskalten Nacht auf einem dunklen Hinterhofbalkon gestanden und der Wind nicht in Schüben die pelzigen Ohrenschützer von Tommasos Trappermütze wie Flügel hochgepustet hätte, dann hätte Giovanna die Stimmung, die nach ihrer Brandrede zwischen ihnen beiden entstanden war, als feierlich bezeichnet.

Tommaso beendete den emotionalen Moment, indem er nickend seine Zustimmung gab. Es konnte losgehen.

Giovanna drehte sich um, prüfte die Dicke der Efeuranken und setzte den Rucksack auf. Sie ging kurz in die Knie, um auf der Höhe von Barnis Nase an die Scheibe zu klopfen. »Pass auf den Dickkopf auf, ja? Nicht dass er mir hinterherklettert.«

Sie hatte kaum zu Ende gesprochen, als sie hinter ihrem Rücken ein Räuspern vernahm.

»Giovanna Salerno!« Leise sprach Tommaso in denselben Ton, den ihre Mutter bei Tadel zu benutzen pflegte. »Brich diese unvernünftige Aktion ab!«

»Tommà, sei endlich still und hilf mir«, zischte sie. »Sonst stoße ich dich eigenhändig vom Balkon. Hast du verstanden?«

Tommaso verstummte, bückte sich wortlos und formte mit den Händen eine Steigmulde.

Der Aufstieg war schwieriger als erwartet. Giovanna stützte sich an der alten Backsteinmauer ab, die ihren Hinterhof vom Nachbarhaus trennte. Die Mauer war nur etwa zwei Meter höher als ihr eigener Balkon und mit robusten Efeuranken überwachsen. Als ihre Hände einen stabilen Halt zwischen den kaputten Backsteinen gefunden hatten, richtete sie sich mit Tommasos Hilfe auf. Dann fasste sie weiter nach oben und platzierte den zweiten Fuß auf die Halterung des Regenwasserrohrs. Das Rohr und die Efeuranken hielten, als sie sich ächzend hochzog und zuerst den Fuß und dann das ganze Bein über die Mauer schwang, sodass sie darauf zum Sitzen kam. Sofort sog sich ihr Hosenboden mit Schneewasser voll, aber dennoch erreichte sie schon in dieser Position mit den Fingerspitzen das Balkongeländer vom zweiten Stock.

»Komm runter!«, befahl Tommaso leise, aber nachdrücklich.

»Nein!«

Mit wenigen Griffen zog sie sich an der Mauer hoch und stieg auf den Balkon. Giovanna brauchte einen Moment, um ihren unregelmäßigen Atem zu beruhigen und das Zittern der Muskeln zu unterdrücken. Sie kauerte sich vor die Balkontür und holte die Taschenlampe aus dem Rucksack. Ihr Gedächtnis hatte sie nicht getäuscht. Der Türknauf fehlte und Marias Mann Pietro hatte den Schließzylinder nur mit durchsichtigem Silikon aufgefüllt.

»Ich mache mich an die Arbeit«, flüsterte sie durch das Geländer nach unten.

»Gott stehe uns bei«, antwortete der bekennende Atheist.

Kapitel 19

Ich übergebe mich gleich.

Seit sie das überhitzte Schlafzimmer des Professors über den Balkon betreten hatte, hielt sie sich den Ärmel der Daunenjacke vor die Nase. Gnadenlos strapazierte der muffige Geruch des Raums ihren Magen. Giovanna ließ die Balkontür einen Spalt breit offen stehen. Während sie im eisigen Luftzug darauf wartete, dass das Zimmer durchlüftet wurde, schaute sie angestrengt über den Hof. In zwei Küchenfenstern brannte Licht, aber das war in diesen Wohnungen jede Nacht so. In den anderen schienen die Leute schon ins Bett gegangen oder gar nicht zu Hause zu sein. Weder bewegten sich dicke Vorhänge, noch waren ungewohnte Schatten und Bewegungen an den Fenstern zu erkennen. *Tutto a posto* – Alles in Ordnung. Langsam ließ sie den schweren Holzrollladen hinabgleiten.

Einen Moment lang stand sie orientierungslos im dunklen Zimmer, dann tastete sie sich mit der Hand zum Bett und ließ sich darauf fallen. Wäre sie James Bond, würde sie mit sicherem Instinkt das richtige Buch aus der Bibliothek hervorziehen und einen geheimen Mechanismus in Bewegung setzen, sodass ein versteckter Safe zum Vorschein käme. Schon beim ersten Versuch würde sie den Zahlencode knacken – selbstverständlich Barnis Geburtstag – und darin den alles erklärenden Brief finden, den der Professor vor seinem Ableben mit letzter Kraft geschrieben hatte. Voller Triumph würde sie danach ins Büro von Ben Köhler marschieren und ihm das entlastende Beweisstück vor die Füße werfen.

Leider war sie nur Giovanna Greifenstein, kam sie zu dem traurigen Schluss, während sie ihre nassen Schuhe aus- und die

Pantoffeln anzog, die größere Angst vor Marias Geschimpfe über einen dreckigen Parkettboden hatte als davor, entdeckt zu werden.

Im Dunkeln des Zimmers kam ihr die Idee mit dem Einstieg nicht mehr so brillant vor. Bevor sie aber ihrem Fluchtinstinkt, der in der Hitze des Zimmers wie ein Pizzateig aufgegangen war, nachgab und schnellstens das Weite suchte, wollte sie sich wenigstens den Ausgrabungskatalog von 1984 holen. Giovanna griff nach der Taschenlampe, ermutigte sich, indem sie sich bekreuzigte, und lief los.

Diese Wohnung unterschied sich stark von der ihren. Während Julius zahlreiche Wände hatte niederreißen lassen, damit große, puristische Zimmer entstehen konnten, hatte Karl-Friedrich das Verschachtelte und Verspielte aus dem Jugendstil beibehalten. Die Zimmerchen waren durch Paneltüren miteinander verbunden, hinter denen sich Nischen verbargen, die Platz für Bücher und die Kunstsammlung des Professors boten.

Zuerst passierte Giovanna einen Zwischenraum, eine Art Archiv, gleich darauf gelangte sie ins Arbeitszimmer. Sein Schreibtisch, seine Bücherwand, seine Buchstützen. Am Ende des Lichtbogens erfasste der gelbliche Strahl der Taschenlampe einen dunklen Fleck auf dem Holzboden. Sein …

Giovanna floh ins nächste Zimmer.

Im Wohnzimmer war es noch wärmer als im Schlafzimmer und der muffige Geruch war einem stechenden gewichen. Genau so muss es in Dantes Inferno riechen, dachte sie, während sie sich wieder die Nase zuhielt und durch den Mund zu atmen versuchte. Sollte sie eines Tages für ihre Taten in die stinkende Hölle kommen, sie würde auf ewig gestraft sein.

Mit der Taschenlampe suchte sie das Zimmer ab und blieb am Sideboard in der Ecke hängen. Das Display der Telefonanlage schimmerte sie sanft und einladend an. Giovanna konnte nicht anders, als der Idee nachzugehen, die gespeicherten Rufnummern aufzurufen. Vielleicht fand sie darunter die apulische Nummer, von deren Anschluss aus der warnende Anruf gekommen war. Doch jemand war ihr zuvorgekommen und hatte die Liste gelöscht.

Automatisch rückte sie die Bilderrahmen über dem Möbel zurecht. Schief hängende Bilder brachten Unglück, hatte ihr ihre *nonna* immer eingebläut. Giovanna kannte die vier Fotos an der Wand gut, sie selbst hatte sie für den Professor aufgehängt. Ihr Lieblingsbild hing oben rechts: Karl-Friedrich, der bärtige Indiana Jones, wie er in seiner germanischen Pracht zwischen sehnigen, von der apulischen Sonne gegerbten Ausgrabungshelfern stand und stolz auf den Eingang seines bedeutendsten Fundes, das Fürstinnengrab, zeigte. Nein, das Polaroid war nicht grundlos geschickt worden, aber welche Verbindung konnte es zum unerklärlichen Handeln des Professors geben? Gab es überhaupt eine?

Sie streckte sich, um den hölzernen Rahmen abzuhängen. Auf der oberen Kante fühlte sie sandigen Staub. Mit dem Zipfel ihres Pullovers reinigte sie das Bild, während sie es im Schein der Taschenlampe betrachtete. Zu jedem der aufgehängten Fotos hatte der Professor – in alter Manier – Grabungsort, Datum und die Namen der Anwesenden auf einen weißen Papierstreifen getippt und hinter das Glas gelegt. Damals hatte sie ihn wegen seiner Pingeligkeit ausgelacht. Jetzt bat sie im Stillen um Abbitte und wünschte sich nichts sehnlicher, als die vermaledeite Vernissage nie frühzeitig verlassen zu haben.

Der Duft des ausgelaufenen *Passito* stieg ihr in die Nase. Wie eine Welle spülte der Weingeruch die Erinnerungen an den schrecklichen Abend hoch. Leise begann sie zu weinen.

Ein »Klick«, mehr nicht. Fast hätte sie es überhört.

Fast.

Sobald sie die Wohnung durch die Eingangstür betreten hatten, trennten sich die Schritte. Also waren sie zu zweit! Giovanna stockte der Atem. Dann reagierte sie sekundenschnell und ließ sich hinter das Sideboard gleiten. Gut war das Versteck aber nicht. Jeden Moment konnte einer der Eindringlinge ins Wohnzimmer kommen und sie entdecken.

Eine solche Angst hatte sie noch nie gespürt, nicht einmal während ihrer Studienzeit in Neapel, wo sie am Stadtrand in einem heruntergekommenen Mietshaus gewohnt hatte. Sie zitterte so stark, dass ihre Zähne klapperten. Sie musste den Kiefer mit der Hand festhalten, um ihn zu kontrollieren. Hatte Tommaso also Recht gehabt mit seinen osteuropäischen Einbrechern, die so dreist waren, dass sie nicht einmal vor einem Polizeisiegel zurückschreckten. Tommaso! Hoffentlich kam er sie nicht suchen. Wer wusste, ob die Unbekannten nicht bewaffnet waren. Sie hörte, wie Schubladen geöffnet und Bücher aus Regalen gezogen wurden. Küche und Archiv! Die Angst, gleich entdeckt zu werden, drückte sie zu Boden, doch ihr Überlebenswille war stärker. Sie legte Bilderrahmen und Taschenlampe ab. Rasch robbte sie durch das dunkle Zimmer zu der Wand, die das Wohnzimmer vom Arbeitszimmer trennte und quetschte sich in die Nische hinter der Paneltür. Zwar konnte sie jetzt wegen der Enge kaum atmen und musste den Kopf seitlich halten, aber zumindest lag sie nicht mehr auf dem Präsentierteller.

Lange Zeit hörte sie außer dem stärker gewordenen Wind, der an den Holzrollos rüttelte und die Äste der Kastanien im Hof aufpeitschte, nichts, bis sie erneut Schritte und das bekannte Quietschen herausgezogener Schreibtischschubladen vernahm. Jemand machte sich im Arbeitszimmer zu schaffen. Am liebsten wäre sie hinter der Schiebetür hervorgesprungen und zur Tür gerannt. Sie schwitzte so stark, dass ihr Schweißtropfen brennend in die Augen rannen.

»Gib dir Mühe, sonst sind wir erledigt«, sagte plötzlich eine merkwürdig nasale Stimme wenige Zentimeter von der schützenden Holzwand entfernt.

Giovannas Puls galoppierte wie ein wild gewordenes Pferd davon. Hatte sie richtig gehört?

»Du bist gerade der Richtige! Deinetwegen stecken wir in der Tinte«, antwortete der andere Mann aus dem Arbeitszimmer.

Sie hatte sich nicht verhört: Die Unbekannten sprachen Apulisch!

»Wegen mir? Hab ich dir nicht gesagt, dass du den Alten vor dem Museum abfangen sollst? Muss doch immer pissen, wenn es kalt ist. Und in diesem Scheißland ist es kalt.«

»Ich hätte mir lieber in die Hose gemacht, als den Deutschen zu verpassen. Hast echt Glück gehabt, dass du davon gekommen bist, nicht wie unsere Kumpels in Foggia.«

»Was wir danach tun mussten … Woher weiß unser *capo* so viel?«

Die zwei Männer verstummten und eine Zeit lang waren nur die Geräusche ihres Suchens zu hören.

»Also, hier im Wohnzimmer ist nichts, ich geh mal nach hinten.«

»Und ich mach mit den Büchern weiter.«

»Wie viele sind es eigentlich? So viel Geld für nichts.«

»Sag ich doch, Esel!«

Der Mann, der ihr gefährlich nahegekommen war, verließ das Wohnzimmer und ging in den Flur. Wenn sie in der Enge der Nische gekonnt hätte, dann hätte Giovanna ein bisschen aufgeseufzt. Una piccola tregua – Eine kurze Feuerpause. Sie konzentrierte sich auf die Geräusche. Eine Zeit lang war außer dem Sturm draußen und dem Schleifen von herausgezogenen und zurückgeschobenen Büchern nichts zu hören. Ihre Füße waren eingeschlafen. Der Drang, sie zu bewegen, wurde unerträglich. Die Nase juckte vom Salz ihres Schweißes und sie versuchte, sie vorsichtig an der Paneltür zu reiben.

Plötzlich rief der Nasale aufgeregt: »Komm sofort ins Schlafzimmer!«

Sein Kumpel verließ das Arbeitszimmer. »Hast du ihn gefunden?« Giovanna horchte auf.

»Was zum Teufel ist das?« Die Stimme des Gerufenen schraubte sich in die Höhe.

Dann Stille.

In diesem Moment wusste sie, dass die Männer auf ihre feuchten Kleider und den Rucksack im Schlafzimmer gestoßen waren. Bevor aber der Gedanke an Flucht ihre Beine erreichen konnte, gab es einen ohrenbetäubenden Knall. Giovanna keuchte auf. Die Männer hatten geschossen. Sie war verletzt. Sie würde sterben. Noch einmal knallte es durch die Wohnung. Sie hörte, wie die Eindringlinge erregt miteinander sprachen, dann näherten sich Schritte. Gleich würde man sie finden. Sie schloss die Augen und rief nach Gott. Die Männer aber hasteten an ihrem Versteck vorbei, öffneten die Eingangstür und verließen die Wohnung.

Der Spuk endete, wie er begonnen hatte, mit einem »Klick.«

Lebte sie noch oder war sie schon tot? Sie fühlte sich tot, aber sie lebte noch, unverletzt, wie sie feststellte. Zittrig rollte sie die Panelwand zurück und machte mit ihren kribbelnden Füßen ein paar unsichere Schritte. Mit dem Ärmel fuhr sie sich übers feuchte Gesicht, dann stakste sie steif ins Arbeitszimmer.

Giovanna musste den schweren Rollladen nicht hochziehen, um sie zu hören. Ihr altes Holz ächzte gequält im Wind, und auch jetzt noch schlugen ihre Äste auf den Rollladen und streiften an der Außenwand des Hauses entlang. Die großen Kastanien, deren reife Früchte immer wieder Dellen in ihr Auto schlugen und die mehr als einmal in ihren Gedanken in einer Zahnstocherfabrik gelandet waren, hatten ihr soeben das Leben gerettet.

Giovanna holte ihre Sachen aus dem Schlafzimmer, hängte die restlichen Bilder von der Wand ab, sammelte die Taschenlampe und das Foto vom Boden auf und machte, dass sie wegkam.

Jetzt, wo die Versiegelung aufgebrochen war, wie jeder vernünftige Mensch auch: durch die Eingangstür.

Kapitel 20

»Und du weißt sicher nicht, wer diese Männer in der Wohnung des Professors waren?«, fragte Tommaso zum dritten Mal, als sie durch die Fensterscheibe endlich die schummrige Leuchttafel von InternazionARTE erblickten.

»Leider haben sich die beiden nicht vorgestellt.«

»*Calma!* Ich habe nur gefragt.«

»Sag mir lieber, warum du mich in Stich gelassen hast«, giftete Giovanna zurück.

»Wie meinst du das?«

»Du hattest versprochen, auf dem Balkon zu warten.«

Giovanna wusste, dass sie ihrem Freund unrecht tat, aber nach dem Schock hatte sie eine unbändige Lust bekommen, sich mit ihm zu streiten.

Tommaso griff über Barni hinweg nach ihrer Hand und streichelte sie. »Wie konnte ich ahnen …«

»Ich hatte Angst um dich, weißt du?«, sagte sie leise.

»Noch einmal, dein Freund hier hat sich plötzlich merkwürdig verhalten. Er lief unruhig zwischen Schlafzimmer und Diele hin und her. Richtig verrückt hat er mich gemacht.«

Als sie die Wohnung des Professors verlassen und in ihre zurück-gekehrt war, hatte sie Tommaso und Barni in trauter Zweisamkeit beim Kekseessen in der Küche gefunden. Dieser Anblick regte sie dermaßen auf, dass sie die Kiste mit den *biscotti* vom Tisch fegte, sodass sie scheppernd auf den Boden fiel. Der Hund war bellend aufgesprungen, während Tommaso eine Salve von Flüchen los-gelassen hatte. Sie schrien sich so lange an, bis er verstand, dass etwas Schlimmes passiert sein musste. Als sie ihm erzählte, was im zweiten Stock vor sich gegangen war, trieb er sie an, ihre Sachen zu packen und die Wohnung zu verlassen.

Ein Taxi hatte sie alle drei auf direktem Weg in die Leipziger Straße gebracht. Giovanna tat zwar so, als würde sie es nicht merken, aber sie sah, dass Tommaso immer wieder den Kopf reckte, um in den Rückspiegel zu blicken. Es war offensichtlich, dass er Angst hatte, verfolgt zu werden. Einerseits versuchte er, sie nicht zu beunruhigen, andererseits guckte er so auffällig, dass es sogar dem Fahrer auffiel, der, noch bevor sie die Bockenheimer Warte überquert hatten, nach dem Spiegel griff und ihn verstellte. Dieses versteckte Schauen verschreckte sie mehr, als wenn Tommaso sich offen nach hinten gedreht hätte. Es war ihr nicht in den Sinn gekommen, dass man sie verfolgen könnte.

Jetzt aber, wo sie auf Tommasos Sofa lag, eingewickelt in eine dicke Decke, einen warmen Tee in Reichweite und im Fernseher *Wasabi*, ein asiatischer Actionfilm mit ihrem Lieblingsschauspieler Jean Reno, floss das Blut in geordneten Bahnen, und ihr Gehirn begann wieder zu arbeiten.

Es stimmte. Jeder auch nur halbwegs intelligente Ganove hätte – nach einem Blick auf die nassen Kleider im Schlafzimmer – die richtigen Rückschlüsse gezogen. Er hätte sich nur draußen auf die Lauer legen und abwarten müssen, wer das Haus als Nächstes verließ. Die Frage war nur, zu welchem Zweck. Denn eines wussten diese Kriminellen nicht. Das, was sie suchten, war nicht in der Wohnung des Professors. Würden sie also nicht viel mehr darauf warten, dass sie noch einmal hinein konnten?

»Was?«

Tommaso hatte sie etwas gefragt. Giovanna stellte den Fernseher auf stumm und setzte sich auf. Sofort war Barni zur Stelle.

»Was hast du gefragt?«

»Ob du dir sicher bist, dass die Männer Apulisch gesprochen haben.«

»Tommà, nicht schon wieder!«

»Ist dir der Ernst der Lage immer noch nicht bewusst? Nicht nur, dass du in eine von der Polizei versiegelte Wohnung eingestiegen bist. Sondern du bist auch nur knapp zwei Einbrechern, was sage ich da, zwei Mördern der apulischen Mafia entkommen! So wahr ich Tommaso Festa heiße, morgen früh gehen wir zusammen zu diesem Kommissar. Hast du verstanden?«

Bevor sie ihre widersprüchlichen Gefühle in Worte fassen konnte, sprach ihr Freund sie aus.

»Auch wenn das deinen Professor endgültig zum Komplizen von Kriminellen macht!«

Wortlos nickte Giovanna.

Tommaso zog sich in seine Leseecke zurück. Er tat so, als würde er in einem Libretto lesen. Sie wusste aber genau, dass er sie beobachtete. Also tat sie ihrerseits so, als wäre sie in den Film vertieft. Der überdrehte Film lief ohne Ton, was nicht schlimm war. Die Handlung verstand sich von selbst. Jean Reno war nach Tokio geflogen, um seine unter mysteriösen Umständen verstorbene Geliebte zu bestatten. Dort fand er heraus, dass sie 200 Millionen Dollar, eine aufgebrachte Yakuza und eine Polizei hinterlassen hatte, die auffällig rasch ihre Akte schließen wollte. Jeder vernünftige Mensch hätte zwei und zwei zusammengezählt und ihr kriminelle Handlungen unterstellt. Nicht so der Franzose. Dieser vertraute mehr auf seinen Instinkt als auf seine mathematischen Fähigkeiten. So begab er sich in Tokio auf Schnitzeljagd, gefühlte hundert japanische Mafiosi im Schlepptau.

Tommaso war anders. Von Natur aus misstrauisch, vertraute ihr Freund nur den exakten Wissenschaften. Er hatte Einbrecher und apulisch addiert und heraus gekommen war die *Sacra Corona Unita*, die apulische Mafia. Sie verstand ihn ja. Das bedrückende Leben in einem von der kalabrischen Mafia kontrollierten Dorf hatte ihn geprägt. So tief, dass auch nach vierzig Jahren in Deutschland die alten Denkstrukturen nicht ausgelöscht waren.

Eine Sache war zweifellos richtig: Die Suppe, die sie jetzt auslöffelte, war in Apulien gekocht worden. Alle Zutaten kamen von dort. Aber gleich die Mafia, die Meisterköche, ins Spiel bringen? Sie konnte ja im Fernsehen sehen, was Professionalität bedeutete. Die zwei Männer in der Wohnung dagegen …

Deren Chef, ja. Dieser schien aus einem anderen Holz geschnitzt zu sein, gebildet und gleichzeitig skrupellos. Einer, der offenbar über Leichen ging.

Plötzlich fröstelte Giovanna. Ihr schien, als würden sich lange, kalte Finger an ihre Beine und Arme klammern. Deren lange Nägel bohrten sich in ihr Fleisch, und je tiefer sie eindrangen, desto größer wurde die Kälte – und die Angst.

Angst, dass die Männer ihrem Taxi in die Leipziger Straße gefolgt waren.

Angst, dass der gefährliche Chef den beiden befohlen hatte, bei ihnen einzubrechen.

Angst, dass sie und Tommaso …

Giovannas Gedankenspirale fiel augenblicklich in sich zusammen, als sie plötzlich ein lautes Geräusch an der Wohnungstür hörte. Bevor Tommaso vom Sessel fallen und sie an einem Herzinfarkt sterben konnten, schloss sie jemand auf und stakste schnaufend ins Wohnzimmer.

»*Buonasera a tutti!*«, rief Joschka fröhlich in die Runde.

»Wo kommst du denn her?«, fragte Tommaso.

Statt ihm zu antworten, setzte sich Joschka neben Giovanna aufs Sofa und schaute gebannt auf den tonlosen Film.

»Tokio, Tokio«, murmelte er vor sich hin. Dann klatschte er in die Hände und schmetterte freudig: »Ich hab's: *Lost in Translation* von Sofia Coppola.«

»Kannst du dir die Filme nicht endlich merken?! Das ist *Wasabi* mit Jean Reno!«

Joschka drehte den Kopf zu Giovanna, betrachtete sie prüfend und wandte sich an Tommaso.

»Was ist denn mit der los?«

»Wo warst du?«, fragte dieser zurück.

»Mein Lieber, ich habe ein Restaurant entdeckt, ich sage dir, da müssen wir unbedingt zusammen hin. Da gab es Spaghetti aus Zucchini und Ofengemüse, mit Mandelmus statt mit Käse überbacken. Weißt du, dass ich den Unterschied nicht gemerkt habe? Und gesund ist sie, diese Küche. Glaub mir, vegan, das ist die Zukunft.«

Tommaso blieb lange still, dann sagte er »Es gibt Broccoli und *salsiccia*.«

»Wunderbar. Ich hatte sowieso noch Hunger.« Joschka stand auf und ging in die Küche.

Giovanna sah Tommaso an, dass er sich fragte, wer dieser Außerirdische sei, mit dem er seit mehr als fünfunddreißig Jahren zusammenlebte.

Mit der Fernbedienung schaltete sie wieder die Lautstärke ein. Der Film erreichte gerade seinen Höhepunkt. Jean Reno hatte einige für ihn zurückgelassene Botschaften seiner Ex entschlüsselt und auf diese Weise in Kyoto ein Versteck voller brisanter Informationen gefunden.

Joschka kam mit einem vollen Teller und einem Glas Bier zurück. Er stellte alles auf einem Beistelltisch ab und wollte sich auf das zweite Sofa setzen, als er erschrocken aufsprang.

»Spinnt ihr? Ich bin doch allergisch gegen Hundehaare!«

Barni verzog sich hinter das Sofa und Giovanna verkroch sich noch tiefer unter die Decke.

»Gestern Nacht ist jemand bei Giovanna eingebrochen«, informierte ihn Tommaso.

»Was ist gestohlen worden?«

»Zum Glück nichts. Aber auf dem Bett lag ein toter Vogel.«

Ohne weiter zu protestieren, setzte sich Joschka und aß.

Der Film ging dem Ende zu und Jean Reno verstand, dass seine Ex keine Kriminelle gewesen war, sondern eine in die Yakuza eingeschleuste Agentin. Aus Angst vor ihren korrupten Kollegen hatte sie die Informationen, die zur Zerschlagung der Yakuza führen konnten, der einzigen Person zurückgelassen, der sie vertraute.

Wenigstens einer, der erfolgreich ist, dachte Giovanna und machte den Fernseher aus.

Ihre Anspannung wich einer bleiernen Müdigkeit. Weder konnte sie sich ausstrecken, noch umdrehen. Sie schloss die Augen. Der morgige Tag würde ein schwerer werden.

Da sagte Joschka, wie beiläufig: »Schon merkwürdig. Jedes Mal wenn sie mit diesem Sonny zusammen ist, passiert etwas.«

Sie tat, als wäre sie eingeschlafen. Zwar versuchte sie, regelmäßig zu atmen und nicht mit den Lidern zu flattern. Aber es war schwieriger als gedacht. Es war, als hätte der Flügelschlag eines Schmetterlings in ihr einen Tsunami ausgelöst.

Plötzlich fühlte sie sich beobachtet. Sie blinzelte vorsichtig und sah geradewegs in Tommasos fragendes Gesicht.

SAMSTAG

Am nächsten Morgen verließ Giovanna früh die Wohnung ihrer Freunde. Leise zog sie die Haustür hinter sich zu und trat mit Barni in den Hinterhof. Sofort sogen sich ihre Locken voll mit der Feuchtigkeit der Nacht. Am Tor blieb sie stehen und schaute nach links und nach rechts. Erst als sie sich vergewissert hatte, dass in der Leipziger Straße alles so war wie immer, machte sie sich auf den Weg ins Stadtzentrum.

Sie wollte zur Kleinmarkthalle, dem einzigen vernünftigen Platz um diese Zeit in Frankfurt. In Neapel wäre sie zu Beppe in die *Bar Sport* gehuscht. Dort, zwischen Wimpeln und alten Mannschaftspostern des SSC Napoli und dem Jahreskalender von 1982 mit der nackten Pamela Prati, hätte sie direkt an der Theke ein noch warmes *cornetto* mit Aprikosenmarmelade gegessen und dem Wirt das Zeichen für zwei *caffè* gegeben: Einen für sich und einen für die Bedürftigen, wie es jeder Neapolitaner tat, der einer Gefahr entronnen war. Für sie und ihre Landsleute war die Bar ein morgendlicher Kokon, in dem sie Energie tankten, bevor sie den harten neapolitanischen Alltag in Angriff nahmen. Anders die Stadt, in der sie lebte. Frankfurt war keine Metropole des Morgens, sondern eine der Nacht, und es gab nichts Deprimierenderes als einen frühmorgendlichen Spaziergang durch die verwaiste Haupteinkaufsstraße, die Zeil.

Vor der Kleinmarkthalle band sie Barni an einen Fahrradständer und lief in die Galerie hoch. Dort ließ sie sich von Tiziana, der Besitzerin des italienischen Feinkostgeschäfts, einen Kaffee und eines der weichen sizilianischen Marzipankonfekte über die mit Nudeln vollgestellte Verkaufstheke reichen. Dann setzte sie sich ans Geländer. Die Halle unter ihr begann sich zu füllen. Links die Gemüsehändler, daneben die Feinkostverkäufer und die Stände mit den exotischen Spezialitäten, dann die Backwaren und ganz rechts die Blumenstände. Auch wenn es in der Galerie zugig war, sie war gerne hier oben.

Doch an diesem Morgen hatte sie kein Auge dafür. Sie dachte an das anstehende Gespräch. Was Tommaso nicht wusste war, dass der Weg zur Polizei ihr ganz persönlicher Gang nach Canossa werden würde. Sie hatte dem jungen Kommissar mehr, als nur von ihrem Einstieg und dem belauschten Dialog zwischen den zwei Apuliern zu erzählen. Trotzdem musste sie reden, besonders nach der letzten Nacht, in der sie am eigenen Leib die Gefährlichkeit dieser Geschichte erfahren hatte.

Es tut mir leid, Professore. Ich habe alles getan, um zu verstehen, warum du so gehandelt hast.

Der Kaffee schmeckte plötzlich ranzig und das Konfekt klebte wie Zement an ihren Zähnen. Sie wollte nur noch raus. Giovanna stieg vom Barhocker, drehte sich um … und stieß mit dem Museumsdirektor zusammen. Sofort begann ihr Blut unkontrolliert zu brodeln.

Drohend stellte sie sich vor den Mann. »Wie konnten Sie ihm das antun!«

Beschwichtigend hob Peter Neuhaus seine Hände. »Ich hatte gehofft, Sie hier zu treffen. Meine Mitarbeiter haben mir den Tipp mit der Kleinmarkthalle gegeben. Wir müssen dringend reden.«

»*Wir? Ich* muss dringend über die Lügen reden, die *Sie* über den armen Karl-Friedrich verbreiten!«

»Frau Greifenstein, ich verstehe ja, dass Sie wütend auf mich sind. Aber versetzen Sie sich in meine Lage. Ich stand unter dem Druck der Polizei, der Sponsoren, der Öffentlichkeit. Alle erwarteten rasch einen Verdächtigen. Und entschuldigen Sie, wenn ich es sage, aber zu viele Dinge wiesen auf von Schacht als Ausführer dieser unbegreiflichen Tat hin.«

Giovanna konnte es nicht fassen. »Und nur aus diesem Grund haben Sie den Professor öffentlich verleumdet?«

»Ich bitte Sie«, unterbrach er sie mit ungewohnter Kraft in der Stimme. »Ihr Mentor war in den letzten Wochen unkontrollierbar geworden. Wegen nichts fing er Streit an. Jeden gut gemeinten Vorschlag empfand er als persönliche Beleidigung. Er ging so weit, den Streik der italienischen Tankstellenwärter als eine gegen ihn geplante Verschwörung anzusehen. Wenn nicht ich im Hintergrund die Fäden gezogen hätte, wäre die Ausstellung niemals rechtzeitig eröffnet worden.«

Während der Rede hatte seine unnatürliche Blässe rote Flecken bekommen.

»Wie meinen Sie das, nicht zu kontrollieren? Der Professor war engagiert, hartnäckig, penibel, ja. Er war sicher kein einfacher Mensch, aber unkontrollierbar? Sie sprechen vom bekanntesten Experten für daunische …«

»Frau Greifenstein, der Moment ist gekommen, dass wir die Missverständnisse aus der Welt schaffen, die seit zu langer Zeit unser Verhältnis trüben. Professor von Schacht *war* unkontrollierbar und in den letzten Jahren immer weniger in der Lage, seiner Position gerecht zu werden. Durch sein fanatisches Auftreten hat er sich viele Sympathien verspielt. Das Museumsdirektorium, das sehr wohl um seine Verdienste in der Archäologie wusste, stand kurz davor, ihm den Auftrag als Kurator zu entziehen. Wie erklären Sie sich sonst seine über alle Maßen unvernünftige Forderung, sich gleich am ersten Tag der Ausstellung beurlauben zu lassen?«

»Beurlauben? *Mein* Professor?«

»Ja, *Ihr* Professor! Sogar gestritten haben wir deswegen während der Vernissage. Zum Glück bin ich nicht nachtragend und am Mittwochmorgen zu ihm nach Hause gefahren, um ihn umzustimmen. Leider habe ich mich von einer geschwätzigen Putzfrau wegschicken lassen.«

Maria!

»Nun, um es kurz zu machen, es ist die Schuld Ihres Mentors, dass Sie damals die Stelle im Museum nicht bekommen haben.«

»Wie bitte? Karl-Friedrich hatte sich so für mich …«

»Gerade weil er sich so für Sie eingesetzt hatte, ist gegen Sie entschieden worden.«

Was für Neuigkeiten! Das bedeutete, dass …

»Sie waren gut, Frau Greifenstein … Giovanna … Darf ich Giovanna sagen? Die vielversprechendste Bewerberin, die ich hatte. Voller Talent und mit einer großartigen Karriere vor sich. Die Nähe zu den falschen Leuten hat Ihnen geschadet.«

Peter Neuhaus' Stimme hatte sich unmerklich verändert. Lockend, werbend, von einer solch verführerischen Anziehungskraft, dass wenig fehlte, dass sie wie eine hypnotisierte Kobra zum Klang seiner Stimme zu tanzen begann.

Sie war gut und talentiert, hatte der Direktor gesagt. Während sie immer gedacht hatte, der Mann könne sie nicht leiden. Offensichtlich hatte sie sich nicht nur in Karl-Friedrich getäuscht.

Ihre Menschenkenntnis war zum Wegwerfen.

»… Andeutungen gemacht? Ihnen Informationen anvertraut? Namen genannt?«, fragte der Direktor mit schmeichelnder Stimme.

Giovanna brauchte zu lange, um zu verneinen.

Sofort hakte der Mann nach. »Hat er, Giovanna? Mir können Sie …«

In der Tasche klingelte das Handy. Julius mit dem Namen eines Anwalts? Sie entschuldigte sich und suchte so lange nach dem Gerät, dass es verstummte, bevor sie es herausgezogen hatte. Enttäuscht sah sie, dass nicht ihr Mann sie angerufen hatte, sondern Tommaso, der sicher wissen wollte, wo sie steckte. Schnell schickte sie ihm eine Nachricht und verstaute das Gerät an seinen Platz. Sie wandte sich wieder dem Museumsdirektor zu und glaubte, ihren Augen nicht zu trauen.

Peter Neuhaus, ihr neuer Vertrauter, war vor ihr in die Knie gegangen und starrte mit aufgerissenen Augen auf den Boden. Vor seinen Füßen lag das apulische Polaroid.

Kapitel 22

»Was ist das?« Der Museumsdirektor zeigte mit einem Finger auf das Polaroid auf dem Boden.

»Wenn ich das wüsste.«

Peter Neuhaus hob das Bild auf, betrachtete es aufmerksam, dann drehte er es um. Giovanna hatte nicht die Kraft, ihn daran zu hindern. Mit einem Schlag spürte sie die Strapazen der letzten Tage. Sie fühlte sich so erschöpft, dass sie sich an das Geländer lehnte.

Ich will, dass die Geschichte endlich aufhört.

Sie merkte nicht, wie er zu ihr trat.

»Wir haben alle unsere Dämonen«, flüsterte ihr der Mann plötzlich ins Ohr. »Ich, zum Beispiel, bereue zutiefst, am Mittwochmorgen nicht entschiedener nach dem Professor gesucht zu haben. Hätte ich von Schacht retten können, wenn ich hoch gegangen wäre, frage ich mich seitdem. Und Sie, Giovanna, fragen Sie sich das auch? Mir können Sie alles anvertrauen. Ich bin …«

Warum nicht?, dachte Giovanna. Das Geheimnis, das auf mir lastet, ist zu groß, um von mir alleine getragen zu werden.

»Der Professor hat am Dienstag eine Warnung aus Apulien bekommen und wollte sich mit einer Londoner Expertin beratschlagen. Vielleicht wissen Sie …«

»Hatte er einen Namen genannt?«

»Leider nein.«

»Lassen Sie mir das Bild und ich schaue, was ich tun kann.«

»Ich weiß nicht, Herr Neuhaus. Die Polizei …«

Weiter kam sie nicht.

Ein klagendes Geheul ließ alle in der Markthalle zusammenfahren.

Barni!

Wie aus einer Hypnose erwacht, riss Giovanna dem Direktor das Polaroid aus der Hand und verabschiedete sich hastig. Noch während sie es im hintersten Fach ihrer Handtasche verstaute, ging sie zur Theke und bezahlte ihr Frühstück. Tiziana ließ es sich nicht nehmen, eine Tüte mit Fleischtortellini über die Theke zu reichen, mit der Begründung, sie hätte ja gesehen, dass ihr der Kaffee nicht geschmeckt habe.

Rasch schlängelte sich Giovanna zwischen den Menschen hindurch Richtung Ausgang. Als sie die Treppe fast erreicht hatte, rief ihr der Direktor etwas hinterher. Reflexartig blieb sie stehen, dann rannte sie weg, ohne noch einmal zurückzublicken.

Ich bin nicht Ihr Feind.

Der Satz blieb wie Melasse auf ihrer Haut kleben. Giovanna hatte das dringende Bedürfnis sich zu waschen, obwohl ihre Haare und Kleider noch feucht waren vom Regen. Das Gefühl hielt lange an. Auf der Zeil, im Rothschildpark, bis in ihre Wohnung. Erst nach einer heißen Dusche atmete die Haut auf.

Sie konnte sich den abrupten Gefühlswechsel nicht erklären. Eigentlich hätte sie die neue Vertrautheit zum Museumsdirektor freuen müssen. Dadurch hatte sich nicht nur das Trauma um ihre beruflichen Fähigkeiten in Luft aufgelöst. Er hatte auch verständnisvoller als jeder andere auf ihre innere Zerrissenheit reagiert. Noch jetzt, wo sie zu Hause war, fand sie keine vernünftige Erklärung dafür, warum sie der simple Satz so erschreckt hatte. Weder der Inhalt noch der Ton, in dem er ihr zugerufen worden war, gaben Anlass dazu.

Ihr Handy klingelte zum wiederholten Mal. Sie schaute auf das Display und ließ es weiterklingeln. Tommaso, den sie noch nicht sprechen wollte, rief wieder an. Julius, den sie sprechen musste, hatte es noch kein einziges Mal getan und Sonny, den sie hören wollte …

Wenn ich nicht wüsste, dass in der Diele ein Päckchen mit einem bedeutungsvollen Ring darauf wartet, von mir verschickt zu werden, dann würde ich glauben, ich hätte ihn nur geträumt.

Aber Sonny war kein Traum, so wenig wie der Kultwagen unter Tommasos Bett. Sie würde ihren Freund abholen und zur Polizei gehen. Mit oder ohne Anwalt.

Giovanna hatte sich soeben angezogen, als Barni kurz aufbellte und zur Wohnungstür lief. Es klingelte. Tommaso?! Kurz zögerte sie, dann schlurfte sie in die Diele. Missmutig drückte sie die Klinke und wollte sich wortreich entschuldigen, als sie den unerwarteten Besucher erkannte. Vor ihrer Tür stand Kriminalhauptkommissar Ben Köhler.

Der Impuls war schneller als die Vernunft. Ohne ein Wort zu sagen, wollte sie die Tür wieder zudrücken, aber der junge Mann war flink. Er steckte seinen Fuß zwischen Tür und Rahmen und Giovanna konnte sich noch so sehr dagegenwerfen, sie schaffte es nicht, sie zu schließen. Sie hob den Fuß und begann gegen sein Bein zu treten. Sie kämpften so lange, bis Ben Köhler nachgab.

»Es tut mir leid«, keuchte er.

Doch das reichte ihr nicht. Giovanna trat noch einmal zu und traf mit voller Wucht sein Schienbein. Ein schmerzerfülltes »Ehrlich!« folgte.

Dio, sie hatte einen Staatsbeamten getreten!

»Wir müssen reden!«, sagte Ben Köhler.

Giovanna nickte. Sie packte Barni am Halsband und ließ den Kommissar eintreten. Zusammen gingen sie in die Küche.

»Sie hätten mich nicht anlügen sollen«, sagte Ben Köhler, als er sich ihr gegenüber an den Tisch gesetzt hatte.

Giovanna musterte ihn. Wenig erinnerte an den gepflegten Beamten vom Vortag. Auf seinem Gesicht lag ein dunkler Bartschatten und seine Augen waren von roten Äderchen durchzogen. Auch schien er dieselbe Kleidung zu tragen.

»Ich konnte nicht anders«, antwortete sie.

»Wegen dem, was die Techniker gesagt haben, nun, hiermit ent…«

»Drei Fragen und wir sind quitt.«

»Wollen Sie jetzt meine Arbeit machen, Frau Greifenstein?«

»Sie schulden mir was.«

»Da wären ein tätlicher Angriff auf einen Beamten, Nötigung und Behinderung von laufenden Ermittlungen. So was kann schnell große Probleme geben.«

Und du weißt noch nichts vom Diebesgut, dem Einbruch und dem Zurückhalten von Beweismitteln, ergänzte Giovanna in Gedanken.

»Also gut.« Ben Köhler seufzte. »Aber ich entscheide, ob ich Ihnen antworte. Einverstanden?«

»Einverstanden!«

Der Kommissar rutschte mit seinem Stuhl nach hinten und verschränkte die Arme vor der Brust. »Schießen Sie los.«

Giovanna musste nicht lange nachdenken. »Erstens: Warum haben Sie am Mittwoch nicht nach dem Professor gesucht? Kein Kurator dieser Welt nimmt am ersten Ausstellungstag Urlaub!«

»Weil ich erst am Donnerstag nach meinem Urlaub mit dem Diebstahl des Kultwagens betraut wurde. Meine Kollegen vor Ort … Wir sind auch nur Menschen.«

»Das kann ich bestätigen.«

Der Kommissar schaute sie warnend an.

»Okay, okay, ich nehm's zurück. Zweite Frage: Warum sprachen Sie von sicheren Beweisen, wenn die Aufnahmen der Überwachungskameras durch den Blackout gelöscht wurden?«

»Woher wissen Sie das?«

»Ich habe meine Quellen.«

»Und wir unsere Augenzeugen.«

Autsch!

»Letzte Frage: Warum bewacht niemand von Schachts Wohnung? Denn dann wüssten Sie …« Sofort biss sie sich auf die Zunge.

»Was, Frau Greifenstein? Was soll ich wissen?«

»Ich weiß nicht, wie ich es Ihnen sagen soll, Herr Köhler. Aber Karl-Friedrich war ein integrer Mensch! Das Offensichtliche ist nicht immer das Naheliegende. Mein Instinkt …« Sie unterbrach sich wieder. Was sprach sie wieder mal für einen Unsinn? Hatte sie immer noch nichts kapiert? Ihr Instinkt gehörte definitiv dahin, wohin sie bereits ihre Menschenkenntnis befördert hatte, nämlich in den Mülleimer. Außerdem, warum war der Kommissar zu ihr gekommen? Doch nicht nur wegen einer Entschuldigung! »Warum sind Sie wirklich hier?«

Er musterte sie aufmerksam, dann seufzte er. »Weil ich nicht schlau aus Ihnen werde.«

»Wieso?«

»Sie tun so, als ob sie ehrlich an der Aufklärung dieses Falles interessiert sind, gleichzeitig verheimlichen sie mir zu viele Dinge.«

»Wenn Sie damit mein Liebesleben meinen …«

»Ich meine zum Beispiel ihr Auto.«

»Was ist mit dem Cinquecento?« Ihr wurde warm im Nacken.

»Wenn wir von Anfang an gewusst hätten, dass von Schacht Ihr Auto benutzte, dann hätten wir es sofort kriminaltechnisch untersucht. Jetzt, wo Sie mit dem Fiat durch ganz Frankfurt gefahren sind …«

»Ich habe mir nichts dabei gedacht.«

»Natürlich. Vor allem wenn im Auto nichts Ungewöhnliches war, habe ich recht?«

Ein Tropfen Schweiß löste sich von Giovannas Haaransatz und glitt ihre Wirbelsäule hinunter. »Selbstverständlich.«

»Denn wenn Sie etwas fänden, was für unsere Ermittlung interessant wäre, dann würden Sie es mir nicht wieder vorenthalten, nicht wahr?«

Sie nickte langsam.

Ben Köhler musterte sie. Sein Blick war so unbarmherzig, als würde er in ihr wie in einer Polizeiakte lesen. »Wir müssen einander vertrauen.«

Sie schluckte.

»Können wir einander vertrauen?«

»Der tote Vogel, Herr Köhler. Das war kein Zufall, das war ein Zeichen! Die apulische Mafia sucht nach dem Kultwagen. Ich selber ...«

»So kommen wir nicht weiter, Frau Greifenstein! Zuerst beschuldigen Sie einen renommierten Museumsdirektor, dann verschweigen Sie uns eine zweifelhafte Bekanntschaft, jetzt fantasieren Sie von der Mafia. Wenn Sie denken, damit von sich abzulenken, dann irren Sie sich gewaltig.«

»Aber es ist wahr! Gestern Abend ...«

Driiiing, hallte es durch die Wohnung.

Giovanna entschuldigte sich und ging in den Flur, Barni im Schlepptau. Sie öffnete.

Vor der Tür stand Maria, in der Hand eine kleine Plastiktüte, aus der es verheißungsvoll nach frisch gebackenen *biscotti* roch.

»Ich habe mir gedacht, dass die Signora Greifenstaina Trost braucht«, begründete sie verschämt ihren unerwarteten Besuch.

Zwar fand Giovanna, dass eher ihre Landsfrau auf der Suche nach Trost war, aber sie freute sich aufrichtig und ließ ihre Putzfrau eintreten. Barni ließ sich ausgiebig von Maria kraulen, dann gingen sie zusammen in die Küche zurück.

Marias Reaktion war fürchterlich. Sie sah Ben Köhler am Küchentisch sitzen und erbleichte.

»*Lei, Lei!*«, presste sie hervor und zeigte anklagend mit einem knochigen Zeigefinger auf den Kommissar.

Dann begann sie so verzweifelt zu weinen, dass ihr dünner Körper bei jedem Schluchzer erzitterte. Die Putzfrau atmete unregelmäßig und hielt sich die Hände vor die Brust, ihr Gesicht lief dunkelrot an.

»Maria, denk an dein Herz«, sagte Giovanna besorgt und drückte sie auf einen Stuhl.

Sie drehte sich zu Ben Köhler um. »Was haben Sie meiner Putzfrau angetan?«

»Nur unsere Arbeit. Frau D'Onofrio hatte schon bei meiner Befragung am Donnerstag einen hysterischen Anfall.«

Giovanna schaute ihn böse an.

»Maria, weiß du was? Jetzt trinken wir einen Espresso und essen deine Kekse. Du wirst sehen, gleich geht es dir besser. *Va bene?*«

Maria schaute sie mit aufgerissenen Augen an, griff nach der Plastiktüte und sagte »*No!*«

»Aber Maria!«

Die Neapolitanerin schnalzte mit der Zunge.

Madonna, hilf mir, sonst vergesse ich mich.

»Sie sollten jetzt besser gehen«, sagte Giovanna zu Ben Köhler.

Der Mann stand auf, rückte seinen Stuhl zurecht und trat in den Flur.

»Was ist in dich gefahren?«, fragte Giovanna verärgert.

»Er hat sie nicht verdient«, antwortete Maria und stellte seelenruhig die Kekse auf den Tisch zurück.

Wider Willen musste Giovanna lächeln und streichelte ihr zärtlich über den Kopf.

Ben Köhler wartete an der Tür auf sie. Sie gaben sich die Hand.

Giovanna wollte die ihre wegziehen, aber der Kommissar hielt sie umklammert.

»Ich warne Sie! Machen Sie nicht unsere Arbeit. Sie wissen nicht, wem Sie dabei in die Quere kommen.«

Leider schon.

»Und vergessen Sie nie: Türschlösser und Polizeisiegel lassen sich einfach öffnen.«

Ich weiß.

Plötzlich trat er einen Schritt auf sie zu. Sie wollte zurückweichen, doch die Türklinke bohrte sich in ihren Rücken. Der Kommissar stellte sich ganz nahe vor sie hin. Sie konnte ihn riechen, so nahe stand er.

Zu nahe.

»Ab jetzt werde ich Ihr Schatten sein«, flüsterte er.

Mist.

»Das neue Siegel ist dran, Herr Kommissar«, ertönte eine männliche Stimme aus dem zweiten Stock.

»Signora Greifenstaina, der Kaffee ist fertig!«, rief Maria mit kraftvoller Stimme aus der Küche.

Sie lösten gleichzeitig ihren Handgriff.

»Auf Wiedersehen«, sagte sie zu Ben Köhler.

»Ich bin nicht Ihr Feind«, antwortete er ihr.

Diesen Satz hörte sie heute nicht zum ersten Mal.

Julius war ihr nicht so freundlich gesinnt. Er hatte ihr eine Nachricht auf die Mailbox gesprochen, die sie erst bemerkte, als auch Maria nach einem zweiten Kaffee gegangen war. Schon die Art, wie er ihren Namen aussprach – kurz, knapp, sachlich –, versprach nichts Gutes. Sie kannte ihren Mann lange genug, um hinter dem geschulten Anwaltston die Irritation herauszuhören.

Es ging um die Post, natürlich. Sie hatte sie unsortiert eingetütet, einschließlich der Rede, und ohne Kommentar an seine Büroleiterin geschickt. Was hatte er denn nach den Ereignissen der vergangenen Tage erwartet, dass sie ihm einen Liebesbrief dazulegte? Dass sie in dem Durcheinander keine Lust hatte, ihn bei der Benefizveranstaltung zu vertreten, die seine Kanzlei jährlich veranstaltete, ließ er auch nicht gelten. »Reiß dich zusammen, du musst da hin. Wie stehe ich sonst da?« Kein einziges freundliches Wort.

Noch während sie die Nachricht abhörte, stach ihr das braune Päckchen auf der Ablage ins Auge. Am Vorabend hatte sie vergessen, es mit einem Kurier Sonny ins Hotel zu schicken. Mit dem Päckchen in der Hand und einem aufkommenden Sturm in ihrem Innern kehrte sie in die Küche zurück und stellte sich ans Fenster.

An der Scheibe hingen noch Tropfen, obwohl es aufgehört hatte zu regnen. Die Wolken waren weitergezogen und hatten einen stahlgrauen Himmel zurückgelassen. Irgendwo krächzte eine Krähe, dann flog ein ganzer Schwarm Vögel lärmend über das Dach des Nachbarhauses hinweg. Auch in ihr lärmte es, so laut, dass sie ihre eigenen Gedanken kaum hören konnte.

Ja, wie stehst du da, Julius Greifenstein, wenn ich heute Abend nicht auftrete? Kein Gerede darf deinen Ruf ankratzen. Die äußere Form über allem. Wie unsere Vereinbarung, die du nur vorgeschlagen hast, um unser Versagen nicht mit einer Scheidung öffentlich zu machen. Aber gerade, weil ich deinen Ruf retten wollte, habe ich meinen verspielt und mich damit in eine unmögliche Lage gebracht. Du willst, dass ich die Rede halte? Dann werde ich die Rede halten. Aber es werden meine Spielregeln sein. Denn da ist jemand, der mir verwirrend gut gefällt.

Giovanna riss den braunen Umschlag auf, holte den Schildkrötenring heraus und zog ihn sich über den Finger. Rasch tippte sie eine SMS in ihr Handy.

Die Nachricht, die keine Minute später Asien erreichte, war kurz und bündig: »*Stronzo.*«

Dann rief sie Sonny an.

Kapitel 23

Sonny holte sie mit einem Taxi ab. Obwohl sie schon fertig angezogen war, ließ sie ihn eine Viertelstunde warten. Die Belohnung für sein Ausharren war ihr Auftritt. An diesem Abend trug sie ein magentafarbenes, asymmetrisches Kleid aus fließender Seide. Die Locken waren hochgesteckt und an ihren Ohren hingen antike Chandeliers, die bei jeder Kopfbewegung sanft hin und her schaukelten. Auf den Schultern lag ein wärmendes Kaschmircape.

Würde ihm auch diese Giovanna gefallen, fragte sie sich gespannt, während sie wie eine Hollywood-Diva die Treppe hinunterschwebte.

Sie gefiel ihm, sehr sogar.

Sonny kam ihr entgegen, griff nach ihren Händen, küsste sie. Dann umarmte er sie ungestüm und vergrub sein Gesicht in ihren Nacken. »Ich habe nicht geglaubt, dass wir uns noch einmal sehen«, flüsterte er ihr mit warmem Atem ins Ohr. Gleichzeitig streichelte er ihre Hüfte und begann das Kleid hochzuziehen. »Musst du wirklich zu dieser Veranstaltung?« Seine Finger glitten unter das Strumpfband.

Sie stoppte die freche Hand. »*Later*, Sonny. Wir haben die ganze Nacht für uns.« Sonny rückte von ihr weg und verzog den Mund, aber der Schalk in seinen Augen verriet ihn. Zärtlich strich sie ihm über die Wange. »Okay?«

Statt zu antworten hielt er ihr galant den Arm hin und brachte sie sicher durch das Schneegestöber zum wartenden Taxi.

Das Getuschel fing an, sobald sie den Frankfurter Hof betraten. In dieser Sache unterschied sich die lokale High Society kein bisschen von ihren klatschfreudigen Landsleuten. Eher neugierig, als verängstigt fragte sich Giovanna, wie lange es dauern würde, bis die Nachricht Hongkong erreichte. Vorsorglich hatte sie ihr Smartphone zu Hause gelassen.

Die Gäste der Benefizveranstaltung umschwirrten sie wie eine Bienenkönigin. Sie lachte, verteilte Küsschen, diskutierte so lebhaft mit ihnen, wie sie es noch nie getan hatte. Es lag nicht nur an ihr. Auch die »von« und »zu«, die ihre efeuberankten Festungen vor den Toren Frankfurts trotz des zurückgekehrten Schnees verlassen hatten, schienen elektrisch aufgeladen. Die Stimmung war ungewohnt heiter, ja fast ausgelassen, und das, obwohl der Abend jung und die Gläser noch voll waren.

Nur die Mitarbeiter ihres Mannes standen wie verstörte Kaninchen in einer Ecke und wussten nicht, wie sie sich verhalten sollten. Die Nervosität, die von ihnen ausging, war mit beiden Händen zu greifen.

»Welch freudige Überraschung!«, hatte Wissel, ein schmächtiger Buchhalter, ihr noch bei der Begrüßung entgegengerufen, bis er den Mann neben Giovanna entdeckte, der in keiner Weise seinem Arbeitgeber glich. Seitdem lief er mit einem Gesicht herum, als wäre ihm ein Gespenst erschienen.

Für Verwirrung sorgte auch ihr Wunsch, doch die Begrüßungs-rede halten zu wollen. Anwalt Kühnler, ein speckig-kompakter Mitt-fünfziger, der die Übernahme dieser Aufgabe als explizites Zeichen dafür gesehen hatte, bald zum Partner der Greifensteinschen Kanzlei ernannt zu werden, hatte nur mit Mühe die Enttäuschung hinter seinem zitternden Doppelkinn verbergen können. Doch Giovanna lebte nicht umsonst mit einem erfolgreichen, international agierenden Wirtschaftsanwalt. Nach dem Motto »Zeige keine Schwäche und erkläre nichts«, hatte sie sich einfach der Aufgabe zugewandt, die sie bei solchen Gelegenheiten immer ausführte: die perfekte Gast-geberin zu spielen.

Der Festsaal war zum Platzen voll, die Kellner in Uniform kamen kaum noch durch. Trotzdem riss der Strom der Ankömmlinge nicht ab. Es war, als hätten die Leute von dem sich anbahnenden Skandal erfahren und sich das Drama nicht entgehen lassen wollen.

Sonny hatte sich etwas abseits hingestellt. Eine Hand lässig in der Hosentasche, trank er Champagner und schaute sich interessiert das Theater an. Ab und zu trafen sich ihre Blicke und sie lächelten sich verschwörerisch an. Ihr Begleiter fiel auf. Ein Exot unter den konservativen Klienten der Kanzlei Greifenstein. Seine entspannte Körperhaltung drückte aus, dass er das wusste und es ihm nichts ausmachte. Wir sind beide Außenseiter, dachte Giovanna, doch geht er besser damit um.

Diesmal trug er einen eng anliegenden schwarzen Anzug aus schimmerndem Stoff, darunter ein weißes Hemd, dessen oberste Knöpfe er offengelassen hatte. Er hatte sich für wenige, dafür umso auffälligere Schmuckstücke entschieden. Am Hals baumelte ein dicker, diamantbestückter Skarabäus, während das Gegenstück an einem dünnen Reif am Daumen steckte. Die zwei ihr bekannten Ohrstecker, seine protzige Uhr, das war's.

In diesem Moment drehte sich Sonny um und schaute sie an. Er lächelte und Giovanna lächelte zurück. Er hob das Glas und sie dachte an *later*.

Leider nur kurz.

Ein intensiver Wortwechsel in der Mitarbeiterecke erregte ihre Aufmerksamkeit. Auch ein paar andere Leute drehten sich neugierig um, die meisten bekamen wegen der Musik, die auf der Bühne gespielt wurde, nichts mit. Vor allem zwischen Kühnle und Wissel flogen die Fetzen. Giovanna war sich nicht sicher, sie glaubte, in der Hand des Letzteren ein Handy aufblitzen zu sehen. Die Diskussion dauerte noch einen Moment, dann schien eine Entscheidung getroffen. Der

Buchhalter trat mit aller Autorität, die seine begrenzte Körpergröße hergab, aus der Runde hervor und kam auf sie zu. Giovanna wusste nicht, wieso, aber plötzlich überkam sie die Angst, dass er sie im Namen ihres Mannes bitten wollte, die Veranstaltung zu verlassen.

»Frau Greifenstein, es ist Zeit, die Gäste zu begrüßen.«

»Geben Sie mir fünf Minuten.«

Sie entschuldigte sich bei den Umstehenden, nickte Sonny zu und machte sich auf die Suche nach den Toiletten.

In der Toilette ging Giovanna die Reihe der Kabinen durch. Nur eine war besetzt. Sie lief bis ans Ende des Raums und wählte die letzte an der Wand. Hier waren die drei schnatternden Japanerinnen, die sich vor dem großen Spiegel schminkten und ihr Kleid mit quiekenden Ausrufen kommentiert hatten, nicht mehr zu hören. Auch von der zweiten Frau im Raum gab es zuerst kein Lebenszeichen. Wenig später wurde die Spülung betätigt, mit einem »Klack« das Schloss aufgedreht und die Tür zum Waschraum mit leisem Quietschen aufgezogen. Kurz schwappten asiatische Wortfetzen in neuer Lautstärke in den Toilettenraum, aber schon schleifte die Tür über den Boden und drückte die Geräusche zurück.

Schlagartig fühlte sich Giovanna schwer, als hätte die Tür gleichzeitig die perlende Leichtigkeit ausgeschlossen, die sie bis zu diesem Moment verspürt hatte. Sie setzte sich auf den geschlossenen Toilettensitz und lehnte ihr Kinn auf die aufgestützten Arme. Bisher war der Abend gut verlaufen, ein Sieg auf dem Weg in ihr neues Leben. Warum schmeckte er dann nicht spritzig wie Champagner aus einer frisch geöffneten Flasche? »Ganz einfach, *cara mia*, weil es ein Sieg gegen den Falschen ist«, hörte sie Tommasos Stimme in ihrem Ohr. »Du allein hast dich in den goldenen Käfig gesetzt und Julius aufgefordert, das Türchen zu schließen.«

Wenn sie den Gedanken weiter spann, dann hieße das …

»*Basta!*«, rief sie ihrem Geisterfreund zu. »Nicht einmal auf der Frauentoilette habe ich Ruhe vor dir.«

Giovanna stand auf und verließ die Kabine. Über dem Waschraum hing eine duftende Atomwolke, zurückgelassen von den drei Japanerinnen. Ohne sich lange mit ihrem Make-up aufzuhalten, wusch sie sich die Hände und floh aus dem Raum. Im Gang war außer einem lesenden Mann in einer Sitzecke niemand zu sehen. Sie blieb einen Moment stehen und atmete den Brechreiz weg. Lieber ein muffiger Teppichgeruch, als drei sich beißende Parfums. Aber es roch nicht muffig, sondern … gut! Giovanna schnupperte, erhaschte den zarten Zipfel des Duftschleiers und folgte ihm mit vorsichtigen Schritten, bis sie in dessen Mitte stand.

Sie sog den Duft tief durch die Nase. Es war der Geruch von, sie schloss die Augen, von – jetzt hatte sie es – von Geld und Erfolg. Sprichwörtlich. Ein volles, teures Parfum, das gleichzeitig herb, warm und geheimnisvoll roch. Ein präsenter und selbstsicherer Duft, doch nahm sie eine zarte Komponente wahr, die sich ängstlich hinter den plakativeren Geruchsnuancen zu verstecken suchte.

Sie hätte nicht sagen können, ob es ein Herren- oder ein Frauenparfum war, und sie war sich noch weniger sicher, ob ihr der dominante Duft überhaupt gefiel. Aber es machte sie neugierig auf den Träger, und am liebsten hätte sie den Mann im Sessel gefragt, wer vorbeigelaufen war. Dieser blätterte seelenruhig in einem Magazin und so kehrte Giovanna, mit einem unerklärlichen Gefühl der Irritation, zum Saal zurück.

Dieses Parfum. Konnte es sein, dass sie ihm schon begegnet war? Wenn ja, …

»Wo bleiben Sie nur, Frau Greifenstein!«

Wissel fasste Giovanna am Arm und zog sie mit auf die Bühne.

Während er sie ankündigte, wünschte sie sich weit weg. Sie dachte wieder an *later*. Wo stand Sonny überhaupt? Giovanna schaute in den Saal, aber schon wurde sie aufgerufen und der Applaus setzte ein. Erhobenen Hauptes und mit einem strahlenden Lächeln trat sie auf die Bühne. Sie nickte nach rechts und nach links und begann die Rede abzulesen. Sie kam nicht weit.

Im selben Moment, als sie Sonny in der Menge entdeckte, erstarb ihre Stimme. Ein Wesen wie von einem anderen Stern hatte sich bei ihm untergehakt und redete auf ihn ein.

Kapitel 24

Fast so groß wie Sonny stach die Frau schon alleine dadurch aus der Masse der Gäste hervor. Sie hatte kurze, ins Gesicht gekämmte Haare und war dünn wie ein Model. Außer schweren, stachelartigen Ohrclips trug sie keinen Schmuck. Und auch keine Unterwäsche, dachte Giovanna gehässig. Denn obwohl die Unbekannte mehr anhatte, als die meisten Frauen im Saal, schien sie nackt. Das hochgeschlossene, schwarze Lederkleid saß so eng, als wäre es eine zweite Haut. Aber die Frau war nicht schwarz, sondern weiß, und der Kontrast der Farben von aufwühlender Faszination. Sie sah fantastisch aus – und ging Giovanna sofort auf die Nerven.

Ein vom Bühnenrand gezischtes »Frau Greifenstein!« rief sie zur Ordnung.

Es war schwieriger als gedacht. Giovanna fuhr mit der Rede fort, aber ihre Augen rollten automatisch vom Ende einer jeden Zeile weiter nach rechts, wo das auffällige Paar stand, und dann wieder zum Text zurück. Sie erhaschte immer nur Momentaufnahmen, zusammen ergaben die einzelnen Bilder einen laufenden Film.

Es war vor allem die Frau, die sprach. Das Reden war kein entspanntes, ihr magerer Körper dehnte sich wie eine überzogene Saite zu Sonny hin. Es schien, als würde sie sich selber mit ihrer Hand an seinem Arm aufziehen. Sonny hingegen stand da wie ein Holzgehäuse und diente ihren Worten als Resonanzboden. Zusammen bildeten sie ein Instrument, das nicht neu, sondern eingespielt war.

Die Ersten, die bemerkten, dass etwas nicht stimmte, waren die Mitarbeiter der Kanzlei. Sie hatten sich zu Wissel an den Bühnenrand gestellt, um den Saal im Blick zu haben. Jetzt begannen sie,

Giovannas Bewegungen zu folgen, und wandten ihre Köpfe, als würden zwei Magnete an ihnen ziehen. Kurz darauf taten es ihnen die anderen Gäste im Saal gleich. Giovanna kümmerte das nicht. Sie hatte ihren Kampf zu führen.

Sie fand keinen Zugang zum Text. Entweder raste sie wie getrieben über die Rede, oder sie pausierte mitten in einem Absatz, um tief Luft zu holen. Wenn sie zu nahe ins Mikrofon sprach, hüpften die Leute erschrocken auf. Vor Anstrengung schwitzte sie Wasser, doch stach es so stark in ihrer Nase, dass es genauso gut der Kaffee hätte sein können, von dem sie zu viel getrunken hatte. Als ein Schweißtropfen auf das vor ihr liegende Blatt fiel, mobilisierte sie ihre letzten Kräfte. Sie las einen Satz nach dem anderen, dann wurden Abschnitte daraus, immer weiter, bis der Text zu Ende war.

Die Gäste merkten nicht gleich, dass sie fertig war. Einige Sekunden blieb es still. Nur zögerlich setzte der Applaus ein. Das Geräusch schwoll aber rasch an, als wollten die Leute sich für ihre eigene Unkonzentriertheit entschuldigen. Giovanna fuhr sich mit zitternder Hand über die nasse Stirn und lächelte dankbar. Sie hatte keinen Grund, ihren Zuhörern böse zu sein. Denn genau wie die Menge stellte sie sich nur eine Frage: Wer war dieser Mann, der mit ihr zur Veranstaltung gekommen und jetzt mit einer Anderen …

Sie schaute nach rechts.

Sonny und die Frau waren verschwunden.

Die Stimmung im Festsaal kippte. Auf die überschäumende Ausgelassenheit des frühen Abends folgte eine allgemeine Ernüchterung und, fast verschämt ob ihrer öffentlichen Gier nach dem vermeintlichen Skandal, begannen sich die ersten Gäste zu verabschieden. Die spritzigste Veranstaltung der Kanzlei Greifenstein würde gleichzeitig als die kürzeste in die Firmenanalen eingehen.

Julius' Mitarbeiter verstanden nichts mehr. Hatten auch sie etwas zu denken gewagt, das es nie gegeben hatte? Verlegen schauten sie in Giovannas Richtung. Diesmal machte sich Kühnler auf den Weg, richtete sich vor ihr auf, dankte ihr überschwänglich für die Rede und begleitete sie von der Bühne.

Um kurz nach elf Uhr verabschiedete sich der letzte Gast. Kühnler holte Giovannas Cape und bot ihr an, sie nach Hause zu bringen. Dankend lehnte sie ab.

»Ich werde morgen früh nach China fliegen«, sagte er ihr zum Abschied. »Diesmal ist die Lage ernst. Deutschlands verstärktes Engagement in Südostasien hat zu unerwarteten Spannungen geführt. Die Verhandlungen stocken, und wenn sie abgebrochen werden, dann …«

»… gehen Tausende Arbeitsplätze verloren«, ergänzte Giovanna den Satz.

»Ich sehe, Sie sind auf dem Laufenden, Frau Greifenstein. Wünschen Sie uns Glück! Auf Wiedersehen.«

Mit dem Wirtschaftsanwalt verabschiedeten sich auch die übrigen Mitarbeiter und Giovanna blieb alleine mit dem Hotelpersonal im Festsaal zurück. Am liebsten hätte sie sich auf einen Stuhl gesetzt und etwas getrunken. Sich betrunken, um nicht nachzudenken. Besonders nicht darüber, warum sie sich sicher war, diese Frau schon einmal gesehen zu haben. Sie schaute sich um. Die Theke war leergeräumt und alle schienen Eile zu haben, in den unerwartet frühen Feierabend zu kommen.

Und jetzt?

Jetzt nehme ich mir ein Taxi und fahre nach Hause.

Sie entdeckte ihn im Hotelflur. Sonny saß in der Sitzecke, an der sie zwei Stunden zuvor vorbeigelaufen war, und tippte in sein Smartphone. Giovanna drückte sich gegen die Wand und beobachtete ihn von Weitem. Er hatte ein Bein über das andere geschlagen und einen Arm auf die Sessellehne gelegt. Auf den ersten Blick sah er entspannt aus, dann bemerkte sie den wippenden Fuß, die trommelnden Finger und einen neuen, harten Zug um den Mund.

Wer bist du, Sonny Omowura?

Joschkas Worte vom Vorabend fielen ihr ein. Seine an den Haaren herbeigezogene These über den kausalen Zusammenhang zwischen Sonnys Erscheinen und den Katastrophen in ihrem Leben. Auch wenn sie sich dagegen sträubte, langsam begann sie selber daran zu glauben. Giovanna beschloss, unbemerkt zu verschwinden.

»Am liebsten wäre ich auf die Bühne gesprungen und hätte dich vor aller Augen geküsst!«

Wie angewurzelt blieb sie stehen.

»Die ganze Zeit dachte ich daran, was du unter dem Kleid trägst. Willst du nicht wissen, was ich heute Nacht alles mit dir machen werde?«

Zuerst stellst du mich öffentlich bloß, und dann haust du ab. Glaubst du wirklich, dass ich noch mit dir ins Bett will?

Empört fuhr sie herum. Sonny stand nur wenige Schritte vor ihr entfernt. Er hatte den Kopf auf die Seite gelegt und schaute sie von oben herab an. Der harte Zug um seinen Mund war verschwunden, er lächelte.

»Du willst es wissen, nicht wahr, Giovanna Greifenstein?«

Giovanna schaute ihn ungläubig an. Wie konnte er nur so unverschämt sein? Ihre rechte Hand zuckte und …

Da roch sie das teure Parfum wieder, das schon einmal an diesem Abend ihren Weg gekreuzt hatte. Wenn sie nur wüsste, woher sie es kannte.

Nicht denken, Giovanna, fühlen.

»Ja, Sonny, ich will es wissen.«

Sie erwachte davon, dass er sich auf die Bettkante setzte und ihr die Haare aus dem Gesicht strich. Bis auf das Jackett war er angekleidet. Ihr Schlafzimmer lag im Dunkeln, nur in der Diele brannte Licht.

»Warum gehst du schon?«, fragte Giovanna und zog sich hoch.

»Ich muss nach Antwerpen.«

Sonny legte seine Hand auf ihre Wange und fuhr ihr mit dem Daumen über die Lippen.

»Sehen wir uns bei meiner Rückkehr?«

Die Hand wanderte über den Hals nach unten und umschloss ihre Brust.

»Vielleicht«, sagte Giovanna und meinte es so.

Er küsste sie flüchtig, stand auf, zog sich Jackett und Mantel an und war dabei, das Zimmer zu verlassen, als Giovanna ihn zurückrief.

»Wer war die Frau gestern Abend?«

»Meine wichtigste Geschäftspartnerin. Am Dienstag eröffnet sie in Frankfurt einen Flagshipstore.«

»*Va bene*, hab eine gute Reise.«

Sonny sagte *bye* und verließ die Wohnung.

Doch nichts war gut. Giovanna stand auf, ging ins Bad, dann weiter in die Küche. Sie schaute nach Barni, lief in die Diele zurück, wo sie geflissentlich den blinkenden Anrufbeantworter ignorierte. Schon wollte sie sich ins Bett werfen, als sie den Schildkrötenring auf ihrem Nachttisch entdeckte. Fluchend kehrte sie in die Diele zurück und holte ihr Smartphone. Es waren sieben Anrufe eingegangen. Giovanna rief das SMS-Fenster auf.

»Du hast schon wieder deinen Ring vergessen«, schrieb sie ihm.

»Glaubst du?«, antwortete Sonny.

Ihr Herz schlug plötzlich schneller.

Sie legte das Gerät auf den Boden und schlüpfte unter die Decke.

Nicht denken, Giovanna, fühlen.

Da gab sie sich einen Ruck und sprach aus, was längst überfällig war: »Das ist nicht nur eine Geschäftspartnerin. Die waren zusammen im Bett!«

Als hätte sie innerlich aufgeräumt, griff Giovanna nach dem Schildkrötenring, drehte sich um und schlief endlich ein.

SONNTAG

Kapitel 25

»*Che schifo!*«

Giovanna schnellte aus dem Bett und öffnete die von Barni abgeschleckte Hand. Da machte es pling und der Schildkrötenring, den sie im Schlaf gehalten hatte, fiel auf das Parkett – direkt vor seine Pfoten. Der Hund warf sich sofort darauf, beförderte ihn unters Bett und robbte gleich hinterher. Dabei machte er sich so flach, dass es aussah, als hätte Giovanna ein Fell als Bettvorleger. Aber schon nach den Schultern war Schluss, da konnte er noch so sehr mit den Pfoten auf dem Boden herumkratzen. Giovanna schrie und befahl ihm mehrmals hervorzukommen, aber dem Tier waren über Nacht die Ohren abgefallen.

Sie hatte Angst, dass er den kostbaren Ring verschlucken würde. Mit beiden Händen packte sie den Hund an den Hinterbeinen und versuchte, ihn herauszuziehen. Barni krallte sich ins Parkett. In ihrer Verzweiflung fasste sie nach seinem Schwanz und zog kräftig daran. Der Hund jaulte auf, es klang nach Schmerz. Sie tat es noch einmal, und endlich, wie in Zeitlupe, kroch er rückwärts heraus. Giovanna wollte nach seinem Halsband greifen, aber er fletschte die Zähne und rannte aus dem Schlafzimmer. Sofort ging sie in die Knie und schaute nach. Der Ring lag noch unter dem Bett. Erleichtert ließ sie sich auf den Boden fallen.

»*Buongiorno*«, keuchte sie sich zu.

»*Buongiorno* – ein Scheißdreck«, korrigierte sie sich sofort.

Erst nach der zweiten Tasse Kaffee kam das schlechte Gewissen. Immerhin hatte sie dem verletzten Tier Gewalt angetan, statt dafür zu sorgen, dass es gesundete. Giovanna drehte sich zum Küchenfenster um und sah, dass ein kräftiger Wind das Schneegestöber vom Vorabend weggepustet hatte.

Wir sollten hinausgehen und unsere Gehirne durchlüften.

»Barni«, rief sie versöhnlich in den Flur.

Nichts tat sich. Sie rief noch einmal nach ihm. Immer noch keine Reaktion. Giovanna seufzte laut und überlegte einen Moment. Dann öffnete sie die Dose mit den *biscotti* und mit einem besonders dicken Exemplar in der Hand machte sie sich auf die Suche nach der beleidigten Leberwurst.

Schon nach wenigen Metern war Giovanna bis auf die Knochen durchgefroren. Der eiskalte Wind fegte durch die Straßen des Westends und bohrte sich in die Lungen derjenigen, die ohne Schal aus dem Haus gegangen waren. Nicht zum ersten Mal in den letzten Tagen bereute es Giovanna, dass sie Sonny ihren Leopardenschal überlassen hatte. Der Wind fuhr ihr durch die Haare, zwirbelte sie hoch und runter, und blies sie immer wieder in die tränenden Augen. Sie musste sie alle unter die Kapuze stecken, damit sie etwas sehen konnte.

Auch Barni kämpfte. Die Augen zu Schlitzen verengt, hielt er den Kopf waagerecht dem Wind entgegen. Dieser verbog seine Schnauzhaare nach allen Seiten, ließ die Ohren wie aufgescheuchte Vögel flattern und machte sich einen Spaß daraus, seinen Schwanz nach oben zu ziehen.

Er tat ihr leid, aber sie sich noch mehr. Denn obwohl sie genau wegen des Windes hinausgegangen war, in der Hoffnung, er möge ihr das Gedankendurcheinander aus dem Kopf blasen, gelang das nicht. Also trotteten sie beide gequält und missmutig durchs Quartier. Erst am Opernplatz ließ der Wind von ihnen ab. Barni hob das Bein, um seine erste Stelle zu markieren, und Giovanna ergab sich ihren Gedanken.

Zu Hause hatte sie den Fehler begangen, noch schnell ihre Mailbox abzuhören. In dem Moment schien ihr alles besser, als an die merkwürdige Szene zwischen Sonny und der unbekannten Frau zu denken. Sie verstand nicht, warum das, was er ihr gesagt, nicht mit dem übereinstimmte, was sie gesehen hatte.

»Weil der eifersüchtige Blick ein gnadenloser ist«, hätte ihr die *nonna* direkt ins Gesicht gesagt.

Ich eifersüchtig?

Da hatte Giovanna auf die Taste des Handys gedrückt.

Die ersten vier Anrufe waren von Tommaso gewesen. Er hatte sie am Samstagmorgen gesucht, sich Sorgen über ihren Verbleib gemacht, Giovanna mit wachsender Verärgerung an das gegebene Versprechen erinnert und zuletzt gedroht, er selbst würde den Kommissar anrufen und ihm von den zwei Apuliern erzählen. Das schlechte Gewissen nagte nur ein bisschen an ihr. Zu wissen, dass der Kommissar bei ihr zu Hause gewesen war, würde ihren Freund besänftigen. Besonders wenn er eine geschönte Version des Gesprächs zu hören bekam. Dagegen hatte seine, in einem Nebensatz versteckte Frage, wie weit sie mit den Bilanzen für den Steuerberater sei, sie sofort in eine der Maronen verwandelt, die ihre Oma im Winter gerne in einer gelöcherten Pfanne über dem offenen Feuer röstete. War die Hitze zu stark, hüpften sie hoch und fielen in die Asche. *Dalla padella alla brace* bedeutete immer, dass es noch schlechter wurde, als es schon war.

Denn die Frage nach den Unterlagen für die Bank erinnerte sie an die Projektidee, die sie am Montag, das hieß in genau einem Tag, ihrem zukünftigen Arbeitgeber vorstellen sollte. Wenn sie daran dachte, dass sie weder einen Titel, geschweige denn einen Inhalt hatte …

Wie von selbst hatte der Daumen die letzte Nachricht abgerufen. Ein kurzes Räuspern, dann sprach Julius. Sie erschrak und schaltete aus Versehen das Gerät aus. Nicht wegen des Anrufs an sich, sie war sich sicher gewesen, dass ihn jemand über ihren Auftritt mit Sonny informieren würde, sondern wegen der Stimme, mit der ihr Mann gesprochen hatte. Die Enttäuschung darin war unüberhörbar gewesen. Nicht über sie, Giovanna, sondern über sich selbst, als wäre ihr Verhalten sein persönliches Versagen. Die Erkenntnis schockierte sie zutiefst und sie war regelrecht aus der Wohnung geflüchtet.

Im Tageslicht kam ihr das Verhalten vom Vorabend unüberlegt, egoistisch und sehr kindisch vor. Auf alle Fälle keiner Frau ihres Alters würdig. Eine Sache war ihr Entschluss, im Angesicht der nahenden Katastrophe nach ihren Regeln zu spielen, aber dafür ihren Mann öffentlich bloßzustellen? Julius hatte nur getan, was er immer tat, nämlich seine Arbeit, im Unwissen darüber, wie tief ihre Verstrickungen in der *Causa von Schacht* tatsächlich waren.

Ihr Handeln tat ihr leid, zumal der Abend emotional eine unerwartete Wende genommen hatte. Sie war so stark auf sich konzentriert gewesen, dass sie nicht daran gedacht hatte, dass Sonny ein Liebesleben haben könnte, das nichts mit ihr zu tun hatte. Giovanna hatte ihm nichts vorzuwerfen. Weder hatte er ihr etwas versprochen, noch Erwartungen an sie gestellt. Doch wieso hatte sie dann sein Anblick mit einer anderen Frau so getroffen? Seine offensichtliche Lüge?

Sonny gefiel ihr. Sehr sogar. Doch wenn sie ehrlich war, wusste sie genau, dass er ihr nur das bot, was sie gerade brauchte: einen Grund, aus ihrem bisherigen Leben zu flüchten. Aber bedeuteten Reife und Verantwortung nicht genau das Gegenteil, nämlich standhaft bleiben und die Reaktionen der ihr nahen Menschen aushalten, im Hinblick auf die Dinge, die sie verändern wollte? Umso mehr bereute sie jetzt die provozierte Demütigung, den vermeintlichen Skandal, der am Ende keinem, ihr am allerwenigsten, genutzt hatte.

Unerwartet glitzerte der Main am Ende der Straße. Giovanna war so in Gedanken versunken gewesen, dass sie nicht gemerkt hatte, wie Barni die Führung übernommen hatte. Trotz der Kälte waren viele Sportler und Spaziergänger unterwegs. Sie fügte sich in den Strom und ließ sich in Richtung Dom treiben. Auf der anderen Seite des Flusses entdeckte sie die lange Mauer des Liebieghauses. Was würde ich tun, fragte sie sich, wenn ich jetzt Peter Neuhaus begegnen würde? Im Nachhinein kam ihr der überhastete Abgang aus der Kleinmarkthalle lächerlich vor. Diesmal würde sie bleiben und sich ihm anvertrauen. Nach Ben Köhlers Besuch brauchte sie dringend Verbündete.

Sie erreichte den Eisernen Steg, als nur wenige Meter von ihr entfernt der Museumsdirektor den Zebrastreifen überquerte und raschen Schrittes zum Fahrtor lief.

Wenn das kein Zeichen war!

»Herr Neuhaus!«, rief sie über die Köpfe der Passanten hinweg. Aber er war schon um die Ecke verschwunden.

Dieser Weg führte nur zum Römer und so wartete Giovanna, dass die Ampel auf Grün sprang, dann lief sie ihm mit Barni hinterher. Sie hatte den Mann fast eingeholt, als der Hund entschieden an der Leine zog, die Ecke der alten Nikolai-Kirche gründlich beschnüffelte und das Bein hob. Statt des üblichen kurzen Spritzers floss diesmal ein unendlich langer Strahl. Der Urin rann in einem Bach die Mauer entlang und versickerte schäumend im Pflaster. Schon warfen ersten Passanten Blicke in ihre Richtung. Als wäre das nicht genug, drehte sich Barni ein paar Mal um die eigene Achse, krümmte seinen Rücken und schiss.

Voller Verzweiflung stellte sich Giovanna auf die Zehenspitzen. Sie folgte dem Kopf des Direktors, der schon auf der Höhe des Rathauses war, dann verschwand er in eine Gruppe von Asiaten.

Wenig fehlte und sie hätte Barni einen Fußtritt in den Hintern gegeben.

Da stand sie also an einem Sonntagmorgen mitten auf dem Römer und hatte einen kackenden Hund an der Leine. Unmöglich, in einer solchen Situation *bella figura*, eine gute Figur, zu machen. In ihrem Dorf hätten sich die Leute vor Lachen auf den Boden geworfen.

Ja, ihr Dorf …

In ihrem Dorf ging man um diese Zeit in die Kirche. Nicht, weil ihre Landsleute besonders gläubig waren, sondern um zu sehen und gesehen zu werden. Keinem wäre in den Sinn gekommen, stundenlange kosmetische Vorbereitungen wegen eines scheißenden Hundes zunichtezumachen. Noch weniger, überhaupt einen Hund an der Leine spazieren zu führen. Leider war sie in Frankfurt. Giovanna hob Barnis warmen Hundehaufen mit einer Tüte auf und warf sie in die nächste Mülltonne. Sie nahm sich fest vor, am Montag nach einem Tierheim zu suchen.

Am Rathaus stellte sie sich auf die Treppe und schaute über den Römer. Sie hatte die vage Hoffnung, der Direktor wäre stehen geblieben. Aber der Platz war voller Touristen und Sonntagsspaziergänger und so gab sie ihr Vorhaben auf. Stattdessen beschloss sie, ein japanisches Törtchen zu holen. Sie brauchte unbedingt Trost.

Das Iimori war schon lange kein Geheimtipp mehr. Entsprechend lang musste man draußen anstehen. Die Wahrscheinlichkeit, beim Russisch Roulette zu sterben war ungleich höher, als hier ein freies Tischchen zu ergattern. Hatte man es einmal hineingeschafft, dann bekam man eine Ahnung davon, was es hieß, in den Himmel zu kommen.

Hinter der Glastheke lachten einen Törtchen, Brote, Macarons und sonstige Leckereien an, und wäre es in der Patisserie nicht immer so betriebsam gewesen, man hätte förmlich hören können, wie sie darum bettelten, vernascht zu werden.

Giovanna stellte sich an. Sie kam nur langsam voran, aber die Wartenden konnten den verlockenden Duft der Ware riechen, wann immer sich die Tür öffnete. Mit Barni an der kurzen Leine schlüpfte sie hinter einem verschlafen aussehenden Paar in den Raum – und gleich wieder hinaus. Zur Überraschung ihres Begleiters, der so gar nicht verstehen wollte, warum sie nicht ins Warme zu den duftenden Sachen gingen.

Mit gesenktem Kopf entfernte sich Giovanna vom Eingang. Sie trat in die nächste Hofeinfahrt, wartete einen Moment und kehrte noch einmal zurück. Vorsichtig stellte sie sich neben die Glasfront und schaute ins Iimori. Tatsächlich: Auf dem Sofa in der Ecke saß der Museumsdirektor und stritt mit niemand Geringerem als mit der unbekannten Frau.

Kapitel 26

Noch nie war Giovanna schneller vom Stadtzentrum in die Kronberger Straße gekommen als an diesem Tag. Zu Hause überließ sie Barni sich selbst und stürmte, ohne ihre Jacke auszuziehen, ins Arbeitszimmer. Dort klappte sie ihren Laptop auf. Es war Zeit, dass sie herausfand, was Peter Neuhaus, Sonny Omowura und die unbekannte Frau miteinander verband. Sie beschloss, mit der Frau zu starten.

Während das Gerät hochfuhr, fasste sie zusammen, was sie von ihr wusste. Erstens: Sie war Sonnys wichtigste Geschäftspartnerin. Zweitens: Sie eröffnete am Dienstag ein Geschäft in Frankfurt. Drittens: Sie und der Direktor kannten sich so gut, dass sie in einem Café streiten konnten. Aber so sehr sie überlegte, sie fand keine Verbindung zwischen den drei Punkten. Also musste sie bei Sonny ansetzen.

Sonny war Diamantenhändler und von einer Geschäftspartnerin zur Eröffnung ihres Ladens eingeladen worden. Vielleicht handelte die Frau mit Schmuck? Während sie angestrengt überlegte, ob sie Werbung für einen neuen Juwelier gesehen hatte, kam Barni mit tropfender Schnauze aus der Küche getrottet und quetschte sich unter den Druckertisch. Vor ihrem inneren Auge verdichtete sich das Bild einer gewaltsam plakatierten Stadt, in der überall für ein Geschäft des Schmucklabels *Lady Guinnessy* geworben wurde. Giovanna tippte den Namen in die Suchmaschine ein und … *Bingo!*

Eine Stunde später wusste Giovanna einiges über das Leben der Frau, aber nicht, ob sie und Sonny mehr als ein *Geschäftspaar* waren. Von der in London aufgewachsenen Lady Catherine Guinness war nur die Liebschaft mit dem Spross der Bierdynastie dokumentiert, den sie in den USA kennengelernt, geheiratet und nach wenigen Jahren verlassen hatte. Aus der Ehe – Klatschblättern zufolge hatte die Beziehung in einer Entzugsklinik begonnen – waren keine Kinder hervorgegangen, wohl aber der Grundstein für ihren sagenhaften Erfolg gelegt worden. Es schien, dass Catherine Guinness bei der Scheidung nichts anderes von ihrem vermögenden Mann hatte behalten wollen, als den Namen und ein kleines, verstaubtes Schmuckgeschäft. Daraus hatte sie innerhalb eines Jahrzehnts ein Imperium erschaffen. Sie war eine schillernde, bisweilen extravagante Größe der Londoner und New Yorker Society, trat als Sponsorin von Ausstellungen und als Kunstmäzenin auf und hatte sich einen Namen als kompetente Sammlerin vorrömischer Antiquitäten gemacht. Erst vor kurzem war sie ins angesehene Kuratorium des Smithsonian berufen worden.

»Respekt«, entschlüpfte es Giovanna. »Spinne ich jetzt?«, korrigierte sie sich augenblicklich.

Sie brauchte dringend eine Pause.

In der Küche stellte sie die gefüllte *Moka* auf den Herd. Während sie auf den Kaffee wartete, löffelte sie Zucker in ein Tässchen. Seit dem Mittwochmorgen hatte sie keine Zeit mehr für ihr Lieblingsritual gehabt. Ein bittersüßes Lächeln flatterte kurz über ihre Lippen. Was war sie an dem Morgen wegen des unbekannten Mannes in ihrem Bett gestresst gewesen. Im Nachhinein hätte sie sich die ganze Aufregung sparen können. Sonny Omowura wurde ihr immer fremder, je öfter sie seinen Namen aussprach.

Bei der Frau hingegen schien jetzt so viel klar zu sein, dass sie die Verbindung zwischen ihr, einer Sammlerin und Mäzenin, und dem Museumsdirektor verstehen konnte. Gut möglich, dass sogar einige der von privaten Sammlern für die Ausstellung zur Verfügung gestellten Objekte ihr gehörten. Worüber die beiden wohl im Streit lagen? Seit sie Peter Neuhaus kannte, hatte sie ihn noch nie so heftig gestikulieren sehen.

Flüchtig kam ihr der Gedanke, dass sie die Expertin sein konnte, mit der von Schacht am Abend der Vernissage hatte sprechen wollen. Aber lieber würde sie sich die Zunge abhacken, als diese Frau direkt zu fragen. Und wenn der Direktor sie nicht genannt hatte, dann …

Die Maschine zischte auf und Giovanna nahm sie vom Herd. Mit einigen Tropfen Kaffee bedeckte sie den Zucker und begann ihn mit kräftigen Löffelschwüngen aufzuschlagen. Im Arbeitszimmer klingelte das Smartphone. Jetzt nicht, dachte sie, füllte eine zweite Tasse mit Espresso und löffelte die schaumige Zabaione darüber. Aus dem Büro vernahm sie den Eingang einer Nachricht. Giovanna stellte sich ans Fenster und genoss die süße Spezialität.

Danach ging sie ins Arbeitszimmer. Während sie mit der einen Hand die geöffneten Fenster auf dem Bildschirm schloss, drückte sie mit der anderen auf das Display des Handys. Sie fand keine Telefonnummer. Wie sie anonyme Anrufer hasste! Aus Trotz hörte sie die Nachricht nicht ab. In der Zwischenzeit war sie auf die Suchliste zurückgelangt. Ihr Blick blieb an einem besonders langen Titel hängen: »Catherine Guinness. Mit Schmuck und Gefühl. Zu Besuch im neuen Zuhause der Powerfrau von *Lady Guinnessy*.«

Warum auch nicht.

Giovanna klickte auf die Seite und keuchte auf.

Das Bild zeigte Catherine Guinness im Wohnzimmer ihres Londoner Stadthauses. Sie rekelte sich auf einem weißen Ledersofa. Das Möbel wurde von massiven Stahltischen umrahmt, auf denen zwei Lampen standen, die wie riesige Wächter aussahen. Auf dem dunkelbraunen Parkett lag ein Tigerfell. Catherine Guinness trug ein smaragdgrünes, schimmerndes Kleid und einen riesigen Cocktailring derselben Farbe. Das Gesicht von einem langen Pony halb verdeckt, blickte sie geradeaus in die Kamera. Der Blick war herausfordernd, fast spöttisch, und unterdrückte nur schlecht den Stolz der Frau auf sich und ihr Werk.

Verstört betrachtete Giovanna sechs große, rechteckige Fotografien, die über dem Sofa hingen. Was zuerst wie eine Ansammlung farbiger Metallketten ausgesehen hatte, entpuppte sich als Schlangen. Jedes schwarz gerahmte Bild umfasste andere Exemplare. Direkt über Catherines Kopf hatten sich fuchsbraune Schlangen mit schwarzen Kringeln, goldgeschuppte mit flachem Kopf und braunschwarz gestrichelte auf-, neben- und übereinandergelegt. In der oberen Reihe waren dicke giftgrüne, silbermetallisch glänzende und dünne rostrote ineinander verknotet.

Die Fotografien waren von einer solch kompositorischen Vehemenz, dass Giovanna den Blick nicht davon abwenden konnte. Nie im Leben hätte sie diese Bilder aufgehängt. Sie machten ihr Angst.

Gerade wollte sie die Website schließen, da verstand sie: Catherine Guinness hatte keine Angst vor Schlangen. Weil sie eine von ihnen war – die Königin der Schlangen.

Ihr Handy klingelte. Kriminalhauptkommissar Ben Köhler. Mit knappen Worten teilte er ihr mit, dass man sie zu einer vertiefenden Befragung erwarte. Am Montag, zehn Uhr, in seinem Büro.

Catherine Guinness' Gespenst verschwand augenblicklich aus Giovannas Gedanken. Was hatte dieser Anruf zu bedeuten? Sie merkte, wie sie unter den Achseln zu schwitzen begann. Der Termin auf dem Präsidium beunruhigte sie. Hatte Ben Köhler etwa herausgefunden, dass sie am Bahnhof eine verdächtige Kiste abgeholt hatte? Aber wäre er dann nicht gleich mit der ganzen Kavallerie vorgefahren, um sie in Handschellen zu legen? So oder so: Der Kultwagen konnte nicht länger unter einem Bett versteckt bleiben. Nicht auszudenken, wenn er gestohlen würde. Sie gab sich einen Ruck und rief ihren Mann an. Diesmal hinterließ sie ihm eine Nachricht.

»Julius, es tut mir leid wegen gestern Abend. Wirklich! Ich erkläre dir alles, wenn du aus Hongkong zurückkommst. Jetzt aber brauche ich deine Hilfe. Der gestohlene Kultwagen aus dem Liebieghaus … ich weiß, wo er ist! Aber ich traue mich nicht, alleine zur Polizei zu gehen. Ich brauche einen guten Anwalt, verstehst du? Den besten, den du …«

Es machte klick. Ihre Aufnahmezeit war abgelaufen.

Wie ihre Zeit in Freiheit, dachte sie und spürte, wie sich ihr Körper bereits auf die zukünftige Gefängniszelle einstellte.

In ihrem Magen rumorte es und Giovanna beschloss, zu ihren Freunden essen zu gehen. Sie musste sich ohnehin mit Tommaso aussprechen. Da klingelte es an der Tür.

Maria, die frische *biscotti* brachte, so ein Glück!

Mit Schwung öffnete sie die Tür und wollte die Tüte mit einem dankbaren Lächeln in Empfang nehmen. Doch im Treppenhaus stand nicht ihre Putzfrau, sondern Frau Burkhardt, die pensionierte Lehrerin aus dem dritten Stock. Sie sah gar nicht freundlich aus.

»Ich wollte Sie davon in Kenntnis setzen, dass wir Sie wegen Körperverletzung angezeigt haben.«

»Was?«

»Wir werden eine finanzielle Wiedergutmachung fordern. In den nächsten Tagen bekommen Sie das Anwaltsschreiben.«

»Das ist nicht Ihr Ernst!«

»Außerdem haben wir beschlossen, Sie nicht mehr zu grüßen, wenn wir Ihnen begegnen.«

»Endlich eine gute Nachricht. Leben Sie wohl.«

Giovanna schloss die Tür, ohne sich weiter um die empörte Frau Burkhardt zu kümmern, und kehrte in ihr Arbeitszimmer zurück. Sie

173

hätte es wissen müssen: Sogar noch aus dem Grab hatte die *nonna* sie mit ihren unheilbringenden Prophezeiungen im Griff. Ihr Tag hatte schlecht angefangen und wurde immer schlimmer. *Coraggio –* Nur Mut, versuchte sie sich zu trösten, er kann nur besser werden.

Giovanna räumte den Tisch auf und berührte dabei die Tastatur des PCs. Sofort flackerte das Schlangenbild auf dem Monitor auf. Vorsichtig tastete sie sich mit den Augen heran. Es war noch immer schön und schrecklich zugleich.

Da entdeckte sie ihn.

Sie rieb sich die Augen und schaute noch einmal genau hin. Tatsächlich: An Catherine Guinness' linker Hand steckte Sonnys Schildkrötenring.

Wenig später verließ sie mit Barni das Haus. In der Hofeinfahrt hielt sie erstaunt inne und schaute blinzelnd hoch. Die Wolken waren aufgerissen und gaben die Sicht auf eine zartgelbe Sonne frei. Giovanna vergrub ihr Gesicht in ihren Jackenkragen. Was sie jetzt gebraucht hätte, waren Sturm und Hagel. Voller Verdruss trottete sie dem Hund hinterher.

An der ersten Kreuzung erwachte sie aus ihrer Lethargie. Auf der anderen Straßenseite stand die Litfaßsäule, an die Barni gepinkelt hatte. Der Impuls triumphierte über die Vernunft. Schnell überquerte sie die Straße und schaute sich suchend um. Auf den Mauerkanten und in den Toreinfahrten türmten sich Schneebrocken. Ohne sich um die Passanten zu kümmern, hob sie einen besonders schweren auf, stellte sich vor das Plakat von *Lady Guinnessy* und zielte auf die Schlange. Es machte schtong, als das Eisstück auf die Säule prallte.

Giovanna fühlte sich gleich besser.

Kapitel 27

»Ich dachte schon, die Apulier hätten dich entführt«, sagte Tommaso eine Stunde später. Er musterte sie von oben bis unten. »Oder der Afrikaner, um mit seiner Verlobten viele Kinder zu machen. Ich habe mir auch gedacht, der gut aussehende Sexist hätte dich eingebuchtet, als Strafe dafür, dass du ihm sowohl den Afrikaner als auch die Apulier verschwiegen hast. So freut es mich jetzt außerordentlich zu sehen, dass nichts von all dem zutrifft und meine Sorgen unbegründet waren.« Ohne eine Antwort abzuwarten, wandte er sich von der Tür ab und ging Richtung Küche.

Von seiner Reaktion überrumpelt, blieb Giovanna zuerst an der Wohnungstür stehen. Sie hatte seine Gefühle völlig unterschätzt. Jetzt wusste sie nicht, wie sie sich verhalten sollte. Erst als er »*E dài, entra!*« rief, trat sie ein.

Tommaso saß am Küchentisch und drehte sich eine Zigarette. Spontan umarmte sie ihn von hinten und drückte ihm einen Kuss auf den Kopf.

»*Scusa*«, flüsterte sie dicht an seinem Ohr.

Nach ein paar Sekunden nickte er leicht, erst da setzte sie sich ihm gegenüber an den Tisch. Ihr Freund zündete sich die Zigarette an und nahm ein paar Züge. »Ist ein Versprechen nichts mehr wert?«

»Ben Köhler ist gestern zu mir nach Hause gekommen.«

»Pfff«, schnaubte er. »So ein Zufall.«

»Er glaubt, dass ich etwas mit Karl-Friedrichs Tod«, ihr Freund verzog den Mund, »und mit dem Diebstahl zu tun zu haben könnte.«

»Und, hast du?«

»Morgen um zehn Uhr bin ich im Präsidium.«

»Sicher?«

»Sicher. Ich werde mit einem Anwalt hingehen und dem Kommissar alles erzählen.«

»*Bene*. Deine neue kriminelle Seite gefällt mir nämlich gar nicht.«

Als Zeichen, dass die Sache damit bereinigt war, stand er auf und holte den Espressokocher von der Anrichte. »Und jetzt erzähl mir, was in diesen zwei Tagen alles passiert ist.«

Giovanna ließ sich nicht zweimal bitten.

Tommasos Augen weiteten sich mit jeder Neuigkeit, die sie ihm berichtete. Er unterbrach sie kein einziges Mal. Sie erzählte ihm ausführlich von dem Gespräch mit dem Museumsdirektor in der Kleinmarkthalle, vom Besuch des Kommissars bei sich zu Hause, fasste den Streit mit ihrem Mann zusammen und beschrieb ihm Sonnys Geschäftspartnerin. Dann erzählte sie ihm von ihrer Lust auf japanische Törtchen und wie sie dabei den Direktor mit der Frau entdeckt hatte. Als sie den Schildkrötenring an Catherine Guinness' Hand, ihren Frust und den Eisbrocken erwähnte, lachte er endlich glucksend auf und verschluckte sich, sodass sie ihm lange auf den Rücken klopfen musste, bis der Hustenanfall verebbte.

In diesem Durcheinander hatten sie die *Moka* völlig vergessen. Diese fauchte überhitzt auf und Giovanna stürzte an den Herd, um den Kaffee zu retten. Rechtzeitig nahm sie die Kanne von der Platte und füllte zwei Tässchen, während sich Tommaso die Tränen aus dem Gesicht wischte.

Mit einem Lächeln kehrte sie an den Tisch zurück und stellte ihm den Kaffee hin. Tommaso trank einen Schluck.

»Wer ist Sonny Omowura?«, fragte er.

»Ehrlich? Ich weiß es nicht.« Schlagartig wurde sie wieder ernst.

»In Frankfurt leben doppelt so viele Ratten wie Menschen«, rief Joschka aus dem Wohnzimmer.

»Wie kommt der jetzt auf Ratten?«, fragte Tommaso. Ratlos schaute er Giovanna an.

Seine bessere Hälfte kam in die Küche, in der Hand die Wochenendausgabe der Frankfurter Neue Presse. »Vorgestern haben sie sogar den Hauptbahnhof lahmgelegt.«

»Das war am Donnerstagabend«, korrigierte ihn Giovanna. »Ich habe es selber geseh… ähm … gehört.«

»Dieses Ungeziefer gibt es doch überall. In Reggio Calabria habe ich einmal eine aufgescheucht, die war so groß wie eine Katze.«

»Das stimmt«, sagte Joschka, schenkte sich Kaffee ein und setzte sich zu ihnen an den Tisch. »Meistens leben sie im Untergrund. Mit der neuen Baustelle in der Goethestraße wurden sie aufgescheucht und sind an die Oberfläche gekommen.«

»Ausgerechnet in der Goethestraße!«, sagte Tommaso.

»Ja, ausgerechnet in der Goethestraße!«, echote Joschka voller Schadenfreude. »Und weißt du, was das Beste ist? Der Vorsitzende des Verbands für den Einzelhandel hat sofort bei der Stadt protestiert und mit Schadensersatzforderungen gedroht, falls die Tiere die feine Kundschaft fernhalten. Er verlangt vom Oberbürgermeister, dass …«

»… er als Rattenfänger von Frankfurt auftritt und die Viecher persönlich aus der Stadt weggeleitet?«, beendete Tommaso Joschkas Frage.

»So in der Art, am besten nach Offenbach.«

Die Männer brachen in lautes Lachen aus und hörten erst auf, als Tommaso wieder zu husten anfing und sein Gesicht die Farbe einer reifen Tomate annahm.

»Was ist los mit ihr? Sie ist so still.« Besorgt musterte Joschka Giovanna, während er Tommaso auf den Rücken klopfte.

»Unsere Freundin hat sich mit ihrem Mann gestritten«, keuchte dieser.

»Das ist doch nichts Neues.«

»Diesmal ist es anders.«

»Willkommen in der Wirklichkeit, *principessa*.«

»Du brauchst kein Mitleid mit ihr zu haben, sie ist verhältnismäßig weich gelandet. Denn statt sich über ihr verzogenes Verhalten zu ärgern und sie zum Teufel zu schicken, macht er sich Vorwürfe, dass er sie zu wenig verstanden hätte.«

»Einen solchen Mann muss man auch erst finden.«

»Leider steht Giovanna im Moment mehr auf böse Buben. Ihr gefällt der forsche Kommissar.«

»Hui, jetzt wird es interessant.«

»Außerdem war sie wieder mit dem Afrikaner im Bett.«

»Darüber sollte sie sich besonders freuen. Andere Frauen geben viel Geld aus, um die Welt kennenzulernen, unsere Giovanna holt sie sich ins Bett.«

Unter Gelächter stießen sie mit den Tassen an.

In Giovanna begann das Blut zu brodeln.

»Der Haken daran ist, dass sie jetzt, wo sie sich mit ihm aus dem Fenster gelehnt hat, merkt, dass er nur halbe Wahrheiten erzählt.«

»Da kommt mir doch gleich ein Film in den Sinn: *Der Feind in meinem Bett* mit Meryl Stre…«

Sie schlug mit der flachen Hand auf den Tisch, sodass die Zuckerlöffelchen hochsprangen. »Geht's noch? Ihr seid genau die Richtigen, um über mich zu lachen!«

Tommaso und Joschka verstummten auf der Stelle und schauten sich verlegen an.

»Ich hole uns einen Lakritzlikör«, sagte der Erste und stand lärmend auf.

»Ich gebe dem armen Hund was zu trinken«, sagte der Zweite und schaute unter den Tisch.

»Und ich lüfte uns mal die Köpfe durch.« Giovanna streckte sich und öffnete das Küchenfenster.

Während die Männer geschäftig taten, erinnerte sie sich an den Abend zurück, als Tommaso, damals erst seit kurzem ihr Chef, sie zu sich in die Wohnung eingeladen und gezielt über ihre Ehe mit Julius ausgefragt hatte. Sie konnte sich nicht sofort erklären, warum er sich dafür interessierte, zumal er neugierig, fast unanständig direkt war. Als sie aber auf die Frage, ob sie wieder einen Deutschen heiraten würde, nicht sofort antwortete, seufzte der Ältere kummervoll auf und sagte: »Unsere Alten hatten nicht unrecht: *Mogli e buoi dei paesi tuoi* – Frauen und Ochsen aus deinem Dorf. Manchmal frage ich mich, warum ich nicht in Kalabrien nach einem Mann gesucht habe, statt in die Ferne zu schweifen. Vielleicht hätte ich ein einfacheres Leben gehabt. Wollen wir uns nicht duzen?«

Mit einem schweren, dunkelroten *Negroamaro* stießen sie auf ihre neue Freundschaft an und Tommaso erzählte ihr, wie er Joschka Wagner 1977 in Mailand kennengelernt hatte.

»Du warst noch gar nicht geboren, Giovanna, als sich Mitte der Siebzigerjahre die Stimmung in Italien rapide verschlechterte. Die ökonomische Krise hatte zu einer furchterregend hohen Arbeitslosigkeit geführt, Arbeiterstreiks waren an der Tagesordnung und die Angst vor der nächsten terroristischen Gewalttat allgegenwärtig. Wir vibrierten innerlich in der Vorahnung davor, was noch kommen könnte. Aber nie hätten wir gedacht, dass die Roten Brigaden bald Aldo Moro, den Vorsitzenden der Christdemokraten, entführen und töten könnten, und 1980 die Rechtsextremen das Attentat auf den Bahnhof vom Bologna verüben würden. Wir dachten eher an eine grundlegende gesellschaftliche Veränderung, eine Angleichung zwischen Arbeitern und Unternehmern, Wählern und Politikern, und insbesondere zwischen dem *Partito Comunista Italiano* und der *Democrazia Cristiana*. Immer lauter wurde nach dem »Historischen Kompromiss« gerufen, in dem eine Koalition zwischen den Christdemokraten und uns Kommunisten als einziger Weg gesehen wurde, die soziale und wirtschaftliche Lage in Italien zu stabilisieren. Wir wollten dabei sein, Giovanna, und diesen historischen Moment mitgestalten. So fuhr ich 1977 mit anderen Studenten der naturwissenschaftlichen Fakultät der *Università della Sapienza di Roma* nach Genua, um dort an der *Festa dell'Unità* teilzunehmen.«

An diesem Punkt war Tommaso aufgestanden und hatte sie gefragt, ob sie auch Hunger hätte. Giovanna bejahte. So holte er Weißbrot und ein Glas kalabrisches Viagra – in Öl und *peperoncino* eingelegte Fischchen –, das sie wie Marmelade aufs Brot strichen und mit viel Wein runterspülten.

Auf der Rückreise, erzählte Tommaso später, saßen sie wegen eines kurzfristig einberufenen Streiks der Lokführer am Hauptbahnhof in Mailand fest. Es war Ende August und über der Stadt hing die gefürchtete schwüle Sommerglocke, die das Atmen zur Tortur machte. Die Bahnsteige quollen über vor überhitzten Reisenden, vor allem süditalienischen Familien mit quengelnden Kindern und Bergen von Koffern, die nach den Ferien in ihrem Heimatdorf zur Arbeit in den Norden zurückfuhren.

Das Warten zog sich hin und so beschloss die Gruppe, das Beste aus der Situation zu machen. Vor der Abfahrt in Genua hatten sie sich mit Lebensmitteln eingedeckt und rasch wurden auf dem Bahngleis zwei Taschen übereinandergestapelt, Pecorino, Weißbrot und Oliven ausgepackt und ein *fiaschetto* mit Chianti entkorkt. Bald machte eine zweite Flasche die Runde. Ihre Diskussion zur angespannten politischen Lage in Italien wurde proportional lauter, je aggressiver die anderen Reisenden gegen die Gewerkschaften wetterten.

Plötzlich gesellte sich ein ausländisch aussehender Mann zu ihnen, warf seinen Rucksack ab und füllte sich ungefragt ein Glas Wein. Er prostete in die Runde und nannte seinen Namen: »Joschka.«

Die Freunde warfen sich erstaunte Blicke zu, aber der Wein tat das, was die EU erst Jahrzehnte später schaffen sollte. Nach wenigen Schlucken waren die Grenzen geöffnet, und der langhaarige Deutsche wurde mit schlechtem Englisch und überschwänglichem Schulterklopfen in die Runde aufgenommen.

Der Neuankömmling bombardierte sie mit Fragen, die so weit hergeholt waren, dass es einen schauderte. Die Kommunisten ließen sich darauf ein, und es entspann sich ein Disput, wie er nur möglich sein konnte, wenn man genug getrunken hatte und voller Adrenalin war.

Nur Tommaso blieb still und beobachtete fasziniert den fremden Mann. Joschka hatte lange, rötliche Haare, die ihm ins Gesicht fielen, und war voller Sommersprossen. Sehr wohl erkannte er in dem Unbekannten einen Mitstreiter im Geiste, doch konnten sie unterschiedlicher nicht sein. Wenn es etwas gab, das er als Mathematiker nicht verstand, dann war das Unlogik. Trotzdem wollte er ihn näher kennenlernen und überlegte gerade wie, da lud ihn Joschka auf einen Kaffee ein.

Was danach kam, ließ Giovanna auflachen. Nicht nur, dass Joschka um sechs Uhr abends einen Cappuccino bestellte. Nein, er bezahlte anschließend auch nur seinen.

»An diesem Tag in Mailand hätte ich schon vieles begreifen können«, gab sich Tommaso selbstkritisch und schenkte ihnen beiden Wein ein. »Wir passen nicht zusammen.«

Giovanna trank und dachte an ihre *nonna*.

»Die Wege des Herrn sind unergründlich«, pflegte diese immer zu sagen, wenn sie mit Logik nicht mehr weiterkam, und etwas Besonderes musste an dem zotteligen Deutschen gewesen sein, dass er den Weg in das Herz des stolzen Kalabresen gefunden hatte.

Plötzlich hörte Giovanna ihr Handy in der Tasche klingeln. Sie nahm sie von der Stuhllehne und suchte nach dem Gerät. Das konnte nur Julius sein. Doch es war wieder der Anrufer mit der unterdrückten Nummer. Wer suchte sie so dringend? Sie wollte gerade antworten, als Joschkas Worte sie innehalten ließen.

»Was hast du gesagt?«, fragte sie.

Joschka fischte das Polaroid, das halb aus ihrer Tasche lugte, heraus, legte es neben die Kaffeetassen und tippte mit seinem dicken Finger darauf.

»Dass mir diese Szene wie der Anfang der *Rocky Horror Picture Show* vorkommt, wo sich die zwei Städter auf dem Land verfahren und ...«

»Nicht das. Was hast du *vorher* gesagt?«

»Dass ich nicht verstehe, was das Mädchen aus London in der süditalienischen Pampa macht. Besonders zwischen einem selbstzufriedenen Käufer und seinem schmierigen Händler.«

Vor Aufregung richteten sich Giovannas Härchen auf den Unterarmen auf.

Es stimmte. Sie war so sehr auf sich konzentriert gewesen, dass sie das Bild sträflich vernachlässigt hatte.

Kapitel 28

Giovanna hatte Joschka das Polaroid aus der Hand gerissen und schaute es nun mit großen Augen an. Die drei Menschen unterschieden sich sowohl in der Kleidung als auch in der Haltung grundsätzlich voneinander. Der eine Erwachsene war ein distinguierter Fünfzigjähriger mit ausgeprägten Geheimratsecken; er war unverkennbar der Käufer. Er trug einen eleganten Leinenanzug und hatte seine Hand besitzergreifend auf die Stele gelegt. Der andere Mann fiel vor allem durch das durchgeschwitzte Hemd und sein pralles Gesicht auf, in dem, außer den wulstigen Lippen, alles in Fleischmasse zu versinken schien. Auch bei ihm sagten die Hände mehr als tausend Worte. Er schien sie sich zu reiben, als wäre er zufrieden über das gemachte Geschäft.

Nur das Mädchen, das nebst einer wilden Igelfrisur auch enge, gestreifte Hosen und eine nietenbesetzte Lederjacke trug, sah aus wie ein zurückgelassener Alien. Noch jetzt, über dreißig Jahre später, glaubte Giovanna, seine Verlorenheit zu spüren.

Plötzlich hatte sie eine Eingebung. Auf dem Smartphone suchte sie nach Bildern von Catherine Guinness und verglich sie mit dem Mädchen auf dem Polaroid. Die Gesichtszüge glichen sich, und doch wieder nicht. Immer war ein Teil des Gesichts der Erwachsenen von einem langen Pony bedeckt. Auch war Giovanna nicht klar, was ein Londoner Mädchen auf einem apulischen Foto zu suchen haben konnte.

»Wieso bist du dir sicher, dass das Mädchen aus London kommt?«, fragte sie Joschka.

»Weil mich dessen Kleidung an den Sommer 1984 erinnert.

Den habe ich in England verbracht. Tommaso und ich hatten uns entschieden, eine kleine Pause …«

»Was also bei euch schon damals nichts Neues war!«

»Nun ja«, er räusperte sich. »Auf alle Fälle ging ich auch für ein paar Wochen in die City und lernte jemanden aus der Punk-Szene …«

»Was hast du?«, kam es bedrohlich von der Anrichte.

»Ich habe es dir sicher erzählt, Tommaso.«

»Hast du nicht!«

Ihre Freunde begannen heftig zu diskutieren.

Giovanna konzentrierte sich wieder auf das Polaroid. Sie sah, dass hinter dem dreirädrigen Fahrzeug mehr als nur die Ödnis einer winterlichen Landschaft zu erkennen war: die Ecke eines Hofes, ein Stall, weiter hinten eine Herde – vielleicht Schafe, vielleicht Ziegen – und am Horizont ein seltsam gezackter Bergkamm.

»Ich glaube, dass Karl-Friedrich an dem Verkauf der Grabstele als Experte beteiligt war und jetzt von diesem Ausgrabungshelfer erpresst wurde«, sagte Tommaso und zog ihr das Bild aus der Hand.

Die Antwort kam von Joschka. »Ein ehemaliger Ausgrabungshelfer, der einen gestandenen Mann wie den Professor mit einem lächerlichen Polaroid dazu bringt, einen der bedeutendsten Funde der letzten Jahre zu stehlen? Das ist zu weit hergeholt«, meinte er, offensichtlich froh, von seiner unausgeleuchteten Vergangenheit abzulenken.

»Solange nichts bewiesen ist, gilt die Unschuldsvermutung«, fiel ihm Giovanna ins Wort.

Tommaso räusperte sich ausgiebig.

»Was ist damit?«, fuhr Joschka fort. »Der Professor wurde erpresst, weil er sich beim Glücksspiel verschuldet und seinen Gläubiger mit illegal ausgegrabenen Fundstücken bezahlt hat.«

»Quatsch, der konnte nicht einmal ein Karten- von einem Brett-spiel unterscheiden.«

»Folgende Idee: Als der Kultwagen vor einigen Monaten entdeckt wird, denkt sich dein Karl-Friedrich, dass es ihm, dem apulischen Schliemann, zusteht, das große Geld damit zu machen. Er tut sich mit einem apulischen Hehlerring zusammen, der dafür sorgen soll, dass das Stück nach der pompösen Ausstellungseröffnung schnellstmöglich außer Landes zu seinem neuen Besitzer gebracht wird. Hier kommt der ehemalige Ausgrabungshelfer ins Spiel. Er will auch ein Stück von der Torte und erpresst den Professor mit einer alten, unsauberen Geschichte. Das Problem ist, dass bei der Übergabe des Kultwagens etwas schiefgeht und die Sache aus dem Ruder läuft, sodass am Ende der Professor stirbt und das Stück verschwunden bleibt«, sagte Tommaso und rollte in aller Seelenruhe eine neue Zigarette auf.

Giovanna schaute ihn sehr böse an.

»Oder es gab sie tatsächlich, die Übergabe, und der Professor wurde von seinen Komplizen aus dem Weg geräumt«, ereiferte sich Joschka. »Wie in dem Film …«

»Sicher ist alles anders, als wir denken«, zischte Giovanna wie eine in die Enge getriebene Viper.

»Wir wissen zwar nicht, was du denkst, aber wir haben uns gefragt, ob du wirklich nichts weißt. Immerhin warst du seine engste Vertraute«, entgegnete er.

»So oder so, morgen um zehn Uhr ist der Spuk vorbei und ab dann wird unser Leben wieder in geregelten Bahnen laufen, nicht wahr, Giovanna Salerno?«, kam es von Tommaso.

»Ich weiß zwar nicht, was morgen um zehn Uhr ist. Aber ich weiß, dass unsere Giovanna Greifenstein um zehn Uhr dreißig bei meinem Freund Durond das Vorstellungsgespräch ihres Lebens haben wird«, sagte Joschka.

Nur bei dem Gedanken an ihre Präsentation wurde Giovanna

ganz flau im Magen. Sie hatte noch keine Zeile davon geschrieben. Vielleicht war der Moment gekommen, ihren Freunden zu sagen, dass sie gar nichts zu präsentieren hatte.

Tommaso kam ihr zuvor. Er bat Joschka, bei seinem Freund anzurufen und den Termin zu verschieben. »Die Polizei geht vor«, sagte er bestimmt.

Dafür brauche ich das Paket unter eurem Bett, dachte Giovanna.

Sie stand auf, verkündete, dass sie nach Hause müsse, und rief nach Barni. Langsam kroch der Hund unter dem Tisch hervor, gähnte und legte seinen Kopf auf Joschkas Knie. Sofort wurde er ausgiebig gestreichelt. Wäre er eine Katze gewesen, sie hätte sein Schnurren gehört. Mit einer Ausrede verließ sie die Küche und überlegte, wie sie den versteckten Kultwagen unauffällig aus der Wohnung schaffen konnte. Vielleicht fand sie eine große Plastiktüte, die neutraler war als die Holzkiste. Sie kniete sich vor das Bett und wollte das Paket heraus ziehen, als eine Holzdiele im Flur knarzte. Erschrocken stand sie auf und fand Tommaso vor dem Gästezimmer. Er schaute sie ernst an.

»Ich muss mit dir reden«, sagte er.

Giovanna schaffte es kaum, ihren Atem zu kontrollieren.

»Ehrlich gesagt bin ich froh, dass du zu Durond wechselst, sonst hätte ich dir kündigen müssen. Wir sind pleite, Giovà, die Erneuerung der Kreditlinie verlängert nur unsere Galgenfrist.«

»*Non lo sapevo.*«

»Joschka weiß es auch noch nicht. Er würde es nicht verkraften. Also, gib dein Bestes, Durond ist die Chance.«

Barni und Joschka kamen in den Flur und Tommaso sagte nichts mehr. Giovanna zog sich an, verabschiedete sich von ihren Freunden und verließ mit dem Hund die Wohnung.

Diesmal nahmen sie die U-Bahn. Eine Gruppe von Jugendlichen folgte ihnen lärmend in den Waggon und verteilte sich auf die Plätze um sie herum. Die meisten hatten dünne Tüten in der Hand, in denen flache, rechteckige Plastikschalen durchschimmerten. Ein Mädchen riss die ihre auf, holte die Stäbchen hervor und begann, Sushi zu essen. Der tranige Fischgeruch kitzelte in Giovannas Nase und ihr kamen plötzlich zwei Sachen in den Sinn: Erstens, dass sie noch immer nichts gegessen hatte und zweitens, dass im Film *Wasabi* etwas gewesen war, das sie sich unbedingt hatte merken wollen. Aber bevor ihr einfiel, was es war, erreichten sie den Opernplatz und stiegen aus.

Am späten Nachmittag hatte sich die Wolkendecke wieder ge-schlossen und so dämmerte es schon, als sie einen Umweg nahm, um sich in einem Imbiss eine türkische Pizza zu kaufen. Giovanna dachte an ihre Freunde. Dass die finanzielle Lage bei InternazionARTE so schlecht war, hatte sie nicht gewusst. Natürlich war ihr nicht entgangen, dass sie im letzten Jahr viel weniger Bücher verkauft hatten als sonst. Der Verlag hatte mit seiner gewerkschaftsnahen, politisch linken Ausrichtung immer nur eine Nische bedient und nie viel eingenommen. Was würde aus Tommaso und Joschka werden, wenn sie den Verlag schließen müssten, fragte sie sich besorgt. Um ihre berufliche Zukunft machte sie sich keine Sorgen. Bei ihren Freunden hatte sie nicht den Mut gefunden zu sagen, dass sie keine neue Arbeitsstelle brauchen würde, je nachdem wie das Gespräch im Präsidium verlief.

Sie waren nicht mehr weit von der Kronberger Straße weg, als sie aus den Augenwinkeln einen Lieferwagen über die Kreuzung donnern sah. Kurz darauf folgte ihm ein schnittiger Alfa Romeo mit ausgeschalteten Scheinwerfern. Es war nur ein Moment, aber sie hätte schwören können, Ben Köhler darin gesehen zu haben.

Zu Hause hielt sie nichts mehr zurück. Mit einem Stück Pizza in der Hand setzte sie sich an den Laptop und öffnete als erstes das Schlangenbild. Catherine Guinness saß noch immer mit Sonnys Ring auf dem Sofa. Giovanna seufzte. Zur Ablenkung nahm sie die vier Ausgrabungsfotos in die Hand, die sie Freitagnacht aus der Wohnung des Professors mitgenommen hatte.

Sie verglich alle Anwesenden und rasch blieb nur ein Antonio übrig, der auf jedem Bild zu sehen war. Er stand immer neben Karl-Friedrich, meistens lag der Arm des Deutschen auf den Schultern des Apuliers. Er war zwar schmächtig, wirkte aber sehnig und hatte große, abstehende Ohren. Sein voller Name: Antonio Negri.

Giovanna legte die Bücher weg und holte den PC aus dem Ruhemodus. Sie hatte keinen Grund mehr, nicht zu arbeiten. Sie öffnete eine neue Seite und schrieb »Konzept«, mehr nicht. Es wollte ihr nichts Interessantes einfallen. Hoffentlich hatte Joschka gute Nachrichten für sie. Sie rief ihn an.

»Gut, dass du anrufst«, sagte er. »Durond will keine Verschiebung. Du sollst ihm morgen früh die Datei per Email schicken und nach der Befragung gleich in den Verlag gehen. O. k.?«

Mist, Mist, Mist.

»Hör zu, Giovanna«, sagte er plötzlich flüsternd, »das mit Durond ist wichtig. Unser Geschäft läuft schlecht und ich weiß nicht, wie lange wir noch durchhalten. Tommaso weiß nichts, es würde ihn zu sehr belasten. Warte, er ruft mich, ich muss aufhängen. Tschüss, tschüss.« Schon war er weg.

O Mann, jetzt habe ich mehr als ein Problem.

Sie war so in Gedanken versunken, dass sie nicht sofort merkte, wie ein gieriges Monster sich von unter dem Schreibtisch an sie heranschlich und ihre fettigen Finger abzuschlecken begann. Es kitzelte und sie kratzte sich mit dem Daumen am Zeigefinger, aber es war nass und klebrig.

»Barni!«, fuhr sie den Hund an und entzog ihm die Hand.

In diesem Moment klingelte es. Murrend lief sie zu Tür. Sie hoffte fast, es wäre Frau Burkhardt, um jemandem zum Abreagieren zu haben. Giovanna drückte die Klinke mit dem Ellenbogen hinunter und fragte unwirsch, was jetzt noch sei.

Eine Lampe leuchtete ihr grell ins Gesicht und eine junge Frau, die sie nicht kannte, sprach in ein Mikrofon. »Skandal-TV Hessen, live aus Frankfurt. Frau Greifenstein, aus sicherer Quelle wissen wir, dass sich im Fall des gestohlenen Kultwagens neue Verdachtsmomente ergeben haben. Die Polizei steht kurz vor der Verhaftung der Komplizen von Professor Karl-Friedrich von Schacht. Können Sie uns mehr dazu sagen?«

Die Reporterin hielt ihr das Mikrofon unter die Nase, gleichzeitig kam der Kameramann einen Schritt näher.

Giovanna schaute von einem zum anderen und schloss mit einem Ruck die Tür. Sie lehnte sich daran und hörte, wie die Frau draußen fluchte. Gleich darauf wurde die Klingel gedrückt, es wollte nicht mehr aufhören. Mit beiden Händen auf den Ohren ließ sie sich langsam auf den Boden gleiten.

Als das Läuten endlich aufhörte, erschrak sie fast über die plötzliche Stille. Sie wollte aufstehen, doch die Beine versagten ihr den Dienst. Jetzt kam ihr alles schrecklich klar vor, jedes Puzzleteilchen fand seinen Platz. Der Kommissar wollte sie verhaften, als Komplizin, wenn nicht sogar als Mörderin des toten Professors. Sicher wusste er schon lange über die Holzkiste Bescheid, die sie aus dem Schließfach geholt hatte. Wieso sonst hätte er so viel über ihren Cinquecento wissen wollen? Und dann die merkwürdigen Fragen über die gefundene Spritzenhülle? War es wirklich so weit her geholt, wenn sogar ihre besten Freunde begonnen hatten, an ihrer Unschuld zu zweifeln?

Sie hatte das Gefühl, Ben Köhler persönlich würde in ihren Körper greifen und mit stahlharter Hand ihr Gehirn zerquetschen. Kalter Schweiß legte sich auf ihre Stirn und sie sah nur noch verschwommen.

So fühlte sich also das Ende an.

Trotzdem riss sie sich zusammen. Bevor ich sterbe, dachte sie, muss ich noch ein paar Hühnchen rupfen. Auf allen vieren robbte sie ins Arbeitszimmer und zog das Handy vom Tisch herunter. An Barnis warmen Körper gelehnt, schrieb sie ein paar Nachrichten.

Jetzt war sie bereit …

»Giovanna!«, sagte ihre Oma von weit her. »Hilf dir selbst, sonst hilft dir niemand.«

Eine große Ruhe breitete sich in ihr aus, und sie wollte ein letztes Mal den Hund umarmen.

Aber die Ruhe war keine himmlische, sondern eine teuflische und von einer solchen Wucht, dass sie sich augenblicklich aufrichtete.

Die *nonna* hatte recht.

Giovanna war bereit … zu handeln.

MONTAG

Kapitel 29

Als die Reifen des Flugzeugs endlich italienischen Boden berührten, gab es nicht wenige Passagiere, die sich spontan umarmten. Oder sich bekreuzigten. Giovanna tat nichts von all dem. Sobald das Zeichen für das Anlegen der Sicherheitsgurte erlosch, zog sie mit zittrigen Händen ihre Tasche aus der Gepäckablage und lief zum Ausgang. Sie war die Erste, die das Flugzeug verließ.

Wie in Trance passierte sie den Zollschalter und bewegte sich auf die einzige Bar zu, die es in der Ankunftshalle des kleinen Flughafens von Pescara gab. Noch bevor sie ihre Bestellung aufgeben konnte, hantierte der Barista, ein grauhaariger Herr in Hemd und Weste, schon hinter der polierten Stahlmaschine. Es zischte und dampfte, dann stellte der Mann ein Kännchen und eine Tasse auf die Theke, schaute sie mitleidig an und sagte: »*Una camomilla per la signora. Prego.*«

Giovanna entdeckte sich in der verspiegelten Wand hinter den aufgereihten Schnapsflaschen. Sie war grün im Gesicht.

Während sie ihren Kamillentee trank, torkelte auch der Rest der Passagiere des umgeleiteten Fluges Frankfurt-Hahn – Roma Fiumicino in die Halle. Diejenigen, die sich übergeben oder die Cola des Nachbarn ins Gesicht bekommen hatten, hatten sich offensichtlich auf den Toiletten erfrischt. Ihre Kleider waren abgewischt und die Haare ausgewaschen. Die meisten hingen am Telefon und erklärten der wartenden Verwandtschaft in Rom, dass sie zwar noch lebten, aber auf der anderen Seite von Italien gelandet waren.

Ein paar von ihnen schauten sich verloren um, und als sie Giovanna an der Bar entdeckten, folgten sie ihrem Beispiel. Sofort erkannte der Barista die Lage und stellte auch ihnen Kamillentee hin. Später folgte ein *Amaro*, auf Kosten des Hauses.

Der Horror hatte über der Schweiz begonnen. Wer nicht gerade schlief oder las, sah, dass sich über den Alpen eine dunkle Wand auftürmte, die nach oben kein Ende zu nehmen schien. Eine kurze Durchsage des Piloten sollte beruhigen, doch die bis zu diesem Moment freundlichen Flugbegleiterinnen liefen plötzlich mit angespannten Gesichtszügen durch den Gang und forderten die Passagiere auf, unverzüglich die Sitze hochzustellen. Giovanna, die eingedöst war, wurde unsanft geweckt und nach vorne gekippt. Zum Einsammeln der Getränke blieb keine Zeit mehr. Sobald sie in die Wolkenwand hineinflogen, wurde das Flugzeug so stark geschüttelt, dass sich das Kabinenpersonal selber auf seinen Klappsitzen festschnallen musste. Ein Kind fing an zu weinen.

Giovanna hatte aus dem Fenster geschaut. Die Blitze leuchteten in immer kürzeren Abständen auf. Dieser Umstand verhieß nichts Gutes, aber alles war recht, was von der zweiten Sturmfront ablenkte, die sich in ihrem Magen zusammenzubrauen begann. Schon im Taxi war ihr schlecht geworden. Sie hatte zu wenig gegessen, zu viel Kaffee getrunken und wegen der Reisevorbereitungen nicht geschlafen.

Plötzlich war das Flugzeug abgesackt und dann in den Sinkflug übergegangen. Giovanna hatte geschrien und sich mit einer Hand am Vordersitz abgestützt. Draußen wackelte der Flügel so stark, dass es aussah, als würde er gleich brechen. Erst als sie schon geglaubt hatte, sie würden im Gardasee zerschellen, hatte sich die Maschine wieder aufgerichtet. Die Ankündigung des Piloten, das Flugzeug würde in Pescara landen, statt wie vorgesehen in Rom, ging in der allgemeinen Erleichterung unter.

Nur Giovanna blieb still und sank immer tiefer in ihren Sitz, niedergedrückt von der Erkenntnis, die ebenso traurig, wie brutal war: Wäre sie gestorben, dann hätte sie all diejenigen im Streit zurückgelassen, die ihr etwas bedeuteten. In Gedanken ging sie die Nachrichten durch, die sie in der Nacht vor dem Abflug versandt hatte, und bereute jede einzelne. Brennend schossen ihr die Tränen in die Augen.

Da kam ihr Karl-Friedrich in den Sinn. Er allein war wegen seines Dickschädels schuld an ihrer Misere! Sie begann auf ihn zu fluchen, aber ihr Magen verkrampfte sich und sie musste sich übergeben.

»Salute!«

Jemand schlug sein Glas so heftig gegen das ihre, dass es ihr fast aus der Hand fiel. Der braune Kräuterlikör schwappte über den Rand und tropfte auf ihre Finger. Giovanna trank ihn in einem Zug aus, dann putzte sie sich ab, ließ sich vom Barista eine Flasche Wasser und zwei *tramezzini* einpacken und verabschiedete sich von ihren Mitreisenden. Sie machte sich auf den Weg zur Autovermietung.

Vor dem Schalter hatte sich eine lange Warteschlange gebildet. Augenblicklich verging ihr die Lust, sich hinten anzustellen. Sie würde später wiederkommen. Mit der Tasche in der Hand spazierte sie durch die halb leere Halle, sah den Ausgang und ging hinaus.

Der Vorplatz des Abruzzo Airport unterschied sich in seiner Trostlosigkeit in keiner Weise vom Frankfurter Bruder, trotzdem wurde Giovanna vom Anblick überwältigt. Über den Dächern der Autos und Busse leuchtete ein hellblauer Himmel wie sie ihn seit Jahren nicht mehr gesehen hatte, und leichte Dunstschleier in der Ferne zeigten an, wo das Meer sein musste. Sie glaubte sogar, zwischen den Abgasen, die Meeresluft riechen zu können. Im Nachhinein war Pescara der bessere Ausgangspunkt für ihre Fahrt nach Apulien. Es gab nur eine Autobahn, die in den Süden führte, und ohne Stau würde sie in wenigen Stunden den Gargano, den nördlichen Teil Apuliens, erreichen. Doch zuvor hatte sie etwas anderes zu erledigen. Sie lief bis ans Ende des Parkplatzes, stellte sich in die Sonne und hörte die Nachrichten auf ihrem Handy ab.

Die Ouvertüre wurde von einem unerwarteten Musiker gespielt: Peter Neuhaus, dem Museumsdirektor. Also war er der anonyme Anrufer vom Vortag gewesen, den sie aus Trotz weggedrückt hatte.

Warum sie vom Iimori weggegangen sei, wollte er wissen. Er hätte sie doch vor dem Schaufenster gesehen. Er wolle, ja müsse sie unter allen Umständen treffen, am besten noch am selben Tag, sprach er keuchend ins Telefon. Es schien, als würde er schnell laufen. Sie solle sich unverzüglich bei ihm melden, es gehe um das Polaroid und um den Kultwagen. Alles sei ganz anders, als sie denke und Professor von Schacht ... Seine von Natur aus kraftlose Stimme verlor sich in der Anstrengung der Bewegung.

Das kannst du vergessen, dachte Giovanna, und löschte den Anruf. Mit dir rede ich bestimmt nicht mehr.

Als nächster sprach Tommaso. »Bist du jetzt völlig durchgedreht? Verschwindest nach Italien und lässt uns den Hund. Was ist mit der Polizei? Ich warne dich, wenn du mich gestern angelogen hast, dann rufe ich sie selber an!«

»Ich habe dich nicht angelogen«, sagte sie halblaut und löschte auch diese Nachricht.

Ein Knacken, dann war Julius dran. Er lispelte und sie hätte auch ohne seine Erklärung, dass er wegen der schlecht laufenden Verhandlungen keine zwei Stunden geschlafen habe, verstanden, dass er sehr müde war und sehr, sehr wütend. Sein Kopf sei absolut nicht frei für die egozentrischen Eskapaden seiner Frau, zischte er über die halbe Weltkugel, und es täte ihm überhaupt nicht leid, ihr diesmal nicht helfen zu können. Sie solle endlich erwachsen werden oder sich zum

Teufel scheren. So oder so, er wolle endlich in Ruhe arbeiten, einer müsse schließlich das Geld nach Hause bringen.

Das saß.

In Gedanken bedankte sie sich für die netten Worte und holte sich Ben Köhler ans Ohr. »Frau Greifenstein, melden Sie sich, wo immer sie sind. Sie zwingen mich sonst, Sie zur Fahndung auszuschreiben.«

Also doch! Sie hatte das unerwartete Auftauchen der Reporterin von Skandal-TV Hessen richtig gedeutet. Umso wichtiger war diese Reise, auf der sie ihre einzige Karte, das Polaroid, ausspielen wollte.

Dann kam Joschka. Er versuchte erst gar nicht, sich zu kontrollieren. Er nannte sie eine undankbare Mitarbeiterin und Freundin, der er fälschlicherweise Perlen vor die Füße geworfen hatte und teilte ihr mit, dass Durond von ihr so viel hielt, wie er: nämlich nichts.

Gut, dass ich Bescheid weiß.

Sie rief den letzten Anruf auf. Sie erwartete Sonny und machte einen Sprung, als Tommaso erneut sprach.

»Giovanna«, sagte er mit brüchiger Stimme. Weiter musste er nicht reden. Sie hatte die Unterlagen für den Steuerberater nicht fertig gemacht. Um ihre Haut zu retten, hatte sie ihn in Stich gelassen.

Mi dispiace, Tommaso, dir wollte ich am allerwenigsten schaden. Bitte verzeih mir.

Auf einmal störte sie die grelle Sonne. Auch die Luft duftete nicht mehr nach würzigem Meer, sondern stank nach Diesel. Rasch packte sie ihre Reisetasche und kehrte in die Flughafenhalle zurück. Dort kaufte sie sich eine Prepaid-Karte und während sie darauf wartete, die Schlüssel ihres Mietautos ausgehändigt zu bekommen, tauschte sie die deutsche SIM-Karte mit der italienischen aus.

Eine dreiviertel Stunde später zog Giovanna an der Mautstelle Pescara Ovest-Chieti ein Ticket und fädelte sich auf die Autobahn ein. Sie war auf dem Weg zum sagenumwobenen Arpi.

Kapitel 30

In dem Moment, in dem Giovanna zwei Stunden später den Wagen neben einer verschlossenen Metallbaracke zum Stehen brachte, kam ihr endlich der Satz aus Wasabi in den Sinn, an den sie sich die ganze Zeit zu erinnern versuchte: *Dort wo alles begann, dort wo alles enden wird.* Mit diesen kryptischen Worten hatte Jean Renos Geliebte ihm die Spur zu den brisanten Infos gelegt, die sie über die Yakuza zusammengetragen hatte. Bedauerlicherweise bedeutete bei ihr der Anfang sogleich das Ende. Ein Blick aus der Frontscheibe genügte, um zu erkennen, dass ihre Reise nach Arpi umsonst gewesen war. Außer einer Herde von Ziegen war auf dem alten Ausgrabungsareal nichts zu sehen. Am Vorabend war sie so besessen von der Idee gewesen, von Schachts ehemaligen Ausgrabungshelfer Antonio zu finden, um alles über die Warnung und die Grabstele auf dem Polaroid zu erfahren, dass sie nicht daran gedacht hatte, sich vorher beim archäologischen Denkmalamt zu erkundigen, ob aktuell gegraben wurde.

Die Anstrengung der langen Reise legte sich schwer auf ihre Schultern und schon der Gedanke, den Zündschlüssel zu drehen und über den holprigen Feldweg zurückfahren zu müssen, machte sie müde. Sie ließ das Autofenster herunter und lehnte den Kopf an die Kopfstütze. Ein frischer Windhauch trug den Geruch von Erde und Metall in den Wagen. Giovanna schloss die Augen. Sie wollte über das weitere Vorgehen nachdenken und schlief kurz darauf ein.

Eine Fliege auf ihrem Kinn weckte sie. Benommen richtete sie sich auf. Wo war sie? Ihr Kopf war während des Schlafs in die Lücke zwischen Sitz und Wagentür gerutscht, jetzt hatte sie einen steifen Hals. Vorsichtig stieg sie aus dem Wagen und lockerte die verspannten Muskeln.

Die Ziegenherde war weiter gezogen, der Alto Tavoliere, das apulische Hochplateau, bot genug Auslauf. Der gefrorene Boden knackte unter ihren Füßen, aber als sie genauer hinsah, merkte sie, dass die ersten Sträucher Blüten austrieben. Die Sonne neigte sich in den späten Nachmittag, im Osten leuchtete der zerklüftete Bergkamm des Gargano auf. Giovanna holte ihr Picknick aus dem Wagen, setzte sich auf die Motorhaube und mit Blick auf das Farbenspektakel biss sie in ihr erstes *tramezzino*.

Später machte sie einen Spaziergang über die Ausgrabungsstätte, die voller Steinhaufen und Erdlöcher war. Sie achtete genau darauf, wo sie hintrat.

Vor Barnis Unfall hatte sie sich kaum für süditalische Archäologie interessiert. Weder war sie so glamourös wie die etruskische, noch so berühmt wie die römische. Doch Karl-Friedrich hatte sie rasch eines Besseren belehrt. Vor allem die Dauner, ein Volk, das ab dem sechsten Jahrhundert vor Christus Nordapulien bevölkert hatte, konnten offenbar mit ihren prächtigen Grabstätten einige Jahrhunderte lang mit den etruskischen Zeitgenossen Schritt halten, bis sie später immer mehr mit der römischen Kultur verschmolzen. Arpi galt als Hauptort des antiken Dauniens, doch wurde die Stadt im frühen Mittelalter aufgegeben. Die alte Siedlung und die dazugehörenden Gräberfelder erstreckten sich über ein Areal, das mehrere hundert Fußballfelder groß war, hatte der Professor ihr einmal mit leuchtenden Augen vorgerechnet. Ein Eldorado für ihn – und seine Schatten. Noch jetzt musste Giovanna lächeln, wenn sie an die Empörung dachte, mit der ihr Freund von der Unverfrorenheit der apulischen *tombaroli* erzählte. Tagsüber standen die Grabräuber rauchend am Feldrand und beobachteten an ihr Auto gelehnt die Grabungsarbeiten des blonden *tedesco*, nachts kehrten sie an die freigelegte Stelle zurück und bedienten sich wie aus dem Supermarkt.

Zunehmend fröstelnd, denn der Wind, der über dem Hochplateau hinwegfegte, war kalt und bissig, blieb Giovanna vor einer größeren Ausgrabungsstelle stehen. Reste eines grünen Sichtschutznetzes flatterten zerrissen im Wind. Ob das der Fundort des Kultwagens war?, rätselte sie. Ihr kam ein Abend im Vorjahr in den Sinn, als aus einem einfachen Gerücht aufregende Realität geworden war. Der Professor hatte sie zu sich eingeladen, um auf den Fund des Kultwagens anzustoßen. Noch ohne zu ahnen, dass er wenig später eine mögliche Verbindung zu seiner *Fürstin von Arpi* entdecken würde. Im Wohnzimmer sitzend, mit dem schnarchenden Barni unter dem Couchtisch, hatte er ihr zuerst von den Umständen des neuen Fundes erzählt. Später war er auf seine eigene Ausgrabungszeit zu sprechen gekommen. Obwohl sie die Geschichte schon oft gehört hatte, hatte sie ihn reden lassen. Sie hörte ihm gerne zu, ihr Freund war ein guter Geschichtenerzähler.

»Ich hatte großes Glück, Giovanna, dass während der Arbeit am Fürstinnengrab nichts passiert ist«, hatte er mit bewegter Stimme begonnen. »Du kannst dir nicht vorstellen, wie es ist, ohne Erwartungen in ein Grab zu steigen, das schon aufgebrochen ist, und eine unberührte Anlage zu finden. Ich leuchte hinein und mich trifft fast der Schlag. Vor mir wunderschöne Wandmalereien mit Reitern. Und die Beigaben erst! Dieses Grab war nicht nur reichhaltig, sondern prächtig, eines Herrschers würdig. Leider hatten wir keine Zeit, uns am Fund zu ergötzen, wir befanden uns mitten in einem Wettlauf. Aus Angst, die *tombaroli* würden uns das Grab vor der Nase leeren, habe ich zusammen mit Antonio, meinem langjährigen Helfer, viele Nächte auf dem Feld gewacht. Er sogar mit der Schrotflinte und einem furchteinflößenden Wolfshund, der mehr als einmal wie verrückt gebellt hat.«

An diesem Punkt war der Professor aufgestanden und hatte sich schweigend vor die Ausgrabungsfotos über dem Sideboard gestellt. Giovanna hatte gespürt, dass er wieder die Nächte voller Angst und Unsicherheit innerlich aufleben ließ. Sie lehnte sich auf dem Sofa zurück und wartete in Ruhe darauf, dass er weiterredete.

»Je mehr wir ans Tageslicht beförderten«, fuhr er nach einer Weile fort, mehr an die vier Fotos, als an Giovanna gewandt, »desto mehr stellte ich mir die Frage, wessen Grab das war. Unter dem vollen Ornat lag die Leiche einer Frau, so was hatte ich noch nie gesehen. War sie die Ehefrau eines verstorbenen Fürsten? Die letzte Nachfahrin einer Herrscherfamilie? Wir haben nie die Grabstele gefunden, die uns Auskunft über das Leben der Toten hätte geben können. Nicht nur die schweren Erdbeben, die diese Region immer wieder heimsuchen, haben viel zerstört. Auch die Menschen haben ihre unverkennbaren Spuren hinterlassen. Denn …«

Er wurde von Barnis Bellen unterbrochen, der, aus seinem Hundekoma aufgewacht, hungrig in die Küche gestürmt war und vermutlich einen leeren Futternapf vorgefunden hatte. Der Professor entschuldigte sich und folgte seinem Hund. Giovanna hörte, wie eine Küchenschublade aufgezogen wurde und Hundekekse in eine Metallschüssel rieselten. Sie stand auf und stellte sich ihrerseits vor die vier Bilder, die sie einst für den Professor aufgehängt hatte.

Als ihr Nachbar aus der Küche zurückkehrte, zeigte er auf ein Foto mit den prächtigen Grabbeigaben der *Fürstin von Arpi*. »Die süditalischen Antiquitäten waren begehrt, weißt du? Im Gegensatz zu den etruskischen und römischen Funden konnten die Sammler sicher sein, Originale und keine Fälschungen zu kaufen. Der Markt war klein, aber fein. Vielen waren damals die Folgen ihres Handelns gar nicht bewusst. Die Sammler glaubten sogar, Gutes zu tun, und auf diese Art die Gegenstände vor dem Vergessen zu retten. Die Museen aber, allen voran das Getty-Museum, waren dagegen nur gierig auf spektakuläre Objekte, die sie ausstellen konnten. Da war es egal, dass die Herkunft der Exponate unbekannt war und sie nichts über den Grabungskontext wussten. Aber der ist wichtig, Giovanna, ohne dieses Wissen ist ein Fund nichts wert!« Von Schacht hatte sich in Rage geredet.

»Was ist mit dem künstlerischen Wert? Oder wenigstens dem materiellen?«, fragte Giovanna.

»Komm mit.« Karl-Friedrich war ihr in sein Büro vorausgeeilt. Dort hatte er den Rechner hochgefahren und eines der Bilder mit dem Kultwagen geöffnet. »Schau«, sagte er und drehte den Monitor so herum, dass sie besser sehen konnte, »dieser neue Fund ist ohne Zweifel außerordentlich, sowohl von der handwerklichen Ausführung wie auch von der Geschichte, die auf einem kleinen Rechteck erzählt wird. Doch erst durch die Diskrepanz zwischen der keltischen Herkunft und dem daunischen Fundort gewinnt das Stück an archäologischer Bedeutung. Die Fragen, die aufgeworfen werden, sind genau die, die unser Herz höher schlagen lassen in der Ahnung, etwas aufgedeckt zu haben, das wir nicht im Traum für möglich gehalten hätten. Aus diesem Grund kann ich nicht ruhig zusehen, wenn auch heute noch unser Kulturgut aus Gier und persönlicher Befriedigung in die Hände einiger weniger Menschen fällt; mir dreht sich der Magen um, wenn ich in den Gesichtern der Sammler die Selbstgefälligkeit sehe und ihre Überzeugung, allein wegen ihres Geldes ein Recht auf die Objekte zu haben. Die Geschichte der Menschheit und ihre Zeugnisse gehören uns allen, keiner darf sich nach Gutdünken daraus bedienen. Verstehst du?«

Genau aus diesem Grund wundere ich mich heute umso mehr

über dich, Karl-Friedrich, dachte Giovanna, während sie langsam zum Wagen am anderen Ende des Ausgrabungsareals zurückkehrte. Was ist am Abend der Vernissage passiert, was dich zu einem komplett anderen Menschen werden ließ, als der, den ich kannte? Wir waren doch auf der Spur einer Entdeckung, auf die du vierzig Jahre gewartet hast. Wolltest du den Kultwagen wirklich stehlen, wie alle glauben? Oder gibt es einen anderen Grund, den ich zwar fühlen, aber noch nicht greifen kann?

Giovanna klopfte ihre Schuhe ab und setzte sich ins Auto. Dort zog sie das Polaroid aus der Tasche. »Du bist der Joker in dieser Geschichte«, sagte sie zu dem Foto. »Wenn ich die passende Stelle finde, an die ich dich setzen kann, werde ich alles verstehen.«

Für die Suche nach Antonio Negri, dem ehemaligen Ausgrabungshelfer, war es heute zu spät. Das archäologische Denkmalamt in Foggia hatte um diese Zeit schon geschlossen. Wenn sie gewusst hätte, wo das Foto gemacht worden war, hätte sie versuchen können, den Hof zu finden. Aber der Alto Tavoliere war riesig, die Dämmerung hatte schon eingesetzt und Giovanna überkam eine große Sehnsucht nach dem Meer.

Dann fahre ich eben nach Vieste zur Osteria al Duomo und esse mich durch die Fischkarte.

Giovanna ließ den Motor an und manövrierte den Mietwagen auf den Feldweg zurück. Die untergehende Sonne traf auf den Rückspiegel und blendete sie so stark, dass ihre müden Augen brannten. Mit dem Ärmel wischte sie sich die Tränen weg und hatte eine Erscheinung. Der Motor soff ab.

Sie griff nach dem Polaroid und hielt es sich vor die Augen, dann ließ sie es langsam sinken und blickte durch die Windschutzscheibe. Direkt vor ihrer Nase leuchtete derselbe gezackte Kamm auf, der auf dem Foto hinter den Männern zu sehen war.

Kapitel 31

Am Abend traf Giovanna in San Giovanni Rotondo ein. Nie hätte sie gedacht, freiwillig an diesen Ort zurückzukehren. Mit Schaudern erinnerte sie sich an die jährlichen Pilgerfahrten im stickigen Bus, um dem berühmtesten aller italienischen Heiligen, Padre Pio, zu huldigen. Bekannt war der Kapuzinermönch mit dem grauen Bart und dem milden Gesichtsausdruck vor allem durch seine Wunderheilungen und die Stigmata geworden, die ihm in regelmäßigen Abständen auf Händen und Füßen erschienen. Es gab wohl keinen katholischen Haushalt in Italien, in dem nicht ein Bild von Padre Pio hing – oder ein von ihm gesegnetes Korallenhorn …

Ihre *nonna* hatte nach dem Erdbeben angefangen, hinzufahren. Giovanna konnte sich noch gut an das Silberherz erinnern, dass sie eigens für die erste Fahrt hatte anfertigen lassen. Darauf waren das Datum des Erdbebens und der Satz »*Per grazia ricevuta* – Zum Dank für die gewährte Gnade« eingraviert. Damit wollte sie sich für das Glück bedanken, dass ihr wenigstens die Enkelin geblieben war.

Nachdem sie auf der Ausgrabungsstätte in Arpi niemanden gefunden hatte, der ihr Auskunft über Antonio Negri geben konnte und schon glaubte, ihre Reise sei zu Ende, hatte Giovanna den Bergkamm auf dem Polaroid erkannt. Sie hatte beschlossen, ihre Fahrt nach Vieste und ans Meer zu streichen, stattdessen machte sie einen Abstecher in die eigene Vergangenheit. So war sie also nach San Giovanni Rotondo gefahren.

Glücklicherweise hatte die Pilgersaison noch nicht begonnen. Auch wenn der Massenkult in den vergangenen Jahren wegen der Wirtschaftskrise abgenommen hatte, gehörte das apulische Städtchen noch immer zu einem der wichtigsten Wallfahrtsorte der katholischen Welt. Giovanna fand sowohl einen freien Parkplatz als auch leere Wege in der Innenstadt, um in Ruhe bis zur Basilika zu schlendern.

Gleich in der ersten Bar, in der sie einen Kaffee trank, kam ihr die Idee, nach Antonio zu fragen. Die Idee war so gut, wie die Umsetzung schlecht. Die wenigen Lokale im Zentrum, die wegen der fehlenden Besucher nicht geschlossen hatten, entpuppten sich als anonyme Touristenfallen mit jungen Bedienungen, denen der Name des Ausgrabungshelfers nichts sagte.

An der Basilika stellte sie sich unter das riesige Granitkreuz, das den weitläufigen Vorplatz dominierte und schaute sich verloren um. Die monströs große Wallfahrtskirche, die nach der Heiligsprechung Padre Pios durch Papst Johannes Paul II. gebaut worden war, hatte nicht mehr viel gemein mit der Kirche ihrer Erinnerungen. Sie schaute einer Gruppe von Nonnen nach, die schnatternd einem Priester in die Basilika folgte, dann drehte sich Giovanna um und lief durch Nebengassen zurück zum Auto. Hier war der dramatische Rückgang der Touristenzahlen besonders deutlich zu erkennen. Geschlossene Hotels, verrostete Gartenmöbel und unfertige Betonkarkassen, deren Fassaden schon jetzt bröckelten, zeigten an, dass in den goldenen Jahren nach der Heiligsprechung zu viel und zu schnell gebaut worden war.

Die einbrechende Nacht brachte lange Schatten und dunkle Ecken, und Giovanna war froh, dass sie es nicht mehr weit bis zum Auto hatte. Doch spätestens als sie zum dritten Mal am gleichen Brunnen vorbeilief, musste sie sich eingestehen, dass sie sich verirrt hatte. Statt sich dem Zentrum zu nähern, drang sie immer mehr in den Randgürtel der Stadt vor, wo die Straßen löchriger wurden. Aus einem geöffneten Fenster drang der Jingle des *telegiornale* und sie hörte Geschirr klappern. Es war acht Uhr, die Nachrichten begannen und die Leute saßen beim Essen.

Fast hätte sie die Bar übersehen. Ihre Leuchtreklame war ausgebrannt und die schmale Fensterfront mit Werbung und der Ankündigung auf das Fußballspiel zwischen den Teams von Real S. Giovanni und Foggia Calcio zugekleistert. Giovanna schaute durch einen Spalt ins Innere. An zwei Holztischen saßen ältere Männer und spielten Karten. Wenn es einen Ort gab, wo sie nach Antonio fragen konnte, dann diesen. Sie strich sich die Haare aus dem Gesicht, zog ihre Jacke gerade und betrat unter dem Geklingel der Türglocke die Bar.

»*Buonasera*«, rief sie mit kräftiger Stimme.

Alle Köpfe gingen hoch. Sie war die einzige Frau im Raum.

Giovanna stellte sich an die Theke und bestellte beim Barista, einem kleinen, feingliedrigen Jüngling mit akkurat getrimmtem Bart, einen *Crodino*. Dann schaute sie sich um. Sie zählte sieben Männer, die beim Kartenspiel saßen. Aus dem Augenwinkel sah sie, wie sich eine Hand rasch auf etwas legte, das auf einem der Tische lag. Die Alten spielten um Geld.

Der fette Besitzer kam aus der Küche zurück, taxierte sie ohne etwas zu sagen und setzte sich vor den Fernseher.

»*Prego, signorina.*« Der Barista stellte das knallorangene Getränk, Chips und Oliven auf die zerkratzte Stahlfläche.

Signorina, ich?! Wider Willen freute sie sich über die Floskel und lächelte dem Mann geschmeichelt zu. Dieser lehnte sich mit verschränkten Armen an die Regalwand und schaute sie erwartungsvoll an. Giovanna spießte eine Olive auf und steckte sie sich in den Mund. Sie hatte schon lange keine *schiacciatelle* mehr gegessen, die gequetschten und in Essig eingelegten grün-gelben Oliven, die es nur in Süditalien gab. Die Olive war bissfest und würzig, kein Vergleich zu den wässrigen Exemplaren, die sie in Deutschland in den Lokalen aufgetischt bekam.

»*Ottima*«, sagte sie anerkennend, während sie den Kern von einer Wange zur anderen schob und in die Hand spuckte.

Erst jetzt merkte sie, wie durstig sie war. Außer einem Fläschchen Wasser und einem Kaffee hatte sie seit der Abfahrt in Pescara nichts getrunken. Gierig griff sie nach dem beschlagenen Glas und setzte es sich mit solchem Schwung an die Lippen, dass die Eiswürfel klirrten. Der *Crodino* schwappte über den Rand und rann ihr das Kinn hinab. Sie stoppte mit dem Handrücken das kalte Rinnsal und leckte sich den klebrigen Mundwinkel ab. Als sie den Kopf hob, um nach einer Serviette zu fragen, schaute sie geradewegs in das Gesicht des Mannes, der ihr plötzlich sehr nahe war.

»Brauchen Sie Hilfe?« Anzüglich fuhr er sich mit der Zunge über die Lippen.

Das geht zu weit!

Mit einem falschen Lächeln beugte sich Giovanna näher zu ihm. »Nein danke, ich stehe mehr auf Große.«

Ohne Worte sagte ihr der Barista, dass sie eh zu alt und zu hässlich für ihn sei, rief seinem Chef zu, er würde eine rauchen gehen und verließ den Raum.

Der Jingle kündete das Ende des *telegiornale* an. Noch bevor die letzte Note verklungen war, schaltete der Barbesitzer den Fernseher aus und fragte die Kartenspieler, ob sie noch etwas trinken wollten. Während er hinter der Theke zwei Karaffen mit rubinrotem Hauswein füllte, zog Giovanna ihr Portemonnaie aus der Tasche.

Der Mann sah es, rief ihr *due e cinquanta* zu und brachte die Bestellung an die Tische.

Sie wartete, bis er zurückkam. Mit einem strahlenden Lächeln hielt sie ihm fünf Euro hin und erzählte beiläufig, dass sie beruflich in der Gegend zu tun und sich zufälligerweise an einen alten Bekannten ihrer Familie erinnert hätte.

»Wenn ich Glück habe, kennen Sie ihn.«

»*Chi è?*«, fragte er gleichgültig.

»Antonio Negri.«

»Antonio Negri?«

»Ja, ein ehemaliger Ausgrabungshelfer.«

»Kenne ich nicht.«

»Was ist mit einem von ihnen?« Sie hielt ihm das Polaroid hin.

Der Mann schien zu überlegen, aber ihr entging der fragende Blick nicht, den er den Kartenspielern zuwarf. Giovanna drehte sich um, in Erwartung einer Antwort. Die Alten wichen ihrem Blick aus und taten so, als wären sie aufs Spiel konzentriert.

Dann halt wieder der Dicke.

Nur stand der Barbesitzer nicht mehr hinter der Theke. Er hatte ihr unbemerkt das Restgeld hingelegt und war in die Küche verschwunden. Giovanna wartete noch einen Moment, dann steckte sie das Bild ein und verließ das namenlose Lokal. Ihr gemurmeltes ›Machos‹ verlor sich im Gebimmel der Türglocke.

Was war das jetzt, fragte sie sich, während sie sich darüber ärgerte, nicht wenigstens nach dem Weg ins Zentrum gefragt zu haben. Sie stand in der schlecht beleuchteten Gasse und konnte sich nicht entscheiden, ob sie nach rechts oder links laufen sollte. Ein leichter Schwindel erfasste sie, doch sie hatte keine Lust, in die Bar zurückzukehren. Da hörte sie das Plätschern des Brunnens, an dem sie mehrmals vorbeigelaufen war, und beschloss, zuerst einmal ihren Durst zu stillen. Sie folgte ihrem Gehör.

Die Temperatur war seit dem Nachmittag merklich gesunken und die Kälte vermischte sich mit Feuchtigkeit, die aus den noch winterkalten Häusern entwich. Die Straßen füllten sich mit Nebel, der sich sofort in ihrem Haar einnistete.

Automatisch suchte Giovanna nach dem Leopardenschal, da kam ihr wieder schmerzlich in den Sinn, dass sie ihn gar nicht mehr hatte.

Sonny ... Ob er ihr geantwortet hatte?

Was der Schildkrötenring bedeute, hatte sie ihm am Vorabend geschrieben, wenn er ihn nicht nur sie, sondern auch eine Geschäftspartnerin tragen ließ. Und ob ihr Treffen am Dienstagabend in der Bar wirklich rein zufällig gewesen sei? Den zweiten Teil des Satzes hatte sie wieder gelöscht. Jetzt bereute sie, die deutsche SIM-Karte im Auto gelassen zu haben und nicht zu wissen, ob er ihr geschrieben hatte.

Auf einmal vernahm sie hastige Schritte hinter ihrem Rücken. Sie kamen von jemandem, der Schuhe mit flachen Ledersohlen trug. Das klatschende Geräusch, wenn sie auf den Asphalt schlugen, hallte durch die Gasse. Giovanna dreht sich um, sah aber niemanden. Ein später Heimkehrer, ein Ehebrecher vielleicht, der einen guten Grund für seine Verspätung auftischen musste, bevor er warme Spaghetti serviert bekam?

Plötzlich waren die Schritte wieder da, diesmal schneller ... und lauter. Sie kamen von einer dunklen Einfahrt, sehr wahrscheinlich einem Durchgang, der die Gassen über einen Innenhof miteinander verband.

Giovanna erschrak und beschleunigte ihren Gang. In Foggia hätte sie einen Überfall erwartet, aber in San Giovanni Rotondo, diesem verschlafenen Kaff? Obwohl die Fenster und die Klingeln zum Greifen nahe waren, war sie sich nicht sicher, ob jemand reagieren würde, wenn sie um Hilfe schrie.

Die Straße vor ihr machte einen Bogen und sie sah die *piazzetta* mit dem Brunnen. Giovanna sprintete los. Das Geräusch des plätschernden Wassers verschluckte das Geräusch ihrer Schritte und sie achtete darauf, im Schatten der Häuserwand zu bleiben. Sie erreichte den Platz. Statt ihn zu überqueren, versteckte sie sich in einer Türnische. Lautlos ließ sie ihre Tasche von der Schulter den Arm hinab gleiten und packte den Lederriemen fest mit der Hand.

Ihr Verfolger hatte kaum einen Schritt auf die Piazza gesetzt, als ihn die Tasche wie eine Keule auf den Hinterkopf traf.

»*Aia!*« Der Mann stolperte nach vorne.

Giovanna wollte ein zweites Mal zuschlagen, da erkannte sie ihn an seiner schmalen Silhouette. Sie hatte den Barista niedergeschlagen.

Dieser drehte sich zu ihr um und hielt sich schützend den Arm vors Gesicht. »*Ma sei matta?*«, schrie er im Falsett.

Sie ließ die Tasche sinken. Vor einem Jungen, der wie ein Mädchen schrie, brauchte sie keine Angst zu haben.

»Warum folgst du mir?«, presste sie hervor.

Der Barista streckte sich stöhnend, doch seine Stimme war fest und die Frage klar wie Bergwasser: »Wie viel ist dir eine Info wert?«

»Viel«, sagte sie und zog einen Hunderter aus der Tasche.

Kapitel 32

Wäre ihre Lage in Deutschland nicht so schlecht gewesen, hätte Giovanna eins getan: Sie hätte die Abzweigung kurz nach der Tankstelle bewusst übersehen und wäre auf der Schnellstraße geblieben. Stattdessen setzte sie den Blinker und manövrierte den Fiat von der Hauptstraße auf einen unasphaltierten Feldweg. Draußen war es so dunkel, dass sie trotz der eingeschalteten Nebelscheinwerfer Mühe hatte, der holprigen Fahrspur zu folgen. Während sie die Landschaft außerhalb des Lichtkegels zu erahnen versuchte, kamen ihr etliche Horrorgeschichten von nächtlichen Vergewaltigungen auf dem Land in den Sinn. Besonders die Taten des *mostro di Firenze* hatten sie nachhaltig geängstigt. Giovanna dachte an ihre von Furcht überschatteten ersten Liebeserfahrungen in einem Fiat 127 und übersah eine getrocknete Senke. Das Auto polterte so laut darüber, dass sie sicher war, dass die Vorderachse gerade gebrochen war. Der Motor erstarb. Das Licht erlosch.

Mitten in der Nacht stand sie also mit kaputtem Auto auf einem abgelegenen Feldweg. Giovanna traute sich nicht, auszusteigen und unter den Wagen zu schauen. Rasch vergewisserte sie sich, dass die Türen verriegelt waren. Sie horchte. Außer ihrem eigenen unregelmäßigen Atem war nichts zu hören. Nur auf dem Land gab es diese absolute Stille und eine Dunkelheit, die undurchdringlich war. Obwohl Giovanna diese Art von Nacht aus ihrer Kindheit kannte, hatte sie Angst. Ihr Herz pochte so stark gegen ihre Rippen, dass sie dachte, sie würden brechen. Mit der Hand tastete sie panisch die Ablagen ab, hoffte, der Autovermieter hätte für solche Notfälle eine Taschenlampe hineingelegt. Stattdessen bekam sie ihr Smartphone zu fassen, das, einem Urfeuer gleich, aufleuchtete und sie zur Vernunft brachte. Sie zwang sich zur Ruhe und begann nachzudenken.

Vielleicht war das Auto gar nicht kaputt und sie hatte es nur abgewürgt. »Beweise mir, dass du Wunder vollbringen kannst, Padre Pio!«, rief sie dem Heiligen zu.

Beherzt drückte sie aufs Pedal und drehte den Zündschlüssel. Der Fiat Panda startete wie die zuverlässige Kampfmaschine, die er war. Giovanna gab vorsichtig Gas, fuhr los und als sie merkte, dass am Auto noch alles dran war, was es zum Fahren brauchte, erhöhte sie die Geschwindigkeit. Zehn Minuten später entdeckte sie die gesuchten Betonpfeiler und fuhr in die Hofeinfahrt der *Fattoria Le Querce*.

Sie war völlig verschwitzt, als sie im Innenhof hielt.

Der große Hof wirkte verlassen. Die Fenster des zweistöckigen Haupthauses waren mit dicken Fensterläden verriegelt, nirgendwo brannte Licht. Giovanna öffnete das Seitenfenster einen Spalt breit, aber da waren keine Geräusche; weder von Menschen, noch von Tieren. Hatte sie der Barista angelogen, um sich für die Abfuhr zu rächen?

Als sie ihm auf der *piazzetta* den Geldschein gezeigt hatte, waren seine Augen gierig aufgeblitzt und er hatte ihr gesagt, dass er wüsste, wo Antonio Negris Cousin zu finden sei. Enttäuscht wollte sie sich abwenden, dann hatte sie sich trotzdem den Weg zum Hof erklären lassen. Diese Adresse war die erste konkrete Spur, die sie in Apulien fand und sie wollte der Fährte folgen, auch wenn sie nicht wusste, wie heiß sie war. Denn plötzlich hatte es der schmächtige Mann eilig gehabt.

»*Devo andare*«, hatte er geflüstert und ihr einfach den Geldschein aus der Hand gezogen.

»Wohnt Antonio auch da?«, hatte sie ihm hinterhergerufen.

Aber da hatte der Nebel das kleine Gespenst schon verschluckt.

Über der Eingangstür des Haupthauses ging ein gelbliches Licht an und ein bulliger Mann trat auf die Schwelle. Vor Aufregung machte sich Giovanna fast in die Hose. Trotzdem öffnete sie das Fenster und rief über den Hof: »*È Lei Carmelo Negri?*«

Der Mann blieb stumm.

»Ich suche Antonio.«

Als Antwort hob der Mann eine Flinte und zielte geradewegs auf das Auto.

In Giovannas Kopf explodierte die Granate, die seit Ben Köhlers Unterstellungen entsichert geschlummert hatte, und ohne über die Gefahr nachzudenken, der sie sich aussetzte, stieß sie die Wagentür auf und stieg aus.

»Weißt du was?«, brüllte sie und lief auf den Mann zu. »Wenn du denkst, dass du mich mit deiner Waffe verscheuchen kannst, dann irrst du dich gewaltig! Nicht umsonst habe ich diese beschissene Reise gemacht und mich mit allen in Deutschland verkracht. Sogar ins Gefängnis werde ich kommen, aber ich sage dir, lieber verrecke ich hier, als in einer Zelle zu verrotten. Mein Leben ist im Eimer, und entweder sagst du mir auf der Stelle, wo dein verdammter Cousin ist, oder ich setze mich ins Auto und warte – wenn nötig bis Ostern!«

Giovanna erreichte den Mann und stellte sich breitbeinig und mit auf die Hüften gestützten Händen vor die Laufmündung.

»Du weißt nicht, zu was eine Giovanna Greifenstein fähig ist!« Ihr Gegenüber ließ langsam die Waffe sinken.

»*Ti sei sfogata* – Hast du dich ausgetobt?«, fragte er lakonisch.

»Ich bin unschuldig!«, kreischte sie. Dann sackte ihr der Kreislauf in den Keller und sie fing an zu taumeln.

Kapitel 33

Die Küche der *fattoria* war ein großer, länglicher Raum, der von einer offenen Feuerstelle dominiert wurde. Vor dieser standen ein geblümter Stoffsessel und ein niedriger Tisch. Im Kamin brannte ein Feuer und die Wärme, die von ihm ausging, legte sich wie eine dicke Bettdecke über Giovanna. In der Ecke lief der Fernseher.

Carmelo hatte sich entschuldigt und die Küche verlassen, während seine Frau, eine grobgesichtige Person mit von der harten Feldarbeit gezeichneten Händen, wortlos das Geschirr abwusch. Sie seifte die Teile ein, spülte sie und stellte sie über dem Waschbecken in ein Gitter. Die Frau hatte bisher kein Wort gesagt und so blieb auch Giovanna stumm. Vom Esstisch aus, wo sie saß, schaute sie ihr zu.

Die dunkle Anrichte aus massivem Holz bedeckte zwei Seiten des Raums und schien neu. Ebenso der Boden. Die Fliesen aus Terrakotta besaßen noch die typische Trübung, die aussah, als wäre der Boden voller Mehl. Flüchtig kam Giovanna der Gedanke, dass sich mit der Landwirtschaft – trotz der Krise – gutes Geld verdienen ließ. Alles in allem war sie an einem einladenden Ort gelandet und Giovanna fand ihn tausendmal besser als den dunklen Feldweg, auf dem sie die Nerven verloren hatte.

Die Tür ging auf und Carmelo trat schnaufend ein, die Arme voller Esswaren. Aus dem Gang war dumpfes Hundegebell zu hören. Sofort ließ die Frau vom Geschirr ab und ging die Tür schließen. Carmelo stellte alles auf der Anrichte ab. Dass er ein Verwandter des gesuchten Ausgrabungshelfers war, war nicht zu übersehen. Seine fleischigen, abstehenden Ohren sprachen für sich. Ansonsten unterschied er sich deutlich von dem kleinen Mann, der auf den Ausgrabungsfotos immer neben von Schacht gestanden hatte. Dieser hier hatte keine Hände, sondern Pranken, keine Arme, sondern Baumäste, und als er sich umdrehte, um aus der Schublade den Flaschenöffner zu holen, sah Giovanna seinen Stiernacken: Eine kompakte Schwarte quoll regelrecht aus dem Ausschnitt des abgetragenen Pullovers hervor.

Mühelos hatte er sie in der Hofeinfahrt aufgefangen, als ihr plötzlich schwindelig geworden war. Sie hatte ihren ganzen Frust herausgebrüllt, dann war die Anspannung wie eine aufgebrochene Gussform von ihr abgefallen und hatte pure Erschöpfung zum Vorschein gebracht, gepaart mit einem wolfsähnlichen Hunger. Ohne zu widersprechen, hatte sie sich ins Hausinnere führen lassen. Für eine Flucht hätte ihr ohnehin die Kraft gefehlt.

»*Lo facciamo noi* – Wir machen ihn selbst«, erklärte Carmelo und füllte zwei Gläser mit einem dunkelroten Wein.

Giovanna wusste, dass diese herben Hausweine der Stolz jeder Bauernfamilie waren und Tote zum Leben erwecken konnten. Ohne zu zögern setzte sie das Glas an den Mund und trank einen großen Schluck.

Wie oft hatte ihr ihre Oma von den Jahren nach dem Krieg erzählt, als sie und ihr Großvater als Tagelöhner arbeiten mussten, um die kleine Familie durchzubringen. Im Sommer, wenn das Getreide auf den Feldern gelb leuchtete, wurden sie mit vielen anderen aus dem Dorf von einem klapprigen Laster eingesammelt und zu den Ländereien der apulischen Großgrundbesitzer gekarrt. Dort schufteten sie den ganzen Tag unter der sengenden Sonne auf den Feldern, ernteten, droschen und verpackten den reifen Weizen. Körperlich extrem anstrengende Arbeiten, denn Maschinen gab es noch keine.

Wenn die Hitze ihnen den Atem nahm und sie im gleißenden Licht nichts mehr sahen, setzten sie sich unter die schattenspendenden Olivenbäume und aßen zu Mittag. Viel gab es aber nicht. Meistens eine Scheibe hartes Brot und eine rohe Zwiebel, manchmal mit Olivenöl beträufelt, selten von einem Stück Käse begleitet. Was aber immer die Runde machte, war Wein.

»Weil er uns Kraft gab«, sagte ihre *nonna* immer.

Wohl eher, weil ihr euch das Elend schöntrinken musstet, dachte Giovanna.

Der Stuhl ächzte, als Carmelo sich setzte. Er hatte Brot, Wurst und in Öl eingelegte Auberginen auf den Tisch gestellt und lud sie mit einer Geste ein, sich zu bedienen. Im Hintergrund wurde gesungen, sie erkannte die Melodie einer populären Spielshow. In dieser konnte man viel Geld gewinnen oder leer ausgehen, wenn man den schwarzen Joker zog. Das Publikum fieberte dabei lautstark mit. Nur wenn der Kandidat seine nächste Spielentscheidung treffen musste, war Ruhe im Fernsehstudio.

In diesen Pausen war wieder das Hundegebell aus dem Gang zu hören. Die Frau trocknete die Hände an der Schürze ab und setzte sich vor das Fernsehgerät. In der Küche wurde es merklich lauter, sodass Giovanna die Ohren spitzen musste, um Carmelos Erzählungen über seinen Hof zu folgen. Er besäße über dreihundert Hektar Land, sagte er, und baue Getreide und Tomaten an. Er hätte auch Weinreben und zweihundert Olivenbäume, aber der Ertrag würde gerade für die Familie reichen. Im letzten Jahr hätten sie unter einer monatelangen Dürre gelitten und nur dank seiner großen Zisternen und der neuen Bewässerungsanlage keinen allzu großen Ertragseinbruch erlitten. Als guter Gastgeber achtete er gleichzeitig darauf, dass ihr Teller nicht leer blieb.

Giovanna aß mit Appetit und ließ sich das Glas ein zweites Mal auffüllen. Das Essen war gut, die Küche angenehm warm. Doch als Carmelo ihr zum dritten Mal Wein nachfüllte, passierte etwas Merkwürdiges: Je voller das Glas wurde, desto nüchterner wurde sie.

Die Küchenluft war plötzlich stickig, die Erzählungen des Apuliers nur selbstzufriedenes Geschwätz und der laute Ton des Fernsehers eine grobe Unhöflichkeit. Der zu Beginn warme und bequeme Stuhl drückte in den Rücken und das Heu der Sitzfläche stach ihr unangenehm durch die Hose.

Sie war nicht hier, um Zeit zu vergeuden, erinnerte sie sich. Sie wollte gar nicht hier sein. Bestimmt schob sie das Glas weg und eröffnete ihr Spiel.

»Ich muss Antonio sprechen«, sagte sie zu Carmelo.

»Wieso?«

Instinktiv wusste sie, dass sie ihm die Wahrheit erzählen musste, um sein Vertrauen zu gewinnen. Anders käme sie nie zu Antonio. Sie durchsuchte ihre Tasche und zog den Joker hervor.

»Deswegen«, sagte sie und legte die Spielkarte hin.

Carmelos Augen weiteten sich. Mit zwei Wurstfingern zog er das Polaroid näher zu sich heran.

»Woher hast du das?«

Sie musste ihre Karten offenlegen, und zwar einzeln, damit er ihr folgen konnte. Die erste Karte war der Diebstahl im Museum, gefolgt vom Auffinden des toten Professors und den Anschuldigungen gegen ihn. Sie erzählte von ihren Schwierigkeiten mit der Polizei und hielt ihre Zweifel über von Schachts Rolle nicht zurück. Nur die Karte über den Verbleib des Kultwagens zog sie nicht. Die gehörte nicht in diese Spielrunde.

»Verstehst du?«, beendete sie ihre Zusammenfassung. »Antonio ist der Einzige, der etwas zu diesem Bild sagen und mich retten kann.«

Carmelo schwieg und schaute ins Leere. Der Hund bellte, ja er kläffte wie verrückt, und im Hintergrund überschlug sich der Fernseher fast.

»Geht es nicht leiser?«, wollte Giovanna der Frau entnervt zurufen, als Carmelo aufseufzte.

»Ich kann dir nicht helfen, Antonio ist verschwunden.«

»Was?!«

»Heute vor zwei Wochen sind seine Ziegen und der Wolfshund alleine in den Stall zurückgekehrt. Wir haben ihn gesucht, auch die Polizei, aber der Alto Tavoliere ist groß und voller Erdlöcher.«

»Was kann passiert sein?«

»Wir befürchten das Schlimmste, eine *lupara bianca*. Am Morgen wurde er noch in Foggia gesehen. Dann … nichts mehr!«

Eine *lupara bianca* – Eine Abrechnung ohne Leiche.

Hagel, Regen und Schnee prasselten gleichzeitig auf Giovanna nieder. »Aber was ist mit dem Polaroid?«, krächzte sie.

»War ein Absender auf dem Briefumschlag?«

»Jetzt, wo du es sagst … Nein.«

»Dann kann jeder dieses Bild verschickt haben.«

Carmelos Schlussfolgerung war von einer brutal klaren Logik. In ihrer Verzweiflung griff Giovanna nach dem Weinglas und trank.

Die Fragen, die sie danach noch stellte, bedeuteten nichts mehr, und sie merkte selbst, wie ihre Stimme an Selbstsicherheit verlor. Ihr Blatt hatte sich unerwartet zum Schlechten gewendet. Sie versuchte zu retten, was zu retten war, um wenigstens einen Punkt zu machen.

»Kannst du dir das Bild noch einmal genau anschauen? Vielleicht erkennst du einen der Männer.«

»Giovanna, ich bin Bauer. Meine Erträge sind das Einzige, was mich interessiert.«

»Was ist mit Antonios Sachen? Wo hat er gewohnt?«

»Von meinem Cousin ist nichts mehr da. Er war sehr krank, die Lunge, die letzten Monate hat er bei uns gewohnt. Nach seinem Verschwinden habe ich eine Woche gewartet, dann haben wir das wenige, das Wert hatte, verkauft oder weggeworfen. Auch die Ziegen und die Hunde habe ich weggegeben. Ich kann Tiere nicht leiden.«

»*E adesso?*«

Carmelo zuckte mit den Schultern.

Giovanna hatte keinen Grund mehr, länger in diesem Haus zu bleiben.

Lärmend schob sie den Holzstuhl zurück. Der Mann bat sie, einen Moment zu warten, und verließ wieder die Küche. Der Krach aus dem Fernseher wurde unerträglich. Der Kandidat in der Show weinte bitterlich. Offenbar hatte er den schwarzen Joker gezogen und den gesamten Gewinn verloren. Nur mit Mühe hielt Giovanna die eigenen Tränen zurück.

»*Noi ci facciamo i fatti nostri* – Wir kümmern uns um unsere Angelegenheiten«, kam es vom Sessel. Die Frau hatte zum ersten Mal an diesem Abend gesprochen.

»Wie meinen Sie das?«

Die Küchentür ging auf und Carmelo trat mit zwei vollen Tüten ein.

»Hier«, sagte er eifrig. »Damit du nicht mit leeren Händen nach Deutschland zurückkehrst: zwei Flaschen Wein, hausgemachte *taralli*, eingelegtes Gemüse und ein *provolone* aus Ziegenmilch. Ich habe dir auch meine Handynummer reingelegt. Schau mal, ob du mir nicht helfen kannst, in Deutschland Geschäfte zu machen.« Widerstandslos ließ sich Giovanna die Tüten in die Hand drücken. Beim Verlassen der Küche rief sie der Frau *arrivederci* zu. Diese drehte sich nicht einmal zu ihr um. Die Abschlussmelodie der Show setzte ein und zerbarst Giovanna fast das Trommelfell. Carmelo hatte es plötzlich eilig. Er manövrierte sie bestimmt zur Haustür, sprach ein paar leere Floskeln und schloss dann ab, ohne zu warten, bis sie ihr Auto erreicht hatte.

Die Stille im Innenhof war lauter als ein Stadion voller Menschen. Verwirrt blieb Giovanna auf dem Kies stehen. Ihre Ohren brummten wie ein altersschwacher Kühlschrank und in ihrem Kopf spielten die Gedanken Sackhüpfen. Nur ihr Instinkt erwachte wie aus einem Dämmerschlaf, streckte sich ausgiebig und sagte ihr ohne poetische Wortspiele, dass sie gerade böse hereingelegt worden war.

Kapitel 34

Die Geschichte von Antonio Negri und seinem geheimnisvollen Verschwinden hatte einen Haken. Aber welchen? Giovanna spürte, wie dessen scharfe Spitze sie im Nacken pikste, aber so sehr sie sich verrenkte, es war ihr unmöglich, ihn zu fassen. Seit sie die *fattoria* verlassen hatte, begleitete sie ein ungutes Gefühl, das noch dadurch verstärkt wurde, dass Carmelo, der Cousin, in einer Sache ins Schwarze getroffen hatte: Der Brief aus Apulien trug keinen Absender.

Wie war sie nur darauf gekommen, fragte sie sich, während sie über die holprige Feldstraße federte, dass Antonio ihn abgeschickt hatte?

»Endlich stellst du die richtigen Fragen, *cara mia*«, antwortete ihr eine Stimme, die verdächtig nach Tommaso klang, »und ich will dir die richtige Antwort nicht vorenthalten: Weil es dir gut in den Kram gepasst hat, deshalb! Gesteh dir endlich ein, dass du eine *scusa*, eine Ausrede, gesucht hast, um vor deinen Problemen zu fliehen. Wieder einmal, muss ich leider anmerken. Du bist wie ein Fisch, Giovanna, schillernd und einladend, aber sobald man dich zu halten versucht, merkt man erst, wie glitschig und unfassbar du in Wahrheit bist.«

Was hat das eine mit dem anderen zu tun, fragte sich Giovanna verärgert. Jeder vernünftige Mensch hätte aus der zeitlichen Abfolge der Ereignisse die selben Schlüsse gezogen wie sie.

»Du bist nicht zu fassen, weil du dich nicht fassen lassen willst. Lieber wirbelst du mit heftigen Bewegungen ganz viel Schlamm auf, als dass du dich im klaren Wasser …«

Er hatte sie nie verstanden, dieser kalabrische Dickkopf, der so anders war als sie selbst. Mehr als einmal hatte sie Tommaso zu erklären versucht, dass ihr Verhalten Schutz und Strategie zugleich war. Wenn sie Schlamm aufwirbelte, tat sie es auch, um ihre anderen Sinne arbeiten zu lassen. Damit sie verstand, ob das, was sie sah, auch mit dem übereinstimmte, was sie spürte. Wie in dem Fall des Polaroids. Nach den eben erlebten Reaktionen von eben war sie mehr denn je davon überzeugt, dass dieses Bild einer der Gründe war, weshalb der Professor hatte sterben müssen.

Leider half ihr diese Erkenntnis kein bisschen. Der einzige Mensch, der noch etwas dazu hätten sagen können, war verschwunden, vermutlich sogar tot, und es gab nichts mehr zu finden, was den Professor – und noch mehr sie selbst! – entlastet hätte. Giovanna beschloss, noch in derselben Nacht nach Rom zu fahren, um die erste Maschine zu nehmen, die nach Frankfurt flog. Es war Zeit, den Kultwagen der Polizei zu übergeben. Hiermit war ihre Apulienreise offiziell beendet.

Vorsichtig umfuhr sie eine letzte Senke, dann tauchte die Schnellstraße vor ihr auf. Die Agip-Tankstelle versperrte ihr die Sicht und die Autos, die um diese Zeit unterwegs waren, rasten wie vom Teufel verfolgt an ihr vorbei. Zentimeter um Zentimeter schob sie sich an die Straße heran. Gerade als sich eine größere Lücke öffnete und sie Gas geben wollte, verließ ein kleiner Lancia die Tankstelle und schnitt ihr den Weg ab. Giovanna bremste ab, schaffte es trotzdem auf die Fahrbahn und fluchte, als der Wagen vor ihr nicht beschleunigte. Andere Autos, die nach ihr kamen, scherten sich nicht um die durchgezogene Mittellinie und überholten sie beide, ohne auch nur zu blinken. Giovanna wollte es ihnen gleichtun, dann musste sie sich eingestehen, dass sie deutsch geworden war. Nie würde sie eine grobe Verkehrssünde begehen, die zwei Punkte in Flensburg einbrachte.

Allora accompagniamo la sposa – Dann begleiten wir halt die Braut, sagte sie ergeben und fuhr der Kiste hinterher.

Obwohl sie langsam fuhr, war es kein entspanntes Fahren. In ihrem Kopf knirschte und knackste es ununterbrochen, es wollte nicht aufhören. Etwas ging einfach nicht auf – *Non quadrava*. Vor ihrem inneren Auge tauchten in freier Assoziation Bilder und Sätze auf:

Carmelo: Antonio ist vor zwei Wochen verschwunden.

Von Schacht: Heute habe ich einen merkwürdigen Anruf aus Apulien bekommen.

Giovanna: Warum ist der Fernseher so laut?

Carmelo: Antonios Hund kam alleine zurück.

Von Schacht: Antonio scheint sehr krank zu sein, er hustet stark.

Carmelo: Ich kann Tiere nicht leiden.

Giovanna: Warum ist der Fernseher so laut?

Warum, warum, warum …

Giovanna, denk nach!

Das war es, die Zeiten … die Zeiten stimmten nicht!

Wenn Antonio zwei Wochen zuvor verschwunden war und alle dachten, er sei einer Abrechnung zum Opfer gefallen, warum hatte dann von Schacht am Tag der Vernissage seinen Anruf erhalten? Sie konnte sich noch genau an die Szene auf der Vernissage erinnern, als ihr Mentor ihr ins Ohr geflüstert hatte, er hätte von Antonio, seinem ehemaligen Ausgrabungshelfer, eine merkwürdige Warnung auf dem Anrufbeantworter vorgefunden, die er aber wegen dessen Hustens nicht gut verstanden hatte.

Antonio Negri war damals noch am Leben gewesen und hatte von Schacht gewarnt und – ihr Gehirn gab Gas, wie der LKW, der sie gerade überholte – sie wusste, wo er sich versteckt hielt: im Haus von Carmelo, seinem Cousin! Sie hatte ihn die ganze Zeit gehört, auf dem Hof gab es keinen kläffenden Hund. Was der Bauer und seine Frau zu verstecken versucht hatten, war Antonios starker Husten.

Alles ergab plötzlich einen Sinn.

Giovanna zerrte die Taschen auf dem Beifahrersitz zu sich heran, angelte nach dem Handy und tippte, indem sie das Gerät über das Lenkrad hielt und immer wieder auf den Zettel linste, den ihr Carmelo mitgegeben hatte, fieberhaft eine Nachricht ein. »Carmelo«, schrieb sie, »ich weiß, dass Antonio noch lebt. Wenn er sich nicht bis morgen früh bei mir meldet, informiere ich die Polizei. Und die Mafia mit dazu. *Hai capito*? Morgen, sieben Uhr! GG.«

Der Wagen fiel ihr erst auf, als dessen Fernscheinwerfer aufleuchteten und sie im Rückspiegel blendeten. Die Verkehrspolizei? Erschrocken richtete sie den Spiegel und sah einen SUV mit hochliegenden, grellen Lichtern.

»Spinnt der?«

Das Auto benutzte die Lichthupe und setzte mehrmals den rechten Blinker.

»Was willst du? Überhol uns doch einfach, du Blödmann!«

Als hätte der Fahrer ihre Gedanken gehört, ging der Monsterwagen zuerst auf Abstand, dann näherte er sich aber so sehr, dass sie das Gefühl bekam, gleich würde sich die Motorhaube öffnen und sie verschlucken. Gleichzeitig wurde der Lancia vor ihr noch langsamer, und erst als sie merkte, dass sie keinen Spielraum mehr hatte, um auszuscheren, erkannte Giovanna die Situation: Sie war der Käse im Sandwich von Straßendieben, die sie zum Anhalten zwingen wollten.

Die wenigen Autos, die vorbeifuhren, machten einen großen Bogen um das verdächtige Trio. Kurz flammte der Gedanke auf, die Polizei zu rufen, aber sie befürchtete, dadurch abgelenkt zu werden und gänzlich unter die Kontrolle der unbekannten Fahrer zu fallen. Noch hatten sie sie nicht zum Anhalten gebracht und sie würde alles tun, um das zu verhindern. Wieder ging die Lichthupe und ihr kam eine Idee. Sie schaltete die eigenen Fernscheinwerfer an und blendete den Fahrer des Vorderwagens. Der Wagen schlingerte kurz. *Na also*. Sie begann den Lichtschalter an- und auszudrehen.

Der SUV setzte ein paar Mal zum Überholen an, während der Lancia Gas gab, doch kamen ihnen jedes Mal Autos entgegen, sodass der große Wagen wieder einscherte und der kleine verlangsamte.

Plötzlich erkannte Giovanna das Muster. Sie nahm jede kleinste Bewegung der zwei Wagen wahr, zum Teil erahnte sie sie schon im Voraus und tat immer genau so viel, dass sie nicht angehalten werden konnte. Der Plan, der in ihrem Kopf Form annahm, war reiner Selbstmord, aber alles schien ihr besser, als ausgeraubt, vergewaltigt oder gar getö…

Nicht denken, Giovanna, handeln.

Sofort legte sie den Sicherheitsgurt an.

Der SUV setzte noch einmal zum Überholen an. Diesmal schob er sich gefährlich weit nach vorne, als von hinter einer Kurve große Scheinwerfer aufleuchteten. Zuerst zwei, dann vier. Zwei Kleinlaster, so ein Glück. Ihr Verfolger fuhr in die eigene Spur zurück.

Giovanna trat auf die Bremse. Nicht stark, gerade so viel, dass die Bremslichter aufleuchteten und den SUV glauben machten, sie würde anhalten. Auch er wurde langsamer und es entstand eine Lücke in ihrem Sandwich. Genau in dem Moment, als sie genug Platz zum Ausscheren hatte, und die entgegenkommenden Fahrzeuge auf ihrer Höhe waren, drückte sie aufs Gas und drehte gleichzeitig das Lenkrad bis zum Anschlag herum. Das Auto scherte gefährlich aus, als es sich um 180 Grad drehte. Bevor sie im gegenüberliegenden Straßengraben landete, bekam sie es wieder unter Kontrolle. In einem einzigen Manöver kam sie auf die Fahrbahn zurück, direkt hinter den Kleinlastern.

Sie drückte aufs Gaspedal. Mit über 160 Stundenkilometern und einem Auto, das fast auseinanderbrach, überholte sie ihre Retter. Diese hupten wieder wie verrückt, einer machte sogar die Innenbeleuchtung an und zeigte ihr den gestreckten Mittelfinger.

Vor Giovanna erhob sich das Bergmassiv und am länglichen beleuchteten Fleck erkannte sie San Giovanni Rotondo. Die Entscheidung fiel augenblicklich. In dieser Nacht würde sie sich unter den Schutz von Padre Pio stellen.

Bevor sie die Straße hochfuhr, schaute sie noch einmal in den Rückspiegel. Von ihren Verfolgern fehlte jede Spur.

Kapitel 35

Mitten in der Nacht schreckte Giovanna auf. Weder konnte sie sich bewegen, noch frei atmen. Sie hätte schwören können, dass ihre nächtlichen Verfolger ins Hotelzimmer eingebrochen waren, sie gefesselt und in ihrem SUV neben einen Käfig voll ohrenbetäubend bellender Hunde gelegt hatten. Da merkte sie, dass sie sich selber während des Schlafs in das Bettlaken eingerollt hatte, die Haare wie Schlingen um ihren Hals.

Was passiert nur mit mir?, fragte sie sich.

Es passiert, dass ich auf der Suche nach dem Goldenen Kalb in einen Fladen getreten bin. Ob vom gesuchten Tier oder einem anderen ist egal. Scheiße ist Scheiße, sie stinkt und klebt. Und so tief, wie ich mit meinem Fuß darin versunken bin, werde ich sie so schnell nicht mehr los.

Im Nachhinein bereute sie es, nicht an der Station der Carabinieri angehalten zu haben, obwohl sie nur zu gut wusste, was die Ordnungshüter bei solchen nächtlichen Raubversuchen taten. Nämlich nichts. Untätig war sie trotzdem nicht gewesen. Bevor sie gegen zwei Uhr ein Hotel gesucht hatte, war sie zur Bar zurückgekehrt. Was, hatte sie sich überlegt, wenn sie nicht ein zufälliges Opfer gewesen war? Wenn ihr der in seiner Männlichkeit verletzte Barista einen Denkzettel hatte verpassen wollen? Sie wollte ihn zur Rede stellen, kochend vor Wut und auf der Suche nach einem realen Sündenbock. Aber der Jüngling war nicht da gewesen. Durch einen Spalt in der Fensterscheibe hatte sie nur noch den dicken Besitzer gesehen, der das Geld in seiner Kasse zählte.

Kurz hatte sie auch an Carmelo gedacht und die Idee gleich

wieder verworfen. Dem Bauern hätte schlichtweg die Zeit gefehlt, einen solchen Einschüchterungsversuch zu organisieren.

Und wenn Carmelo nicht der Einzige ist, dem die Fragen nach Antonio nicht gefallen haben?

Augenblicklich verdichtete sich die Furcht, die sie nicht erst seit der Verfolgungsjagd verspürte. Sie musste an die zwei Apulier denken, die in die Wohnung des Professors eingebrochen waren. War es möglich, dass diese Männer sie in Deutschland die ganze Zeit beschattet und ihren Chef informiert hatten, der nicht nur in Foggia agierte, sondern vielleicht direkt in der Stadt lebte?

Die Furcht ballte sich noch dichter zusammen und setzte sich rittlings auf ihre Brust.

Nein!

Mit einem Ruck warf Giovanna sie von ihrem Körper ab und stand auf. Hektisch räumte sie im Dunkeln ihre Sachen von dem kleinen Schreibtisch aus Sperrholz und schob ihn lärmend vor die Zimmertür. Danach ging es ihr gleich besser.

Da sagte eine Männerstimme im rauesten Apulisch: »Es ist unhöflich, geladene Gäste warten zu lassen.«

Bevor sie einen Herzinfarkt bekam, fand sie den Lichtschalter, knipste die Deckenlampe an und drehte sich um.

Das Wesen, das vor dem Fenster auf einem der zwei Zimmerstühle kauerte, war der lebende Beweis, dass Tote auferstehen konnten. Es hatte nur weißen Flaum auf dem schuppigen Kopf und die ungesunde Gesichtsfarbe eines Menschen, der eine unheilbare Krankheit in sich trug. Der Mann war klein und ausgezehrt, und schien die zu groß wirkenden Kleidung zu brauchen, um nicht auseinanderzufallen. Dass es ihm einmal besser gegangen war, bezeugte seine Nase: Eine aufgeplatzte Kartoffel in der Farbe des Weins, dem er in großen Mengen gefrönt haben musste.

Giovanna stand wie festgenagelt an der Zimmertür und traute ihren Augen nicht. Konnte das wirklich …?

Das schlottrige Männlein legte seine knochige Hand an den Fensterrahmen und versuchte, sich hochzuziehen. Weit kam es nicht. Nach wenigen Zentimetern sackte es zurück und begann heftig zu husten.

Jetzt war sie sich sicher: Auf dem Stuhl saß kein Geringerer als Antonio Negri.

»Mit mir kann es jeden Moment vorbei sein«, knarzte er. Es folgte ein bedrohliches Grollen, das sich anhörte, als würde in seiner Lunge ein schweres Gewitter toben. »Wenn du was von mir wissen willst, musst du dich beeilen.«

Weiter brauchte er nicht zu reden. Sie griff nach ihren Kleidern und schlüpfte ins Bad.

Als Giovanna ins Zimmer zurückkehrte, döste von Schachts ehemaliger Ausgrabungshelfer schwer atmend auf dem Stuhl. Während sie darauf wartete, dass der alte Mann aus seinem Erschöpfungsschlaf erwachte, schaute sie sich um. Sie würde die Pause nutzen, um ihre Sachen zu packen. An Schlaf war in dieser Nacht garantiert nicht mehr zu denken.

Der Trolley war voll, das Bett gemacht. Ihr blieb nur noch, den Schreibtisch an seinen Platz zurückzuschieben. Als sie ihn mit einem dumpfen Knall gegen die Wand schob, schreckte Antonio auf und bekam einen so starken Hustenanfall, dass Giovanna glaubte, er würde auf der Stelle ersticken. Besorgt schlug sie ihm ein paar Mal auf den Rücken. Als das nichts half, füllte sie ein Glas mit Wasser und hielt es ihm an den Mund.

»*E che diavolo* – Was zur Hölle«, krächzte er, als er wieder Luft bekam. »Wenn du mich so erschreckst, bringst du mich schneller ins Grab, als der Heiland mich holen kann. Du willst doch die Geschichte noch hören oder etwa nicht?«

Giovanna fuhr sich über das vor Müdigkeit taube Gesicht, richtete sich auf und sagte versöhnlich: »Entschuldige. Aber ohne Kaffee bin ich nicht ich selbst.«

»Ruf den Empfang an. Der Nachtportier ist mein Neffe. Er wird uns welchen hochbringen.«

»Ich verfaule von innen«, begann Antonio, nachdem er sich mit Kaffee und den abgepackten Keksen gestärkt hatte, die ihm Giovanna großzügig überlassen hatte. »Und das ist die Strafe für das maßlose Leben, das ich geführt habe. Leber und Nieren sind seit Jahren kaputt, jetzt ist die Lunge dran, die so lange weniger wird, bis von ihr nichts mehr da ist.«

Er atmete geräuschvoll in das Organ, das es bald nicht mehr geben würde, und griff mit entnervender Langsamkeit nach dem Wasserglas. Giovanna hielt sich vor Anspannung kaum auf dem Stuhl. Sie wartete, bis er getrunken hatte, dann nahm sie ihm das Glas ab und stellte es bestimmt auf den Schreibtisch.

»Und?«, drängte sie ihn.

»Als einfacher Mann der Erde vertraue ich den Gesetzen der Natur. Wir werden geboren, wir leben und wir sterben. Vor dem Tod habe ich keine Angst, nur hatte ich gedacht, mir noch ein bisschen Zeit kaufen zu können. Dafür werde ich bis in alle Ewigkeiten in der Hölle …«

»Nein, Antò, so nicht! Du sitzt nicht auf dem Beichtstuhl und ich bin kein Priester. Meine Absolution kannst du dir gleich abschminken. Mir ist es egal, was für ein Leben du hattest und wo du nach deinem Tod landen wirst. Was mich interessiert, ist die Geschichte von Karl-Friedrich und dem Kultwagen, die Bedeutung des Polaroids und der Grund deines Anrufs am Tag der Vernissage. Ich will endlich wissen, warum der Professor sterben musste. Und jetzt rede!«

Antonio hob abwehrend die Hand. »Ich verstehe dich ja. Aber ich muss ausholen, denn das, was du wissen willst, hängt mit meinem Leben zusammen.«

»*Va bene.*«

»Gib mir das Polaroid.«

Sie zog das Foto aus der Tasche und reichte es ihm. »Wer sind diese Leute?«

»Die bösen Geister meiner Vergangenheit.« Ein bitteres Lächeln flatterte über Antonios schuppige Lippen. »Der Dicke war mein Händler und der da, der größte Abnehmer aus der Region. An diesem Nachmittag hatte sich der *conte* – der Fürst höchstpersönlich – zu mir aufs Land bequemt, denn die Ware, die ich diesmal für ihn hatte, war sensationell. Vielleicht erkennt man das auf dem kleinen Bild nicht so gut, aber diese Steinstele …«

»… gehört zum bronzenen Kultwagen.«

»Woher …?«

»Zwei und zwei ergibt immer vier.«

»Das Wichtigste weißt auch du nicht.«

»Da bin ich mal gespannt.«

»Die Stele stammt direkt aus dem Fürstinnengrab.«

»*Was?*«

Kapitel 36

»Damals haben wir alle gegraben«, erzählte Antonio Negri keuchend. »Die Offiziellen und der ganze Rest, wenn Erstere nach ein paar Monaten wieder weg waren. Wie Rüben lagen die Stücke auf den Feldern, oft holten uns die Bauern selbst zu sich, wenn sie beim Pflügen oder beim Bau einer Zisterne auf große Fundstücke stießen. Schau mich nicht so an, Giovanna, es waren andere Zeiten! Die Händler nahmen alles, und den Sammlern, privaten wie öffentlichen, war die Herkunft der Objekte egal. Alle wussten davon, und alle aßen mit«.

»Und von Schacht?«

»Als er entdeckte, dass ich kleinere Sachen aus dem Fürstinnengrab mitgehen ließ, jagte er mich zum Teufel.«

»*Sei matto?* Eine Grabstele ist doch keine kleine Sache!«

»Ich meine Vasen, Schmuck, Kleinkram eben. Die Stele habe ich später wenige Meter unter dem Grab gefunden, als Karl-Friedrich und seine Leute wieder in Deutschland waren.«

»Warum hast du ihm nichts gesagt?! Mit der Stele hätte er seine Theorien beweisen können und …«

»Der Preis war gut und ich brauchte das Geld«, schnitt er ihr trocken das Wort ab.

Sofort kam Giovanna die Galle hoch. Der Professor hatte zu recht an Antonios Aufrichtigkeit gezweifelt. Sie rückte vom Apulier weg und dachte nach. Die Stele, das Fürstinnengrab und der Kultwagen gehörten also definitiv zusammen. Doch was bedeutete das konkret? Klar war, dass der apulische Kultwagen sowohl keltische wie daunische Elemente aufwies und große Ähnlichkeit hatte mit Funden in Österreich und Frankreich. Natürlich konnte es sich um ein Gastgeschenk handeln, die süditalischen Völker standen im Austausch mit den nordischen Kelten.

Aber da war mehr: Der Kultwagen war auch in eine Steinstele gemeißelt, die im Fürstinnengrab von Arpi gefunden worden war. Einem daunischen Grab, das durch seine reichen Beigaben die Wichtigkeit des bestatteten Menschen unterstrich. Zwar war der Professor schon immer davon ausgegangen, dass die Frau, aufgrund der männlichen Grabbeigaben, eine herausragende gesellschaftliche Rolle gespielt haben musste. Die Grabstele war jedoch das schriftliche Zeugnis, die amtliche Biografie, über ihr tatsächliches Wirken.

Hier kam der bronzene Wagen wieder ins Spiel: Die unumstößliche Verbindung dieses Artefakts mit dem Leben der Bestatteten zeigte, dass die sogenannte *Fürstin von Arpi* nicht nur wichtig, sondern geradezu mächtig gewesen sein musste, vielleicht sogar über die apulische Grenze hinaus.

Giovanna versuchte, sich das Bild des unter dem Bett ihrer Freunde liegenden Gefährts zu vergegenwärtigen. Prächtiger und imposanter als die Funde aus dem österreichischen Strettweg und dem französischen Mont Lassois, war es von heidnisch-kultischen Elementen durchzogen. Das warf die Frage auf, ob der Professor nicht nur die erste süditalische Stammesfürstin, sondern darüber hinaus die Hohepriesterin eines bisher unbekannten, paneuropäischen Kultes gefunden hatte?

Dieser Gedanke war so unglaublich, dass ihr schwindlig wurde. Ihr geliebter Mentor hatte geschafft, wovon tausende Archäologen auf der Welt träumten! Er hatte eine Entdeckung gemacht, die ihn unsterblich …

Abrupt drehte sie sich um und starrte ihren Gast wütend an. Der kranke Zwerg hatte Karl-Friedrich um die verdiente Anerkennung gebracht, hatte ihm Ruhm und Reichtum gestohlen. Sie konnte kaum dem Drang widerstehen, aufzuschnellen und auf Antonio loszugehen.

Als hätte er ihr Ansinnen gespürt, bekam der Mann einen heftigen Hustenanfall. Er bekam kaum Luft und vor Anstrengung einen dunkelroten Kopf.

Will ich seinen Tod oder seine Geschichte?

Giovanna füllte Wasser nach und hielt ihm das Glas hin. Antonio war so mitgenommen, dass sein dünner Körper zitterte und ihm beim Trinken das meiste übers Kinn floss. Mit einem Prusten stand sie auf, holte ein Handtuch und hielt es ihm hin.

»Warum hast du letzte Woche Karl-Friedrich angerufen?«, fuhr sie ihn an. »Am Tag der Vernissage. Doch nicht, weil du ein schlechtes Gewissen bekommen hast, vierzig Jahre nach den Ausgrabungen am Fürstinnengrab, und fast ein halbes Jahr nach dem Fund des Kultwagens!«

»Als der Kultwagen gefunden wurde, wollte ich eine Nachzahlung für die Grabstele«, würgte er mühsam hervor.

Giovanna lachte böse auf.

»Mit anderen Worten, du hast deinen damaligen Käufer erpresst.«

»Schön wär's. Das war noch ein *gentiluomo*, ein Mann der alten Schule. Er ist schon lange tot. Ich wollte doch nur mein Leben verlängern, dabei habe ich es selber verkürzt. Seit dem Tag muss ich mich verstecken, Giovanna, und wenn ich …«

»Entschuldige, ich verliere den Faden. Du willst jemanden erpressen, der tot ist, und rufst gleichzeitig den Professor an, dem du einen für die Wissenschaft bedeutenden Fund fast vierzig Jahre vorenthältst. Abgesehen davon, dass er wegen des Hustens nur die Hälfte verstanden hat, wusste er nicht, ob er dir trauen soll. Er hatte deinen Diebstahl nicht vergessen. Warum also?«

»Das Geld habe ich nie gesehen. Stattdessen hat man uns, mir

233

und dem ehemaligen Händler, der als Vermittler für die Nachzahlung fungierte, zwei Motorradfahrer mit einer Halbautomatik im Gepäck geschickt. Nur durch Zufall bin ich in Foggia meinen Henkern entkommen. Weil ich an einer roten Ampel aus dem Auto gestiegen und kurz in eine Apotheke gegangen bin. Seitdem lebe ich versteckt und hatte viel Zeit zum Nachdenken.«

Antonios Kopf sank auf die Brust, seine Augen waren ins Leere gerichtet. Giovanna schien, als würde er noch einmal dem Gedankengang folgen, den er nach dem Anschlag gegangen war.

»Diese Reaktion«, sagte er noch leiser als bisher, sie konnte ihm kaum hören, »diese Reaktion war zu übertrieben für eine simple Geldforderung. Warum sollte ich, ein Todgeweihter, aus dem Weg geschafft werden? Und warum musste auch mein ehemaliger Händler dran glauben? Auf meinen Kanäle aus alten Tagen rauschte es schon lange. Es herrsche Krieg im Milieu, hieß es. Denn mein Händler war nicht der erste, der in den letzten Monaten gewaltsam ums Leben gekommen war. Als würde die alte Garde systematisch ausgeschaltet, damit jemand neues die illegalen Geschäfte übernehmen konnte. Eines Nachts habe ich alles verstanden.« Ruckartig hob er den Kopf und schaute Giovanna direkt in die Augen. »Ihre Pläne waren so einfach wie genial. Aber sie täuscht sich, wenn sie glaubt, dadurch ihre Schuld wieder gut zu machen. *E poi …* eine Frau hat in unserem Geschäft nichts zu suchen.« Der Apulier verzog die Mundwinkel und tat so, als würde er auf den Boden spucken.

Durfte man einem Todkranken die Hölle wünschen?

»Was soll ich sagen: Hätte sie gezahlt, wäre mein Mund für immer verschlossen geblieben. Nachdem sie jedoch ihre Männer auch auf mich gehetzt hatte …«

»… wolltest du es dieser Frau heimzahlen. Du hast den Professor telefonisch gewarnt, aber weil du wusstest, dass er dir nicht sofort glauben würde, das alte Polaroid als Beweis vorausgeschickt. Dumm nur, dass er es nie gesehen hat! Denn der Brief kam zuerst zu spät und landete dann bei mir. Deswegen …«

»… musste er sterben. *Pace all'anima sua* – Friede seiner Seele.« Antonio bekreuzigte sich.

Vielleicht, oder gerade wegen der fehlenden Theatralik, überrumpelte diese Geste Giovannas Vorbehalte gegenüber dem Apulier. Ein unbändiges Gefühl der Trauer trampelte ungestüm den Stacheldraht nieder, durch den es die ganze Zeit zurückgehalten worden war. Sie hatte nichts, was sie dem entgegensetzen konnte. So blieb sie reglos auf dem Zimmerstuhl sitzen und ließ sich erobern.

Irgendwann hielt ihr Antonio das Handtuch hin, welches sie ihm zuvor gegeben hatte. Sie nahm es, trocknete sich damit das tränennasse Gesicht, das Kinn und den feuchten Rand des Pulloverausschnitts. Anschließend schnäuzte sie sich damit, zerknüllte es und warf es auf den Boden.

Lange schauten sie sich schweigend an. Der Mann sprach als Erster, einen väterlichen Klang in der Stimme. »Verstehst du jetzt? Ich bin doch nicht wegen deiner Drohung aus meinem Versteck gekrochen, die Polizei geht mir so was den Buckel runter. Ich bin gekommen, weil schon genug Leute wegen dieser Geschichte sterben mussten und ich nicht will, dass dir das selbe passiert.«

»Heißt diese Frau etwa …?«

Er schnitt ihr das Wort ab. »Lass mich zu Ende erzählen, danach wirst du alles verstehen.«

»*D'accordo.* Aber ich brauche noch einmal Kaffee. Du auch?«

DIENSTAG

Kapitel 37

Im Flugzeug von Rom nach Frankfurt kam Giovanna neben einem *figone*, einem selbst ernannten Schönling, zu sitzen. Nicht zu ihrem Vorteil, wie sich rasch herausstellte. Zuerst nebelte er sie mit seinem penetranten Parfum ein, dann mit seinem Geschwätz, und am Ende ließ er sie, ungeachtet der Anweisungen des Bordpersonals, die elektronischen Geräte auszuschalten, an einem lebhaften Telefonat teilhaben, in dem er seiner *bella* lautstark erklärte, warum er sich seit Tagen nicht mehr bei ihr, der Liebe seines Lebens, gemeldet hatte.

Lieber Gott, dachte Giovanna, wie viel muss ich noch ertragen? Sie selber hing mehr tot als lebendig im Sitz. Antonios nächtlicher Besuch hatte ihr den letzten Tropfen Lebenssaft entsogen. Das Männlein hatte so viel zu erzählen und sie so viele Fragen zu stellen gehabt, dass sie sich erst in den frühen Morgenstunden voneinander getrennt hatten. Als er, Blut spuckend, nicht mehr reden konnte und von seinem Neffen abgeholt werden musste.

Allora, resümierte sie, was hat mir die Reise gebracht? Die Ausbeute war reichhaltig, positiv wie negativ. Sie hatte von Schachts ehemaligen Ausgrabungshelfer Antonio Negri gefunden und endlich erfahren, was das Polaroid zu bedeuten hatte. Karl-Friedrich war weder in kriminelle Machenschaften eines Hehlerrings verwickelt, noch sonst wegen unsauberer archäologischer Geschichten erpresst worden. Bis zum Tag der Vernissage hatte er schlicht und ergreifend nichts von der illegal gegrabenen Grabstele gewusst. Ihr Instinkt, gepaart mit der von der *nonna* geschulten Kombinationsgabe, hatte sie also nicht in Stich gelassen.

Und doch ... Karl-Friedrich hatte kriminell gehandelt! Der

Beweis seiner unerklärlichen Tat lag noch immer unter dem Gästebett ihrer Freunde. In der zurückliegenden Nacht war sie nahe dran gewesen, Antonio in ihr Geheimnis einzuweihen. Doch was, hatte sie gedacht, wenn seine Schergen ihn finden und er sie verraten würde? Im Tausch gegen eine Handvoll Tage, die er vor sich hinsiechend verbringen würde? Denn je länger der kranke Mann gesprochen hatte, desto sichtbarer wurde der Abgrund, dem sie sich, naiv und überheblich wie sie gewesen war, genähert hatte. Geradezu fahrlässig hatte sie gehandelt und sich, Tommaso und Joschka in größte Gefahr gebracht.

Der gegenwärtige Krieg im Milieu und der geplante Raub des Kultwagens schienen mit einer schrecklichen Familiengeschichte zusammenzuhängen, die am Tag des Verkaufs der Grabstele begonnen hatte. Der Käufer, *conte* Federico Tanzi, Spross einer der ältesten Adelsfamilien Baris und größter Abnehmer der Region von illegal gegrabenen Antiken, war nicht nur mit dem üblichen Tross erschienen, sondern hatte auch seine Tochter mitgenommen. Das Mädchen verbrachte nur die Sommerferien bei ihrem Vater, der sie lieber bei der Mutter in England sah, als bei sich.

»Um nicht jeden Tag sein Versagen vor Augen zu haben«, hatte Antonio gekeucht. »Denn in einem waren sich der Fürst und unsereins einig. Nur Söhne waren standesgemäße Erben. Außerdem, mit der Schuld, die sie seit dem vermaledeiten Tag auf sich trägt, als ihr Vater wegen ihr starb, hätte sie genug Anstand haben müssen, um sich nie mehr bei uns blicken zu lassen.«

Nach diesen Worten wollte Giovanna ihn schütteln und ihm ihre Sicht von Schuld und Schuldzuweisung ins runzelige Gesicht schreien. Aber sie hatte stillgehalten. Nicht aus Feigheit, sondern weil sein Wissen jetzt wichtiger war, als eine Diskussion über verquere Moralvorstellungen.

»Kurz nach dem Fund des Kultwagens tauchte Tanzis Tochter plötzlich wieder in Apulien auf. Aber nicht demütig, sondern mit ungeheuren Forderungen. Sie wollte ins Geschäft einsteigen und pochte auf den Platz des Vaters. Die Männer, die sich in den vierzig zurückliegenden Jahren breitgemacht hatten, lachten ihr ins Gesicht. Ich aber erinnerte mich an die alte Grabstele und zählte zwei und zwei zusammen. Leider habe ich sie unterschätzt, so wie alle anderen auch.« Danach hatte Antonio begonnen, Blut zu spucken.

Jetzt kannte sie zwar die Zusammenhänge und hatte einen Namen, der sich in seiner Auffälligkeit unauffällig in ihre Nähe gebracht hatte, doch ihr fehlte eine offizielle Zeugenaussage. Bis zu ihrer Verabschiedung hatte sich Antonio kategorisch geweigert, zu den Carabinieri zu fahren und seine Geschichte zu wiederholen. Auch dann noch, als sie ihm von den zwei Männern und dem belauschten Gespräch in der Wohnung des Professors erzählt hatte. Sein einziger Kommentar war, dass sich dieses hinterhältige Vorgehen genau nach Tanzis Tochter anhöre.

Zwar konnte Giovanna seine Begründung, sich mit einer Aussage endgültig zum Abschuss freizugeben, nachvollziehen, verstehen tat sie es nicht. Sogar angebettelt hatte sie ihn, den einzigen Zeugen, der ihre Geschichte stützen konnte. Was half ihr also dieses Wissen? Wenig bis nichts. Tiefer als zuvor steckte sie in einer Zwickmühle. Sie musste den Kultwagen zurückgeben, aber damit würde sie die vermeintliche Schuld des Professors endgültig besiegeln und seinen gewaltsamen Tod ungesühnt lassen. Niemand würde ihr die Geschichte über die Verwicklungen einer allerseits anerkannten Persönlichkeit des öffentlichen Lebens glauben, solange sie keine konkreten Beweise und keinen verlässlichen Zeugen hatte. Außerdem – das schmerzte sie besonders – hatte sie endgültig keine logische Erklärung mehr dafür, warum Karl-Friedrich das Ausstellungsstück in einem Schließfach versteckt hatte.

Dessen Rückgabe würde sich auch komplizierter gestalten, als zuerst gedacht. Abgesehen davon, dass sie noch immer keinen Anwalt hatte, glaubte sie kaum, dass ihre Freunde sie nach dem, was sie ihnen angetan hatte, freiwillig in ihre Wohnung lassen würden, um den Kultwagen zu holen. Wenn sie ihr überhaupt die Tür öffneten. Zwar hatte sich auf ihrer Fahrt zum Flughafen die Ahnung einer Idee abgezeichnet, wie sie den Verlag vor der Schließung retten könnte, aber eine Garantie, dass die beiden Sturköpfe ihren Vorschlag annehmen würden, gab es nicht.

Nein, ihr Weg musste über Kommissar Köhler führen. Er allein war ihr Türöffner – und ihr aller Beschützer. Nur zu genau hatte sie sich in der Nacht Antonios Botschaft eingeprägt: Um ihr Ziel zu erreichen, ging Tanzis Tochter über Leichen.

Augenblicklich kehrte die Angst der letzten Nacht zurück. Sie kroch ihr vom Rücken über ihre Arme bis in die Fingerspitzen. Doch saß sie diesmal nicht im Auto, schon gar nicht auf einer dunklen Straße. Sie versuchte, die aufkommende Panikattacke zu unterbinden. Sie …

»Entschuldigen Sie bitte, aber ich habe keine andere Wahl.«

Bevor Giovanna verstand, wer oder was damit gemeint war, beugte sich ein großer Flugbegleiter über sie hinweg und schnappte nach dem Smartphone ihres Sitznachbarn. Dieser war zu verdattert, als dass er gleich reagieren konnte. Mit offenem Mund schaute er dem Flugbegleiter nach, wie er, begleitet vom Applaus der anderen Fluggäste, zu seinen Kolleginnen zurückkehrte. Hatte der Mann etwa die ganze Zeit telefoniert?

Hilfesuchend drehte sich der Schönling zu ihr um, aber Giovanna schloss rasch die Augen und tat so, als wolle sie schlafen. Es gab noch eine Geschichte, die sie zu Ende denken musste, bevor sie in Frankfurt landete. Die von Sonny Omowura, einem undurchsichtigen Diamantenhändler, nach dem sie sich mehr verzehrte, als nach ihrem Ehemann.

Immer dann, wenn in den vergangenen Tagen etwas geschehen war, war ihr Lover bei ihr gewesen. Was also hatte er mit der ganzen Geschichte zu tun? Hatte er überhaupt etwas damit zu tun? Wenn es nach Joschka ging, ja. Sie hingegen glaubte es nicht. Wenn sie sich mit etwas auskannte, dann mit Männern. Im Bett war Sonny ehrlich gewesen. Eindeutig.

Giovannas Gedanken wurden immer träger, die Lider schwerer. In Frankfurt würde sie viel Kraft brauchen. Es war besser, wenn sie ein bisschen schlief. Kurz blinzelte sie zu ihrem Nachbarn hinüber. Der Mann würde sie nicht mehr stören, erkannte sie, so stumpf wie er vor sich hinstarrte.

Sie war fast eingeschlafen, als die wichtigste Frage aufploppte.

»Wie überführe ich dich, Catherine Guinness?«

Kapitel 38

Diesmal hatte der Sturm nur in Giovannas Innerem gewütet, doch stieg sie in Frankfurt auf ebenso wackligen Beinen aus dem Flugzeug, wie bei der Ankunft in Pescara. Ihre Gedanken waren durch die Ereignisse der zurückliegenden Nacht dermaßen durcheinandergewirbelt worden, dass sie sie mühevoll einzeln aus der Luftspirale hatte ziehen müssen, um sie an ihren Platz zurückzustellen. Nur eine Sache war klar: Wie auch immer ihre Reise verlaufen war, die Probleme, die sie in Frankfurt zurückgelassen hatte, standen in der Ankunftshalle Spalier.

An der Kofferausgabe kam sie neben dem *figone* zu stehen. Er telefonierte schon wieder und würdigte sie keines Blickes. Sie erinnerte sich, dass sie noch die italienische SIM-Karte in ihrem Handy hatte und wechselte sie aus. Dann schaltete sie ihr Gerät ein. Eine nicht endend wollende Kakofonie von traurigen bis aggressiven Tönen kündigte die eingegangenen Anrufe und Nachrichten an. Als sie das Display herunterscrollte, zählte sie fünf Nachrichten. Das Rollband setzte sich in Bewegung und während auf der einen Seite die Koffer lärmend hereinpurzelten, transportierte es auf der anderen leise den neu erwachten Tatendrang von Giovanna fort. Trotz der aufkommenden Lustlosigkeit erinnerte sie sich an die gefassten Vorsätze und rief die Mitteilungen auf.

Alle waren kurz gehalten, so als wäre den Absendern nach ihren erfolglosen Anrufen die Kraft zum Schreiben ausgegangen. Doch als sie sie las, musste sie sich korrigieren. Den Botschaften fehlte nicht die Kraft, im Gegenteil. Sie waren eher das Konzentrat der Brühe, in dessen Wasser tagelang die Gefühle gekocht hatten, bis am Ende nur der pure Geschmack, die Essenz, übrig geblieben war; jede Mitteilung eine Geschmacksbombe.

Die ersten vier Nachrichten überraschten sie nicht. Ben Köhler befahl ihr, gleich nach der Ankunft in Frankfurt ins Präsidium zu kommen und Tommaso flehte sie an, sich bei ihm und dem Kommissar zu melden, es sei sehr wichtig – *importantissimo!* Beide hatten gleich zweimal dieselbe Nachricht verschickt.

Während sich die anderen Fluggäste dem Band näherten, um nach ihrem Gepäck zu greifen, blieben Giovanna und ihr Sitznachbar auf Abstand. Er, weil er seiner *bella* erklären musste, warum er im Flugzeug das Gespräch abrupt unterbrochen und eine Stunde lang nicht mehr angerufen hatte, und sie, um die letzte Nachricht zu lesen, die von Julius war.

Endlich, dachte sie und dankte ihrem Ehemann im Stillen für seine Zuverlässigkeit. Trotz der Streitigkeiten hatte er ihr rechtzeitig den Namen eines guten Anwalts geschickt. Erwartungsvoll öffnete sie die Nachricht.

»Liebst du diesen Mann?«

Als hätte sie einen Faustschlag in den Bauch bekommen, drückte ihr die Frage den Atem weg.

Ihr Koffer und der des Schönlings kamen zuletzt heraus. Obwohl sie Mühe hatte, den eigenen vom Band zu zerren, half ihr der Mann nicht. Er schnappte sich seinen eigenen und marschierte entschiedenen Schrittes durch den Zoll auf die Ankunftshalle zu. Giovanna trottete hinterher, mit Rollkoffer und Carmelos Tüte beladen, die so schwer war, dass sie ihr in die Finger schnitt.

Der Mann wurde erwartet. Nicht von einer Schar heißer Miezen, sondern von einem älteren, unauffälligen Paar.

»*Mamma! Papà!*«, rief er und breitete freudig seine Arme aus.

Sie hätte laut losgelacht, wäre ihr nicht zum Weinen zu Mute gewesen. Denn was sollte sie ihrem Mann antworten, fragte sich Giovanna, wenn derjenige, um den es ging, sich kein einziges Mal gemeldet hatte?

In der Ankunftshalle schaute sie sich verloren um. Konnte es wirklich sein, dass sie erst am Vortag abgeflogen war? Nach allem, was sie in Apulien erlebt hatte, war ihr Zeitgefühl wie ein Kaugummi in die Länge gezogen worden. Zunächst folgte sie der Beschilderung zu den S-Bahnen, doch dann überlegte sie es sich anders und suchte den Ausgang, der zu den Taxis führte.

Sie lief an Bäckereien, Cafés und Blumengeschäften vorbei, an einem Kiosk voller Bücher- und Zeitungsständer. Sie schaute hin, ohne richtig hinzusehen, als ihr eine fette Schlagzeile ins Auge sprang: »Die verfluchte Ausstellung. Zwei Tote und ein verschwundenes Objekt.«

Augenblicklich blieb sie stehen und zog die Zeitung heraus.

»Gestern früh wurde Peter Neuhaus, der Direktor des Liebieghauses, tot aus dem Main geborgen. Passanten hatten den leblosen Körper zwischen den Büschen der Maininsel entdeckt und die Polizei alarmiert. Laut Staatsanwalt gibt es Zeugen, die beobachtet haben wollen, wie zwei Männer … Peter Neuhaus ist schon der zweite Tote im Fall des verschwundenen Kultwagens. Am Mittwoch vor einer Woche war der Kurator tot in seiner Wohnung …«

Der Schock verhinderte, dass Giovanna laut schrie und die Ständer umwarf. Warum hatte sie seinen Anruf am Sonntag nicht angenommen, schalt sie sich. Was hatte der Direktor ihr sagen wollen? Schlagartig verstand sie die Nachrichten von Tommaso und Ben Köhler.

Wie in Trance griff sie nach dem Henkel des Rollkoffers und merkte nicht, wie sie den *provolone* mit einem Fußtritt unter den Getränkekühlschrank stieß und die *taralli* zerquetschte, die verstreut auf dem Boden lagen, weil ihr Carmelos Plastiktüte aus der Hand geglitten war.

Giovanna hätte nicht sagen können, was ihr im Taxi mehr zusetzte: Das orientalische Potpourri, dessen Geruch ihr den kalten Schweiß auf die Stirn trieb, oder die innere Gefühlsmelange, die ihre Magensäfte aufwühlte. Es brachte nichts, dass sie das Fenster herunterließ, während sie über die Autobahn donnerten. Zur Übelkeit gesellte sich Schüttelfrost.

Noch schlimmer wurde es, als Giovanna Ben Köhler anrief, um sich anzukündigen.

»Hauptkommissar Köhler ist im Einsatz«, teilte ihr eine weibliche Stimme mit. »Um was geht's?«

Konnte sie einer Unbekannten sagen, dass sie gleich im Präsidium auftauchen würde mit dem Wissen, wo das meistgesuchte Diebesgut Europas lag? Dies alles unter dem besorgten Blick des Taxifahrers, der zu ahnen schien, dass sie sich jeden Moment auf den Kunststoffsitz übergeben konnte?

»Hallo«, sagte die Stimme. »Sind Sie noch dran?«

»Ich spreche nur mit Herrn Köhler«, krächzte Giovanna. »Bitte richten Sie ihm aus, dass Giovanna Greifenstein wieder in Frankfurt ist und auf seinen Anruf wartet. Es ist dringend!« Dann hängte sie auf.

Was wollte mir der Direktor sagen, was wollte mir der Direktor sagen?, fragte sie sich wie eine kaputte Schallplatte.

Vor Giovanna zeichnete sich die Skyline von Frankfurt ab. Sie hatte es immer gewusst: Diese Stadt würde ihr Verderben sein und jetzt war alles zu spät.

Sie fuhren von der Autobahn ab. Giovanna fühlte sich immer kränker. Ihr schien, dass sie innerlich verbrannte, während sich gleichzeitig eine Eisschicht auf ihre Haut legte. Vor lauter Zittern konnte sie nicht mehr gerade sitzen und sie hatte nur noch den Wunsch, ihre Rüstung abzuwerfen, sich in ein warmes Bett zu legen und getröstet zu werden. Sie wollte zu ihren Freunden.

»Ich habe es mir anders überlegt«, sagte sie zum Taxifahrer. »Bringen sie mich in die Leipziger Stra...«

Da sah sie das große Plakat.

Nein, nicht groß.

Riesig. Grell. Grotesk.

Unter der hässlichen Schlange und den noch hässlicheren Ringen stand in dicken Lettern *Lady Guinnessy* – OPEN TODAY.

Sie merkte, wie alles in ihr hochstieg.

»Halten sie an, schnell!«, rief sie mit letzter Kraft nach vorne und kaum kam das Taxi zum Stehen, stolperte Giovanna hinaus und übergab sich. Sie würgte alles heraus, was sich in ihr angestaut hatte: Frust, Angst, Enttäuschung, Bedauern. Viel Bedauern.

Danach blieb sie noch lange an einen Baum gelehnt stehen. Weder achtete sie auf den wartenden Taxifahrer noch auf die Autos, die an ihr vorbeirauschten. Sie merkte auch nicht, wie ein von Abgasen verpestetes Lüftchen ihr den kranken Schweiß von der Stirn trocknete und den Schock wegblies. Giovanna starrte nur auf das Plakat und sah endlich einen Weg, wie sie an Catherine Guinness herankommen konnte.

Kapitel 39

Auf dem Goetheplatz geriet Giovanna in eine Kundgebung der Tierschützer, die sie schon eine Woche zuvor am Hauptbahnhof angetroffen hatte. Eingekesselt zwischen einem Mädchen, deren Dreadlocks mit einer *PACE*-Fahne gebändigt waren, und einer Gruppe von Männern, die sich *Free Rats* auf die Stirn geschrieben hatten, wurde sie von der Freßgass, in die sie wollte, in die Goethestraße gedrängt. Und damit zu der Baustelle, die seit Wochen die Straße mit Ratten überflutete und die Gemüter der Frankfurter Hautevolee erhitzte. Im Protestzug wurde es eng, von den Passagen und Quergassen strömten immer mehr Demonstranten hinzu. Die chaotische Atmosphäre aus dem Hauptbahnhof verlor sich in der professionellen Ernsthaftigkeit, die hier über allem lag. Sogar die Fahnen und Banner der verschiedenen Interessensgruppen waren gebündelt, als hätten die Organisatoren die Order gegeben, einheitlich aufzutreten. Abrupt kamen sie zum Stehen.

Giovanna stellte sich auf die Zehenspitzen. Zwei Wasserwerfer der Polizei mit auf den Protestzug gerichteten Rohren waren vorgefahren. Gleichzeitig schoben sich immer mehr Menschen mit vermummten Gesichtern durch den Zug, rempelten die Herumstehenden rücksichtslos an, kletterten am Gitterzaun der Baustelle hoch oder stellten sich drohend vor den Gürtel der mit Schutzschilden ausgestatteten Beamten. Giovanna bekam Angst. Eine Straßenschlacht mit Wasserwerfern und Tränengas war das Letzte, was sie jetzt gebrauchen konnte.

Da es weder ein Vor noch ein Zurück gab, versuchte sie seitwärts zu entkommen. Schritt für Schritt entfernte sie sich aus der Mitte des

Stroms Richtung Häuserwand. Als sie eine Passage fand, die direkt in die Freßgass führte, zögerte sie keine Sekunde, die Tierschützer zu verlassen, mit denen sie nichts gemeinsam hatte.

Sonny erschien als einer der Letzten. Fast hatte sie die Hoffnung aufgegeben, den in ihren Augen übertrieben abgeschirmten Laden betreten zu können. Vor dem Eingang standen so viele wichtigtuerische Wachleute, dass man meinen konnte, im Innern würden die britischen Kronjuwelen gezeigt. Voller Erstaunen registrierte sie, dass der Schmuck von Lady Guinnessy offenbar mehr Frauen gefiel, als sie gedacht hätte. Damen jeden Alters, angezogen wie für eine Nacht im Berliner Berghain, stellten sich ohne zu murren vor die Absperrung, wo ihre Einladungen genauestens kontrolliert wurden, bevor sie über einen schwarzen Teppich zu einem schwarzen Zelt stöckeln, ein Glas Sekt in Empfang nehmen und im Inneren des Zeltes verschwinden durften.

Wie es im Laden aussah, konnte Giovanna nicht erkennen. Die Vitrinen waren mit großformatigen Schmuckfotos behangen, nur das gedämpfte ›Bum, Bum, Bum‹ von lauten Bässen war zu hören. So lungerte sie so lange vor dem Eingang dieses Fort Knox in Miniatur herum, bis die mit Anzügen verkleideten Hyänen auf sie aufmerksam wurden und begannen, sie misstrauisch zu beäugen.

Keine Angst, wollte sie ihnen zurufen. Euren Plunder will ich nicht einmal geschenkt!

Da schälte sich ihr Lover aus der Dunkelheit heraus. Diesmal trug er einen silberglänzenden Anzug und hatte sich ihren Leopardenschal um den Hals geknotet. Das musste nichts bedeuten, aber sie hatte es nicht erwartet.

»*Hi!*«, rief Sonny von weitem, breitete die Arme aus und grinste über das ganze Gesicht. »Was machst du denn hier?«

Er schien ehrlich erfreut.

»Deine Schildkröte hatte Sehnsucht nach dir«, sagte sie. »Sie ist zu Hause und wartet auf dich.«

Lachend zog er sie an sich.

»Eine echte *bitch*, diese Schildkröte«, flüsterte er ihr ins Ohr.

Seine Hände vergruben sich in ihre Locken. Dann küsste er sie.

»Ich muss auf die Party. Aber wir hauen ab, sobald ich mit einigen Leuten gesprochen habe, okay?«, sagte er und ließ seine Hand auf ihren Po hinabgleiten.

Forse, dachte Giovanna. Vielleicht.

Die Wachmänner sahen sie kommen und bauten sich drohend vor dem Eingang auf. Sonny war vorbereitet. Wie einen Knochen warf er ihnen seinen Namen hin. Als sie in ihm einen VIP entdeckten, ließen sie ihn sofort passieren.

Nicht so bei Giovanna. Sie war ein paar Schritte zurückgeblieben, und als sie ihm folgen wollte, stellte sich ein besonders hungriges Tier vor sie hin.

»Name?«, fragte er und blätterte provokativ in der Gästeliste.

»Queen Elizabeth II. Ich bin hier, um meine Juwelen zu holen.«

Langsam hob der Mann den Kopf und starrte sie verdattert an. Dann kapierte er, dass sie sich über ihn lustig gemacht hatte. Sein Mund verzerrte sich so sehr, dass sie seine Eckzähne sehen konnte. Einen Moment lang schien es, als wolle er sich auf sie stürzen und in Stücke reißen.

Da rief Sonny: »Sie gehört …«

Der Rest des Satzes ging im Gelächter zweier Gäste unter, die herauskamen, um zu rauchen. Giovanna nutzte den Moment der Ablenkung, schlüpfte durch die Absperrung und folgte Sonny in den Laden.

Im Lady Guinnessy war es dunkel, ohrenbetäubend laut und stickig.

Doch nicht aus diesem Grund stockte ihr der Atem. Hatte Sonny draußen »Sie gehört *mir*« gesagt? Ein Sprachfehler? Ein Lapsus? Oder doch im vollen Bewusstsein? Seine Hand hielt die ihre umklammert, während sie sich durch den exotischen Laden schlängelten. Instinktiv ließ sie sie los und schmiegte sich an seinen Rücken. Egal, wie der Satz zustande gekommen war, er fühlte sich verdammt gut an.

Die Schmuckvitrinen thronten auf erleuchteten Säulen und waren so über den Raum verteilt, dass sie automatisch von der einen zur nächsten führten. Sonny schien sie schon zu kennen. Er verschwendete keinen Blick darauf, sondern strebte eine Ecke an, die hell erleuchtet war. Giovanna wollte aber schauen. Sie blieb stehen. Zugegeben, die Idee, den Schmuck in wüsten- und dschungelähnliche Landschaften einzubetten, war außergewöhnlich, denn sie forderte den Betrachter auf, das Schmuckstück zu suchen. Was wie ein Stein aussah, war ein Cocktailring mit einem schwarzen Turmalin; eine Liane war eine Kette mit grünem Peridot und was wie eine Schlange wirkte – neugierig beugte sie sich über den Kasten – war auch eine! Sie japste auf und stolperte zurück, trat auf Sonnys Knöchel.

Ohne sich zu entschuldigen, näherte sie sich den anderen Schaukästen und sah, dass sich in jedem von ihnen Schlangen wanden: dicke, dünne, einfarbige, mehrfarbige, gerollte, verknotete.

»Das ist doch krank!«, rief sie Sonny zu, der ihr, wie die umstehenden Gäste, amüsiert zugesehen hatte.

Er zuckte mit den Achseln. »*That's business, baby!*«

Als er merkte, dass sie sich wirklich erschrocken hatte, legte er ihr einen Arm um die Schultern. Doch plötzlich ließ er sie los und alles Zärtliche verschwand aus seinem Gesicht. Giovanna folgte Sonnys Blick.

Hinter ihr stand Catherine Guinness.

Die Frau unterschied sich wenig von den Tieren in den Vitrinen und das lag nicht nur an der Kleidung. Größer und schlanker als Giovanna sie in Erinnerung hatte, trug sie diesmal ein dunkles, bodenlanges Kleid, das mit einem Reptilienmuster bedruckt war. Im sanften Licht ähnelte es Metall und changierte zwischen violett, dunkelgrün und schwarz. Die Hälfte des Gesichts bedeckte wieder der lange Pony und an ihren Ohren steckten verschlungene, bis zu den Schultern reichende Ohrringe.

Eine hoch aufgerichtete Schwarze Mamba, die bereit war, ihr Gift zu verspritzen. »Ich wusste, dass du es dir anders überlegen würdest«, sagte sie über Giovannas Kopf hinweg.

»Habe ich nicht«, antwortete Sonny.

»Warum bist du dann hier?«

»Um meiner langjährigen Geschäftspartnerin die Ehre zu erweisen, *what else?*«

»Unser Lieblingschampagner steht bereit.«

»Für mich auch ein Glas, danke«, sagte Giovanna.

Eher gestört als erstaunt schaute Catherine Guinness zu ihr herunter, taxierte sie, wie sie es vermutlich mit den Steinen tat, die sie für ihre Kollektionen kaufte, und beschied sie als unwürdig.

Sonny hingegen schien wie von einem Bann erlöst.

»Entschuldige meine Unaufmerksamkeit, Giovanna. Darf ich dir Catherine Guinness vorstellen, eine langjährige Geschäftspartnerin …«

»… und enge Freundin«, ergänzte diese.

Eine sehr enge Freundin, echote es in Giovanna.

Sie wollte der Frau die Hand geben und griff ins Leere.

»Der gleiche Champagner, den wir letztes Jahr auf St. Barth getrunken haben«, fuhr die Geschäftsfrau ungerührt fort. »Erinnerst du dich an diese Nacht?«

»Warum sagst du es mir nicht offen ins Gesicht?«, unterbrach sie Sonny ungehalten.

»Was denn, mein Lieber?«

»Der Bruch wäre für beide schlecht, vergiss das nicht.«

Catherine hob fragend die sichtbare Augenbraue.

»Du wurdest in London mit meinen Konkurrenten gesehen, Catherine. Ein Businesslunch bei Cecconi's, was für eine dumme Idee.«

»Ich habe Sie übrigens auch gesehen, neulich, mit Direktor Neuhaus«, sagte Giovanna. »Worüber haben Sie gestritten?«

»*Who?*«, fragte Sonny.

Moment ...

Catherine Guinness schwieg, und obwohl sie sich keinen Millimeter bewegt hatte, spürte Giovanna, dass die Frau auf der Lauer lag. Sie würde ohne Vorwarnung vorschnellen und zubeißen.

Da trat eine Assistentin mit glatten, langen Haaren an ihre Chefin heran und flüsterte ihr etwas ins Ohr. Catherine Guinness nickte und verließ wortlos die Runde.

Als würde er daran ersticken, zog sich Sonny mit hektischen Griffen den Leopardenschal vom Hals.

»Sie will mich als Hauptlieferanten absägen!«, platzte es aus ihm heraus. »Obwohl wir nur für sie arbeiten. Eine Katastrophe für die Company. Das weiß sie und nutzt es aus. Aber ich mach da nicht mit. Nicht bei dieser Sache.«

Ein unangenehmes Vakuum entstand.

Giovanna wagte nicht, Sonny direkt anzusehen. Sie tat so, als wäre sie auf die Schaukästen konzentriert. Die Musik schien noch lauter geworden zu sein. Sie hatte Durst und hielt die ekelerregende Mischung aus Parfums, Körpergerüchen und verbrauchter Luft kaum noch aus.

Ich muss etwas trinken, wollte sie ihm sagen. Aber Sonny war nicht mehr da.

Die stickige Luft verdichtete sich, und Giovanna hatte keine

Ahnung, wie sie den üblen Gerüchen entkommen sollte. Ein verschwenderisch aufgetragener Duft piercte sich geradewegs in ihre Nase. Als sie in ihm das Parfum erkannte, das schon mehr als einmal ihren Weg gekreuzt hatte, war sie enttäuscht. Wenn es überall zu riechen war, sagte sie sich, dann war es weit entfernt von dem exklusiven Produkt, für das sie es gehalten hatte.

Sie versuchte, Sonny zu finden und sich gleichzeitig von einem großen Glaskasten am hinteren Ende des Raums fernzuhalten, wohin sie im Gedränge geschoben wurde. In diesem fand sich eine besonders lange Schlange mit gemusterter Haut, die sich mindestens fünf Mal um sich selber gewunden hatte. Eine Königspython, deren Kopf dicker als ihre Faust war.

Während sie noch mit dem nötigen Abstand und voll fasziniertem Entsetzen die beiden Körperteile miteinander verglich, blendete sie ein greller Lichtstreifen, der durch den Glaskasten fiel. Giovanna schaute auf und blickte in einen Raum, dessen Tür offen stand. Vor einer elegant getäfelten Wand stand ein Marmortisch, auf dem ein Tablett mit einer Champagnerflasche und zwei Gläsern abgestellt waren. Sonst nichts.

Leicht verstört, dass die dekadente Opulenz fehlte, mit der Sonnys Geschäftspartnerin bisher in Erscheinung getreten war, umrundete sie den Schlangenkasten und näherte sich unter kräftigem Gebrauch ihrer Ellenbogen neugierig dem Büro.

Unerwartet öffnete sich die Wand hinter dem Schreibtisch und durch eine in der Holztäfelung versteckte Stahltür kam Catherine Guinness heraus. Sie war schon dabei, sie zu verschließen, doch musste sie etwas vergessen haben, denn sie zog sie wieder auf und ging zurück. Giovanna erhaschte einen Blick auf einen quadratischen Tresorraum, der bis auf eine dekorative Steinsäule mit Metallkassetten ausgekleidet war. Sie kniff die Augen zusammen, doch bevor sie mehr erkennen konnte, trat Catherine Guinness heraus und verschloss endgültig den Tresor. Am Marmortisch griff die Geschäftsfrau nach der Flasche und goss sich Champagner ein. Sie trank.

Hast dir deine Feier auch anders vorgestellt, nicht wahr?

Voller Schadenfreude wollte sich Giovanna abwenden, da sprach die Frau mit jemandem.

War es das gefräßige Lächeln? Oder die knochenlosen, fast flüssigen Bewegungen? So genau konnte sie es nicht sagen, aber sie wusste sofort, dass, vor ihrem Blick versteckt, ein Mann im Raum stand, der gerade von Catherine Guinness verführt wurde. Obwohl sie am liebsten weggerannt wäre, konnte sie sich dem Sog der Szene nicht entziehen. Sie streckte sich sogar, um besser sehen zu können.

Eine große, schlanke Gestalt trat auf die Geschäftsfrau zu. Von ihrem Platz aus sah Giovanna nur einen Teil der Schulter. Die Frau hielt ihrem Gegenüber das Glas hin. Der Mann nahm es. Während er den Champagner trank, strich ihm die Verführerin mit einer solch unterwerfenden Geste über den Kopf, dass sich Giovanna für den Unbekannten schämte.

Was bist du nur für ein Mann, hast du denn keinen Stolz?

Da schnellte die Hand des Mannes hervor und vergrub sich in den Arm der Frau. Giovanna erkannte die Hand sofort, doch bevor sie reagieren konnte, schlug die Bürotür vor ihrer Nase zu.

Was mache ich eigentlich hier, fragte sie sich ernüchtert. Als könnte ich meine Probleme selber lösen. Es war Zeit, dass sie wegkam.

Sie versuchte, sich einen Weg zum Ausgang zu bahnen, blieb in der Menge stecken, wurde abgedrängt und landete, nach einer langen Schleife, wieder vor dem Kasten mit der Königspython.

»*Non è pane per i tuoi denti*«, zischte es plötzlich gefährlich nah an ihrem Ohr.

Das ist kein Brot für deine Zähne. Diesen Satz hatte Giovanna zum letzten Mal von ihrer Oma gehört.

»*Cosa?*«, fragte sie.

»Hände weg von Sonny, er gehört mir.«

Catherine Guinness!

Giovannas neapolitanischer Stolz bäumte sich auf. Wütend fuhr sie herum und rief: »Indem Sie ihn erpressen?«

Obwohl sich die Geschäftsfrau wieder in die hochaufgerichtete, starre Schwarze Mamba verwandelt hatte, entging Giovanna nicht das kurze Flackern in ihrem Blick.

»Was ist mit Professor von Schacht? Haben Sie ihn auch erpresst?«

»Ah, jetzt verstehe ich.« Catherines Mund verzog sich zu einem mitleidigen Lächeln. »Es geht dir gar nicht um Sonny. Du willst Geld.«

»Geld?«, fragte Giovanna.

Sonny schob sich zwischen sie beide.

»Komm, lass uns gehen«, sagte er zu Giovanna.

»Wo warst du?«

»Auf der Toilette.«

Die langhaarige Assistentin hielt ihn zurück. »Sie haben Ihren Schal im Büro vergessen.«

Sonny und Catherine griffen gleichzeitig zu.

»Hände weg«, rief Giovanna. »Das ist meiner!«

Bestimmt zog sie ihn allen dreien aus den Fingern, drehte sich um und verließ, so schnell es ging, den Laden.

Erst draußen merkte sie, dass Sonny ihr gefolgt war.

Kapitel 40

»Hat der Champagner geschmeckt?«, fragte Giovanna und durchbrach die Wortlosigkeit, die sich seit dem Verlassen der Eröffnungsparty von Lady Guinnessy wie eine Wand zwischen Sonny und ihr aufgebaut hatte.

»Du hast mir nachspioniert!«

»Mir wäre es auch lieber gewesen, wenn ich euch nicht gesehen hätte.«

»Sorry, aber ich will nicht darüber reden«, sagte Sonny ruppig.

Sorry, ich aber schon, dachte Giovanna. Denn statt Catherine Guinness zu überführen, saß sie mit ihm in einem thailändischen Lokal, als einzige Gäste eines jungen Paares, dessen Kind in einer Wippe auf der Theke schlief.

»Ich verstehe nicht, warum du dich von dieser Frau so behandeln lässt. Hast du keinen Stolz?«

»Stolz?« Angewidert verzog er das Gesicht. »Wenn du die Verantwortung über dreihundert Mitarbeiter trägst, von denen alle eine Großfamilie ernähren, dann steht der eigene Stolz an letzter Stelle. Dann tust du fast alles, um dein Business zu schützen. In Nigeria, da … Aber was verstehst du schon davon. Arbeitest du überhaupt?«

Giovannas Kopf flog herum, als hätte sie eine Ohrfeige kassiert. Sie öffnete den Mund, um ihm empört zu widersprechen, dann schloss sie ihn und schwieg. Natürlich wusste sie nichts über die Zustände in Nigeria, von Sonnys Verpflichtungen und Gefühlen nicht zu reden. Was es aber bedeutete, kein Geld, keine Arbeit und absolut keine Perspektive zu haben, wusste sie dagegen genau. Auch wenn sie jetzt im Überfluss lebte, sie hatte ihre Herkunft nicht vergessen.

Dies alles wollte sie Sonny sagen, doch der Holztisch zwischen ihnen schien ihr unüberwindbarer als der Marianengraben. Sie suchte seinen Blick, aber er bemerkte sie nicht einmal. Mit den Essensstäbchen formte er bizarre Reislandschaften auf seinem Teller. Giovanna betrachtete ihn verstohlen. Sein Gesicht hatte einen gräulichen Schimmer angenommen und zum ersten Mal fielen ihr die zahlreichen Fältchen um seine Augen auf. Er wirkte ausgelaugt, wie eine schlechte Kopie seiner selbst.

Das Klingeln ihres Handys ließ beide auffahren. Kommissar Köhler, der sich zurückmeldete? Nein, ihr Ehemann. Ohne zu antworten, ließ Giovanna das Gerät in die Tasche gleiten. Sonny schob seinen Teller zur Seite und hielt ihr mit einem entschuldigenden Lächeln beide Hände hin.

Sag jetzt nichts Falsches.

»Was genau bedeutet der Schildkrötenring?«, fragte sie.

Sonny runzelte die Stirn, dann verstand er, was sie damit wissen wollte, und begann zu lachen, laut und herzhaft. Unverschämt lange, wie ihr schien, es ging ihr schon auf die Nerven. »*I can't believe it!*«, japste er nach Luft ringend. »Jemand hat dir die alte Geschichte mit dem Verlobungsring erzählt!« Schon prustete er wieder los.

Wenn ich dich erwische, Tommaso, dann …

Pikiert wollte sie ihm die Hände entziehen.

»*No, wait!*« Er hielt sie fest. »Der Ring ist wichtig. Für mich! Ich lege ihn nie ab und wenn ich ihn dir gelassen habe … Nur besondere Menschen dürfen auf ihn aufpassen. Verstehst du?«

Da war er wieder, der fluffige Kokon, der den Rest der Welt von ihnen fernhielt. Ihre Hände schlangen sich ineinander und sie näherten sich über den Tisch hinweg, um sich zu küssen.

Dann ist Lady Guinness wohl eine ganz besondere Geschäftspartnerin, wenn sie sich mit ihm fotografieren darf.

Der Kokon platzte mit einem Knall. »Was ist mit deiner Geschäftspartnerin?«

Sonny schüttelte sich wie ein Pferd, das sein Geschirr abwerfen will. »Es tut mir leid. Das war nicht okay, vorhin, im Store.«

Sonny schaute aus dem Fenster und sie wusste, dass er an einem anderen Ort war als sie. Er hielt noch immer ihre Hände, knetete sie aber so fest, dass es wehtat.

»Diese Nacht auf St. Barth«, sagte er schließlich und es lag so viel Bedauern in diesem Wort, dass Giovanna seinen Schmerz im eigenen Körper fühlte, »war für mich nur Spaß. Im Nachhinein ein großer Fehler, für den ich immer noch zahle.« Seine Gesichtszüge verhärteten sich. »Catherine Guinness lässt mir keine Ruhe mehr.«

»Wie meinst du das?«

Sonny schaute wieder aus dem Fenster und mahlte so fest mit seinem Kiefer, als würde er auf Holzsplittern kauen. »Wir waren ein gutes Team. Beruflich, meine ich. Doch dann kam sie auf die Idee, ins alte Familiengeschäft einzusteigen. Mit mir zusammen, obwohl ich von dem Business nichts verstehe. Je mehr ich mich weigerte, desto mehr hat sie mich gedrängt. Ich sei es ihr nach dieser Nacht schuldig, sagte sie. Sie war meine Hauptabnehmerin, eine langjährige Geschäftspartnerin, das hat sie genutzt. Fast hatte sie mich so weit, da ist sie nach Hause geflogen. Nach dieser verdammten Reise war sie nicht mehr dieselbe. Catherine … – Cate … hat ihren Vater früh verloren. Ein gottähnliches Wesen, wenn man ihren Erzählungen glaubt.« Seine schön geschnittenen Lippen verzerrten sich verächtlich. »Später habe ich erfahren, dass man ihr die Schuld an seinem Unfall gibt. Ich glaube, das quält sie bis heute.«

»Das verstehe ich sehr gut«, sagte Giovanna und das unerwartete Mitgefühl für die Frau katapultierte sie in die eigene Kindheit zurück. Sie räusperte sich ausgiebig und begann zu erzählen: »Am

23. November 1980 war mein Vater ins Dorf zurückgefahren, weil ich mein Kuscheltier im neuen Haus gelassen hatte. Weder das Zureden der Oma, noch das Schimpfen der Mutter – so war es mir oft genug erzählt worden – hatten mich von meinem Betteln nach dem Tier abbringen lassen. Im Gegenteil. Je mehr man es mir ausreden wollte, desto mehr weinte ich. Ich steigerte mich regelrecht hinein. Zuerst wurde ich rot, dann heiß. Mein Körper glühte, als hätte ich hohes Fieber. Zermürbt von dem Geschrei zog sich mein Vater am Ende an und fuhr auf die Baustelle zurück. Als ganz Süditalien um 18.34 Uhr bebte und in sich zusammenfiel, hatte er soeben mein zukünftiges Zimmer betreten.«

Sonny sagte leise ›Schhhh‹ und wischte ihr mit den Daumen zärtlich die Tränen aus dem Gesicht.

Giovanna hatte nicht gemerkt, dass sie zu weinen begonnen hatte. »Weißt du, niemand hat es mir je direkt gesagt. Aber ich sah es in den Augen der Leute und später in meinen eigenen, wenn ich in den Spiegel sah. Schuld vergeht nicht, Sonny. Sie bleibt für immer.«

»Hat geschmek?«, fragte unerwartet jemand neben dem Tisch.

Einem Wirbelwind gleich wischte der Thailänder ihn leer. Danach war die Stimmung aufgefrischt, als hätte der Mann nicht nur das schmutzige Geschirr, sondern auch die Geister der Vergangenheit mitgenommen.

Sonny packte Giovanna an den Handgelenken und zog sie zu sich über den Tisch. »Ich habe dich vermisst«, flüsterte er und seine Hände fuhren über ihre Unterarme bis hoch zu den Schultern.

Ich dich auch.

Der Asiate trat wieder an ihren Tisch. »Du Kasse. Wir zumachen.«

Sonny stand auf und folgte dem Mann zur Theke. Giovanna blieb unterdessen am Tisch zurück. Während sie sich ihren zurückeroberten Schal um den Hals wickelte, klingelte das Handy. War es endlich Kommissar Köhler? Sie wühlte in der Tasche, fand das Gerät und entsperrte das Display.

Eine Nachricht. Von Julius. »Wo bist du? Ich warte auf dich. Wir müssen dringend miteinander reden.«

Giovanna hob den Kopf. Sonny telefonierte, den Rücken zu ihr gekehrt. Ein gerader, muskulöser Rücken.

Sie wusste nicht, was sie ihrem Mann antworten sollte. Jetzt war sicher nicht der Moment, um über ihre Beziehung zu sprechen. Sie überlegte noch, als sie Sonny näherkommen sah.

»Was hast du ihr gesagt?!«, fuhr er sie an.

»Ich? Wem?«

Drohend beugte er sich über den Tisch. Aus seinem Blick war alles Begehren verschwunden.

»Was ist passiert?«

»Das fragst du? Was, verdammt noch mal, hast du Cate gesagt?«

»Ich habe ihr nur ein paar Fragen gestellt.«

Er packte sie am Arm und schüttelte sie.

»Wer bist du, Giovanna? Ach, jetzt begreife ich alles. Du hast mich benutzt, um an Catherine ranzukommen!«

»Was erzählst du da? Ich war in Apulien und habe erfahren, dass Catherine Guinness …«

Er verlor die Fassung. »Nichts kannst du!«, schrie er. »Die Firma ist endgültig am Ende, wegen dir, deinem ungebührlichen Verhalten. Wir sind ruiniert, verstehst du? *Ruiniert!* Und ich zum Abschuss freigegeben.«

In seinen Mundwinkeln hatten sich dünne Speichelfäden gebildet.

Das Baby in der Wippe begann zu weinen.

»Hör mir endlich zu, bitte! Innerhalb einer Woche sind in Frankfurt zwei Menschen ums Leben gekommen. Seit ich in Apulien war, weiß ich, dass Catherine Guinness hinter allem steckt. Verstehst du? Sie ist …«

»Wer weiß noch davon?«

»Warum willst du das wissen? Sag mir lieber, welche Rolle du in der ganzen Geschichte spielst. Bist du ihr Handlanger? Hat sie dir befohlen, mich am Dienstag in der Bar anzusprechen? Damit ich euren kriminellen Machenschaften nicht in die Quere komme? Denn jedes Mal wenn wir zusammen im Bett waren, ist etwas passiert.«

»Das geht zu weit!« Mit einem Ruck ließ er sie los und richtete sich auf. »Ich will meinen Ring zurück.«

Giovanna sprang auf. »Sonny, nein!«

»Gib mir meinen Ring zurück!«

»Aber er ist doch zu Hause!«

»Dann fahren wir zusammen hin.«

Draußen fuhr ein Taxi vor. Giovanna sammelte hastig ihre Sachen ein. Sonny schob, ja stieß sie regelrecht auf den Ausgang zu.

»Du was auf Bode«, kam es hinter ihren Rücken.

Sie drehten sich gleichzeitig um und fanden den Asiaten vor sich, der ihnen verschüchtert das vergilbte Polaroid entgegenhielt. Giovannas Hand schnellte vor, aber Sonny war schneller.

»Was zum Teufel« zischte er, einen überraschten Ausdruck in den Augen.

Sie riss ihm das Bild aus der Hand.

»Wer bist du, Giovanna Greifenstein, eine versteckte Ermittlerin?«

»Sag mir lieber, wer du bist, Sonny Omowura. Ein Mann mit oder ohne Eiern?«

Sie hielten gleichzeitig inne und schauten sich erschrocken an.

»Ich wollte dich nicht …«, begann Giovanna.

»Ich auch nicht«, unterbrach sie Sonny. »Es tut …«

In diesem Augenblick klingelte sein Handy. Die Schallwellen waren so aggressiv, dass es nur Catherine Guinness sein konnte. Sonny zögerte, dann schüttelte er den Kopf und nahm ab.

Als wäre ein Schalter umgelegt worden, straffte sie die Schultern, strich sich die Haare aus dem Gesicht und steuerte auf den Ausgang zu.

»*Wait*, wir sind noch nicht fertig miteinander«, rief ihr Sonny hinterher.

Das denkst du.

Mit einem Satz war Giovanna draußen, stieg in das wartende Taxi und sagte: »In die Freßgass zum Lady Guinnessy. Schnell.«

Kapitel 41

Die Eröffnungsfeier war noch in vollem Gange. Immer wieder fuhren Taxis vor das Lady Guinnessy und entluden aufgekratzte Partymäuse, deren Stimmen vom Bass der Musik wie von einem fliegenden Teppich bis zu Giovanna herübergetragen wurden. Seit einer halben Stunde stand sie auf der gegenüberliegenden Straßenseite und beobachtete, unter einem dunklen Häuserbogen versteckt, das Geschehen. Auch jetzt noch kontrollierten die Hyänen penibel alle ankommenden Gäste. Ohne Sonny würde sie keinen Zeh in die Höhle stecken können.

Sonny. Der Abend hatte einen Mann zutage gebracht, der zwar einen breiten Rücken, aber ein Rückgrat aus Bambus besaß, welches sich bei jedem Windhauch verbog. Wie hatte sie so jemanden haben wollen, fragte sie sich. Andererseits, wie würde es mit Julius weitergehen?

Bevor man in fremden Gärten Unkraut zupfte, war schon immer der Lieblingsrat ihrer *nonna* gewesen, sollte man zuerst den eigenen in Ordnung bringen.

Aber ich bin nicht wegen Sonny hier.

Mit einem Mal überfiel sie eine lähmende Erschöpfung. Allein der Gedanke, sich aus ihrer dunklen Ecke zu lösen und über die Straße zum Geschäft zu laufen, erschien ihr anstrengender, als den Kilimandscharo zu besteigen. Müde lehnte sie sich gegen die Hauswand. Wann hatte sie das letzte Mal richtig geschlafen? Sie erinnerte sich nicht mehr. Nur kurz die Augen schließen, dachte sie.

Zuschlagende Autotüren weckten sie auf. Giovanna brauchte einen Moment, um zu begreifen, dass sie stehend eingeschlafen war. Wie lange wohl? Auf der gegenüberliegenden Straßenseite fuhr ein Taxi los, gleich darauf ein zweites, beide voller Fahrgäste. Die Party ging offenbar zu Ende. Die Musik war nicht mehr zu hören, und die Hyänen hatten sich unter das Vorzelt zurückgezogen, wo sie mit den Füßen auf den Boden stampften. Dass die Temperatur dramatisch gesunken war, bemerkte Giovanna nur daran, dass sich beim Ausatmen feine Wölkchen vor ihrem Gesicht bildeten. Ihr selbst war heiß, als würde einer dieser unaufhaltsamen süditalienischen Sommerbrände in ihr wüten, die, bewusst von Bauspekulanten gelegt, alles mit ihren gierigen Flammen verschlangen. Hastig zog sie den Reißverschluss ihrer Jacke auf und war zum ersten Mal froh über die deutsche Kälte.

Vielleicht brauchte sie die äußere Kälte, um nicht innerlich zu verbrennen, sinnierte sie. Und das nicht nur in dieser Nacht. Diese Erkenntnis schockierte sie und rüttelte sie endgültig wach.

Ich gehe jetzt.

Sie holte ihr Handy aus der Tasche und entdeckte, dass eine Frankfurter Nummer sie zu erreichen versucht hatte. Bestimmt Kommissar Köhler, der erfahren hatte, dass sie in Frankfurt war! Rasch tippte sie die Nummer an. Während sich das Gerät einwählte, verließ sie die dunkle Ecke und wäre fast von einer Stretchlimousine überfahren worden, die vor dem Haupteingang des Schmuckgeschäfts hielt. Eine Hyäne löste sich von der Gruppe und beugte sich zum Fahrerfenster.

»Ich will meinen Ring zurück«, drang es an Giovannas Ohr. »Bevor ich morgen nach Lagos fliege. Sonst zeige ich dich wegen Diebstahls …«

Unterdessen hatte sich das Tier aufgerichtet und war vom Auto weggetreten. Die Limousine fuhr los und bog in die Seitengasse.

»Giovanna?«, rief Sonny vom anderen Ende der Leitung. »Hörst du mir überhaupt zu?«

Ohne zu antworten, warf Giovanna das Handy in die Tasche zurück und sprintete los.

Der Fahrer der Limousine war dabei, die Hintertür des Wagens zu schließen, als Giovanna ihn erreichte. Sie stieß ihn wie ein Rugbyspieler zur Seite und hechtete in den Fond. Der Mann reagierte schnell. Er bekam eines ihrer Beine zu fassen und versuchte, sie aus dem Wagen zu zerren. Giovanna klammerte sich an den Sitz und trat mit dem freien Fuß immer wieder gegen seinen Brustkorb. Doch nichts half. Zentimeter um Zentimeter verlor sie an Boden und wurde unaufhaltsam nach draußen gezogen.

»Genug!«, donnerte es vom Fond des Wagens.

Sofort ließ der Zug am Fuß nach. Der Fahrer schaute unschlüssig in den Innenraum. Als aber nichts mehr von der hintersten Sitzbank kam, schloss er die Tür, umrundete die Limousine und stieg vorne ein.

Giovanna setzte sich auf und massierte sich den Ellenbogen, den sie bei dem Hechtsprung angeschlagen hatte. Unauffällig schaute sie sich um. Der Innenraum war riesig, die rote Ledersitzreihe schlängelte sich die gesamte Seitenlänge entlang und bot für mindestens acht Personen Platz. Auf dem Boden lang ein dicker Teppich. Sie machte es sich in dem weichen Sitz bequem.

Auf der hintersten Bank saß Catherine Guinness. Seelenruhig hantierte sie mit einer Flasche Champagner, die vor ihr auf einem glänzenden Kubus stand. Sie füllte sich ein Glas und trank es langsam aus. Giovanna bot sie nichts an.

»Ich wusste, dass du kommen würdest«, sagte die Geschäftsfrau unvermittelt und stellte das Glas ab.

»Sind Sie Hellseherin?«

Catherine Guinness fing an zu lachen. Ein glockenhelles, einnehmendes Lachen, das Giovanna niemals erwartet hätte.

»Machen wir es kurz. Sonny könnte an jedem Finger eine Frau haben, er *hat* an jedem Finger eine und du bist, das muss ich anerkennen, die intelligenteste von ihnen. Aber, und das sage ich dir nur einmal, Sonny gehört mir!«

Jetzt war es an Giovanna, zu lachen.

»Indem Sie ihn mit dem Geschäft erpressen?«

»Das hast du ihm geglaubt? Was für eine Närrin.«

Catherine Guinness drückte einen Knopf. Hinter Giovannas Rücken surrte es. Erschrocken fuhr sie herum und sah, dass die Frau die Trennscheibe zum Fahrer hochgefahren hatte. Gleichzeitig klickte die Türsperre, und die Limousine wurde gestartet. Sie hatte keine Zeit zu protestieren. Der Wagen ging gleich in die Kurve und Giovanna musste sich ins weiche Leder krallen, um nicht von der Sitzbank zu rutschen.

Ihre Rivalin saß wie angegossen an ihrem Platz, der, anders als bei Giovanna, von zwei dicken Armlehnen geschützt war.

»Ich hatte wirklich mehr von dir erwartet«, sagte diese.

Giovanna glaubte, in ihrer Stimme einen Hauch von Enttäuschung herauszuhören.

»Aber am Ende bist du nicht besser als die anderen. Verstehst du immer noch nicht, dass Sonny dein kleinstes Problem ist?«

»Worüber haben Sie mit Peter Neuhaus gestritten? Vor dem Liebieghaus und im Iimori?«

Giovanna wartete so angespannt auf Antwort, dass sie gleichzeitig zitterte und schwitzte. Mit steifen Fingern öffnete sie ihre Jacke, riss sich den Leopardenschal vom Hals und legte ihn neben sich auf die Sitzbank. Die Luft im Fond war nicht nur warm, sondern auch dicht. Nur mit Mühe konnte sie atmen. Und nicht die Spur einer Taste, um das Fenster zu öffnen.

Da erfassten ihre Nasenhärchen einen Geruch. Er kam ihr bekannt vor, aber sie konnte ihn nicht sofort einzuordnen. Vorsichtig hakte sie ihn ein und zog ihn sanft, aber bestimmt zu sich hin. Endlich erkannte sie ihn.

»Dieses Parfum!«, rief sie und wollte, um die Andere zu ärgern, den Satz mit »trägt auch jede« beenden.

Doch Catherine kam ihr zuvor. »Dieses Parfum ist eigens für mich in der Rue Honoré von Belamie kreiert worden. Nicht jede Frau kann es sich leisten.«

Und nicht jede will es sich leisten, dieses stinkende Zeug! Wenigstens verstand sie jetzt, warum es um Sonny herum immer danach gerochen hatte.

»Du Dummchen. Als international anerkannte Sammlerin daunischer Kunst habe ich der Ausstellung selbstverständlich zahlreiche private Exponate zur Verfügung gestellt. Peter Neuhaus und ich waren uns über bestimmte Vorgehensweisen nach der Schließung der Ausstellung nicht einig.«

»Sie sind Isabella Caterina Tanzi, nicht wahr?«

Die Temperatur im Fond fiel augenblicklich um gefühlte zehn Grad. Die Schmuckdesignerin schwieg.

»Haben Sie gehört? Ich weiß, wer Sie sind!«

»Kennst du dieses innere Brennen, etwas haben zu wollen, koste es, was es wolle?«

»Um es mit Ihren Worten zu sagen: Sonny ist jetzt wirklich Ihr kleinstes Problem.«

Wieder füllte sich der Wagen mit dem glockenhellen Lachen. In aller Ruhe klappte Catherine ein Handy auf und begann zu telefonieren. Viel sagte sie nicht, sie hörte eher zu. Dann wandte sie sich an Giovanna: »Du hast etwas anderes, was ich will!«

»Doch nicht etwa meinen Ehemann?«

Catherine Guinness ging nicht darauf ein. »Deine Freunde.«

Vor Giovannas Füßen öffnete sich die Erde.

»Deine Freunde haben soeben dein Haus betreten. Ein merkwürdiges Duo. Und der Hund erst! Was für eine Schande, einen Golden Retriever so fett werden zu lassen. Von Schacht hätte besser auf ihn aufpassen sollen.«

»Was ist mit meinen Freunden?« Giovanna schaffte es kaum, die Frage auszusprechen.

»Nichts, wenn du mir das gibst, was mir zusteht.«

Auch wenn sie wusste, dass sie damit keine gute Figur abgab, hielt sie sich automatisch die Ohren zu. Sie wollte nicht wissen, was diese Unbekannte von ihr wollte. Doch es half nichts. Catherines Worte drangen trotzdem durch.

»Etwas, was Karl-Friedrich erhalten hat.«

»Das Polaroid!«, rief sie und schlug sich gegen die Stirn »Das ist es, was Sie von ihm zurückhaben wollten! Weil Sie wussten, dass er Ihre kriminellen Machenschaften niemals tolerieren und sie anzeigen würde! So ein Pech, dass das Bild in …«

»… deine Hände gelangt ist, ich weiß«, unterbrach sie Tanzis Tochter.

»Woher …?« Dann erinnerte sie sich, dass nicht nur der Museumsdirektor, sondern auch Sonny wenige Stunden zuvor das Polaroid gesehen hatte. *Cazzo!*

Als hätte sie Giovannas Gedanken erraten, sagte Catherine: »Ich suche meine Leute gut aus.«

»Dass ich nicht lache! Die Apulier kriegen offensichtlich keine Aufgabe richtig hin und Ihr Sonny heult schon auf, wenn man ihm die Eier kitzelt. Eine solche Truppe schickt man bei uns in Kampanien höchstens zum Hühnerstehlen los, nicht, um den Raub des Jahrhunderts auszuführen. Aber wissen Sie was? Für mich ist es geradezu tröstlich zu sehen, dass auch eine Lady Catherine Guinness mit all ihren Möglichkeiten, den Kultwagen weder jetzt noch sonst wann haben wird, denn er …«

Erschrocken schlug sich Giovanna die Hände vor den Mund.

»… ist auch bei dir.« Die Frau griff nach dem Champagnerglas, prostete Giovanna zu und trank es in einem Zug leer.

Kapitel 42

Cazzo, cazzo, cazzo!

Sie steckte wirklich in der Klemme. Nein, korrigierte sich Giovanna sofort. Es war noch viel schlimmer. Sie steckte in einem Albtraum, aus dem sie nicht erwachen konnte, weil er real war. Und den verdankte sie einzig und allein sich selbst. Mist! Hätte sie doch zu Hause auf Kommissar Köhlers Anruf gewartet. Oder wäre sie direkt vom Flughafen zu Tommaso und Joschka gefahren, um die Kiste unter dem Gästebett zu entfernen. Mit ihrem unüberlegten Handeln hatte sie sich nicht nur Schrammen geholt, sondern musste jetzt, im Wagen von Catherine Guinness, um ihr Leben …

Als spräche ihre Oma direkt aus dem Jenseits, verbat sie sich sofort, den schrecklichen Gedanken zu Ende zu denken, aus Angst, er würde sich sonst bewahrheiten. Dann doch lieber der Gedanke an ihre Freunde.

Tommaso und Joschka, Joschka und Tommaso. Nicht nur hatte sie deren Geduld und Herzlichkeit strapaziert, sondern sie angelogen und in Gefahr gebracht. Wenn wir alle heil aus der Geschichte kommen, versprach sie sich, gehe ich vor den beiden auf die Knie. Das schwöre ich auf Padre Pio!

Heiße Tränen schossen ihr in die Augen. Sie brannten so stark, als hätte sie der Teufel persönlich mit Pfeffer gefüllt. Aber sie wollte nicht weinen, so viel Stolz hatte sie noch. Später vielleicht, falls sie den Wagen … Aber nicht jetzt. Nicht vor Catherine Guinness, oder wie auch immer sie hieß.

Giovanna kämpfte so sehr gegen die Tränen und ihre furchteinflößenden Gedankenmonster, dass sie nicht gleich merkte, dass die

Sammlerin angefangen hatte zu reden. Es schien, als würde die Frau, die bis vor wenigen Tagen nur eine extravagante Rivalin im Kampf um Sonny gewesen war, mit sich selber plaudern, so leicht und unverbindlich war der Ton. Doch als Giovanna genauer hinhörte, gefror ihr das Blut zu Eis.

»… leugnen bringt nichts, liebe Giovanna. Meine Männer haben dich Donnerstagnacht bis zum Hauptbahnhof verfolgt und gesehen, wie du eine große Holzkiste aus dem Schließfach geholt hast. So durcheinander wie du warst – ich meine, wer läuft in Frankfurt mit einem Leopardenschal von Cavalli auf dem Kopf herum? – hast du garantiert keinen Wein geholt. Leider haben dich die beiden im Getümmel verloren. Nun, die Kiste ist nie bei der Polizei angekommen, das hätte ich erfahren. Bei dir zu Hause ist sie auch nicht, da waren sie noch in der selben Nacht. Wo ist sie dann, frage ich mich seitdem. Wo würde eine Giovanna Greifenstein die Kiste mitten in der Nacht verstecken? Ahhh, jetzt weiß ich es, die Kiste ist bei ihren Freun…«

»Nein!«

Noch während sie überstürzt antwortete, wusste Giovanna, dass sie sich gerade verriet.

»Doooch.« Auf gemeine Art zog Catherine das Wort in die Länge.

»Ich …« Giovanna wusste nicht, was sie sagen sollte, um ihre Freunde aus der Sache herauszuhalten. Sie zitterte so stark, dass sie kaum sitzen, geschweige denn reden konnte. Doch sie musste Zeit gewinnen, koste es, was es wolle.

»Sie glauben doch nicht im Ernst, dass ich eine Kiste mit diesem Inhalt in der Wohnung meiner dusseligen Freunde verstecken würde! Wo hätte ich sie Ihrer Meinung hinstellen sollen, vielleicht unter das Gästebett?«

Schon bei dem Gedanken, dass sie es wirklich getan hatte, wurde ihr ganz anders.

Auch die Schmuckdesignerin schien diese Möglichkeit abwegig, wenn nicht gar absurd zu finden, denn sie ließ von Tommaso und Joschka ab und fragte stattdessen: »Wo ist sie dann?«

»Denken Sie doch nach«, sagte Giovanna und rutschte, um ihren Worten Gewicht zu geben, auf die Polsterkante. »Welche Möglichkeiten hatte ich in der besagten Nacht? Zur Polizei konnte ich nicht, weil ich gleich als Komplizin des Professors verdächtigt worden wäre, und meine Freunde wollte ich nicht mit reinziehen. Ich musste jemanden anderen dazu …«

»*Wo. Ist. Sie?*«

»Die Kanzlei meines Mannes hat sie treuhänderisch in Aufbewahrung genommen«, schoss es aus Giovanna.

Diese Antwort hatte Catherine Guinness offenbar nicht erwartet. Um ehrlich zu sein, sie auch nicht.

Die Frau fixierte sie mit einem Blick, der einem Röntgenstrahl in nichts nachstand. Wie schnell würde sie die Lüge durchschauen? Plötzlich kamen Giovanna alle Bluffs in den Sinn, die sie beim Kartenspiel gelernt hatte. Konzentrier dich, mahnte sie sich, dies ist kein Spiel.

Aber sicher, ich spiele um mein Leben.

Automatisch drückte sie ihr Kreuz durch und setzte sich auf, was auf den rutschigen Sitzen schon an sich eine Meisterleistung war. Sie starrte ohne mit einer Wimper zu zucken zurück und schaffte es sogar, einen Mundwinkel leicht in die Höhe zu ziehen. Aber, und das war vielleicht das Ass im Ärmel, sie hielt den Mund.

Ihre Gegnerin wandte sich als Erste ab. Sie beugte sich zum Kubus, füllte erneut ein Glas mit Champagner und blickte, während sie trank, aus dem Wagenfenster. Sie schien voll auf die Aussicht konzentriert, ein nächtliches Frankfurt, dessen Licht- und Schattenspiele wie ein Film über ihr Gesicht flimmerten.

Ein schönes Bild, hätte sie nicht gewusst, dass Catherine Guinness nur überlegte, wie sie weiter vorgehen sollte. Giovanna kam eine Idee und es machte plong, so groß war der Stein, der ihr vom Herzen fiel.

»Ich mache Ihnen folgenden Vorschlag. Ohne die Polizei einzuschalten, hole ich Ihnen die Kiste aus der Kanzlei. Im Gegenzug lassen Sie meine Freunde aus dem Spiel.«

Ein ungläubiger Blick, dann brach Catherine in schallendes Lachen aus.

»Sie können mir vertrauen«, fügte Giovanna hastig hinzu. »Wirklich!«

Das Lachen füllte den ganzen Wagenfond aus.

»Mein Gott«, keuchte die Engländerin, »dir vertrauen? Du bist nicht nur dumm, sondern auch naiv!«

»Sie kennen doch eh jeden meiner Schritte. Außerdem verspreche ich Ihnen …«

»Sei still, du gehst mir mit deinem Geschwätz auf die Nerven! Ich sage, was zu tun ist, sonst …« Sie musste nicht fortfahren, damit Giovanna verstand.

»Du bleibst mein Gast. So lange, bis dich mein Fahrer morgen früh in die Kanzlei begleitet, wo du die Kiste zurückverlangst. Zeitgleich werden meine Männer deinen Freunden einen Höflichkeitsbesuch abstatten und sich persönlich überzeugen, dass die beiden bei bester Gesundheit sind. Wenn ich die Kiste habe, gehen wir auf Reisen, du und ich.«

Es kam aus dem tiefsten Winkel ihres Bauches. »*Nein!*«

»Wie, nein?«

»Nein, wie nein! Entweder zu meinen Bedingungen oder gar nicht.«

Wieder fing Catherine an zu lachen. Sie schien sich über den Widerstand zu amüsieren, aber Giovanna spürte, wie sich die Gefahr um sie herumzuwinden begann.

»Lassen Sie mich raus!«

Doch die andere lachte noch boshafter.

»Haben Sie gehört? Ich will raus!«

Giovanna rüttelte an der Wagentür. Eine Zentralverriegelung. Panisch begann sie, mit der Faust an die Fahrerscheibe zu schlagen, so lange, bis es surrte und sie heruntergelassen wurde. Doch von dieser Seite war keine Hilfe zu erwarten, der Fahrer blinzelte ihr voller Schadenfreude zu.

Sie war gefangen, ihre Freunde waren in Gefahr, und sie wusste, dass die feine Catherine Guinness, die nichts anderes war als eine gemeine Verbrecherin, sie niemals leben lassen würde, sobald das kostbare Exponat in ihren Händen war. Mit einem Satz warf sich Giovanna auf die Schmuckdesignerin und schlug sich das Knie so hart an den Kubus an, dass sie glaubte, ihre Kniescheibe würde auseinanderbrechen. Der stechende Schmerz nahm ihr die Luft und ließ sie nach Halt suchen. Die Champagnerflasche. Ihre Hand reagierte schneller als ihr Gehirn. Sie zog die Flasche aus der Einbuchtung und zerschlug sie mit einem einzigen Schlag an der Kante des Kühlschranks. Glassplitter, vermischt mit Champagner, flogen durch die Gegend. Giovanna duckte sich weg, der Fahrer fluchte und trat voll auf die Bremse. Catherine Guinness schrie auf. Nur einmal, und sehr kurz. Denn sofort krallte sich Giovanna mit der freien Hand ins Haar ihrer Gegnerin, während sie ihr mit der anderen den scharfkantigen Flaschenhals an die Gurgel hielt.

»Ich habe gesagt, dass ich die Kiste morgen alleine hole. Kapiert?«, flüsterte sie in atemlosem Stakkato.

Sie verlieh dem Gesagten Nachdruck, indem sie noch stärker an Catherines Haaren zog und die Flasche noch ein bisschen tiefer an den Hals drückte.

»Ja«, röchelte die Frau.

»Sollten Sie Ihre Männer auf mich oder meine Freunde hetzen, werde ich den Kultwagen zertrümmern und in den Main werfen. Ansonsten sehen wir uns um Punkt zwölf Uhr in Ihrem Geschäft. Und jetzt lassen Sie mich aussteigen!«

Catherine gab einen kurzen Befehl und die Zentralverriegelung klickte auf. Der Fahrer stieg aus, umrundete den Wagen und öffnete formvollendet die hintere Wagentür. Giovanna ließ von der Frau ab. Sie schnappte sich ihre Tasche und verließ den Wagen, die kaputte Flasche noch in der Hand. Der Mann hob abwehrend die Hände, aber Giovanna hatte nur den Drang, so schnell wie möglich zu verschwinden.

»Das wird sie dich büßen lassen!«, rief er ihr hinterher.

Ich weiß.

Der verschreckte Ausdruck und die sich schützende Armbewegung eines Obdachlosen, in dessen Nähe sie außer Atem stehen geblieben war, ließen Giovanna zu sich kommen. Warum hatte er Angst vor ihr? Sie schaute an sich hinunter. Ihre Jacke war fleckig und voll glitzernder Splitter, die dunkle Baumwollstrumpfhose über dem Knie gerissen und die Stilettos waren aufgekratzt. Aber das konnte nicht der Grund sein. Da bemerkte sie, dass sie noch immer den aufgeschlagenen Flaschenhals hielt, in einer Hand, die blutverschmiert war. Sofort wechselte sie die Straßenseite und warf ihn in die erstbeste Ecke. Dann untersuchte sie ihre Hand. Hatte sie sich aufgeschnitten? Sie wischte sich das Blut an der Jacke ab. Es war nicht ihres.

Hoffentlich habe ich ihr nicht die Halsschlagader aufgeschlitzt.

Giovanna schaute sich um. Wo war sie? Sie brauchte einen Moment, um sich zu orientieren, dann sah sie, dass sie in der Nähe der Alten Oper war. Waren sie etwa die ganze Zeit im Kreis herumgefahren? Egal, dachte sie, viel wichtiger ist, dass ich jetzt die richtigen Entscheidungen treffe. Sie würde auf der Stelle ihre Freunde anrufen und warnen, danach gleich ins Präsidium fahren.

Während sie nach einem Taxi Ausschau hielt, sah sie, dass der Akku des Handys leer war. Voller Verzweiflung trat sie mit dem Fuß gegen das selbstgefällige Konterfei des hessischen Ministerpräsidenten, der sie, auf ein schiefstehendes Holzgestell geklebt, dazu aufforderte, das Richtige zu tun.

Kein Taxi in Sicht, der Akku leer. Wie sollte sie …? Moment, eine Telefonzelle, genau, sie brauchte eine Telefonzelle. Hoffnungsvoll schaute sie sich um, während sie nach dem Portemonnaie suchte.

Die ganze Zeit schon war ihr die Schultertasche seltsam leicht vorgekommen und jetzt wusste sie wieso: Ihr Portemonnaie war weg. Sofort verkrampfte sie sich vor Schreck, dann fing sie hektisch an zu suchen. Nicht nach dem Geldbeutel, sicher war er ihr beim Gerangel in der Limousine herausgerutscht, aber nach dem Wohnungsschlüssel – und ihrer Lebensversicherung, dem Polaroid. Ersteres fand sie sofort. Die Metallspirale des Schlüsselbunds hatte sich an den ausgefransten Fäden einer aufgeplatzten Naht verfangen und war dadurch nicht herausgerutscht. Das Polaroid musste sie länger suchen. Schon rannen ihr Schweißtropfen die Rippen hinunter, als sie es endlich entdeckte, festgeklebt an einem Hustenbonbon, das, trüb und zerquetscht, am Boden der Tasche klebte. Vor Erleichterung schauderte sie.

Als sie plötzlich ein Taxi erspähte, zögerte sie keine Sekunde, es heranzuwinken. Sie würde sich die Fahrt von Kommissar Köhler bezahlen lassen. Denn wenn sie eines von ihrer *nonna* gelernt hatte, dann, dass das Glück ein launisches Wesen war. Man wusste nie, ob es ein zweites Mal kam.

Kapitel 43

Statt von Ben Köhler wurde Giovanna von einer freundlichen Polizistin in Empfang genommen und in ein Besprechungszimmer gebracht. Dort wurde sie gefragt, ob sie etwas trinken wolle. Lieber telefonieren, antwortete sie aufgeregt, als sie das Gerät auf dem Tisch entdeckte. Sie müsse dringend ihre Freunde warnen. Die Frau schaute sie verständnisvoll an und schob ihr das Telefon hin. Obwohl Giovanna sämtliche Nummern von Tommaso und Joschka anrief, erreichte sie niemanden. Voller Sorge wandte sie sich an die Polizistin.

»Wo ist Kommissar Köhler? Es geht um Leben und Tod!«

Die Frau zuckte mit den Schultern und stand auf, um ihr ein Glas Wasser zu holen. Auf der Türschwelle brummte sie: »Wir wissen nicht, wo der Kriminalhauptkommissar ist.«

Giovanna unterdrückte die aufkommende Panikattacke. Tommaso und Joschka waren wie vom Erdboden verschwunden und nach dem, was sie jetzt über Catherine Guinness wusste, war das kein gutes Zeichen. Hatte diese aus Rache ihre Männer in die Leipziger Straße geschickt? Wurden Tommaso und Joschka gerade eingeschüchtert, geschlagen oder wurde ihnen noch Schlimmeres angetan? Sie hatte keine Wahl, sie musste mit jemandem reden, und wenn es nur die Polizistin war.

Giovanna wartete. Es war weit nach Mitternacht. Wo blieb die Frau nur? War es das, was diese Leute in der Polizeischule lernten? Verschwinden und auf diese Weise die Menschen mürbe machen? Sie setzte sich bequemer hin. Vorsichtig streckte sie ein paar Mal das verletzte Knie aus. Das Stechen war verschwunden, nur ein schläfriges Brennen erinnerte sie an den Stoß.

Damit sie nachher die ganze Geschichte besser erzählen konnte, holte sie das Polaroid hervor und legte es vor sich auf den Tisch. Sie stützte die Ellenbogen auf die Kunststoffplatte und legte ihr Gesicht auf die Handflächen. Durch die gespreizten Finger hatte sie genau den Menschen vor sich, der, nach Antonio Negris Erzählung, die alte, apulische Geschichte mit der neuen in Frankfurt verband: Das Mädchen, das durch einen Streit einen Autounfall herbeigeführt hatte, bei dem der Vater lebend verbrannt und es selber mit schrecklichen Verletzungen geborgen worden war.

Giovanna empfand Mitleid für Isabella Caterina Tanzi. Aber nicht für Catherine Guinness, die nichts anderes war als eine skrupellose Verbrecherin. Sie allein war schuld, dass Karl-Friedrich alle wissenschaftlichen und persönlichen Regeln gebrochen hatte. Im Taxi war ihr noch einmal das Gespräch mit der Frau durch den Kopf gegangen. Da hatte sie erkannt, dass es nur noch eine Erklärung für Karl-Friedrichs Handeln gab. Er hatte nicht für, sondern wegen Catherine Guinness gestohlen. Weil er den prächtigen Kultwagen vor dem Diebstahl schützen wollte, war er selber zum Dieb geworden.

Vom Kommissar gab es immer noch kein Lebenszeichen. Ihr wurde immer kälter, vor Angst und Müdigkeit. Konnte sie einfach gehen? Sie saß wie auf glühenden Kohlen, hoffte, dass endlich jemand aktiv wurde, ihr zuhörte und mit Hilfe aller Einsatzkommandos zuerst in die Leipziger Straße raste, um ihre Freunde aus den Fängen der Apulier zu retten, und dann die Chefin der kriminellen Bande zu stellen.

Wenn es die Polizei nicht tut, dann mache ich es!

Giovanna packte ihre Sachen und humpelte aus dem Zimmer.

»Wo wollen Sie hin?«

Obwohl sie ihn an seiner Stimme erkannt hatte, humpelte sie einfach weiter. »Meine Freunde retten.«

»Keine Alleingänge mehr! Sagen Sie mir endlich, was Sie wissen!«
Giovanna blickte über die Schulter. Der Kommissar stand dicht
hinter ihr, fahl und stoppelig. »Ich weiß, wo der Kultwagen ist.«

»Ach, Frau Greifenstein«, sagte Ben Köhler nur.

War er enttäuscht? Von ihr?

»Herr Kommissar!« Vergebens suchte sie seinen Blick. »Heute
Nacht habe ich etwas Wichtigeres zurückbekommen: Die Gewissheit, dass ich mich nicht in einem Freund geirrt habe.«

Doch er hörte ihr nicht mehr zu, sondern forderte sie auf, ihm
in sein Büro zu folgen und ihm die ganze Geschichte zu erzählen.

Als Giovanna geendet hatte, erwartete sie, dass Ben Köhler auf-
springen und mit heulenden Sirenen in die Leipziger Straße rasen
würde. Stattdessen kaute er ein paar Mal auf einem imaginären
Brocken herum, schluckte schwer und sagte langsam: »Was genau
haben Sie mit diesen Leuten zu tun?«

»Was? Nichts habe ich mit diesen …«

»… mit dem Afrikaner schon«, meldete sich ungefragt ein zweiter
Beamter, der mit im Raum war und bisher geschwiegen hatte.

Ben Köhler blieb unerbittlich: »Ich hatte nicht geglaubt, dass Sie
mit drinstecken, wirklich nicht. Wie schade.«

»Mit drinstecken, *ich?!* Ich musste selber recherchieren, um die
Unschuld des Professors zu beweisen. Verstehen Sie das nicht?«

»Nein.«

»Aber …!«

Trocken schnitt er ihr das Wort ab: »Das sind keine Beweise,
nicht einmal Indizien. Was Sie mitgebracht haben, ist nur altes Zeug
und das Geschwätz eines Mannes, den es vielleicht gar nicht gibt.
Wo ist er denn sonst, ihr wertvoller Zeuge Antonio Negri, den Sie
jetzt dringend brauchen könnten? Es ist nicht das erste Mal, dass
sie mich anlügen, Frau …«

»Bitte«, sagte Giovanna leise.

Ben Köhler betrachtete sie einen Moment und nickte.

Wenn sie nicht in dieser misslichen Lage gewesen wäre, hätte sie die abenteuerliche Fahrt durchs nächtliche Frankfurt genossen. Drei Polizeiwagen jagten, mit Blaulicht und Sirene, Richtung Bockenheim, auf dem Weg zur Aufklärung von einem der größten Kunstraubfälle der Kriminalgeschichte. Nur, dass die Geschichte, nüchtern betrachtet, eher klein und hausgemacht war – wenn man von den tatsächlichen und den potenziellen Toten absah.

Giovanna klammerte sich an den Handgriff der Wagentür. Der Gedanke an ihre Freunde, an die Dinge, die sie in der Leipziger Straße vorfinden würden, drohte sie zu zerreißen. Keiner der beiden hatte auf ihre Anrufe reagiert. Sie musste das Schlimmste befürchten.

Ben Köhler saß vorne neben seinem Schatten, der den Wagen lenkte. Er schwieg und warf nur ab und zu einen unergründlichen Blick nach hinten. Seit ihrem Geständnis im Präsidium hatte er seine aufgepumpte Attraktivität verloren, sah schlaff und ältlich aus.

»*Mi dispiace*«, wollte sie ihm sagen, »es tut mir leid.«

Doch der triumphierende Gesichtsausdruck des Fahrers, den sie im Rückspiegel deutlich sehen konnte, ließ sie zögern, und da fuhren sie auch schon in den Innenhof von InternazionARTE, wo …

Abruptes Bremsen, quietschende Reifen, ein schmerzvoller Zug um Giovannas Brust, als der Sicherheitsgurt griff, und alle Autos zum Stehen kamen. Im Wagen blieb es still, zu unwirklich war die Szene, die sich ihnen bot.

Der Kommissar fasste sich als Erster. Er stieg aus und näherte sich dem Streifenwagen, der mit Blaulicht, aber ohne Sirene, vor dem Eingang des Verlags stand. Daneben hatte sich ein Grüppchen von Leuten zusammengefunden: Polizisten in Uniform, Menschen in Trainingsanzügen und dazwischen Tommaso, Joschka und Barni.

In Gedanken warf sie sich schon auf ihre Freunde und umarmte sie voller Erleichterung. Doch sie konnte sich nicht bewegen, zu schwer wog die Angst vor der Begegnung mit ihnen.

Es war der Kriminalhauptkommissar, der sie dazu zwang. Mit einem Ruck riss er die Wagentür auf und nach einem ruppigen ›Wir sind rechtzeitig gekommen‹, das sich wie eine Entschuldigung anhörte, fragte er Giovanna, wo der Kultwagen versteckt sei.

»Unter dem Bett im Gästezimmer«, antwortete sie leise.

»Dümmer als die Polizei erlaubt«, sagte der Souffleur.

Ben Köhler schlug mit der flachen Hand auf das Autodach. »Steigen Sie aus«.

Barni bemerkte sie vor allen anderen. Er trottete ihr entgegen und wedelte verhalten mit dem Schwanz. Unglaublich, aber wahr: Sie hatte den Hund vermisst. Langsam ließ Giovanna seine weichen Ohren durch die Hände gleiten. Da entdeckten sie Tommaso und Joschka.

»Was …?«, setzte Tommaso an.

»Du?«, fragte Joschka.

Der Kommissar ließ ihr keine Möglichkeit, sich den beiden zu erklären. Er informierte die Männer, dass sie in die Wohnung müssten.

»Da ist nichts passiert«, sagte Joschka. »Nur im Verlag …«

»Bitte führen Sie uns in die Wohnung.«

»Wieso?«

Tommaso fasste ihn am Arm. »Es geht nicht um den Einbruch, glaube ich.«

»Korrekt«, bestätigte der Beamte.

Ihre Freunde näherten sich ihr, aber sie schaffte es nicht, ihnen ins Gesicht zu schauen. Auf ein Zeichen von Ben Köhler setzte sie sich in Bewegung, gefolgt von den Polizisten, ihren Freunden und Barni. Sie hörte, wie Joschka protestierte und nach Antworten verlangte, während ihn Tommaso zu beruhigen versuchte. Sie traten in den Eingangsbereich. Ein Uniformierter stand gebeugt vor der offenen Verlagstür und leuchtete sie mit der Taschenlampe ab.

»Da hat jemand schön gewütet«, kam es aus der Gruppe, mit Blick auf das chaotische Durcheinander im Büro.

Hier sieht es immer so aus, dachte Giovanna.

Ben Köhler wollte wissen, was passiert war.

»Wir hatten ein Arbeitstreffen mit einer Autorengruppe«, antwortete Joschka mit belegter Stimme, »Als wir zurückkamen, fanden wir die Polizei in unserem Hof. Ein Nachbar vom Wohnblock gegenüber hatte gerade eine Zigarette auf dem Balkon geraucht, als er zwei Gestalten im Hof sah.«

Giovanna richtete sich unwillkürlich auf. Sie waren noch rechtzeitig gekommen, das waren sicher die zwei Gehilfen von Catherine Guinness gewesen. Zum Glück war sie zu Ben Köhler gegangen. Zum Glück.

»Ich verstehe immer noch nicht, warum wir mit Giovanna und der Polizei in unsere Wohnung gehen«, hörte sie Joschka zetern.

»*Stai zitto* – Sei still«, fuhr ihn Tommaso an.

Ben Köhler blieb stehen. »Schließen Sie die Tür auf.«

Giovanna versuchte weiterhin, den Blicken ihrer Freunde auszuweichen. Als Tommaso die Wohnungstür aufgeschlossen hatte und zur Seite trat, forderte der Kommissar sie mit einem Nicken auf, vorauszugehen. Mit schweren Schritten betrat sie die Diele. Niemand sagte ein Wort. Sie öffnete die Tür zum Gästezimmer und war erstaunt, dass ihr kein zähnefletschendes Ungeheuer entgegensprang. Zögernd blieb sie auf der Türschwelle stehen.

Es war nur ein Moment, aber Barni nutzte ihn gleich aus. Er

schlüpfte durch die Beine aller Anwesenden hindurch und stürzte sich geradewegs unter das Bett. Sie hörten, wie seine Krallen über das Parkett fuhren, er kurz aufjapste, als er fündig wurde. Als er im Rückwärtsgang herausgekrochen kam, hielt er etwas Knisterndes im Mund.

»Was hat er da?«, fragte der Kommissar.

»*Niente, niente.*« Unauffällig versuchte Tommaso, Barni den Gegenstand aus dem Maul zu nehmen.

»Das stimmt nicht«, antwortete Giovanna. »Es ist Styropor, zum Schutz von … Sie wissen schon.«

Es gelang ihr nicht, in Anwesenheit ihrer Freunde, das Objekt beim Namen zu nennen.

»Dann wollen wir mal nachschauen.«

Ben Köhler ging in die Knie und hob die Tagesdecke.

»Was, verdammt noch mal, ist unter unserem Bett?«, rief Joschka in die angespannte Gruppe.

Langsam richtete sich der Kommissar auf.

»Nichts«, sagte er.

Kapitel 44

»Nein, Nein, Nein!«

Giovanna hatte so laut geschrien, dass es in ihren Ohren weiterhallte, als sie sich auf den Boden warf, um unters Bett zu blicken. Das Paket mit dem daunischen Kultwagen war da, musste da sein. Wie schon Barni vor ihr, quetschte sie sich mit dem Oberkörper unter das Gestell und sah ... nichts. Vor Schreck wurde ihr schummrig und alles verschwamm in einer nebligen Masse. Sie machte sich so lang sie konnte, streckte ihre Arme aus, fuhr zur Sicherheit den Boden ab. Doch außer ein paar Wollmäusen, die ihr beim Zugreifen wie Hoffnung durch die Finger glitten, gab es vom Paket keine Spur. Jammernd blieb sie unter dem Bett liegen.

Da packte sie jemand an den Knöcheln und zog sie vorsichtig heraus. Tommaso. Ohne zu reden und ohne ihr seinerseits in die Augen zu schauen, half er ihr auf die Beine und klopfte sie von den Staubfäden frei. Dann stellte er sich wieder neben Joschka und Barni.

Es war der Souffleur, der die gespenstische Stille durchbrach: »Ich seh das so, Chef. Ihr Lover, die Schokolade, hat sie wegen Lady Guinness sitzen lassen. Nun rächt sich die ehrenwerte Frau Greifenstein, indem sie ihre Rivalin anschwärzt und uns, die Polizei, von hinten bis vorne verarscht.«

Giovannas Beine begannen gefährlich zu wackeln, noch bevor sie alles, was der Polizist gesagt hatte, richtig verstanden hatte. Sie schwankte wie ein betrunkener Matrose, doch niemand stützte sie. Im Gegenteil, ihr schien, als gingen alle auf Abstand.

Ben Köhler lief umher, untersuchte das ganze Zimmer, ging noch einmal in die Knie, schaute unter das Bett. Währenddessen sprach er zu sich: »Sie ist im Hotel, auch ihre Männer … Ich war mir sicher, dass … Was übersehe ich?«

»Will mir verdammt noch mal endlich jemand erklären, was hier los ist?« Joschka explodierte, dunkelrot im Gesicht. Er packte Giovanna am Arm und schüttelte sie so fest, dass sie fast hinfiel. »Was war unter dem Bett, he? Was hast du da versteckt?«

Barni begann zu bellen und verlor dabei seine abgelutschte Styroporkugel, die auf den Schuh eines Polizisten fiel. Voller Ekel schüttelte dieser sie ab.

Joschka hatte Giovanna losgelassen und war zu Tommaso getreten. »Was ist hier los?«, fragte er ihn. »Hast du das verstanden?«

Tommaso glotzte und schwieg, fahl wie ein Toter, dessen Sargdeckel kurz vor der Schließung stand.

Es war der gemeine Polizist, der die Frage beantwortete, und er tat es auf so genießerische Art, als würde er gleich den Orgasmus seines Lebens bekommen.

»Ihre hier anwesende Freundin behauptet, dass sie unter dem Bett …«

»Wir durchsuchen die Wohnung«, befahl Ben Köhler.

Der Koitus Interruptus bekam dem Polizisten überhaupt nicht, aber keiner beachtete ihn weiter.

»Ja, wo sind wir denn hier, dass die Staatsgewalt das tut, was sie will?« Joschka war wieder in seinem Element. »Die Diebe haben nur versucht, im Verlag einzubrechen. Und da gibt es, außer politisch wertvoller Bücher, nicht viel zu holen.«

»Haben Sie einen Durchsuchungsbefehl?«, unterstützte ihn Tommaso mit einer Stimme wie aus dem Grab.

»Nicht nötig, wir haben Gefahr im Verzug!« Ben Köhler blieb hart.

Sofort kehrte normales Leben in seinen Untergebenen: »Nach was genau sollen wir suchen, Chef?«

285

Ben Köhler nickte Giovanna auffordernd zu. Mit einem schmatzenden Geräusch öffnete diese den trockenen Mund: »Nach einem kompakten Paket, in etwa doppelt so groß wie ein Schuhkarton und dick mit Folie verpackt. Und nach einer Holzkiste, die meinen Namen trägt.«

Die wartenden Polizisten schwirrten aus.

Sie hatte Joschka nicht herantreten sehen. Unerwartet stand er so nahe vor ihr, dass sie seinen Atem roch. Sie quetschte sich an die Wand, aber er rückte unerbittlich nach und bedrängte sie körperlich, obwohl er viel kleiner war als sie.

»Was ist in diesem Paket, verdammt«, zischte er. »Und was haben der Afrikaner und diese Lady Dingsbums damit zu tun?«

»Im Paket war der gestohlene Kultwagen«, antwortete sie.

»Was? Der Kultwagen?!« Seine Stimme überschlug sich.

Einen Moment lang hatte sie das Gefühl, er würde auf sie springen. Joschka wandte sich abrupt zum schweigenden Tommaso um, packte ihn beidhändig an den Armen und schrie: »Was habe ich dir gesagt, du kalabrischer Esel? Aber nein, du wolltest mir nicht glauben. Doch nicht Giovanna, unsere Giovanna, wir sind ihre Familie. Die stecken unter einer Decke, habe ich dir gesagt, sie und dieser fanatische Professor, so wie sie sich benimmt. Wir haben ihr geglaubt, ihr vertraut! Und was tut diese Undankbare?« Er riss die Augen so weit auf, dass die Augäpfel herauszufallen drohten. »Sie lügt! Sie treibt uns in den Ruin! Sie missbraucht unsere Freundschaft! Sie bringt uns willentlich in Gefahr! Mich und dich und Barni.«

Mit diesen Worten ließ er Tommaso los und warf sich wie von Sinnen auf Giovanna. Sie keuchte auf und duckte sich, während Tommaso und Ben Köhler ihn von ihr zurückzuziehen versuchten. Joschka schrie wie am Spieß und trat mit den Füßen nach Giovanna. Die zwei Männer hatten Mühe, ihn festzuhalten, wie ein Aal wand

er sich unter ihren Händen. Der Hund knurrte und sprang zähne-
fletschend am Kommissar hoch, der seine Männer zur Hilfe rief.

Drei Polizisten waren nötig, um Joschka von Giovanna zu lösen.
Immer noch verfluchte er sie, aber jetzt saß er auf dem Bett und
schien langsam zu sich zu kommen. Tommaso hatte beide Arme um
Barnis Hals geschlungen und sprach beruhigend auf ihn ein. Ben
Köhler schaute ratlos von einem zum andern. Mehrmals fuhr er sich
mit der Hand über den Kopf, dann rief er nach seinem Assistenten
und stellte sich mit ihm in eine Ecke. Während sie sich miteinander
besprachen, warfen sie immer wieder prüfende Blicke auf Giovanna,
die mit dem Rücken den Türrahmen hinuntergerutscht war und wie
betäubt auf dem Boden saß.

Sie verstand die Welt nicht mehr. Hatte sie alles nur geträumt?
Zeigten sich die ersten Anzeichen einer psychischen Krankheit? Oder
war Catherine Guinness schlicht und einfach gewiefter als sie und
hatte nur so getan, als suche sie das Exponat, obwohl sie es schon
hatte? Doch weder träumte sie, noch war sie verrückt. Wo also war
der Bronzewagen?

Vielleicht habe ich ihn an einem anderen Ort in der Wohnung
versteckt, versuchte sie sich einzureden. Ich war durcheinander, und
bestand nicht die Gefahr, dass Tommaso ihn fand? Er hatte sie fast
vor dem Bett kniend gefunden und sie danach garantiert ein anderes
Versteck ausgesucht. Aber wo? Je angestrengter sich Giovanna zu erinnern versuchte, desto mehr hatte sie das Gefühl, dass ihre Synapsen
wie Leuchtfontänen aufsprühten und -spritzten. Sie war dabei, den
Verstand zu verlieren. Erschöpft lehnte sie sich an den Türrahmen
und ließ die Augen ziellos umherschwirren.

Als ginge es ihm nicht besser, öffnete Ben Köhler das Fenster
und ließ frische Nachtluft in das stickige Zimmer. Alle schnappten
nach Sauerstoff.

Weder wusste sie, wie spät es war, noch, wie lange sie schon auf dem Boden saß.

Wie ein Mantra wiederholte Joschka: »Warum hat sie das getan? Warum nur? Warum?«, und wiegte sich hin und her.

Tommaso ließ Barni los, setzte sich neben ihn aufs Bett und legte ihm tröstend seinen Arm um die Schulter. Aus der Wohnung wehten Geräusche hinüber von Schubladen, die aufgezogen, von Gläsern, die verschoben und von Türen, die auf- und zugemacht wurden.

Als die Polizisten mit langen Gesichtern von ihrer Suche zurückkamen, kehrte sofort die Spannung in Giovannas Körper zurück. Wie ein Stromschlag durchfuhr sie die Erkenntnis, dass das, was nicht sein durfte, gerade passierte: Paket und Kiste waren weg.

Voller Verzweiflung wandte sie sich an Ben Köhler. »Das Paket ist da, es war da! Ich selbst habe es versteckt. Von Schacht hat nicht im Bösen gehandelt, er wollte den Kultwagen retten. Deswegen musste er sterben. Und an allem ist Catherine Guinness schuld. Bitte, Herr Kommissar, glauben Sie mir!!«

War es deren Anblick? Ihr Instinkt? Die fiese innere Stimme, die immer das Schlechteste aus ihr herausholte? Ihre panisch umherrollenden Augen blieben an Tommaso und Joschka kleben, fokussierten die beiden, zoomten sie heran, sodass sie gestochen scharf zu sehen waren. Was, wenn …?

»Wo habt ihr das Paket hingetan?«, fragte sie sie geradeheraus.

Sofort war Joschka auf hundertachtzig. »Du beschuldigst uns? Du, du …«, er bekam kaum Luft. »Du Undankbare, von der Straße haben wir dich geholt und …«

»*Non esagerare* – Übertreibe jetzt nicht«, schnitt ihm Tommaso das Wort ab. »Und beruhige dich, dein Blutdruck explodiert gleich.«

»Wo ist der Kultwagen?«, rief Giovanna in Panik. »Wo ist er?«

Auf allen vieren krabbelte sie auf ihre Freunde zu und begann an ihren Hosen zu zerren. Joschka wehrte sich, trat nach ihr, während Tommaso sie beide zu trennen versuchte. Die gesamte Anspannung konzentrierte sich auf diese eine Frage und lagerte sich in ihre zittrigen Hände, die sich verkrampften.

»Ihr wisst nicht, was ihr getan habt!«, keuchte sie.

Wieder mussten die Beamten eingreifen, einer umfasste Giovanna von hinten und zog sie zurück, der andere drückte Joschka aufs Bett. Nur Tommaso blieb auf merkwürdige Weise unbeteiligt.

»Schluss!«

Alle schauten erschrocken zu Ben Köhler, der sich drohend vor sie gestellt hatte. »So wahr ich Kriminalhauptkommissar Ben Köhler bin, ich werde Sie drei so lange in unseren schimmligsten Zellen verrotten lassen, bis Sie bereit sind, den Kultwagen selber zu schmieden, um freizukommen! Und jetzt reden Sie, *kapischi?*«

»Ich bin nicht verrückt …«, begann Giovanna.

»Der faschistische Polizeistaat …«, echauffierte sich Joschka.

»Ich weiß, wo das gesuchte Objekt ist«, sagte Tommaso.

Alle erstarrten in ihren Bewegungen.

»Wo?«, fragte Ben Köhler.

»Im Main. Ich habe es heute Morgen hineingeworfen.«

Im Gästezimmer brach ein Tumult aus.

Zuerst war es nur ein Röcheln, das im Geschrei und Durcheinander unterging. Auch als sich Joschka mit der Hand an die Brust griff und seine Gesichtsfarbe von dunklem Rot in fahles Weiß wechselte, fiel es niemandem auf. Barni bellte zwar und lief unruhig hin und her, doch waren sie alle damit beschäftigt, Giovanna und Tommaso voneinander fernzuhalten und sie dazu zu bringen, endlich mit den Schimpftiraden aufzuhören, damit Ben Köhler Tommaso befragen konnte. Erst als Joschka in sich zusammensackte und rücklings aufs

Bett fiel, erkannten sie die Lage. Der Kommissar übernahm das Kommando. Er ließ nach einem Krankenwagen rufen, ordnete bei zwei seiner Leute an, Erste Hilfe zu leisten, und befahl dem Souffleur, Giovanna und Tommaso aus der Wohnung zu schaffen und draußen warten zu lassen.

»Ich verspreche Ihnen, Herr Festa, Sie nachher im Präsidium so lange auszuquetschen, bis kein Tropfen mehr aus Ihnen heraus zu bekommen ist. Und Sie, Frau Greifenstein, Folgendes: Sie haben eindeutig ein schlechtes Händchen, sowohl was die Wahl ihrer Liebhaber betrifft, als auch die Ihrer Freunde. Und jetzt raus mit Ihnen beiden, bevor ich mich vergesse.«

Der Polizist begleitete sie nach unten, Barni lief freudig voraus. Draußen hob er das Bein und pinkelte gegen die Hauswand. Der Beamte schüttelte den Kopf, zog Tommaso und Giovanna auf die Seite, und platzierte sich so, dass er gleichzeitig mit einem Kollegen von der Streife reden und sie beide im Blick behalten konnte.

Giovanna fühlte sich wie in einem zeitlosen Raum. Sie nahm das hektische Gewusel wahr, aber es war ohne Bedeutung. Die Sorge um Joschka hatte sich wie eine feuchte Kaugummidecke um sie gewickelt, die enger wurde, je mehr sie trocknete. Mehrmals suchte Tommaso ihren Blick, schien etwas sagen zu wollen. Dem wich sie zuerst aus. Sie wollte nichts hören. Nicht, weil sie ihm böse war. Sie war entsetzt, darüber, dass seine unerwartete Handlung endgültig zur Katastrophe geführt hatte.

»Ich hatte keine Wahl«, sagte er.

»*Ma perché?*«, fragte sie ihn voller widerwilliger Neugier.

»Ich musste dich vor dir selber retten.«

Sie fand keine passende Antwort.

Endlich zeichnete sich von der Leipziger Straße her das Blaulicht des Krankenwagens ab. Langsam passierte er das Tor, blieb aber dann in der engen Einfahrt stecken. Sofort lief ihm der Polizist entgegen, um ihn hineinzuwinken. Tommaso, Giovanna und Barni drückten sich an die Wand, um den Wagen vorbeizulassen.

Eine Hand griff flüchtig nach der ihren.

»... ist zurück«, hörte sie, einem Lufthauch gleich, der im Lärm des Krankenwagens unterzugehen drohte, »und ich habe ihm das ...«

Während die Sanitäter schon die Hecktüren des Rettungswagens öffneten und der Notarzt mit seinem Wagen in den Hof einbog, entstand eine hektische Unruhe an der Eingangstür, sodass die Umstehenden, einschließlich Tommaso und der Polizist, sofort hinrannten.

Nur Giovanna blieb orientierungslos zurück. Alle im Hof schienen zu wissen, was zu tun war, wo sie hingehörten. Nur sie nicht.

Wie von allein setzten sich ihre Füße in Bewegung. Ein Schritt und noch einer und immer weiter. Sie führten sie nicht zum Haus, sondern von ihm weg durch die Hofeinfahrt auf die Leipziger Straße. Keine Hand hielt sie zurück, keine Stimme rief nach ihr. Giovanna lief und schaute nicht zurück, schaute nicht nach vorn, sondern wollte fort von allem, ohne zu denken, ohne zu fühlen.

Nur einmal blieb sie stehen, aus dem Gefühl heraus, verfolgt zu werden. Aber da war niemand, sie hatte sich getäuscht.

MITTWOCH

Kapitel 45

Der Geruch von Essen ließ Giovannas Magen freudig aufrumpeln.

»Was kochst du, nonna?«

Die Oma balancierte auf Holzstelzen neben einer offenen Feuerstelle und rührte mit einem Bootspaddel konzentriert in einem durchsichtigen Kessel. Darin blubberte eine Masse, die sich spiralförmig von unten nach oben drehte. Langsam wandte sie sich zu Giovanna und schaute bekümmert auf sie herunter.

»Du verstehst auch wirklich nichts, meine Kleine«, sagte sie gequält.

Bevor Giovanna fragen konnte, was sie damit meinte, erklang eine Harfe und die Decke begann zu funkeln. Hunderte, nein, tausende Sterne erleuchteten einen Himmel, wie sie ihn nur von der Nacht von San Lorenzo kannte, wenn ein Sternschnuppen-Schauer über Italien niederging. Die himmlischen Leuchtkörper wirbelten um die eigene Achse und sie erkannte, dass es Knospen von Kirschblüten waren, die auf sie prasselten wie die Tropfen eines sommerlichen Regenschauers. Danach fühlte sie sich erfrischt, als sei sie selbst die Essenz der Kirsche.

Nach dem Blütenregen klarte die Wolkendecke über ihr auf und machte den Blick frei auf eine mächtige, verschneite Bergkuppe. Sie kam Giovanna nicht unbekannt vor, aber der Name wollte ihr partout nicht einfallen.

»Nonna?«, wandte sie sich hilfesuchend an die alte Frau.

Die Oma lächelte und sprach: »Uralter Teich. Ein Frosch springt hinein. Plop.«

So kommen wir nicht weiter, dachte Giovanna.

Da wurde sie von einer Gestalt abgelenkt, die sich von der Decke abseilte. Schwarze, nach hinten gebundene Haare, weiß geschminktes

Gesicht, rote Lippen, zierliche Füßchen in typischen Holzsandalen und mit dem prächtigsten Kimono bekleidet, den sie je gesehen hatte. Eine japanische Geisha wie sie im Buche stand, wenn man von ihrer Körpergröße absah, die mehr zu einer Amazone, als zu einer Asiatin passte. Mit einem lauten Klacken setzte die zu groß geratene Dame ihre Holzpantoffeln auf den Boden, trippelte mit einem unergründlichen Lächeln auf sie zu und sagte: »Willkommen in Kyoto, du verrückte Springroll. Ein paar Wasabinüsse gefällig?« Dabei hielt sie ihr eine geöffnete Dose hin.

Giovanna ließ sich das nicht zweimal sagen. Voller Gier griff sie sich eine Handvoll der grünen Kugeln und warf sie gedankenlos in den Mund. Ein Fehler. Der Mund fing sogleich Feuer und dichter Rauch quoll ihr aus Augen, Mund und Ohren.

Es brennt, wollte sie der Asiatin zuschreien, doch statt der Worte drang eine Stichflamme aus ihrem Mund und die Geisha blieb mit versengten Haaren zurück. Giovanna schaute sie durch den Rauch genauer an. Sie war tatsächlich zu groß für eine japanische Frau. Dazu die Nase, diese zucchiniartige Nase …

Madonna! Das war …, das war doch Jean, ihr Jean, der Jean Reno, der endlich die Yakuza besiegt und die versteckte Botschaft seiner Ex … oder … Moment, hatte es ihn am Ende doch erwischt und niemand würde je erfahren, was im Schrein von Kyoto versteckt war?

Jetzt verstand sie nichts mehr.

Bevor sie ihn jedoch fragen konnte, wie der Film wirklich ausging, knurrte ihr Magen. Sie wandte sich an die Oma.

»Kann ich jetzt essen, ja oder nein?« Die Flüssigkeit im Kessel sah aus der Nähe wenig einladend aus, aber sie verströmte einen solch betörenden Duft, dass in ihr die kaum zu unterdrückende Gier entstand, sich kopfüber hineinzuwerfen.

Augenblicklich hörte die alte Frau zu rühren auf, sprang mit einem eleganten Doppelsalto von den Stelzen und gab Jean Reno ein Zeichen.

Erst jetzt bemerkte Giovanna das rote Tempeltor im Hintergrund. Der Franzose setzte sich sofort in Bewegung. Da er in den verschnürten Füßchen nur trippeln konnte, dauerte es, bis er es erreichte. Giovanna nutzte die Wartezeit, um sich über den Kessel zu beugen und die Ausdünstungen so tief in die Lunge zu inhalieren, dass ihr schwindlig wurde, und sie erneut fragte: »Darf ich schon anfangen? Mein Magen verkrampft sich vor Hunger.«

Doch die Oma ging gar nicht erst darauf ein. Voller Aufregung flüsterte sie ein heiseres »Es ist vollbracht«, und hatte dieses Glitzern in den Augen wie jedes Mal, wenn sie in der Kirche den sehschwachen Pfarrer überlistet hatte, indem sie während der Sonntagsmesse die Hostie ergaunerte, ohne vorher zur Beichte gegangen zu sein.

Ein ohrenbetäubender Gongschlag ließ alle Anwesenden zusammenfahren. Das Tor öffnete sich und herein ratterte ein bronzener Kultwagen, der von schlitzäugigen Meerschweinchen gezogen und von niemand geringerem als ihrem Freund, Professor von Schacht, gelenkt wurde.

»Karl-Friedrich!«, rief Giovanna erfreut.

»Calma«, ermahnte sie die Oma. »Unser Großmeister darf nicht angesprochen werden.«

Zwar fand Giovanna den Auftritt ein bisschen ulkig, zumal ihr ehemaliger Nachbar nur mit einem gefiederten Lendenschurz bekleidet war, trotzdem hielt sie sich zurück. Zu groß war die Freude, ihn wohlauf zu sehen.

Der Professor steuerte den Wagen bis zum Kessel, streckte sich, breitete die Arme aus und bewegte sie von unten nach oben. Die Flüssigkeit schäumte auf und zwei Gegenstände erhoben sich aus dem kleinen Meer, wie die Venus von Milo. Die Form war quecksilbrig, sie veränderte sich kontinuierlich, doch Giovanna wusste augenblicklich, was es war: Alpha und Omega. Anfang und Ende.

»Enkelin der kampanischen Vogelscheuche!«, donnerte es vom Wagen *herab. »Der Orden wider die heiligen Vögel des Fuji-san heißt dich willkommen.«*

Nur mit Mühe unterdrückte sie ein Lachen. Jetzt war ihr alles klar: Die Oma, Jean Reno und der Professor befanden sich auf einem Trip. Ob das von der Suppe kam? Wenn ja, schnell her damit!

Ein Ellenbogen stieß ihr brutal zwischen die Rippen und von hinten zischte es: »Pass auf, was der Erleuchtete dir sagt!«

Zu spät, sie hatte den Faden verloren.

»Wie der Anfang das Ende, ist das Ende der Anfang. Die Suppe der Erkenntnis sei dir Nahrung und Erleuchtung zugleich.«

Sie hörte ›Suppe und Nahrung‹ und verstand ›Essen und Jetzt‹. Ohne abzuwarten stürzte sie sich auf den Suppenkessel, zog sich mit beiden Händen am Rand hoch und steckte den Kopf hinein.

»Die hat mir meinen Auftritt versaut!«, beschwerte sich Jean Reno. »Jetzt weiß sie nicht, dass, wenn sie zu viel von der Suppe der Erkenntnis trinkt, sie …«

»So war sie schon als Mädchen«, hörte sie ihre Oma, »mehr Gefühl, denn Verstand.«

»Nun«, meinte der Großmeister, alias Karl-Friedrich, »Selbsterkenntnis ist auch nicht das Schlechteste für sie. Was kann da schon passieren?«

Verdammt, dachte Giovanna.

Aber da war es schon zu spät.

Sie erwachte davon, dass ihr übel war. Nur knapp schaffte sie es ins Bad, wo sie sich in einem Schwall in die Toilette übergab. Danach spülte sie, tief über das Waschbecken gebeugt, lange den Mund mit kaltem Wasser aus. Als sie sich wieder aufrichtete, streifte ihr Blick den Spiegel. Erschrocken taumelte sie ein paar Schritte zurück. Vor ihr stand Joschka, mit rotem, wutverzerrtem Gesicht.

»Du Undankbare!«, fuhr er sie an. »Wir haben dir Arbeit und

ein Nest gegeben. Was hast du dafür getan? Ende des Monats sind wir pleite und du weißt, dass wir all unsere Reserven in den Verlag gesteckt hatten. InternazionARTE war unser Lebenswerk, das wir wegen dir aufgeben müssen. Aus diesem Grund kündige ich dir, als Aushilfe und als Freundin. Fristlos.«

Sein Bild schien zu verblassen, doch ein anderes verdichtete sich. Tommaso kam zum Vorschein. Er trug das wehleidige Gesicht, das er immer machte, wenn er mit ihr unzufrieden war. »Warum lügst du mich an, Giovà? Wir wissen doch beide, dass du es nicht für den Professor getan hast.« Sie wollte ihm widersprechen, doch er kam ihr zuvor: »*Certo, certo,* ich glaube dir ja, dass du dasselbe für mich getan hättest. Aber seien wir ehrlich, an erster Stelle hast du es für dich gemacht. Du wolltest allen beweisen, wie gut du bist, dabei hast du uns nur Unglück gebracht.«

Das ältliche Gesicht von Tommaso wurde jünger, dynamischer, härter. Ben Köhler! Der Kommissar sah durch sie hindurch, als würde er sie nicht erkennen, und mit unbeweglicher Miene sprach er den Satz, von dem sie gehofft hatte, ihn nie zu hören: »Frau Giovanna Greifenstein, hiermit verhafte ich Sie wegen …«

Schlagartig überkam sie wieder der Brechreiz und brach sich in regelmäßigen Wellen an Giovannas Magenwand. In derselben Bewegung drückte sich ihr Magen zusammen, ließ sie würgen und sich wieder übergeben. Ihr Kopf explodierte, Sternchen leuchteten vor ihren Augen auf, doch sie würgte und übergab sich weiter, bis nur noch Gallensaft kam.

Wie lange sie neben der Toilette gekauert hatte, wusste sie nicht. Sie zitterte am ganzen Körper und fühlte sich elend. Das Waschbecken, das ihr gegenüber lag, schien ihr unerreichbar. Erst als sie auf die Knie ging und sich mit beiden Ellenbogen auf das Becken stützte, schaffte sie es hoch.

Der Spuk war verschwunden, wie er gekommen war. Im Spiegel war nur sie, Giovanna Greifenstein, schrecklich anzusehen, den Tränen nahe und mit einem üblen Geschmack im Mund. Schluchzend drückte sie Zahnpasta auf ihren Zeigefinger und begann, sich die Zähne zu putzen.

Ich darf mir nicht so viele Vorwürfe machen, ich habe doch im Guten gehandelt.

Hatte sie das?

Je mehr sie an das dachte, was sie getan hatte, desto stärker wuchs die innere Erregung. Sie setzte sich in Knochen, Muskeln und Sehnen fort und übernahm die Kontrolle. Die Paste quoll durch die hektischen, abgehackten Bewegungen wie Milchschaum auf, doch Giovanna konnte nicht aufhören zu putzen. Sie stellte sich so nah an den Spiegel, dass sie Auge in Auge mit sich war. Als sie glaubte, zu ersticken, stoppte sie, sog die fluffige Flüssigkeit im Mund zusammen und spuckte auf den Spiegel.

Mitten in ihr Gesicht.

Kapitel 46

Als Giovanna zum zweiten Mal erwachte, war sie in eine stinkende Decke aus Schweiß gehüllt und lag verkehrt herum in einem knarrenden Bett. Doch ging es ihr erstaunlich gut. Die Übelkeit war verschwunden und sie hatte Hunger. Die Frage war: Wo hatte sie die Nacht verbracht?

Durch die Ritzen des Fensterrollladens drang genug Licht, dass sie sich aufrichten und umsehen konnte. Bis zur Decke vollgestopfte Bücherwände, ein Chesterfield-Sessel neben einer klapprigen Stehlampe, das knarrende Biedermeierbett … Jetzt erinnerte sie sich wieder. Sie war in der Wohnung des Professors. Mit einem Seufzer ließ sie sich zurückfallen.

Wo hätte sie auch hingehen sollen in der Nacht, ohne Geld und ohne Ausweis, dafür mit Catherine Guinness, ihren apulischen Gehilfen und der Polizei auf den Fersen? In ihrer Not hatte sie sich an zwei Dinge erinnert: Daran, dass an ihrem Schlüsselbund der Zweitschlüssel zu Karl-Friedrichs Wohnung hing. Und daran, was ihre Oma immer zu sagen pflegte. Dass man sich mehr vor den Lebenden, als vor den Toten fürchten sollte. Also hatte sie die Beine in die Hand genommen und war nach Hause gerannt.

Auch jetzt noch würde sie lieber in Karl-Friedrichs Zimmer bleiben. Doch wie verlockend die Vorstellung sein mochte, sie konnte sich nicht ewig verstecken. Sie musste erfahren, was draußen passierte. Damit sie wusste, wie sie zu handeln hatte. Widerwillig stand Giovanna auf, zog die Bettdecke glatt und verließ von Schachts Wohnung.

Frisch umgezogen, ein geladenes Handy in der Tasche und mit Bargeld ausgestattet, war sie schon dabei, ihre eigene Wohnung wieder zu verlassen, da stach Giovanna der Geruch von kaltem Kaffee in die Nase. Wie konnte es nach Kaffee riechen, fragte sie sich, wenn sie ihren letzten in der Nacht vor ihrer Abreise getrunken hatte? Sie ging in die Küche und schaute sich mit wachsender Empörung um. Statt der üblichen Ordnung herrschte ein Durcheinander, als hätte eine Feier stattgefunden. Auf der fleckigen und mit Kekskrümeln übersäten Stahltheke standen die *Moka*, drei gebrauchte Kaffeetassen und ebenso viele Teller, Löffel und Cognacgläser. Dazu die offene Keksdose, die vor ihrer Abreise halbvoll gewesen war, und jetzt nur noch ein paar zerbröselte *biscotti* enthielt.

Dass Tommaso und Joschka am Vorabend hergekommen waren, wusste sie von Catherine Guinness persönlich. Doch wer war die dritte Person? Wer hatte sie hereingelassen? Julius konnte sie sofort ausschließen. Er trank zwar gerne Cognac, befand sich aber in Hongkong. Wer also? Maria! In ihrer Abwesenheit spielte die Putzfrau die Hausherrin und verköstigte sich seelenruhig mit ihren Freunden, während sie zur selben Zeit in der Limousine gefangen gewesen war und um ihr Leben gebangt hatte. Mit dem Arm wischte sie alle Utensilien in das Spülbecken, was einen Riesenkrach machte. Die Kaffeemaschine landete auf den Cognacgläsern, die klirrend zu Bruch gingen. Der Lärm war so laut, dass Giovanna selbst davon erschrak.

Was folgte war Stille und da hörte sie es. Ein Kratzen, das leise an- und abschwoll. Ihr Herz setzte zwei Schläge aus. Konzentriert horchte sie noch einmal nach dem Geräusch. Es war noch immer da und kam von der Eingangstür. Einem ersten Impuls folgend, schloss sie die Küchentür ab. Dann rief sie sich zur Vernunft. Weder die Apulier, noch Ben Köhler hätten sich auf diese Weise angekündigt. Wer konnte es also sein? Etwa Einbrecher, die ihre Wohnung ausräumen wollten? *Eh no*, das war zu viel! Giovanna schloss die Tür wieder auf und rannte mit Schritten, die mehr von Verzweiflung, denn von Mut angetrieben wurden, in die Diele. Dort riss sie die Tür auf. Sie wollte sich auf die Einbrecher werfen, sie zusammenschlagen. Da sah sie, wen sie vor sich hatte.

»*Du?*«

Der Hund sprang japsend an ihr hoch und schleckte ihr übers ganze Gesicht.

»Barni!« Giovanna lachte und umarmte ihn, so fest sie konnte.

Wie in der Nacht zuvor nahm sie den Schleichweg, diesmal in entgegengesetzter Richtung. Ihr Weg führte vom Kellerausgang durch das Nachbargrundstück auf die parallel zur Kronberger verlaufende Eppsteiner Straße. Und von da direkt in eine Wurstbude mitten im Bahnhofsviertel. Hier, zwischen Puffs und Spielhallen, würden sie weder die feine Lady Guinness noch die Polizei suchen. Schon, weil sie sie nicht in einem solchen Lokal vermuteten. Ähnlich sahen es wohl die drei Hells Angels, die erstaunt von ihrem Frühstück, bestehend aus Currywurst, Pommes und Bier, aufsahen und sie sofort taxierten: keine Prostituierte, kein Polizeispitzel, eher eine vernachlässigte Ehefrau aus dem gutbürgerlichen Westend auf der Suche nach ihrem Dealer. Giovanna konnte in ihren Gesichtern wie in einem Buch lesen. Die Lehrjahre in Neapels Straßen machten es möglich.

Sie schaute zurück, ruhig, ohne besondere Neugier oder Ängstlichkeit zu zeigen. Als sich ihre Position wortlos geklärt hatte, indem sie als harmlos und uninteressant eingestuft worden war, wandten sich die Männer wieder ihrem Frühstück zu und sprachen über das bevorstehende Spiel der Eintracht gegen den BVB.

Hinter der Theke wartete ein schnauzbärtiger Rocker auf ihre Bestellung. Sie zeigte mit dem Finger auf den Grill.

»Wir nehmen zwei Bratwürste. Die größten, die Sie haben.«
Der Schnauzer zuckte anerkennend in die Höhe.

Die Wurst war heiß, fettig und schmeckte zum frisch gebackenen Bauernbrot, das in dicken Scheiben auf dem Pappteller lag. Auch die braune Brühe in der großen Kaffeetasse erschien ihr gar nicht mal übel. Barni hatte seine Portion ohne Brot verschlungen und lag zufrieden dösend unter dem Stehtisch. Als sie ihn so hatte fressen sehen, war sie erleichtert gewesen. Er schien sich von den Verletzungen, die ihm die zwei Apulier zugefügt hatten, inzwischen gut erholt zu haben. Im Lokal waren außer ihr keine Gäste mehr, und nachdem ihr der Ladenbesitzer einen zweiten Kaffee hingestellt hatte, befand sie die Zeit für gekommen, die Gedanken auf Kurs zu bringen.

Ihre Lage war desolat, war die unbarmherzige Bilanz, und es bestand absolut keine Hoffnung auf eine gute Wendung. Um zwölf Uhr erwartete Catherine Guinness den Kultwagen und sie wusste nicht, wie sie ihr das Verschwinden des ersehnten Objekts erklären sollte. Garantiert würde die Frau sie damit bestrafen, dass die Apulier, bestenfalls nur ihr, aber wahrscheinlicher ihr und ihren Freunden, etwas antaten, während die Verbrecherin selbst unbehelligt das Weite suchen konnte. Dies alles dank Antonio, der im entscheidenden Moment nicht den Mut gefunden hatte, über seinen eigenen Schatten zu springen.

Und dank Kommissar Köhler, der ihr nicht glauben wollte. Da nutzte es ihr auch nichts, dass sie sicher war, ein weiteres Puzzlesteinchen richtig platziert zu haben. Nicht umsonst hatte sie in der Nacht den bizarren Traum geträumt, der nichts anderes war, als eine Zusammenfassung aller unvollendeten Gedanken. Jetzt, wo sie wusste, wie ihr Nachbar ums Leben gekommen war, und jetzt, wo sie wusste, dass er nichts mit der apulischen Vorgeschichte zu tun hatte, war sie sich sicher, dass von Schacht ihr mit den verdrehten

Buchstützen die Botschaft hinterlassen hatte, dass sein Lebensende bei der Vernissage seinen Anfang genommen hatte.

Alle Fäden führen immer zur Vernissage zurück, erkannte Giovanna. Sie ist die Spinne, die das Netz aller folgenden Handlungen gesponnen hat. Hätte sie ihren Faden, den sie früh genug zu fassen bekommen hatte, nicht aus den Händen verloren, dann wäre sie jetzt sicher weiter. Warum nur hatte sie nicht mehr das Gespräch mit Frau Henkel, der tablettenabhängigen Aufsicht, gesucht? Aber das war nun auch egal.

Viel wichtiger war, eine Antwort auf die Frage zu bekommen, die seit der Nacht in ihrem Kopf herumsurrte wie eine eingeschlossene Hummel: *Wo war der verdammte Kultwagen?*

Giovanna war überzeugt, dass Tommaso log. Von wegen, er habe das Ausstellungsstück samt Kiste in den Main geworfen! Dieser Mann traute sich nicht einmal, die Parkuhr falsch zu stellen aus Angst vor einen Strafzettel. Und bevor sie nicht wusste, was er wirklich damit gemacht hatte, kam sie nicht weiter. Denn was sollte sie Catherine Guinness bei ihrem Treffen sagen? Dass sie hingehen würde, stand außer Frage. Irgendwie musste sie die Frau hinhalten. Zumindest so lange, bis ihre Freunde in Sicherheit waren. Oder ein Wunder geschah. Aber vielleicht war es besser, nur auf ein bisschen Glück zu setzen. Denn wie konnte sie ein Wunder erwarten, wenn das Horn, das Padre Pio persönlich gesegnet hatte, ihretwegen in der Müllverbrennungsanlage gelandet war?

Das Glück war ein bisschen auf ihrer Seite. Statt mit dem eigenen, hatte sie Tommaso mit dem Handy des Rockers angerufen. Ihr kleiner Trick funktionierte. Er erkannte die Nummer nicht und nahm nach dem zweiten Klingeln ab. Seine Stimme war belegt von zu vielen Zigaretten und zu wenig Schlaf.

Plötzlich fehlten ihr die Worte.

»*Pronto, pronto*«, rief Tommaso ins Telefon. Dann, leiser, »Giovanna, *sei tu* – Bist du das?«

»Wo seid ihr?« Sie zitterte wie Zebragras im Wind.

Am anderen Ende der Leitung blieb es zunächst still. Dann ein Seufzer.

»Im Krankenhaus«. Wieder schwere Stille.

Wenigstens legte er nicht auf.

»Wie geht es ihm?«

»Er hört nicht auf, Filme aufzulisten, in denen es um Verrat geht.«

»Findet er die richtigen Titel?«

»Leider ja.«

Was sollte sie ihm sagen? Vor Nervosität biss sie sich die Häutchen an den Fingernägeln ab. Ich vermisse euch, schrie es aus jeder Pore.

»Barni …«, begannen sie gleichzeitig.

»… ist mir heute Nacht nachgelaufen. Es geht ihm gut«, beendete Giovanna den Satz.

»Wenn du das sagst.«

War sie jetzt etwa auch daran schuld, dass ihr der Vierbeiner gefolgt war?

»Warum hast du dich eingemischt?«, polterte sie los. »Ben Köhler …«

»*Eh no, così no!*«, schmetterte er zurück und augenblicklich hatte seine Stimme die alte Stärke zurück. »Der Kommissar ist in Ordnung. *Du* bist zu weit gegangen. Ja, du! Wenn du glaubst, ich hätte dein merkwürdiges Verhalten nicht bemerkt, dann irrst du dich. Wie eine Nacktschnecke hast du deine Schleimspur zum Gästebett gelegt. Nur die drohende Insolvenz hat meine Sinne vernebelt. Wenn du wüsstest, wie stolz ich am Anfang auf meine kleine Giovanna war, auf ihr Verständnis von Freundschaft, ihren Eifer. Ein Glücksgriff, dachte ich. Doch letztendlich haben dich deine Ausreden verraten. Warum wolltest du ums Verrecken nicht zur Polizei gehen, nur wegen eines blöden Satzes?«

»Er war sexistisch, rassistisch …«

»*Ma smettila* – Hör doch auf! Du warst während deiner Ehe mit so vielen Männern im Bett, dass es früher oder später passieren musste.«

»Dieser selbstgerechte Ton geht mir so was auf die Nerven! Du kommst dir gut vor, *non è vero?* Dabei hast du keine Ahnung, welchen Schaden du angerichtet hast, du Dummkopf. Nicht nur ist Karl-Friedrich unschuldig, man hat ihn sterben lassen. Das nennt man Mord, Tommaso. Aber dank dir werde ich das nie mehr beweisen können.«

»*Ich* soll jetzt schuld an deiner Misere sein? *Du* hast mich die ganze Zeit angelogen, *Du* bist keine richtige Freundin. Dazu bist du gar nicht in der Lage. Weißt du warum? Weil sich immer alles um dich drehen muss!«

»So sprach Gott zum Menschen.«

»*Non ci credo* – Ich glaube es nicht! Ich rette dir den Hintern und du machst dich über mich lustig. Ich bin enttäuscht von dir, *veramente.*« Hörbar atmete er aus. »Aber egal, pass jetzt gut auf. Der Kultwagen …«

»Telefonierst du etwa mit Giovanna?«, hörte sie Joschka schrill aus dem Hintergrund fragen.

»Nein, nein«, nuschelte Tommaso.

Offenbar hatte er die Hand auf die Sprechmuschel gelegt.

»Ich warne dich, wenn du mit der sprichst, verlasse ich dich.«

»Nein, beruhige dich. Ich …« Tommaso hatte aufgelegt.

Die Wurstbude hatte sich mit Bankern gefüllt. Der Rocker war beschäftigt. Einer zehnarmigen Kali gleich briet, füllte, servierte und kassierte er gleichzeitig. Von Weitem gab sie ihm ein Zeichen, dass sie für das Gespräch zahlen wollte, aber er winkte ab. Es war Zeit, zu gehen, hier konnte sie nicht mehr in Ruhe nachdenken.

Draußen lehnte sie sich kurz an die Hauswand und ging das Gespräch mit Tommaso durch. Nach dem Ausbruch, den sie erwartet hatte, hatten sich in seiner Mauer Risse gezeigt. So ein Mist, dass Joschka dazwischengekommen war und die kleinen Durchbrüche sofort wieder zugemörtelt hatte!

»Wenn du willst«, kam es von der Tür, »rufe ich meine Kumpels von vorhin an und lass deinem Freund die Fresse polieren.«

»Wie bitte?« Giovanna drehte sich zu dem Budenbesitzer um, der sie von der Türschwelle aus erwartungsvoll ansah.

»Die brechen ihm sämtliche Knochen.« Mit den Händen zersplitterte er einen imaginären Oberarm.

»Das hat er nicht verdient«, stoppte sie ihn erschrocken.

»Wie du meinst«, sagte der Mann, nickte kurz und verschwand in seinen Laden.

Und jetzt?

Kapitel 47

Punkt zwölf Uhr hielt die Stretchlimousine vor dem Lady Guinnessy. Eins musste man der Frau lassen, dachte Giovanna, von allen schlechten Eigenschaften ihrer gemeinsamen Landsleute hatte sie die nervigste nicht angenommen. Auch sie stand schon seit über einer halben Stunde auf der gegenüberliegenden Straßenseite und sondierte die Lage. Denn, wie sollte sie vorgehen, wenn die Sammlerin nicht alleine, sondern mit ihren zwei Gehilfen auftauchen würde?

Der uniformierte Chauffeur stieg aus, öffnete die Tür und half Catherine Guinness formvollendet aus dem Auto. Sofort stürzten sich ein paar Fotografen und Kundinnen auf die Designerin. Giovanna atmete erleichtert aus. Die Frau war alleine. Das Fehlen der Apulier nahm ihr einen Teil der Anspannung und ersetzte diesen durch eine unerwartete Neugier. Giovanna konnte sich nicht vorstellen, wie die Sammlerin auf die Nachricht reagieren würde, dass der Kultwagen endgültig verschwunden war. Würde sie starr und kontrolliert bleiben wie bisher oder sich gehen lassen? Wenn sie dazu überhaupt in der Lage war.

Die Frau war unterdessen die paar Stufen zum Eingang empor-gestiegen. Bevor sie in ihren Laden trat, blieb sie noch einmal für die Fotografen stehen. Catherine Guinness trug einen bodenlangen, schwarzen Samtmantel und … Giovannas Leopardenschal.

Das ging eindeutig zu weit!

Als Barni die Ungeheuer roch, begann er zu knurren und weigerte sich, Giovanna ins Lady Guinnessy zu folgen. Sie versuchte, ihn am Halsband hineinzuziehen, aber er war sturer als all ihre kampanischen

Verwandten zusammen und streckte alle viere von sich, um nicht durch die Tür zu passen. Also ließ sie ihn am Eingang warten und betrat alleine die Höhle der Hässlichkeiten.

Im Geschäft sah es aus wie am Abend zuvor. Noch immer räkelten sich die Schlangen in ihren Käfigen. Die Musik war ohrenbetäubend, die Luft schwer, und auch wenn die Plastikplanen von den Schaufenstern entfernt worden waren, schaffte es das mickrige Tageslicht nicht, die mit großen Plakaten verstellten Fenster zu durchdringen. Trotzdem war das Geschäft voller Kundinnen. Giovanna bahnte sich einen Weg zum hinteren Teil des Raums. Als ein Rücken mit langen, glatten Haaren an ihr vorbei lief, zögerte sie nicht und schnappte sich die Assistentin.

Es war nicht klar, ob sie sie erkannte, als Giovanna sie bat, sie bei ihrer Chefin anzukündigen. Die junge Frau fragte zuvorkommend nach ihrem Namen und entfernte sich mit einem freundlichen Nicken. Während sie das Büro betrat, verließ es gleichzeitig eine Verkäuferin mit einem Tablett voller Klunker. Die Tür blieb offen und Giovanna, die nichts Besseres zu tun hatte, trat ein paar Schritte heran. Den Ausschnitt kannte sie schon: ein Marmortisch, die Holzwand und der geöffnete Tresor mit seinen Metallkassetten und der dekorativen Steinsäule. Von Catherine Guinness keine Spur.

Sofort kam ihr die Champagnerszene in den Sinn, und sie wünschte sich, sie hätte sie nicht gesehen. Ihre Augen wanderten ziellos umher, dann glitten sie in die Anfangsposition zurück, wo sie etwas irritiert hatte. Da erkannte Giovanna, was wirklich im Tresorraum stand.

»Lady Guinness erwartet Sie.«

Wie aus dem Nichts war die Assistentin vor ihr aufgetaucht. Giovanna schaute sie nachdenklich an, dann traf sie eine Entscheidung.

»Das kann sie bis in alle Ewigkeiten tun«, sagte sie und wandte sich zum Gehen. Da sah sie, dass die Mitarbeiterin die Garderobe ihrer Vorgesetzten in den Händen hielt. Ohne zu zögern zog sie ihren Schal unter dem Samtmantel hervor.

»Was tun Sie da?«, fragte die Frau entgeistert.

»Ich nehme zurück, was mir gehört.«

»Sie wird mich feuern!«

»Danken Sie Gott dafür.«

Giovanna hastete die Fressgass entlang. Erst mit dem nötigen Sicherheitsabstand zum Geschäft blieb sie mit Barni stehen. Ihr Kopf stand so stark unter Spannung, dass sie den Eindruck hatte, ihre Haarspitzen würden knistern. Das, was sie die ganze Zeit für ein Dekorationselement im Tresorraum gehalten hatte, war die daunische Grabstele, die auf dem Polaroid abgebildet war! Antonios Geschichte stimmte also wirklich.

Leider war das noch immer kein Beweis, wie ihn der Kommissar brauchte. Catherine Guinness hatte ein antikes Erbstück – natürlich illegal gegraben und zufällig zum verschwundenen Kultwagen passend – im Tresor stehen. *So what!* Andere Sammler brüsteten sich öffentlich mit ihren illegal erworbenen Antiken, ohne von der Polizei behelligt zu werden. Die Stele im Tresor sagte nur aus, dass Catherine Guinness ein Miststück, aber nicht, dass sie eine Mörderin war.

Ich muss zum Liebieghaus und mit Frau Henkel reden. Es ist meine letzte Spur.

Giovanna steckte Schal und Foto in die Tasche und lief, ohne zu schauen, los. Ein Taxi fuhr so nah an ihr und Barni vorbei, dass sein Seitenspiegel ihre Tasche streifte und sie nach vorne schleuderte. Erschrocken blieb sie stehen und atmete ein paar Mal durch. Sie musste sich besser konzentrieren, so kurz vor der Ziellinie. Bevor sie diesmal die Straße überquerte, schaute sie gewissenhaft nach links, nach rechts und blieb wie angewurzelt stehen. Das Taxi, das sie fast angefahren hatte, stand vor dem Lady Guinnessy und heraus stieg Sonny. Mit geschmeidigen Schritten sprang er die Stufen hinauf und verschwand im Geschäft.

Sonny, Sonny, Sonny.

Cazzo, cazzo, cazzo.

Auf zittrigen Beinen drehte sich Giovanna um, und machte, dass sie wegkam. Es war ein Kampf wie zwischen David und Goliath, auf den ersten Blick nicht zu gewinnen. Sie versuchte alles, um nicht an Sonny und Catherine zu denken. Besonders nicht an das, was Catherine mit Sonny tat. Denk an Frau Henkel, denk an Frau Henkel, sprach sie zu sich, während sie vom Römer auf den Eisernen Steg zulief. Als das nichts half, klatschte sie in die Hände und die schrecklichen Bilder stoben wie verschreckte Hühner auseinander. Sonnys Probleme gingen sie nichts an.

Ihr Handy klingelte, zum wiederholten Mal. Wer war es diesmal? Sie stutzte, als sie seinen Namen sah. Ihre Neugier war größer als ihre Vernunft. Sie nahm ab.

»Wo bist du?«, fragte Sonny, ohne sich mit Freundlichkeiten aufzuhalten. »Ich muss mit dir reden. Sofort.«

Zwar schien es Giovanna merkwürdig, dass keine ohrenbetäubende Musik im Hintergrund zu hören war, sondern nur ein leichtes Autorauschen, aber sie wollte sich nicht mit Nebensächlichkeiten abgeben.

»Sag, hat sie dir wieder teuren Champagner kredenzt?«, fragte sie ihn spitz.

»Was sagst du da?«

»Leider habt ihr euch zu früh gefreut. Ihr werdet den Wagen nie bekommen!«

»*What fuckin' car?*«

»Oho, spielst du jetzt den Unschuldigen? Was für ein braves Hündchen, deine Lady Guinness hat dich gut erzogen. Respekt!

Aber verrate mir endlich, war das ihre oder deine Idee, dass du mich in der Bar ansprichst? Wenn ich nur daran denke, dass ich mit dir im Bett war, während mein Mentor …«

»*Shut up!* Ich muss mit dir reden. Du hattest recht, Catherine …«

»Das kannst du vergessen.«

Von Sonny war eine Zeit lang nur schweres Atmen zu hören, dann sagte er: »Du bist wirklich verrückt.«

»Damit kennst du dich ja aus.«

»Wie ich es bereue, dich angesprochen zu haben.«

»Wem sagst du das.«

Giovanna drückte das Gespräch weg und ohne auf die erstaunten Passanten zu achten, trat sie so fest gegen das Eisengeländer der Brücke, dass die Liebesschlösser klirrten.

Warum stand das Glück nicht einmal auf der Seite der Guten? Giovanna hatte sich unter eine der Platanen zurückgezogen und schaute ratlos zum Liebieghaus hinüber. Frau Henkel war krank. Weder hatte man ihr an der Kasse sagen wollen, wie lange die Frau fehlen würde, noch wo sie wohnte. *Scheiß Datenschutz.* Die Idee, alle im Telefonbuch stehenden Henkels abzutelefonieren, verwarf sie gleich wieder. Wer wusste schon, wie viele Menschen es mit solchem Namen in Frankfurt gab. Außerdem, wohnte die Aufsicht überhaupt in der Stadt? Das einzig Positive war, dass es diesmal nicht hagelte. Nur ein böiger Wind legte sich wie ein Eiskragen um ihren Hals. Sie öffnete die Tasche, um ihren Schal herauszuziehen.

»Endlich habe ich Sie!«, ertönte es hinter ihrem Rücken.

Giovanna fuhr mit erhobenen Armen herum und war erstaunt, nicht Ben Köhler oder einen der Apulier mit gezückter Waffe vor sich stehen zu haben, sondern einen Mann, dem überall Haare und Härchen wuchsen, außer auf dem Kopf.

»Kennen wir uns?«, fragte sie und ließ unsicher die Arme sinken.

»Noch nicht, aber ich halte seit Tagen nach Ihnen Ausschau.«

»Wer sind Sie?«

»Mein Name wird Ihnen nichts sagen. Wichtiger ist, was ich Ihnen zu erzählen habe.«

»Aber …«

»Ich bin ein Kollege von Frau Henkel und hatte letzten Dienstag Dienst. Wollen Sie nicht wissen, was nach der Vernissage passiert ist?«

Und ob sie wollte.

Kapitel 48

Das Gespräch mit dem Museumsangestellten wurde zu einer haarigen Angelegenheit. Der Wind kam aus allen Richtungen, sodass Giovanna zuerst damit beschäftigt war, dafür zu sorgen, dass ihr die Haare nicht in der Nase kitzelten, in die Augen stachen oder zwischen den Lippen kleben blieben. Ihr Begleiter betrachtete interessiert ihren Kampf, fuhr sich mit der Hand über die Glatze und sagte lächelnd: »Da habe ich es schon besser.«

Von wegen, dachte sie und schaffte es kaum, nicht auf seinen wogenden Härchenteppich zu schauen, der sich vom Gesicht bis zum Kragen des Pullovers hinunterzog. Zum Glück bedeckte die Kleidung den Rest des Körpers.

Sie beschlossen, zum Main hinunterzugehen, und an der hohen Wallmauer Schutz zu suchen. Giovanna überlegte fieberhaft, wie sie das Gespräch beginnen konnte. Was hatte Frau Henkel ihm alles gesagt? Als hätte der Mann ihre Unsicherheit gespürt, ergriff er das Wort.

»Ich habe Professor von Schacht und Direktor Neuhaus beobachtet.«

»Beim Streiten nehme ich an.« Sie versuchte gar nicht, ihre Enttäuschung zu verbergen.

»Das war ja das Merkwürdige. Der Direktor hat gelacht.«

»Gelacht? Der Direktor? Sind Sie sicher?«

»Für seine Verhältnisse war er geradezu ausgelassen.«

»Und von Schacht, hat auch er gelacht?«

»Nein. Er redete auf Peter Neuhaus ein. Eindringlich, wie mir schien.«

»Wann war das?«

»Nach den Reden, als die meisten Leute am Büffet standen und ich meine Runde gedreht habe. Die beiden hatten sich in die Rotunde zurückgezogen.«

»Gehört haben Sie wohl nichts.«

»Erst als ich wieder in der Eingangshalle stand und von Schacht telefonierend an mir vorbeigerauscht ist.«

Giovanna hatte keinen blassen Schimmer, was sie mit dieser mickerigen Info anfangen sollte. Der Mann gab sich zwar Mühe, hatte aber offensichtlich nichts Wichtiges zu erzählen. War er einer von denen, die krankhaft nach Aufmerksamkeit lechzten oder wollte er nur seiner Kollegin imponieren? Auch diese Spur führt ins Nichts, dachte sie, die letzte, die sie hatte.

»Es blieb nicht die einzige Merkwürdigkeit an diesem Abend.« Der Museumsangestellte schaute sie so erwartungsvoll an, dass sie es nicht übers Herz brachte, ihn einfach stehen zu lassen. »Ich glaube jetzt zu wissen, warum die beiden Männer verfeindet waren.«

»Da haben Sie aber lange gebraucht«, wollte sie ihm sagen.

»Die beiden hatten eine Dreiecksgeschichte.«

»Was??!!«

»Mit derselben Frau.«

Oh mein Gott!

»Es war gegen Ende der Vernissage. Im Haus befanden sich noch viele Leute. Als wir schließen wollten, gab es einen regelrechten Stau vor der Garderobe. Ich wurde nach hinten geschickt, um bei der Ausgabe der Mäntel zu helfen und das Untergeschoss im Blick zu halten. Da sind …«

»… die Toiletten und die Asienabteilung, ich weiß.«

»Vergessen Sie den Zugang zu den Magazinen nicht! Wie gesagt, oben war einiges los und ich verlor – das muss ich zugeben – zeitweise die Übersicht. Als sich die Menge endlich zu lichten begann, stürmte von Schacht um die Ecke und fragte mich nach Direktor Neuhaus. Er schien verärgert. Ohne meine Antwort abzuwarten, nahm er die Treppe. Ich wollte ihm folgen, aus Neugier und aus Sorge, denn er war sehr fahl. Wir alle wussten doch von seinem Diabetes. Doch in dem Moment fielen einem Besucher die Krücken zu Boden und ich musste ihm helfen. Danach fand ich, dass ich schon zu lange keinen Kontrollgang ins Untergeschoss mehr gemacht hatte.«

Er lächelte Giovanna verschwörerisch zu.

Sie nickte anerkennend.

»Unten hörte ich aufgebrachtes Geflüster aus der Asienausstellung. Dorthin also hatten sich die beiden Herren zurückgezogen. Unauffällig näherte ich mich dem Raum. Da wurde ich vom Professor angerempelt, der mit hochrotem Kopf hinausgestürmt kam. Gleich darauf folgte unser Direktor. Mir schien, als wolle er von Schacht zurückholen. Herr Neuhaus war kontrollierter, doch auch ihm war die Anspannung deutlich anzusehen. Als er mich sah, blieb er demonstrativ vor dem Ausstellungsraum stehen. Ja, er hinderte mich regelrecht daran, hineinzuschauen. Mir blieb nichts anderes übrig, als dem Professor nach oben zu folgen. Aber ich sage Ihnen, es war noch jemand in dem Raum.«

»Eine dritte Person«, sagte Giovanna voller Aufregung. »Haben sie sie gesehen?«

Er schüttelte verneinend den Kopf.

»Ja, wie …«

Der Mann knöpfte seine Jacke auf, hob die Arme und sang.

»*Non lo sai – La sua sposa – La sua sposa che – Son io, Butterfly.*«

Schlagartig überfiel Giovanna eine bodenlose Hoffnungslosigkeit und sie lehnte sich erschöpft an die raue Wallmauer. Es hatte alles keinen Sinn. Ihr Freund und Mentor würde als Krimineller in die kollektive Erinnerung eingehen und sein Tod ungesühnt bleiben. *Während meine Probleme hiermit erst richtig anfangen.*

Giovanna schaute auf die Schultern des Mannes. Am liebsten hätte sie sich daran gelehnt und geweint.

Der verkannte Opernsänger schien nichts von ihren Gefühlen zu merken. Im Gegenteil. Er stand da, als würde er auf Beifall warten, strotzend vor innerer Erregung. Sogar die Härchen hatten sich aufgerichtet. »Helga und ich gehen oft in die Oper. Von Schacht hat nämlich auf Italienisch gestritten.«

E chi se ne frega – Was kümmert mich das?

»Deshalb habe ich einiges verstanden.«

Schön für dich.

»Auch von dem Gespräch, das er am Telefon geführt hat.«

Moment …

Giovanna stellte sich in ihrer vollen Größe vor den Mann. »Ich will jedes Wort von dem wissen, was Karl-Friedrich gesagt hat. Und wehe, Sie singen es. Denn dann vergesse ich mich und werde zu *Otello*.«

Als der Museumsmitarbeiter zu Ende erzählt hatte, war die logische Folge, ihr Handy einzuschalten und Antonios Cousin in Apulien anzurufen. Sie hatte Glück, Carmelo nahm gleich ab.

»*Pronto*«, schnaufte er in den Hörer.

»Carmelo, hier ist Giovanna. Sag, lebt dein Cousin noch?«

»*Ma che cazzo* – Was zum Teufel!«

Es grollte in der Leitung, dann war Antonios Totenstimmchen dran. »Was willst du noch?«

»Hast du letzten Dienstag mit Karl-Friedrich gesprochen?«

»Ja, er hat mich spät am Abend aus dem Museum angerufen.«

»Warum hast du mir das nicht gesagt?«

»Weil du mich nicht danach gefragt hast.«

»Antò, wenn du jetzt die Aussage machst, kriegst du einen Logenplatz im Paradies.«

Der Husten, der darauf folgte, war so schlimm, dass sie glaubte, er würde auf der Stelle ersticken.

»Hör mir einfach nur zu. Du wirst nicht glauben, was ich heute mit eigenen Augen gesehen habe.«

Der Museumsmitarbeiter hatte ihr auf Italienisch geführtes Gespräch mit Antonio aufmerksam verfolgt. Trotz seines zweifelhaften Opernauftritts schien er nicht auf den Kopf gefallen zu sein.

»Von Schacht sprach von einem alten Foto aus Apulien mit eindeutigen Beweisen gegen eine Dame. Neuhaus stritt vehement alles ab, während diejenige, um die es ging, *sono io* – das bin ich, und immer wieder *è mio, è mio* – es gehört mir, in die Runde rief. Verstehe ich das richtig, dass das, was ich gehört habe, nichts mit einer Dreiecksgeschichte, sondern mit dem Diebstahl des Kultwagens zu tun hat?«, fragte er Giovanna.

»Leider ja. Ich glaube, dass Folgendes passiert ist: Professor von Schacht hat sich, trotz aller Bedenken, an den Direktor gewandt, um ihn von einer Warnung zu erzählen, die er am Nachmittag aus Apulien bekommen hatte. Dabei ging es um nichts Geringeres als den geplanten Diebstahl des Kultwagens. Offenbar hat ihm der Direktor nicht geglaubt. Noch mehr, von Schacht wurde ausgelacht. Da muss sich der Professor entschieden haben, direkt mit dem Informanten, einem ehemaligen Ausgrabungshelfer, zu sprechen. Dieser gab ihm am Telefon konkrete Anhaltspunkte für die anstehende Tat. Unter anderem nannte er eine bekannte Expertin und Sammlerin als Kopf des kriminellen Vorhabens. Diese Frau, die der Professor noch am Nachmittag konsultiert hatte, stand nicht nur einem brutal agierenden Hehlerring vor, sondern hatte darüber hinaus ein persönliches Interesse am Kultwagen. Als Beweis für die familiären

Verwicklungen sollte ein altes Polaroid dienen, das der Apulier nach Frankfurt geschickt hatte.«

»Und dann kam diese Frau ins Museum, die ich, im Unwissen um die Zusammenhänge, ganz anders eingeordnet hatte!«, unterbrach sie der Museumsangestellte aufgewühlt.

Tröstend strich ihm Giovanna über den Jackenärmel.

Lange schaute er aufs Wasser, dann räusperte er sich. »Bitte reden Sie weiter.«

Sie nickte. »Zum zweiten Mal an diesem Abend überwand Professor von Schacht seinen Stolz und suchte Peter Neuhaus auf. Aber was für eine böse Überraschung. Er fand die bekannte Sammlerin zusammen mit Peter Neuhaus in einem vertraulichen Gespräch. Hat er die beiden mit seinem Wissen konfrontiert oder sie zufällig belauscht? Das wird nicht mehr zu klären sein. Was aber gesichert ist, ist ein furchtbarer Streit, den Sie mitgehört und fälschlicherweise als Liebeszankerei verstanden haben. Die Sammlerin wollte tatsächlich etwas, nämlich den Kultwagen. Sie ist davon überzeugt, dass er ihr zusteht. Peter Neuhaus, dagegen, verneinte das Offensichtliche, seine Komplizenschaft. Während von Schacht in der Aufregung mit einem Beweisstück drohte, das er noch gar nicht hatte. Später muss er zu der Überzeugung gelangt sein, dass der Kultwagen im Museum nicht sicher war, genauso wie er gedacht haben muss, dass er zu wenig in der Hand hatte, um die Polizei einzuschalten. Dies alles unter den Folgen einer sich anbahnenden Unterzuckerung. Er sah offenbar keine andere Lösung, als das Ausstellungsstück aus dem Museum zu entwenden, um es zu retten. Mit dem Resultat, dass er dafür sterben musste.«

»Wo ist der Kultwagen jetzt?«, unterbrach sie der Mann.

»Der Kultwagen ist verschwunden. Aber das ist eine andere Geschichte.«

Traurig sahen sie sich an.

Eine gehässige Windböe zog so stark an Haaren und Kleidern, dass Giovanna fast das Gleichgewicht verloren hätte und hingefallen wäre. Auch der Mann duckte sich. Nur Barni schien es zu genießen. Wie eine in Marmor gemeißelte Statue stand er am Mainufer und trotzte dem Wind. Die Wolken hatten sich zugezogen, alle Zeichen standen auf Sturm. Sie fröstelte. Der Leopardenschal fiel ihr wieder ein und sie zog ihn aus ihrer Tasche. Kaum hatte sie ihn umgeschlungen, wurde ihr übel. Er hatte sich mit dem penetranten Parfum von Catherine Guinness vollgesogen. Hastig zerrte sie ihn von ihrem Hals.

»Dieses Parfum!«, rief der Mann und lief rot an.

Voller Aufregung packte er eines der flatternden Stoffenden und roch mit weit geblähten Nasenflügeln daran. Giovanna konnte jedes einzelne Härchen in seinen Nasenlöchern sehen.

»Wenn Sie den Gestank hier meinen«, sagte sie und hielt ihm den Schal hin, »dann kann ich zu meiner Verteidigung sagen, dass er nicht von mir ist.«

»Dieses Parfum habe ich nach dem Disput gerochen, der gesamte Raum war davon durchdrungen.«

»Das konnte schon vorher da gewesen sein«, kam sie ihrem inneren Advocatus Diaboli zuvor. »Zufälligerweise weiß ich, dass die Trägerin auf der Vernissage erwartet wurde.«

Sofort widersprach er ihr: »Sicher nicht! Bevor ich den Asienraum geschlossen habe, habe ich meinen routinemäßigen Rundgang gemacht. Da war nichts, das wäre mir aufgefallen. Ich habe eine feine Nase!«

Sie brauchte einen Moment, um zu verstehen, was das bedeutete, dann stürmte eine Armee von Feuerameisen in ihren Adern los und eroberte sie von Kopf bis Fuß.

Wie bei Antonio rang Giovanna auch dem Museumswärter das Versprechen ab, eine Aussage zu machen. Dann schüttelte sie mit wiedergewonnener Kraft seine Hand, pfiff Barni zu sich und eilte los. Sie musste mit Ben Köhler sprechen.

Ihr letzter Zeuge hatte aus zusammenhangslosen Bruchstücken einen lückenlosen Film gemacht, in dem Figuren mitspielten, die in Hollywood allesamt einen Oscar bekommen hätten. Hier die Bösen: Eine erfolgreiche Schmuckdesignerin und Sammlerin, die unter dem Deckmantel ihrer Bekanntheit einen Coup plante und über Leichen ging, um das Objekt ihrer Begierde zu erlangen. An ihrer Seite zwei Männer, ein zwielichtiger Museumsdirektor und ein undurchsichtiger Diamantenhändler, beide bereit, alles für diese Frau zu tun. Dort der Gute: Ein integrer Wissenschaftler, der seinen Ruf aufs Spiel setzte, um ein kostbares Ausstellungsstück zu retten und in der Nebenrolle sie, eine neugierige Italienerin, die lieber die Nacht mit schönen Männern verbrachte, als wichtige Verabredungen einzuhalten.

Schluss mit der Selbstzerfleischung, schalt sie sich. Auch wenn sie viele Fehler gemacht hatte, den Professor hätte sie nicht retten können. Wenn die zeitlichen Abläufe stimmten, dann war sein Schicksal besiegelt, lange bevor sie ihre Verabredung vergessen hatte. Sie hätte den Film nicht mehr ändern …

Moment, die letzte Szene ist noch nicht abgedreht.

Giovanna griff nach dem Handy und suchte nach Ben Köhlers Nummer. Sie wählte ihn an, doch es schaltete sich nur der Anrufbeantworter ein.

»Scheiße, Herr Köhler, warum kann ich Sie nie erreichen? Hier ist Giovanna Greifenstein. Ich habe Ihnen Wichtiges zu sagen, also hören Sie genau zu.« Sie atmete tief ein. »Erstens: Ich bin überzeugt, dass mein Freund Tommaso Festa lügt. Nie und nimmer hat er den

Kultwagen im Main versenkt. Im Gegenteil. Durch die Blume hat er mir gesagt, wo er ist. Aber ich verstehe seine Hinweise nicht. Bleiben Sie dran an ihm, aber behandeln Sie ihn gut. Wenn er etwas Illegales getan hat, dann nur, um mich zu schützen. Ich trage die Verantwortung dafür. Zweitens: Von Schacht hatte mir eine verschlüsselte Botschaft hinterlassen. Es geht um die Buchstützen, aber diese Geschichte ist jetzt zu lang. So viel: Der Professor hat aus der Not heraus gehandelt. Er hatte Beweise für einen geplanten Kunstraub und ist im Museum dem Komplott auf die Spur gekommen. Sein Ziel war einzig und allein, das kostbare Stück zu retten. Denn Catherine Guinness hatte einen Komplizen, Museumsdirektor Neuhaus. Und drittens …« Giovanna zögerte und blieb stehen. Barni schaute sie erwartungsvoll an. Sie überlegte, dann gab sie sich einen Ruck und fuhr fort: »Drittens tun Sie falsch daran, mir nicht zu glauben. Innerhalb der nächsten Stunde werden Sie zwei Zeugenaussagen auf dem Tisch haben. Die eine ist von Antonio Negri, dem ehemaligen Ausgrabungshelfer, der das Polaroid geschickt hat. Er fährt gerade zu den Carabinieri nach San Giovanni Rotondo. Die andere kommt von einem Museumsangestellten, der Ihnen erzählen wird, was während der Vernissage zwischen von Schacht, Peter Neuhaus und Catherine Guinness vorgefallen ist. Mehr kann ich nicht tun, außer sofort zu Ihnen zu kommen. Es gibt keinen Grund mehr für mich, wegzulaufen.«

Sie legte auf und während sie über die Friedensbrücke eilte, sah sie sich suchend nach einem freien Taxi um. Viele fuhren an ihr vorbei, doch alle waren besetzt. Ein leichter Nieselregen setzte ein und Giovanna fröstelte immer stärker. Sie spürte regelrecht, wie ihre Zellmembranen durchlässig wurden für die in der Luft lauernden Krankheitserreger. Doch lieber holte sie sich eine Lungenentzündung, als den stinkenden Schal anzuziehen.

Ihren Lieblingsschal, an dem der Lieblingsduft einer Mörderin haftete.

Einem Impuls folgend, blieb sie stehen, zerrte das Stück aus der Tasche und hielt ihn in den Wind. Es blähte sich wie ein Segel und, gerade als die Kraft des Windes den Stoff zu zerreißen drohte, ließ Giovanna den Schal los. Er flog weit über den Main hinweg.

Auf einmal schien ihr die Luft sauber und frisch.

Sie bemerkte nicht gleich, dass ihr vierbeiniger Begleiter zurückblieb. Erst als sie den Baseler Platz überqueren wollte, sah sie, dass Barni ihr hechelnd hinterhertrottete. Ihr schien sogar, dass er wieder angefangen hatte zu humpeln. Keine Frage, der Hund brauchte dringend Ruhe und ihr kamen Zweifel, ob sie ihn in diesem Zustand zu Ben Köhler mitnehmen konnte. Auch wenn es eine Verzögerung bedeutete, musste sie Barni zuerst nach Hause bringen und versorgen. Wer wusste schon, wie lange sie auf dem Polizeipräsidium bleiben musste. Am Bahnhof fand sie ein freies Taxi.

Bevor sie in der Kronberger Straße ausstieg, schaute sich Giovanna gründlich um. Alles war wie immer: Schlecht geparkte PKWs, der nicht wegzudenkende Handwerkerwagen und eine Gruppe orthodoxer Studenten, die aus der Synagoge kamen. Wie hätte sie reagiert, fragte sie sich, wenn eine Stretchlimousine vor der Haustür gestanden hätte?

In der Einfahrt hob Barni das Bein und pinkelte gegen die Hausmauer. Auch daran hatte sie nicht gedacht. Wenn er die nächsten Stunden zu Hause blieb, musste sie dafür sorgen, dass er sein Geschäft erledigte. Kurzentschlossen dirigierte sie ihn in den Hinterhof, wo die alten Kastanien standen. Da konnte er machen, was er wollte, ohne dass es jemandem auffiel.

Barni schnupperte sofort an einem der Bäume, kreiste ein paar

Mal um die eigene Achse und setzte sich mit seligem Ausdruck im Gesicht hin.

Giovannas Handy klingelte. Kommissar Köhler.

»Herr Köhler«, sprudelte sie los, »ich musste nach Hause. Barni …«

Der Genannte fing an zu knurren, gleichzeitig tippte ihr jemand auf die Schulter.

Mist, sicher Frau Burkhardt, ihre Nachbarin, die sie beobachtet hatte.

Mit einem entschuldigenden Lächeln auf den Lippen drehte sie sich um und schaute geradewegs in die Mündung einer Pistole.

Kapitel 49

Die Gesten des schlaksigen Mannes waren unmissverständlich. Zuerst hielt er sich den Zeigefinger an die Lippen, dann fuhr er sich mit der Handkante waagrecht über den Hals. »Frau Greifenstein?«, hörte sie Kommissar Köhler ins Telefon rufen. »Rühren Sie sich nicht von der Stelle. Wir sind in der Nähe und gleich …«

Nicht von der Stelle rühren? Der Mann stand so nahe vor ihr, dass es sich geradezu anbot, ihm in die Eier zu treten. Leider war er nicht allein. Aus seinem Windschatten löste sich ein untersetzter Kollege, der ihr mit einem schrägen Lächeln die offene Hand hinhielt. Widerstandslos gab sie ihm das Smartphone, das er, ohne zu zögern, auf den Boden schmetterte. Schon beim Aufprall zersplitterte es, doch der Mann zerquetschte es zusätzlich mit dem Schuhabsatz. Barni bellte. Sofort trat der Jüngere einen Schritt zurück und zielte mit der Waffe auf den Hund.

»*No!!*«, riefen Giovanna und der Ältere gleichzeitig.

»*E perché no* – Warum nicht?«

»Du Hasenhirn, willst du das Quartier aufscheuchen? Wenn wir heute versagen, macht die Chefin Hackfleisch aus uns und verfüttert uns an ihre scheiß Schlangen.«

Die Männer zankten weiter, sodass Giovanna Barni zwischen die Beine nahm. Beruhigend streichelte sie ihm über den Kopf.

Offenbar schien auch der apulische John Wayne seiner Chefin einiges zuzutrauen. Denn nach kurzer Überlegung richtete er die Waffe wieder auf Giovanna. Jetzt, wo sie wusste, wie impulsiv er reagierte, hatte sie sogar Angst, zu atmen. Die Situation war gefährlich. Sein Kumpel kam zum selben Schluss.

»Gib mir die Waffe!«, befahl er. »Und hol den Wagen.«

»Was habt ihr vor?«, flüsterte Giovanna.

Während der eine verschlagen kicherte, schaute sie der andere voller Mitleid an und verkündete: »Du wirst erwartet. Und jetzt schweig, sonst …«

»Habe ich Sie endlich in flagranti erwischt!«, geiferte eine schrille Stimme über den Innenhof. »Diesmal lasse ich Sie nicht davonkommen, das verspreche ich Ihnen, Frau Greifenstein!«

Über dem Balkongeländer im dritten Stock beugte sich Frau Burkhardt so weit heraus, dass Giovanna befürchtete, sie jeden Moment herunterstürzen zu sehen. Noch nie war sie so glücklich gewesen, ihre Nachbarin zu sehen.

»Es ist verboten, Hunde im Hof bellen zu lassen!«

Catherine Guinness' Gehilfen erwachten aus ihrer Erstarrung.

»*Che vuole quella pazza* – Was will diese Verrückte?«, fragte der Jüngere.

»Jetzt haben wir eine Zeugin«, sagte der Ältere.

Der Jüngere zeigte auf die Waffe. »Ich kann mit der hoch und …«

»Um Gottes willen, nein! Diese Frau kann euch nicht sehen, sie ist blind. Sie hat nur den Hund bellen gehört. Den verabscheut sie, seit sie wegen ihm die Treppe runtergefallen ist und sich beide Beine gebrochen hat.«

»Dann erschieße ich jetzt den Hund. Nach dir hat er letzte Woche auch geschnappt.«

»Ich glaub's nicht, du bist noch dümmer als trockenes Brot! Wir sind hier in Deutschland. Wenn du einen Straßenköter erledigst, danken sie dir nicht wie in Apulien, sondern stecken dich bis in alle Ewigkeiten in den Bau.«

»*Calma*«, mischte sich Giovanna ein. »Ich könnte das regeln.«

Der Ältere reagierte schnell. Er stellte sich hinter sie und drückte ihr die Pistole in die Rippen. »Pass ja auf, was du sagst. Ich verstehe ein bisschen Deutsch, weißt du?«

Das war ihre einzige Chance. Ohne es zu ahnen, konnte die Xanthippe ihr Schutzengel werden.

»Hören Sie mich?«, rief sie Frau Burkhardt zu. »Es tut mir …«

»Sobald ich hineingehe, melde ich diesen Vorfall der Hausverwaltung!«

»Liebste Frau Burkhardt, ich bin die Letzte, die Sie daran hindern will, für Recht und Ordnung zu sorgen. Verbote müssen eingehalten werden und …«

»Danach werde ich persönlich beim Herrn Anwalt vorstellig. Zum Glück ist er wieder da. Auf Wiedersehen.« Sie drehte sie sich um und schloss krachend die Balkontür.

»Frau Burkhardt?!«, rief Giovanna verzweifelt.

»*Andiamo!*«, antwortete stattdessen der Bruder von John Wayne.

Sie erwachte mit dem Gefühl, dass sich die Spitze eines Bohrers direkt über ihrem linken Auge in den Schädel fraß. Zwar verstand sie nicht, warum das Blut, statt wie die Fontänen im Park der Reggia di Caserta herauszuspritzen, nur wie der vertrocknete Sarno ihre Schläfe entlang bis übers Kinn herunterrann, doch schmerzhaft war die Prozedur allemal. Auch sah sie nur die Hälfte, als hätte man ihr Lid vor dem Bohren zusammengenäht, während vor dem geöffneten Auge eine rote Werkzeugkiste bedrohlich hin und her, auf und ab wackelte. Der Boden, auf dem sie lag, war kalt und gewellt, aber ihre Füße steckten unter etwas Weichem und sie war nicht angebunden, wie sie erleichtert feststellte. Langsam hob sie den Kopf. Sofort drang der Schmerz noch tiefer in ihr Gehirn und begann, es zu verquirlen. Da verstand sie endlich: Sie wurde gefoltert.

Jemand sprach.

»Wie sicher bist du, dass die noch lebt?«

»Sie atmet, bist du etwa blind?«

»Warum liegt die dann da wie tot?«

»Weil sie wegen dir mit der Stirn gegen die Tür des Wagens geknallt ist. Deshalb.«

»Glaubst du, wir werden dafür bestraft?«

»Ich nicht, du schon.«

»Das war ein Unfall, wirklich, ich …«

Da war Giovanna schon wieder weg.

Als sie das nächste Mal zu sich kam, saß sie gefesselt auf einem Stuhl. Sie brauchte einen Moment, um zu erkennen, wo sie war, dafür war der Schreck umso größer. Sie befand sich im Büro des Lady Guinnessy.

Das Raumlicht stach ihr in die Augen, und nur weil Barni winselte, merkte sie, dass er da war. Weder wusste sie, wie lange sie schon dasaß, noch wie spät es war. Ihre gesamte linke Gesichtshälfte schmerzte wie nach einem Faustschlag und auf den Lippen schmeckte sie Blut.

»Barni«, krächzte sie. Es fühlte sich an, als wäre sie mit der Zunge über eine spitzzackige Käsereibe gefahren. Der Hund versuchte, den Kopf zu drehen, aber er war so eng an eine Konsole gebunden, dass er sich bei der Bewegung selbst würgte. Er jaulte vor Schmerz.

Plötzlich ging die Tür hinter ihrem Rücken auf. Beide bewaffnet, stellten sich die beiden Apulier an die Wand, um Catherine Guinness durchzulassen, die den Marmorschreibtisch umrundete und sich setzte. Giovanna stockte der Atem. Um den Hals der Schmuckdesignerin hing die Königspython. Auch wenn Barni wegen der kurzen Leine schon eng an der Konsole stand, so quetschte er sich jetzt hinter das Metallbein. Wortlos füllte sie sich ein Glas Champagner ein und trank. Giovanna hatte schrecklichen Durst, doch die Frau bot ihr nichts an. Noch schlimmer, sie stellte ihre Zufriedenheit über die verdrehte Lage so offen zur Schau, dass es ihre Gesichtszüge regelrecht straffte. Der offensichtliche Kontrast zu ihrem eigenen Befinden brachte das Fass zum Überlaufen.

»Hat Ihnen Ihr Vater keine Manieren beigebracht?« Sofort schmeckte Giovanna frisches Blut auf der Zunge.

Das dünne Glas klirrte, als Catherine es auf den Tisch zurückstellte. Sie stand auf, kam auf sie zu und zog mit einem Ruck an ihren Haaren. Ihr Kopf flog nach hinten, es knackste im Genick.

»Du beleidigst meinen Vater kein zweites Mal. *È chiaro* – Ist das klar?«

Wegen der Schmerzen im Nacken, aber mehr noch wegen der Schlange, deren Zunge gefährlich nahe an ihrem Gesicht züngelte, stieß Giovanna ein raues ›Ja‹ heraus.

Die Frau beugte sich noch tiefer. Da sah sie es: Die Augen, Catherine Guinness' Augen waren nicht gleich. Eine leichte, weißliche Erhebung durchbrach ihr Gesicht, dekomponierte es, wie Picasso es mit seinen Frauenportraits gemacht hatte. Obwohl umsichtig geschminkt, war der Unterschied zwischen dem geschädigten und dem gesunden Auge unübersehbar.

Deshalb der lange, schräge Pony, dachte Giovanna. Dann stimmte Antonios Erzählung auch in diesem Punkt: Isabella Caterina Tanzi hatte bei dem Autounfall nicht nur ihren Vater auf eine schlimme Art verloren, sondern war selbst brutal verletzt worden.

Irgendetwas musste Catherine in Giovannas Blick gesehen haben, denn sie ließ sie abrupt los und wandte sich an ihre zwei Handlanger, die, offensichtlich von der Reaktion der Chefin überrascht, in Habachtstellung standen.

»*Slegatela* – Bindet sie los«, befahl sie ihnen im breitesten apulischen Dialekt. Dann setzte sie sich wieder hin.

Giovanna stöhnte auf, als sich die abgeschnürten Hände mit Blut füllten. Doch noch mehr stöhnte sie vor Angst, denn sie spürte genau, was als Nächstes kommen würde. Es gab kein Entrinnen. Vorsichtig hob sie den Kopf. Ihre Gegnerin schien nur darauf gewartet zu haben. »Was bist du nur für ein Miststück, Giovanna Greifenstein. Stiehlst mir alles, was mir wichtig ist. Dafür wirst du leiden, das garantiere ich dir. Doch ob kurz oder lang, hängt von deiner Antwort ab. Nun, wo ist der Kultwagen?«

»Ich weiß es nicht«, flüsterte sie, die Augen voller Tränen. »Der Wagen wurde in den Main geworfen.«

»*Was?*«

Zum ersten Mal belebte sich der Blick von Catherine Guinness. Sie riss die Augenlider auf, fixierte Giovanna und begann lauthals zu lachen. Leider war es kein angenehmes Lachen, wie bei der Pointe eines guten Witzes.

Scheiß Tommaso.

Alles passierte so schnell, dass niemand mitkam. Nicht einmal die Männer, die ihre Chefin kennen mussten und dem Schauspiel bislang mit amüsierter Wachsamkeit gefolgt waren. Die Frau hatte plötzlich eine Waffe in der Hand, die so klein war, dass sie fast nicht zu sehen war. Es knallte fürchterlich laut.

Giovanna fiel auf den Boden. Sie schrie und hielt sich gleichzeitig die schmerzenden Ohren zu. Auch die Männer waren hochgesprungen und standen orientierungslos herum, während sich die Schlange aufgerichtet hatte und hin und her schlängelte.

Nur Barni blieb auf merkwürdige Art unbeteiligt. Er stand da, zerrte nicht an der Leine, bellte nicht, sondern starrte nur vor sich hin. Da knickte er wie in Zeitlupe mit den Vorderläufen ab, wackelte und zitterte einen Moment, brach endgültig zusammen und blieb auf der Seite liegen. Aus einem kleinen Loch in der Brust rann Blut.

»*Barni!*«, kreischte Giovanna.

Hektisch rappelte sie sich hoch. Doch ein brutaler Fußtritt in die Nieren ließ sie straucheln. Sie fiel der Länge nach hin, direkt vor Catherine Guinness' Füße. Diese richtete die Pistole auf ihren Kopf.

»Ich warte.«

Giovanna schloss die Augen. Ihre Ohren dröhnten noch von dem Schuss. Sie strich sich die Haare aus der heißen Stirn und merkte, dass sie nass vor Schweiß waren. Eine aufkommende Panikattacke schnürte ihr den Hals ab. Doch je mehr ihr Rachen zuschwoll und die Atemwege verschloss, desto lebhafter klackerten ihre Gedanken, wie Lottokugeln, die nur darauf warteten, gezogen zu werden. Sie tat einen tiefen Atemzug, der die Blockade in ihrem Hals aufsprengte, und plötzlich fielen ihre Gedanken in die richtige Reihenfolge. Sie verstand endlich, was Tommaso ihr im Hof hatte sagen wollen. Dass Julius, ihr Ehemann, aus Hongkong zurückgekehrt und im Besitz des Pakets mit dem Kultwagen war. Vor Erleichterung musste sie hysterisch lachen.

»Ich weiß wirklich nicht«, japste sie, »wo der Kultwagen ist. Aber ich ahne, wer ihn haben könnte.«

»Da bin ich ja gespannt.«

»Der Kultwagen ist bei meinem Mann, dem Anwalt. Ich kann ihn anrufen und ihn bitten, dass …« Mitten im Satz brach sie ab.

Mit Befremden sah sie zu der Engländerin auf. Diese hatte die Schlange zu sich hochgehoben, blickte ihr in die Augen und küsste sie auf den Kopf.

»Wir zwei haben eine viel bessere Idee, nicht wahr?«, sagte sie zu dem stummen Tier.

Die beiden Gehilfen johlten so erwartungsvoll, dass Giovanna sofort wusste, dass ihr die Idee nicht gefallen würde.

Kapitel 50

Das Warten auf den Kultwagen zog sich in die Länge. Seit der ältere der zwei Handlanger das Geschäft verlassen hatte, um ihn zu holen, war nicht viel geschehen. John Wayne hatte ihr zu trinken gegeben und sie zur Toilette begleitet. Vor der offenen Tür rauchend, hatte er ihr ungeniert beim Pinkeln zugehört. Danach hatte sie sich am Waschbecken das getrocknete Blut aus dem Gesicht gewaschen und mit Erstaunen festgestellt, dass die bohrende Wunde nicht mehr war als ein kleiner Schnitt neben der Augenbraue. Umso erschreckender das Lid, das ihr prall und dunkel wie eine rohe Rindswurst über dem Augapfel hing. Giovanna feuchtete ein Stück Papier an, drückte es sich auf das geschwollene Lid und kehrte mit dem Mann ins Büro zurück.

Nun lag sie mehr auf dem Stuhl, als dass sie saß. Obwohl sie sich befohlen hatte, wach zu bleiben, dämmerte sie immer wieder weg. Doch es war kein ruhiger Schlaf. Panikattacken drückten sich aus ihrem Unterbewusstsein hoch wie Magma aus dem Innern der Erdkugel, und brachen so heftig hervor, dass sie immer wieder hochschreckte.

Manchmal spürte sie den Apulier neben sich. Nachdem er sie an ihren Platz begleitet hatte, hatte er begonnen, zwischen dem Büro und dem Verkaufsraum hin und her zu laufen, um nach seinem Kumpel Ausschau zu halten. Sie beneidete ihn darum, auch wenn im Nebenraum noch mehr von den grauenvollen Tieren lagen, deren prachtvollster Vertreter sich in der Zwischenzeit auf dem Marmortisch zu einem mehrstöckigen Kringel zusammengerollt hatte. Die Luft in dem kleinen Büro hatte sich auf unerträgliche Weise aufgeheizt und sich in eine klebrige Masse verwandelt. Sie hatte das Gefühl, als würde ihre Haut mit Latex überzogen. Catherine Guinness hingegen zeigte keine Anzeichen von Unwohlsein. Seit sie Giovanna zu zwei Anrufen gezwungen hatte, einen an ihren Mann und einen an Sonny, war sie wie ihre Schlange in eine Art Trance gefallen. Außer, dass sie die Königspython ein paar Mal streichelte, hatte sie sich nicht mehr bewegt. Doch Giovanna ließ sich nicht von ihrem passiven Zustand täuschen. Die Waffe, mit der Barnis Körper durchschlagen worden war, lag demonstrativ auf dem Tisch.

Verstohlen betrachtete sie die Frau. Giovanna war wütend auf sie, gleichzeitig hatten sie die Narben in ihrem Gesicht schockiert. Jetzt verstand sie Antonios Worte, als er gesagt hatte, dass das verletzte Mädchen nach dem Unfall nicht mehr Isabella, die schöne Isa, genannt werden wollte, sondern nur noch Caterina – *Catherine!* – wie sie mit Zweitnamen hieß.

Aber wie weit gingen Verletzungen, fragte sie sich, wie weit durften sie gehen? Bedeutete ein hässliches Äußeres automatisch ein hässliches Inneres? Obwohl sie bisher überzeugt gewesen war, dass solche Dinge nur in schlechten Filmen passierten, musste sie sich jetzt eingestehen, dass sie sich geirrt hatte. Die wahr gewordene innere Hässlichkeit von Lady Catherine Guinness, ehemals Isabella Caterina Tanzi, lag vor ihren Augen, in Gestalt des toten Barni, dessen Blut eine kleine Lache auf dem Boden gebildet hatte.

Immer noch hallte ihr der Pistolenschuss in den Ohren, sodass sie nicht gleich merkte, dass sie angesprochen wurde.

»Was?«

»Ich sagte, dass du die Älteste bist, die er bisher hatte.«

»Aus alten Hühnern kocht man bekanntlich die beste Suppe.«

»Immer zu Scherzen aufgelegt, meine Freundin.«

»Lieber bin ich tot, als Ihre Freundin zu sein.«

Schweigen hat schon manchem das Leben gerettet, hätte ihre *nonna* nun gesagt. Zu Recht. Denn Catherine sah sie auf eine Art an, dass Giovanna sofort verstand, dass sie sich den ersten Teil des Satzes mehr als nur vorstellen konnte. Besonders jetzt, da der Kultwagen unwiderruflich von der Kanzlei ihres Mannes auf dem Weg ins Lady Guinnessy war. Mit Sonny als Überbringer.

Der Gedanke an das bevorstehende Treffen und die Angst vor dem, was unweigerlich folgen musste, pressten Giovannas Gefäße zusammen. Mit der Kraft eines V8-Motors spritzte ihr das Adrenalin direkt ins Gehirn.

»Sie haben Glück«, sagte sie.

»Glück? Ich?« Catherine Guinness war wieder da.

»Sie haben Glück, dass sich Peter Neuhaus im richtigen Moment aus dem Leben verabschiedet hat und …«

»Er wollte mich erpressen, verstehst du? Mich, Lady Catherine Guinness, die ihn groß …«

Der Gedanke flog wie ein Komet vor ihren Augen vorbei. »London! Sie kennen sich aus London. Da hat er gearbeitet, bevor er zum Liebieghaus kam.«

Der Mund der Engländerin verzog sich zu einem selbstgefälligen Lächeln. »Ich habe ihn reich gemacht. Durch mich hat er Zugang zur Society bekommen. Keiner stellte seine Expertise infrage, ich war Referenz genug. Ohne zu zögern hat er bei den Fälschungen mitgemacht, dankbar für diese Chance. Als er nach Frankfurt zog – heute würde ich sagen floh – habe ich ihn zunächst in Ruhe gelassen. Doch dann, dieser Fund und die unglaubliche Nachricht, dass die Wanderausstellung in Frankfurt beginnen sollte. Das konnte kein Zufall sein! Warum nicht auf den Mann zurückgreifen, der schon vor Ort war? Willst du wissen, was geschah? Er hatte Skrupel, verstehst du? Skrupel! Der feine Direktor war sich plötzlich zu schade für die Drecksarbeit. Also habe ich ihn ermuntert, mit dem Wissen über seine Käuflichkeit. Aber an dem Tag ging alles schief. Zuerst traf die Kunstlieferung zu spät aus Apulien ein, dann funkte uns der Professor dazwischen und am Ende war der Kultwagen weg. Peter Neuhaus dachte, ich hätte mein Vorhaben ohne ihn umgesetzt. Nur fehlten ihm die Beweise. So kommt es, meine kleine Giovanna, dass dich die größte Schuld an seinem Ende trifft. Was musstest du ihm das alte Foto zeigen! Damit wollte er für immer von mir freikommen und hat mir gedroht, was eindeutig ein Fehler war.«

Giovanna beugte sich auf ihrem Stuhl nach vorne. »Peter Neuhaus konnte ja auch nicht wissen, dass der Professor Ihnen zuvorgekommen war. Wie Sie nicht wussten, dass Karl-Friedrich den Kultwagen, aber nicht das Polaroid hatte, als Sie ihm Ihre Männer nach Hause geschickt haben.«

»Er hätte nicht sterben müssen! Ich hätte mich großzügig gezeigt, sogar einen neuen, aufsehenerregenden Fund wollte ich ihm zum Geschenk machen. Aber nein, als er mich und Neuhaus im Gespräch überraschte – auch das ein Fehler des Direktors, der mich sofort mit Karl-Friedrichs Anschuldigungen konfrontieren musste – wollte er zur Polizei gehen und mich auffliegen lassen. Ohne zu wissen, dass mehr auf dem Spiel stand, als nur der Diebstahl des Kultwagens. Das konnte ich nicht zulassen. Hätte ich gewusst, dass er das Polaroid nicht besaß, dafür den Kultwagen, dann hätte ich meinen Männern andere Anweisungen gegeben. Und glaube mir, die beiden hätten ihn so lange bearbeitet, bis er gesagt hätte, wo das verfluchte Ding ist.«

»Niemals! Lieber wäre er gestorben, als den Kultwagen …«

»Genau«, sagte Catherine.

Jetzt verstand Giovanna alles. Vergangenes, Gegenwärtiges und leider auch Zukünftiges. Diese Kriminelle würde sie, Giovanna Greifenstein, als Geisel benutzen, bis sie sich in Sicherheit gebracht hatte. Danach würde sie sich ihrer entledigen. Denn es war ein großer Unterschied, wegen Diebstahls vor Gericht gestellt zu werden oder wegen mehrfachen Mordes. Außerdem sprachen die Fakten für sich. Lady Catherine Guinness ging nicht zimperlich um mit denjenigen, die ihr im Weg standen. Automatisch fiel Giovannas Blick auf den toten Barni.

Diese Aussicht vor Augen und die Aussicht auf das, was auch ihr blühen würde, ließ all ihre Lebensgeister flüchten. Wenn sie wenigstens noch die Kraft hätte, eine letzte Frage zu stellen, dachte sie mit wachsender Verzweiflung. Die wichtigste von allen.

Die Frau musste über einen sechsten Sinn verfügen. Mit einem Ausdruck auf dem Gesicht, der für ihre Verhältnisse heiter zu nennen war, wartete sie, dass Giovanna sie ansah. Als sie sich ihrer Aufmerksamkeit sicher war, sagte sie: »Was Sonny betrifft …«

Eine zuschlagende Tür und rasche Schritte, die sich aus dem Verkaufsraum näherten, unterbrachen sie.

Ich will sterben, dachte Giovanna.

Sonny polterte herein und blieb abrupt stehen.

»*Holy shit!*«, stieß er bei dem Anblick hervor, der sich ihm bot: Eine dickäugige Ex-Geliebte, ein toter Hund und eine Geschäftspartnerin, die ihn mit gezückter Pistole empfing.

»Willkommen, Darling«, begrüßte ihn Catherine. »Hast du auch alles getan, was dir unsere Freundin aufgetragen hat?«

Zur Antwort trat ihr bulliger Gehilfe ins Büro und stellte die Giovanna wohlbekannte Holzkiste auf den Tisch.

»Warum hat die Übergabe so lange gedauert? Gab es Schwierigkeiten mit dem Anwalt?«

»*No, capo.* Die Innenstadt ist voller Straßensperren. Die Tierschützer demonstrieren wieder.«

»Für Ratten! *Sono proprio pazzi i tedeschi* – Die spinnen wirklich, die Deutschen«, ergänzte sein Kumpel, der sich als Letzter ins Büro quetschte.

»Ist euch jemand gefolgt?«

»Diesmal habe ich besonders gut aufgepasst.«

Erst da legte Catherine Guinness die Waffe auf den Tisch und schenkte sich Champagner ein.

Giovanna spürte seine Augen auf sich, auch wenn sie alles tat, um seinem Blick nicht zu begegnen.

»Geht es dir gut?«, fragte er.

»Sehe ich etwa so aus?«, gab sie patzig zurück.

Die Gehilfen starrten angestrengt in die Luft.

Sonny trat an den Schreibtisch und stützte sich mit beiden Händen auf der Holzkiste ab.

»Sprich!«, sagte er zu der Frau, die Stimme triefend vor Testosteron.

»Darling«, raspelte Catherine. »Heute machst du mich zur glücklichsten Frau auf der Welt.«

Giovanna traute ihren Ohren nicht. Da saß sie lebloser als verkochtes Fleisch auf dem Stuhl, bangte um ihr Leben und die beiden turtelten, ohne Rücksicht auf sie zu nehmen. Wenn sie sterben musste, okay, aber nicht auf diese Weise. Als würde der Heilige Geist persönlich in sie einfahren, spürte sie eine Stichflamme, die sie augenblicklich von ihrem Stuhl hochschnellen ließ.

»Behauptest du immer noch, dass du von nichts eine Ahnung hast? Weder von dem, was in der Kiste ist, noch von dem, was im Tresor steht? Oder wäre es nicht an der Zeit mir ins Gesicht zu sagen, dass du von Anfang an ihr Komplize warst?«

Sonny schaute sie nicht einmal an.

»Wenn du die Steinstele meinst, dann kenne ich sie zur Genüge«, unterbrach er sie trocken.

»Diese Stele ist sehr alt und gehört …«

336

»… mir! Mein Vater …«

Sonny ließ Catherine nicht aussprechen. Er beugte sich noch tiefer über den Tisch, sodass es von Giovannas Platz aussah, als würde er sich auf die Schlange legen.

»Hör auf mit deinem Vater, ich kann die Geschichte nicht mehr hören!«, zischte er. »Mein Vater hier, mein Vater da. Nur weil er dir einmal etwas geschenkt hat, behandelst du ein Stück Stein besser, als jeden Menschen in deiner Umgebung.«

Zustimmendes Gemurmel aus der Ecke der Apulier.

»Ich untersage dir, auf diese Art über ihn zu sprechen.« Der Champagner spritzte hoch, als Catherine Guinness ihr Glas wütend auf den Tisch knallte.

»Wenn Ihr Vater *conte* Federico Tanzi war«, mischte sich Giovanna ein, »dann gibt es nicht viel, worauf Sie stolz sein könnten. Er war ein Krimineller, nichts weiter.«

»Halt den Mund! Er war der beste Vater der Welt.«

»Da habe ich aber anderes gehört. Besonders als er erfahren hat, dass er nur eine Tochter bekommt, statt den ersehnten männlichen Erben. Hat er Sie und Ihre Mutter da nicht postwendend nach London verfrachtet?«

Sonny fiel ihr ins Wort. »Dann stimmt ja nichts von dem, was du mir erzählt hast!«

»Doch!«, schrie Catherine. »Er hat mich geliebt! Seht euch die wunderschöne Stele an! Welcher Vater würde so etwas einer ungeliebten Tochter schenken? Und heute kann ich ihm das Geschenk zurückgeben.«

Giovanna überlegte kurz. Irgendwie kamen ihr Sonnys Worte merkwürdig vor.

»Sonny«, sagte sie, »wenn du wirklich nicht weißt, was in der Kiste ist, solltest du einen Blick hinein werfen. Denn dafür mussten zwei Menschen und ein Tier sterben.«

»Er muss nicht fragen, ich zeige es ihm freiwillig.« Schon streckte Catherine ihre Hände aus.

Doch Sonny kam ihr zuvor und hielt sie fest. »Erklär mir lieber noch mal, warum du so erpicht auf diese Kiste und deren Inhalt bist.«

»Mein Vater hat mir ein Zeichen geschickt. Das habe ich in dem Moment verstanden, als der Kultwagen gefunden wurde. Ich werde das Vermächtnis meiner Familie fortführen und für sie in Apulien den ihr zustehenden Platz zurückholen. Zusammen mit dir, Sonny.«

»Wow, dafür hast du dich zur Hure gemacht und bist mit mir ins Bett gegangen.« Giovanna applaudierte. »*Bravo!*«

Endlich drehte er sich zu ihr um.

»Ich bin ein Mann mit Eiern«, zischte er. »Hast du das noch immer nicht verstanden, Giovanna Greifenstein?«

»Euer Treffen am Abend der Vernissage war ein merkwürdiger Zufall, eine Kapriole des Schicksals«, kam es von hinter dem Schreibtisch. »Aber mein Darling hätte es getan – wenn ich es ihm aufgetragen hätte.«

»Ein für alle Mal: Ich bin nicht dein Lakai!«

»Heute schon. Mein Vater wäre stolz auf dich.«

Eh no, das war nicht richtig.

»Nichts ist heiliger als die Liebe zu einem Vater.« Alle drehten sich zu Giovanna um. »Doch dafür geht man nicht über Leichen.«

Einen unendlich langen Moment blieb es still, bis Catherine Guinness fragte: »Was weiß *du* schon darüber?«

Giovanna musste sich räuspern, um weiterreden zu können. »Mit äußeren Verletzungen kenne ich mich nicht aus, aber mit inneren. Und eins kann ich Ihnen sagen, kriminell wird man davon nicht. Das mit Ihrem Vater ist doch nur ein Vorwand. Sie wollen den Kultwagen, weil … weil Sie ihn einfach haben wollen! Und dafür haben Sie mindestens zwei Menschen und einen Hund auf dem Gewissen.«

»Mindestens?!«, wiederholte Sonny entsetzt. »Das wird ja immer schlimmer!«

»Aber zum Glück habe ich Zeugen gefunden, die reden werden. Ihre Zeit ist um, Lady Guinness!«

»Das Schöne an den Toten ist, dass sie ihre Geheimnisse mit in die Hölle nehmen.«

»Wenn Sie Antonio meinen, dann freut es mich, Ihnen mitteilen zu können, dass er noch lebt und …«

»Jetzt nicht mehr.«

Wie Eis legte sich Catherines Stimme über die Anwesenden.

Das ist das Ende, dachte Giovanna.

Sonny wirkte plötzlich alt und grau. »Du … Du … bist wirklich eine Mörderin!«

»Ach Sonny«, sagte sie zärtlich. »Zusammen werden wir große Geschäfte machen. Mit deinen Diamanten, mit meinen Antiquitäten und mit unserer Liebe.«

Sein Kopf zuckte zurück, als hätten ihn ihre Worte gebissen. »*Jesus*, du bist nicht nur kriminell …«

»Ich habe dich ja vor ihr gewarnt!« Giovanna unterdrückte einen Angstschluchzer.

»… sondern auch krank!«

Als Antwort stieß Catherine die Schlange vom Schreibtisch, griff nach der Waffe und zielte auf Sonny. Die Gehilfen, die bis zu diesem Zeitpunkt in lässiger Haltung dem Schlagabtausch gefolgt waren, taten es ihr nach. Drei Pistolen richteten sich auf Giovanna und Sonny.

»Ououou!«, keuchte dieser. Erschrocken hob er die Hände.

Giovanna schloss das sehende Auge und begann zu beten.

Kapitel 51

Ein solches Ende habe ich nicht verdient.

So sehr sich Giovanna bemühte, schnellstens einen rettenden Gedanken zu fassen, so schmerzlich wurde ihr bewusst, dass in ihrem Kopf nichts mehr funktionierte. Einer fetten Kröte gleich, saß das Gehirn erschöpft in seiner sicheren Höhle, und ließ sich weder durch gutes Zureden, noch durch drohende Worte bewegen, seine gottgegebene Arbeit wieder aufzunehmen. Unter größter Anstrengung öffnete sie das unverletzte Auge. Nicht, dass sie damit ihren unnötigen Abgang verhindern konnte, so wenig wie er eines Tages Erwähnung finden würde im Handbuch für heldenvolles Sterben, doch wollte sie es mit Würde tun. *Alla faccia di quella stronza* – Diesem Miststück zum Trotz.

Das Miststück hielt noch immer die Pistole in der Hand.

»Und jetzt machen wir eine kleine Reise«, sagte Catherine Guinness.

»Wer ist wir?«, hakte Sonny sofort nach.

»Na, du und ich, *Sweetheart, who else?*«

»Was ist mit Giovanna?«

Das dreckige Lachen der Apulier war Antwort genug.

»Was bist du nur für eine schlechte Verliererin, Cate.«

»Und du ein naiver Träumer. Mit ihrem Wissen ist sie eine Gefahr für uns.«

Sie hatte recht, die Schlampe.

Doch Sonny widersprach ihr. »Für dich, meinst du. Ich habe mit der Sache nichts zu tun.«

»Du und mein Vater gleicht euch sehr. Beide habt ihr mir etwas geschenkt; etwas, das für die Liebe steht und uns für immer verbinden wird, in guten wie in schlechten Zeiten.«

Dieses Gefasel war nicht auszuhalten. »Sie werden nicht weit kommen!«, rief Giovanna dazwischen. »Die Polizei weiß, wo ich bin.«

Die Frau beachtete sie nicht einmal. »Komm Sonny, es ist Zeit, aufzubrechen. Mein Jet steht bereit. Unsere Freundin hier wird uns als Passierschein dienen. Ihr zwei, steht nicht untätig herum! Bringt die Stele zum Hinterausgang.«

Beflissen steckten die Apulier ihre Waffen weg und hasteten in den Tresorraum. Wenig später waren ein Schleifen, das Rascheln von Verpackungsmaterial und lautes Ächzen zu hören.

Catherine Guinness blieb auf ihrem Stuhl sitzen, den Blick starr auf Sonny gerichtet. Dieser stand noch immer wie angewurzelt vor ihrem Schreibtisch. Er hatte seine Hände auf die Holzkiste mit dem Kultwagen gelegt, die er so fest umklammerte, dass die vollen Adern kurz vor dem Platzen schienen. Als Giovanna sah, wie ein dicker Schweißtropfen seine Schläfe hinabperlte, wünschte sie sich augenblicklich, er möge nicht zusammenbrechen. Nicht jetzt, nicht vor Catherine und schon gar nicht vor ihrem eigenen Zusammenbruch. Denn leider hatte sie jetzt mit mehr als nur mit der Angst um ihr Leben zu kämpfen. Die scheußliche Königspython, die nach dem Wurf vom Schreibtisch wie betäubt auf dem Boden liegen geblieben war, war aus ihrer Schockstarre erwacht und hatte begonnen, sich um die Füße der Anwesenden zu schlängeln. Giovanna musste höllisch aufpassen, dass ihr das Tier nicht nahe kam.

Alle drehten sich herum, als die zwei Gehilfen unter Stöhnen und verhaltenem Fluchen aus dem Tresorraum traten. Der Kleinere lief gebeugt vorneweg, die schwere Stele auf dem Rücken, während der Größere sie mit beiden Händen an den hinteren Ecken hielt. Zu gerne hätte Giovanna sie sich angesehen, aber das kostbare Stück war dick verpackt. Da trat der Jüngere auf den Schwanz der auf dem Boden liegenden Python. Er erschrak. Die Ecke der Stele glitt ihm aus der Hand und fiel auf seinen Fuß. Laut schrie er vor Schmerz, während sein Kumpel fluchend versuchte, sich und den schweren Stein in Balance zu halten, um nicht darunter begraben zu werden.

Giovanna sah hinüber zu der Schmuckdesignerin. Die kontrollierte, immer über allem stehende Catherine Guinness war kurz davor, zu explodieren. Sie war aufgesprungen und zitterte so stark, dass sie sich mit einer Hand an der Tischkante festhalten musste.

Ein Funke, dachte Giovanna, und die Bombe geht hoch.

Alle fuhren zusammen, als ein Handy klingelte. Keuchend lehnten die Männer die Steinstele an die Wand und der Bullige zog sein Telefon aus der Lederjacke, die er trotz der Hitze im Raum die ganze Zeit anbehalten hatte. Auch Sonny hatte seinen langen Lammfellmantel und eine dicke Mütze anbehalten, was ein bisschen lächerlich aussah.

Das Gespräch war kurz, gefährlich kurz, und nicht erst, als der Mann das Gerät vom Ohr nahm und seiner Chefin zunickte, war Giovanna klar, dass draußen ein Fahrzeug bereitstand. Sie konnte an nichts anderes mehr denken, als dass sie Zeit schinden musste. So sehr dachte sie daran, dass ihr schwindlig wurde und ihre Hände automatisch nach Halt suchten. Sie bekam ihre Handtasche zu fassen, die sie vom Boden hochnahm und auf den Schoß legte. Besser als nichts, das Gewicht beruhigte sie.

»Wir gehen!«, befahl Catherine.

»*Nein!*« Bedeutungsvoll schlug Sonnys Antwort schwer auf den Marmortisch zwischen ihnen beiden auf.

»Nein?«

Zum ersten Mal, seit Giovanna mit dieser Frau zu tun hatte, durchzog eine neue Färbung deren Stimme und sie erinnerte sich an die zarte Komponente, die sich hinter den dominanteren Duftnoten ihres exklusiven Parfüms zu verstecken versucht hatte.

Sie ist unsicher, dachte Giovanna, und es hat mit Sonny zu tun.

Ihre Gesten zeigten keine Schwäche. Demonstrativ legte sie die Pistole auf den Tisch. Die Zähne zu einem gefräßigen Lächeln entblößt, beugte sie sich mit quälender Langsamkeit zu Sonny hinüber. Da hatte Giovanna ein Déjà-vu. Sie erinnerte sich so klar an die unwürdige Szene vom Vorabend, dass sie instinktiv wusste, was als Nächstes passieren würde.

Wie erwartet glitt Catherines Hand über Sonnys Kopf. Doch diesmal folgte kein siegessicherer Ausdruck auf ihre Geste und sein Körper vermittelte kein Gefühl der Unterwürfigkeit. Sonny hatte sich keinen Zentimeter wegbewegt.

Zuerst schaute sie ihn überrascht an, dann kniff sie die Augen zusammen, während ein immer stärker aufkommendes Misstrauen ihre Gesichtszüge verzerrte.

»Irgendetwas stimmt hier nicht.«

Prüfend wanderte ihr Blick über ihren Lover, bis er an der Holzkiste zwischen seinen Händen hängen blieb.

»Warum klebst du an der Kiste, als wolltest du verhindern, dass ich ihr zu nahe komme?«

Die Frage waberte wie Gas durch den Raum.

Genau, dachte Giovanna, warum?

Auch die zwei Gehilfen, die dabei gewesen waren, die Stele weiterzuschleppen, hielten inne.

»Gib die Kiste frei, ich will hineinschauen.«

Doch Sonny schüttelte verneinend den Kopf.

»Gib sie frei, habe ich gesagt.«

Giovanna musste ihm helfen, spürte sie. Auch wenn sie nicht verstand, was er vorhatte. »Haben Sie nicht gehört? Er hat nein gesagt.«

Zur Antwort hob die Frau die Pistole und zielte direkt auf Sonnys Kopf.

Wenn die Männer zuvor keine Sekunde gezögert hatten, dem

Beispiel ihrer Chefin zu folgen und ebenfalls die Waffen zu zücken, so blieben sie jetzt merkwürdig starr. Als hätten sie Angst, mit ihrer Bewegung den endgültigen Funken auszulösen, der sie alle in die Luft jagte.

Was wird er tun, fragte sich Giovanna. Was wird jetzt passieren?

Unerwartet hob Sonny beide Hände und trat einen Schritt zurück. Rasch klappte Catherine die zwei Schlösser auf, hob den Deckel und riss, ohne auf irgendwelche wissenschaftlichen Finessen zu achten, die Luftpolsterverpackung auf. Gleich darauf zuckte sie zurück, als hätte sie einen Stromschlag eingefangen. Wut und Enttäuschung verwandelten ihr Gesicht in eine Fratze.

Giovanna erschrak über ihre Verwandlung, wie auch über die unbeantwortete Frage, was sie in der Kiste vorgefunden hatte. War der Kultwagen etwa auf der Fahrt kaputtgegangen? Trotz aller Gefahr, die von der Frau und der Waffe ausging, musste sie es wissen. Sie reckte den Kopf, schaute in die Kiste und las: »Handbuch des Wirtschafts- und Steuerstrafrechts. 4. Auflage.«

Julius, nein …

»Wo ist der Kultwagen?!«, giftete Catherine Sonny an. »Hast du ihn mir gestohlen?«

In Giovanna sträubte sich alles gegen diese Schlussfolgerung. Seit seiner Ankunft im Lady Guinnessy hatte sich ihr Gefühl kontinuierlich verstärkt, dass Sonny weder mit dem geplanten Diebstahl des Kultwagens, noch mit den Morden am Professor und dem Direktor zu tun hatte. Sie glaubte auch nicht, nein, sie war überzeugt, dass er seine Ex-Geliebte nicht bestohlen hatte, obwohl er allen Grund zur Rache gehabt hätte. Die Kiste war bewusst ohne Kultwagen zu Catherine Guinness geschickt worden. Sicher nicht von ihrem Mann. Julius war ein gewissenhafter Jurist, ein anständiger Mensch und ihr Ehemann. Unter keinen Umständen würde er sie willentlich in noch größere Gefahr bringen, als die, in der sie sich schon befand. Wer also dann? Wer hatte die Befugnis und die nötige Kälte, Gott zu spielen?

Ein ganz bestimmtes Bild nahm vor ihrem geistigen Auge Form an: die Polizei. Ben Köhler.

Ben Köhler, der Kommissar. Ben Köhler, der noch eine Rechnung mit ihr offen hatte. Ben Köhler, die Ratte.

Plötzlich sah sie, wie die Apulier sich Sonny griffen. Sie zogen und zerrten so lange an seiner Kleidung, bis sie einen Ohrknopf und ein kleines Aufnahmegerät fanden.

»Du bist ein Spitzel!«, kreischte Catherine. »Du hast mich verraten!«

Sonny blieb stumm.

Es machte nur leise klick, als die Frau die Waffe entsicherte.

Voller Entsetzen krampften sich Giovannas Hände um die Tasche, die sie schützend vor sich hielt. Viel hätte sie nicht genutzt, das Leder war weich und nachgiebig.

Sie verfluchte alle Heiligen, die ihr in den Sinn kamen, am meisten Padre Pio, den kleingeistigen Verräter, der sie wegen eines weggeworfenen Plastikhorns elendig sterben lassen würde!

Da erinnerte sie sich, wie viel besser sie denken konnte, wenn sie sich beruhigte. Sie konzentrierte sich. Und wie von selbst legten sich ihre Finger auf einen harten, spitzen Gegenstand im Bauch der Tasche, der nur darauf wartete, zum Einsatz zu kommen.

Kapitel 52

Giovanna erhob sich von ihrem Stuhl. Wenn sie eins von den Italowestern gelernt hatte, die ihre Oma für ihr Leben gerne gesehen hatte, dann dies: Ein Duell fand immer stehend statt, auch wenn die Beine schlotterten, als würde mit ihnen Flipper gespielt.

Unauffällig ließ sie die Hand in die Tasche gleiten und griff nach ihrer Waffe. Gut, es war keine Waffe im klassischen Sinn, sondern der nutzloseste Gegenstand im Taschengerümpel, der sich erst mit Bedeutung aufgeladen hatte, als sie den Schlagabtausch zwischen Sonny und Catherine verfolgt und dabei den Riss im Schutzkorsett der Frau erkannt hatte. Aber reichte er, um die Situation zu entschärfen? Sich und Sonny zu retten? Sie hatte keinen Plan, dachte eher an eine List, geboren aus der Not, und damit würde sie bluffen, bis alle Nähte platzten.

Erst mit Verspätung bemerkten ihre Entführer, dass sie nicht mehr saß. Die Männer überdeckten ihre Unachtsamkeit mit nervösem Hantieren mit ihren Waffen. Auch ihre Chefin schwenkte die Pistole von Sonnys Kopf zu ihrem hinüber, einen irritierten Zug um den Mund.

»Catherine Guinness, es ist Zeit, dass Sie der Wirklichkeit ins Gesicht schauen!« Giovanna klang sicherer, als sie tatsächlich war.

»Der Wirklichkeit?«, echote ihre Gegnerin spöttisch.

Verhalten lachten die Apulier mit.

Nur Sonny schüttelte mit Nachdruck den Kopf. »Giovanna, nicht!«

»Doch, Sonny. Sag es ihr. Jetzt!«

»Meinst du?« Er reichte ihr die verbale Hand, obwohl er keine Ahnung hatte, was sie im Schilde führte.

»Ja. Ich will, dass sie endlich die Wahrheit erfährt.«

»Bist du etwa auch ein Spitzel?«

Catherine Guinness hatte angebissen.

»Giovanna, du weißt nicht …«

»Haben Sie wirklich geglaubt, ich würde den Kultwagen hergeben? Sonny hat die ganze Zeit *mein* Spiel gespielt. Und wissen Sie wieso?«

Sonny gab immer noch nicht auf. »Hör sofort …«

»Sei still!«, fuhren ihn beide Frauen an.

An der Hintertür wurde laut und drängend geklopft, doch die Schmuckdesignerin kümmerte es nicht.

»Sprich, meine kleine Freundin, ich bin so was von gespannt.«

»Aus Liebe! Sonny liebt mich und das ist der Beweis.« Mit einem Ruck zog sie die Hand aus der Tasche und hielt sie gut sichtbar vor sich hin. Auf ihrer Handfläche lag, glänzend und schwer, Sonnys Schildkrötenring.

»*Jesus*«, ächzte ihr Ex-Lover.

Hatten sich Catherines Lippen bei ihren Worten noch zu einem abschätzigen Lächeln verzogen, so verschwand es jetzt schlagartig. Ihr Mund war nur noch eine dünne, schrumpelige Öffnung.

»Gib ihn her!«, kreischte sie sofort los. »Hörst du? Gib ihn her, er gehört mir!!«

»Nein!«, schrie Giovanna zurück. »Jetzt bin ich die rechtmäßige Besitzerin dieses Rings. Der Kultwagen gehört mir – und Sonny auch.«

»Niemals«, keuchte Catherine Guinness. Sie streckte den Arm und feuerte ab.

Die Explosion, die folgte, war so gewaltig, dass sie Giovanna die Ohren sprengte und sie zu Boden warf. Sonny fiel auf sie. Von überall rieselte zersplittertes Glas herab, das in ihren unbedeckten Händen stecken blieb. In der Nähe krachte etwas Schweres auf den Boden.

Sie merkte es mehr am Vibrieren denn am Lärm. Ihre Ohren stachen und pochten, sie schrie vor Schmerz. Und vor Angst, denn sie glaubte, zu ersticken. Sonny, der ohnmächtig zu sein schien, erdrückte sie mit seinem Gewicht, gleichzeitig breitete sich ein dichter Nebel im Zimmer aus, der den Sauerstoff aufzusaugen schien.

Sie war nicht die Einzige, die schrie. Vor ihr beugte sich Catherine Guinness mit aufgesperrten Augen und Mund über die Steinstele, deren Bruchstücke aus der zerrissenen Verpackung hervorragten. Das war es also gewesen, was auf dem Boden aufgeschlagen war. Giovanna versuchte, sich von Sonnys schwerem Körper zu befreien. Seine Arme und Beine wanden sich um ihre eigenen, sie waren im Fallen eins geworden. Da spürte sie etwas Glattes über ihren Arm streichen. War Sonny wieder bei Bewusstsein und wollte sie beruhigen? Langsam drehte sie den dröhnenden Kopf und sah voller Entsetzen, wie sich der fleckige, knochenlose Körper der Königspython über ihre Arme schlängelte und in Richtung Tresorraum verschwand.

Hinter sich eine leuchtend rote Blutspur ziehend, die von einer Lache kam, die sich beängstigend rasch unter ihr und Sonny ausbreitete.

Noch vor Ort wurde sie in einem Krankenwagen von einer kräftigen Sanitäterin versorgt, die ihr mit einer Pinzette die gröbsten Glassplitter aus dem Handrücken zupfte. Ihr Kopf war verbunden worden, eine angenehme Kühle lullte die Prellung ein. Sie fragte nach Sonny. Aber niemand gab ihr eine Antwort. Mehr noch, die Leute um sie herum schauten betroffen weg. Giovanna verstand. Sie krümmte sich und fing an zu weinen. Klagend warf sie sich von einer Seite auf die andere, von unerträglichen Schmerzen gequält. Als würde man sie ohne Narkose am Herzen operieren.

»Sonny!«, schrie sie.«Sonny, Sonny, Sonny!«

In all dem Tränennebel tauchten schemenhafte Gestalten auf. Doch weder wollte sie die Fragen eines in einem Anzug gekleideten Mannes beantworten, noch die tröstenden Worte von Julius hören. Besonders diese nicht. Lieber versteckte sie sich hinter dem Ohrensurren und ihrem eigenen Weinen. Nach allem, was sie getan hatte, verdiente sie kein Mitgefühl von ihrem Ehemann. Sie drehte sich sogar weg, damit er nicht nach ihrer Hand greifen konnte. Erst viel später, als sie mit der kräftigen Sanitäterin allein blieb, ebbte die Tränenkaskade ab und ließ sie erschöpft zurück.

Ein eisiger Windhauch, der über ihre nasse Wange strich, ließ Giovanna sich umdrehen und durch die Schiebetür des Krankenwagens, die jemand offengelassen hatte, blickte sie geradewegs auf eine gespenstische Szene. Hartes, grelles Licht verwandelte die enge Straße in einen Ort, in dem Zombies umherhasteten. Doch sofort beruhigte sie sich. Es waren nur Beamte in Uniform oder Schutzanzügen, Feuerwehrleute und Sanitäter, denen die Scheinwerfer die gesunde Gesichtsfarbe nahmen. Ab und zu irrten Menschen mit knallorangen Westen durch ihr Blickfeld, die immer erst dann losspurteten, wenn ein hysterischer Schrei oder lautes Rufen zu hören war. Sie wollte gerade die Sanitäterin fragen, was diese Leute taten, als sie das klaffende Loch entdeckte, das einmal der Hinterausgang vom Lady Guinnessy gewesen war. Die Stahltür war aus der Verankerung gerissen und sämtliche Panzerglasfenster durch die Sprengladung des Einsatzkommandos zerfetzt.

Eine extreme Anspannung machte sich breit, als zwei Streifenwagen vorfuhren, gefolgt von zwei Leichenwagen. Alle schauten zum ehemaligen Eingang und schienen auf etwas zu warten. Trotz der Bedenken der Sanitäterin setzte sich Giovanna auf. Da erschien der jüngere der zwei Apulier aus dem Höllenschlund, dicht gefolgt von Catherine Guinness. Bei ihrem Abgang wurde es still auf der

Straße. Während sich ihr Gehilfe unsichtbar zu machen versuchte, indem er sich bückte und nach unten schaute, tat sie nichts dergleichen. Obwohl sie alle überragte, blieb sie aufgerichtet und folgte den Beamten, die sie zu einem der Polizeiwagen brachten. Über die Köpfe aller Anwesenden trafen sich ihre Blicke. Sie fixierten einander, bis Catherines Kopf heruntergedrückt wurde und sie im Einsatzwagen verschwand.

Die Leichenwagen fuhren heran und rangierten, bis sie mit ihrem Heck zum Ausgang standen. Aus dem gesprengten Loch traten zwei Männer mit einer Bahre heraus, unter deren Leichensack sich eine kleine, kompakte Figur abzeichnete. Das ist der Apulier, dachte Giovanna, und eine irrationale Hoffnung keimte auf, dass Sonny nicht tot, sondern lebendig war, und sie sein Blut auf ihrem Pullover nur geträumt hatte.

Doch es war da. Und ob es da war. Feucht und dunkel zerstörten die zwei großen Flecken ihre allerletzte Hoffnung. Wie ein aufgescheuchter Falter flatterte das unverletzte Lid einige Male auf, bevor die Tränen wieder herausschossen und sie nichts mehr sah.

Plötzlich legte sich eine Hand auf ihre unverbundene Wange und streichelte sie trocken. Julius! Dem ersten, selbstbestrafenden Impuls folgend, fuhr sie herum, was augenblicklich wieder den Bohrer im Kopf anwarf. Also gab sie nach und ließ es geschehen. Die regelmäßigen, nicht allzu zärtlichen Bewegungen trösteten sie, gleichzeitig holten sie sie aus ihrem inneren Chaos zurück. Dankbar schaute Giovanna hoch und schauderte.

Über ihr stand Kriminalhauptkommissar Ben Köhler. Doch statt seine streichelnde Hand sofort zu entfernen, legte er sie flach auf ihre Wange und zwang sie, mit leichtem, aber bestimmtem Druck, den Kopf auf die Seite zu drehen. Er beugte sich über sie. Sein Mund streifte ihr Ohr.

»Frau Greifenstein …« Genauso gut hätte es ihr eigenes Ohrensummen sein können, das ihr einen Streich spielte, so leise flüsterte der junge Mann. »Sie haben mit dem Feuer gespielt, aber ich war immer in Ihrer Nähe. Um dafür zu sorgen, dass Sie sich nicht verbrennen. Leider habe ich die Hitze unterschätzt. Nur knapp sind wir alle einer Katastrophe entkommen. Es tut mir leid.«

»Sonny«, flüsterte Giovanna.

»Ohne Herrn Omowura hätten wir Catherine Guinness nie des Mordes überführen können. Ihr Geständnis gegen seine Straffreiheit, lautete unser Deal. Wegen Steuerbetrugs war man ihm in einigen europäischen Ländern auf den Fersen.«

Noch bevor sie das Gehörte verstanden hatte, richtete er sich auf und sagte: »Und jetzt schauen Sie raus. Ich befehle es Ihnen.«

Die Bestatter trugen die zweite Bahre aus dem Lady Guinnessy und Giovanna kam zu dem Schluss, dass die Seele des Kommissars eine ganz dunkle sein musste. Sie schaute hin, ließ sich von einem inneren Sturm mitreißen, schaute wieder hin und wollte gerade mit Sonny sterben, als sich eine dunkle Hand einen Weg durch den Reißverschluss des Leichensacks stahl, ihn herunterdrückte und sich Zeige- und Mittelfinger zum Victory-Zeichen formten.

»Aber, aber«, krächzte sie.

»Sie haben richtig gesehen, Frau Greifenstein. Sonny Omowura lebt, dank schusssicherer Weste.«

»Sie, Sie …«

In Giovannas Kopf blitzte es heftig. Dann richtete sie sich auf und griff Ben Köhler an die Gurgel.

Ein paar Wochen später

Es war der erste milde Tag des Jahres. Der gräuliche Schnee war über Nacht endgültig weggeschmolzen und hatte einen Teppich voller knalliger Krokusse aufgedeckt. Wie die Wahrheit über Karl-Friedrich, dachte Giovanna mit Blick auf den Parkrasen des Liebieghauses. Zuerst unter Schmutz versteckt, war sie am Ende leuchtend zum Vorschein gekommen.

In Frankfurt hatte alles seinen richtigen Platz gefunden. Die Guten waren rehabilitiert, die Bösen bestraft und heute würde sie, Giovanna Greifenstein, ihre verdiente Anerkennung bekommen. Erst am Vortag war sie zu einer kleinen Feier ins Liebieghaus eingeladen worden. Man wolle ihr persönlich für ihr Engagement danken, hatte eine junge Pressereferentin am Telefon gesagt. Giovanna hatte sich darüber gefreut. Zwar fand sie, dass sie eine Gedenktafel, wenn nicht gar eine Bronzestatue verdient hätte. Aber sie würde sich auch mit einer Arbeitsstelle zufriedengeben. Denn die Öffentlichkeit war, aus strafrechtlichen Gründen, nicht ganz im Bilde darüber, welche Rolle sie in der Geschichte gespielt hatte.

Auch Tommaso und Joschka waren mitgekommen. Nicht, weil sie an den Dankesreden interessiert waren, sondern um mit Ercole im Park des Museums zu spielen. *Ercole* – Herkules, der Name war Programm. Obwohl noch klein wie zwei übereinandergestapelte Duden, trug dieser Hund die Selbstsicherheit eines Wesens in sich, dessen Ahnen schon die alten chinesischen Kaiser erfreut hatten. Seit der Mops da war, sprachen ihre Freunde immer weniger über Barni.

Dieselbe Referentin, die sie angerufen hatte, erwartete sie im Foyer. Sie war sehr jung, sehr aufgeregt und mit einer sehr wichtigen Aufgabe betraut. Bevor Giovanna begreifen konnte, wie ihr geschah, übergab ihr die Museumsmitarbeiterin als Zeichen ›ihrer aller‹ Wertschätzung zwei Geschenke: den Katalog zu der noch immer geschlossenen Dauner-Ausstellung und eine Jahreseintrittskarte für die Frankfurter Museen.

Nur aus zwei Gründen warf sie ihr die Sachen nicht vor die Füße. Erstens tat das Mädchen nur seine Arbeit und zweitens war Giovanna plötzlich vom gesamten Aufsichtspersonal umringt. Dieses dankte ihr aufrichtig für ihren Einsatz zur Aufklärung des Mordes an Professor von Schacht. Als sie nach zwanzig Minuten wieder vor dem Museum stand, kam sie zu der ernüchternden Erkenntnis, dass ihre Arbeitssuche in Deutschland karmische Züge besaß.

Tommaso und Joschka lachten sich kaputt.

»Du kannst morgen gerne wieder bei uns anfangen«, sagte Tommaso, als er sich wieder beruhigt hatte.

»Wir geben dir auch eine Lohnerhöhung«, ergänzte Joschka. »Geld ist jetzt genug da.«

Da hatte Giovanna ihrerseits gelacht und ihnen endlich verraten, wer der unbekannte Investor war, der InternazionARTE vor der Insolvenz gerettet hatte.

Die zwei schrieben Julius, der schon wieder auf dem Weg nach Hongkong war, eine lange Nachricht. Als sie sie abwechselnd umarmt und auf die Wange geküsst hatten, kam für Giovanna der Moment, endlich das zu tun, was sie sich in der Limousine von Catherine Guinness geschworen hatte. Sie ging vor ihren Freunden auf die Knie.

»Hiermit entschuldige …«

»Was hat sie?«, fragte Joschka, »Geht's ihr nicht gut?«

353

»Ich glaube nicht«, sagte Tommaso.

»Vielleicht ist es besser, wenn wir einen Krankenwagen rufen.«

»Noch einmal, hiermit ent…«

»Das hatten wir doch schon, Giovà.«

»Soll ich ihr einen Hundekeks geben? Bestimmt hilft ihr das.«

»Auch das glaube ich nicht.«

»Darf ich endlich reden?«

»*Va bene, va bene*, wir schweigen ja.«

»Guten Tag, störe ich?«

Alle drei drehten sich um. Vor ihnen stand Kommissar Ben Köhler. Er sah wirklich gut aus, verdammt. »Helft mir hoch«, knurrte Giovanna.

»Liebe Frau …«

»Vergessen Sie's. Mit Ihnen rede ich kein Wort mehr!«

»Jetzt seien Sie nicht nachtragend. Sie waren der beste Lockvogel, den wir je hatten.«

»Wissen Sie eigentlich, wie kaputt meine Nerven sind? Ich weiß gar nicht, ob ich mich je davon erholen werde!«

»Mit Verlaub, Frau Greifenstein, aber Ihre Nerven waren von Anfang an kaputt.«

Wie bitte? Giovanna glaubte zu platzen, so empört war sie.

»Aber ich bin nicht hier, um mich mit Ihnen zu streiten. Sondern, weil ich einen Auftrag habe.« Er hielt ihr einen gepolsterten Umschlag hin.

»Herr Omowura musste noch in der Nacht, in der er uns geholfen hat, Deutschland verlassen. Vor seinem Abflug bat er mich, Ihnen das zu übergeben. Was ich hiermit tue. Leben Sie wohl.«

Auf der Stelle riss sie den Umschlag auf und schüttelte ihn über ihrer Hand aus. Langsam rutschte der bronzene Schildkrötenring heraus und eine von Sonnys Visitenkarten. Sie hätte schwören können, dass ihre Luftröhre verknotet war, so schwer fiel es ihr, zu atmen. Sie griff nach der Karte und drehte sie um.

»Es war mir eine Ehre, Giovanna Greifenstein.«

Mit einem Taxi fuhr sie vom Museum direkt nach Hause. Sie wollte nur noch ins Bett fallen und schlafen. So lange, bis ihr das durchgelegene Fleisch von den Knochen fiel. Und noch viel länger. Erschöpft öffnete sie die Wohnungstür und fuhr zusammen. Aus dem schummrigen Wohnungsflur schälte sich Marias dunkle Silhouette. Sie war dabei, die Wohnung zu verlassen.

Seit Giovannas Rettung wölbten sich die Tränensäcke unter ihren Augen wie fette Sardinen. Mehr als einmal hatte sie die Putzfrau dabei erwischt, wie sie sich verstohlen schnäuzte und die Tränen aus den Augen wischte.

Heute stellte sich die Landsmännin mit durchgedrücktem Rücken vor Giovanna und sagte in dem Ton, der immer nur das Schlechteste aus ihr herausholte: »Signora Greifenstaina, statt weniger habe ich mehr Arbeit. Ihretwegen! Was mussten Sie den zwei alten Männern einen Hund schenken?! Ihr Parkett ist schon ganz zerkratzt, außerdem pinkelt er auf den Boden. Von Ihren angeknabberten Schuhen will ich gar nicht reden. Ich sage Ihnen, lange mache ich das nicht mehr mit!«

Ohne auf eine Antwort zu warten, verließ sie die Wohnung.

Schon mit einem Fuß auf Treppe drehte sich Maria noch einmal um und sagte: »Bevor ich es vergesse: Ich habe Ihnen das Horn ersetzt. Wer weiß sonst, welches Unglück Sie als Nächstes anziehen.«

Giovannas Haare stellten sich auf wie ungekochte Spaghetti. Sie warf die Tür ins Schloss und lief voll böser Vorahnung in die Küche. Wenn es etwas gab, was die Neapolitaner über alles liebten, dann Kitsch in jeder erdenklichen Form.

Sie wagte es kaum, ihre Augen auf die Wand zu richten. Dann zwang sie sich dazu. Verblüfft betrachtete sie das neue Horn. Was am Nagel hing war aus Keramik, mit satter Farbe lasiert und trug den Kopf von Scaramuccia, einer berühmten Figur des italienischen Volkstheaters, der *Commedia dell'arte*. Giovanna hatte noch nie ein so schönes Exemplar gesehen.

Sie beschloss, einen Kaffee auf Maria zu trinken.

Die *Moka* stand auf dem Herd, da entdeckte sie ein schwarzes Lackkästchen. Es stand mitten auf dem Küchentisch, darunter ein Briefumschlag.

Non c'è due senza tré – Aller guten Dinge sind drei, sprach sie halblaut den Lieblingsspruch ihrer Oma aus.

Von wem war nun dieses Geschenk? Etwa von den Burkardts aus dem dritten Stock, die nicht nur ihre Anzeige zurückgenommen, sondern sie wieder zu grüßen begonnen hatten? Ohne sie zu fragen, ob sie das überhaupt wollte?

Der Brief war von ihrem Mann.

>*Ricciola, die Geschichte ist zu verrückt, als dass ich sie nicht hätte ernst nehmen können. Ich weiß, dass du Tiere nicht magst. Aber während meiner letzten Reise hat ein Gegenstand so viele Male meinen Weg gekreuzt, dass ich ihn kaufen musste. Im Chaos der letzten Wochen habe ich vergessen, ihn dir zu geben. Ich glaube, sie passt gut zu dir. Zu der alten, wie zu der neuen Giovanna. Julius.*«

Neugierig öffnete sie das Lackkästchen – und ließ es fast fallen. Zwischen Falten von schwarzer Seide steckte ein antiker Ring. Er war aus Jade und der grünliche Stein schimmerte im späten Tageslicht. Auf dem feinen Reif thronte eine zierliche Schildkröte. Sie trug einen

Panzer, der mit feinsten Kreisen überzogen war. Giovanna spürte sie mehr unter ihrer Fingerkuppe, als dass sie sie sah.

Vorsichtig zog sie den Ring heraus und legte ihn vor sich auf den Tisch. Dann holte sie Sonnys Ring aus der Tasche und legte ihn daneben.

Sie schaute sie beide an und begann schallend zu lachen.

ENDE

Danksagung

Viele Leute haben zum Gelingen dieses Buches beigetragen. Diesen möchte ich gerne namentlich danken.

Doch erlauben Sie mir zuerst folgende Anmerkungen: Die Informationen, Feedbacks und Korrekturen, die ich erhalten habe, waren fundiert und richtig. Sollten Sie beim Lesen trotzdem auf Ungereimtheiten, erfundene Ortsbeschreibungen oder sonstige Fehler gestoßen sein, so führen Sie diese bitte auf dramaturgische Zwänge zurück oder – schlicht und ergreifend – auf die Unfähigkeit der Autorin. Und wer glaubt, schlitzäugige Meerschweinchen hätten nichts in einem Kriminalroman zu suchen, irrt gewaltig. Fragen Sie meinen Nachwuchs. ☺

Ich danke:

 Prof. Dr. med. Hansjürgen Bratzke, emeritierter Rechtsmediziner; Dr. Michael Müller-Karpe, Römisch-Germanisches Zentralmuseum Mainz; Kriminalhauptkommissar Eckhard Laufer, Hessisches LKA; Polizeioberrat a.D. Heinrich Heine; Rüdiger Reges, Polizeipräsidium Frankfurt a.M.; Herrn Ochs, Ordnungsamt der Stadt Frankfurt; Polizeihauptmeisterin Carolin Lühmann und Polizeihauptkommissarin Wiebke Hiller, Bundespolizei; André Burmann, LWL-Museum für Archäologie Herne; Bodo Kirchhoff und Ulrike Bauer-Kirchhoff – für ihr Expertenwissen.

Dr. Peter Bieniußa, Dagmar Grünfeld, Angelika Mühleck, Francesca Palma, Heike Westendorf, Susanna Oppliger und Trisha Jung – für das Testlesen.

 Tania Jerzembeck, Gabi Schmid, Corina Witte-Pflanz, Enrico Sauda und Steffen Zinßer – für ihre Liebe zum Detail.

 Meinen Eltern Mario und Maria – für das Biscotti-Rezept.

 Franco, Susanne und Familienmops Ercole (R. I. P.) – für ihre Inspirationen.

 Dem Süßer Löwer in Seligenstadt und dem IImori in Frankfurt – für ihre Verführungen.

 Ein besonderer Dank geht an meine Verlegerin Ulrike Dietmann – für das Vertrauen in mich und in Giovanna Greifenstein.

 Doch mein allergrößter Dank gebührt Giulia – dafür, dass sie nie in Tränen ausbricht, wenn ich lieber schreibe, als ihr Zimmer aufzuräumen …

Elisabetta Fortunato
Frankfurt am Main, im September 2020

Elisabetta Fortunato

Liebe Leserin, lieber Leser,

wenn ich geglaubt hatte, dass mein Abenteuer mit Giovanna Greifenstein nach „Die List der Schildkröte" zu Ende sei, so habe ich mich gewaltig geirrt. Giovanna weigerte sich kategorisch, aus meinen Gedanken zu verschwinden. An einem trüben Nachmittag gab ich nach und entschied: Sie bekommt ein zweites Buch! Denn weder wollte ich für immer auf ihr unanständig lautes Lachen verzichten, noch sie – mit ihrem untrüglichen Gespür für gefährliche Situationen – alleine lassen.

Meine Sorgen waren berechtigt, wie ich während des Schreibens feststellen musste. In ihrem zweiten Abenteuer stürzt sich Giovanna nun kopfüber in die vermeintlich glitzernde Filmwelt, gleichzeitig plant sie eine Reise in die dunkelsten Ecken Neapels. Ich kann nur sagen: herrlich!

Wenn auch du Fan von Giovanna Greifenstein geworden bist, dann folge mir über die sozialen Medien. Ich freue mich auf einen regen Austausch dort oder via E-Mail.

Herzlichst,
Deine Elisabetta Fortunato

Mail: info@elisabettafortunato.de
www.elisabettafortunato.de